fv Fehnland-Verlag

Dietlinde Hachmann

Mein Wunscherbe.
Teil 1: Zwischen zwei Welten

Eine biografische Liebes-Reise-Dokumentation
über die Gründerin der Deutsch-Indischen-Gesellschaft
in Hamburg e.V.

Fehnland-Verlag

Hachmann, Dietlinde: Mein Wunscherbe. Teil 1: Zwischen zwei Welten. Eine biografische Liebes-Reise-Dokumentation über die Gründerin der Deutsch-Indischen-Gesellschaft in Hamburg e.V., Hamburg, Fehnland Verlag 2022

1. überarbeitete Neuauflage
ISBN: 978-3-96971-009-8

Die eBook-Ausgabe dieses Titels trägt die ISBN 978-3-941404-13-7 und kann über den Handel oder den Verlag bezogen werden.

Lektorat: Daniela Sechtig, ACABUS Verlag
Umschlaggestaltung: Daniela Sechtig, ACABUS Verlag
Umschlagsmotiv, Übersetzung Englisch – Deutsch und Transliteration Sütterlin – lateinische Druckschrift: Dietlinde Hachmann

Der Fehnland Verlag ist ein Imprint der Bedey & Thoms Media GmbH, Hermannstal 119k, 22119 Hamburg.

Bibliografische Information der Deutschen Nationalbibliothek
Die Deutsche Nationalbibliothek verzeichnet diese Publikation in der Deutschen Nationalbibliografie; detaillierte bibliografische Daten sind im Internet über http://dnb.d-nb.de abrufbar.

http://www.fehnland-verlag.de
Gedruckt in Europa

Lieselotte und Hans Hachmann sowie Dr. Debabrata Chatterjee haben zaghafte Zeichen und Spuren auf dieser Welt hinterlassen, die es wert sind, deutlicher gezeigt zu werden, um sie in Erinnerung zu behalten.

Dieses Buch habe ich für meine Schwestern
und unsere Kinder geschrieben.

আমার জার্মান মা কে
আমাকে দিয়েছিলে মায়ের অসীম স্নেহ।
আমার পরিবারের সকলকে দিয়েছিলে
অমূল্য ভালবাসা—
তোমাকে প্রণাম জানাই —
রত্না ব্যানার্জী

Ratna Banerjee

Übersetzung aus Bengali von Amal C. Ray:

An meine deutsche Mutter
Du hast mir unendliche mütterliche Liebe gegeben –
für unsere ganze Familie war deine Liebe kostbar.

Mit großer Achtung

Ratna Banerjee

im Mai 2009

PROLOG

Gegenwart

Mit einer dampfenden Tasse Tee in der Hand betrat ich mein Arbeitszimmer. Ich hatte mir vorgenommen, endlich mal wieder meinen Schreibtisch aufzuräumen. Nun saß ich da, betrachtete die vielen ungeordneten Stapel Papiere und überlegte, womit ich beginnen sollte, als mein Blick auf mein Wunscherbe fiel. Das war ein zusammengeschnürtes, mit Plastikfolie überzogenes, verklebtes Bündel. Ich hatte es noch nie geöffnet, obwohl es seit Jahren in meinem Besitz war. Ich konnte mich noch sehr gut daran erinnern, wie es zu diesem Wunscherbe gekommen war.

Nach meiner Trennung und Scheidung war ich mit meiner jüngsten Tochter von Hamburg nach Stuttgart umgesiedelt. Zwei Jahre später besuchte uns zum ersten Mal meine Mutter, die nach Ablenkung suchte, da kurz zuvor mein Vater gestorben war und sie sehr darunter litt. So verlebte sie mit uns zwei Wochen, die in meiner Erinnerung die schönste Zeit war, die wir je zusammen verbracht hatten. Die Tage und Stunden vergingen im Nu. Wir sprachen über Vergangenes, Gewesenes. Von der gerade erlebten Vergangenheit glitten wir hinüber zur fast vergessenen. Sie erzählte aus ihrem Leben, was für mich völlig neu war und was es bis dahin noch nie gegeben hatte. Ich war erstaunt, ergriffen, fasziniert. Erst als ich damit begann, ihr Fragen zu stellen, geriet sie ins Stocken. Sie suchte nach Antworten. Fast schien es mir, als schämte sie sich. Schließlich brach sie das Gespräch ab und meinte beendend:

„Das kannst du ja alles einmal nachlesen, wenn du willst."

„Nachlesen?", fragte ich.

„Ja", meinte sie zögernd, „es gibt noch Briefe, ein paar Fotos und noch so Allerlei."

„Daran bin ich sehr interessiert. Kannst du mir das alles mit der Post schicken, wenn du wieder zu Hause bist?", wollte ich wissen und hätte gerne sofort damit begonnen, es zu studieren.

Aber sie lehnte ab: „Nach meinem Tod kannst du alles bekommen."

Sechs Jahre später, am 1. Mai 1989, starb sie. Sie hatte verfügt, in ihrem kostbarsten indischen Gewand, einem rot-goldenen Sari, verbrannt zu werden. Etwas mehr als vier Wochen später wurde die Urne mit ihrer Asche nach Seemannsbrauch in der Ostsee beigesetzt. Es war ein Sonntag. An diesem Tag kamen wir vier Kinder in den Räumen unserer Mutter zusammen, um ihre letzten Besitztümer, die sie nicht bereits testamentarisch vererbt hatte, unter uns aufzuteilen.

Sie hatte Wort gehalten, mein Name klebte auf dem großen, trotzdem unscheinbar wirkenden, verschnürten Paket, von dem meine drei älteren Schwestern zwar Notiz nahmen, aber kein Interesse an seinem Inhalt zeigten.

Weitere sechs Jahre vergingen. Ich hatte das Paket bis dahin noch nie öffnen können. Obwohl ich sehr neugierig war, hielt mich stets irgendetwas davon ab. Eine innere Stimme schien mir immer zu sagen: „Nein, nicht jetzt."

Außerdem hatte sich in dieser Zeit viel ereignet. Ich hatte ein zweites Mal geheiratet. Mein Mann und ich kauften uns ein Haus mit Grundstück, denn wir hatten beschlossen, noch einmal Eltern zu werden. In den folgenden Jahren hatte ich deshalb überhaupt keine Zeit, an mein gewünschtes Erbe zu denken. So stand es jahrelang in meinem Arbeitszimmer auf einem Schrank und erinnerte mich von Zeit zu Zeit an seine Existenz. Manchmal hätte ich es zwar gern geöffnet, aber es gab nicht genügend ruhige Momente, und dann dachte ich jedes Mal: „Irgendwann kommt schon noch der richtige Zeitpunkt!"

An diesem Samstagnachmittag war es endlich soweit. Ich räumte nicht auf, wie ich es vorgehabt hatte. Stattdessen mühte ich mich damit ab, das schwere Paket vom Schrank auf meinen Schreibtisch zu wuchten. Langsam und vorsichtig zerschnitt ich die vielen Klebebänder und befreite den Inhalt Schicht für Schicht vom Plastik. Das Paket war sorgsam verpackt und sollte nicht dazu dienen, einem schnellen Neugierigen Einblick zu verschaffen. Bedächtig entfernte ich deshalb die letzte Verpackungsschicht und verspürte eine seltsame Erregung, die sich allerdings gleich wieder legte, als ich drei Fotoalben entdeckte, die ich kannte. Es waren die Bilder ihrer Reise nach Indien, die sie 1956 unternommen hatte und die ich als junges Mädchen einmal mit ansehen durfte, während meine Mutter Gäste hatte und beim Präsentieren der Fotos von dieser Reise erzählte. Ich blätterte kurz einige Seiten um und legte die Alben dann zunächst zur Seite. Dasselbe tat ich mit weiteren Alben, die ich aber noch nie zuvor gesehen hatte.

Schließlich kamen zwei einzelne Fotografien zum Vorschein. Eine zeigte meine Mutter im Himalaya an einer Straße am Geländer stehend, das andere Foto Onkel Deboo an derselben Stelle. Sie hatten sich gegenseitig aufgenommen. Onkel Deboo war Inder, er gehörte zur Familie, solange ich denken konnte. Ich hatte ihn nie kennen gelernt, aber sein Porträt hing immer in meinem Elternhaus an der Wand. Früher im Wohnzimmer, die letzten Jahre im Schlafzimmer meiner Mutter. Deshalb war auch das nichts Besonderes.

1. Deboo

2. Lieselotte

Interessanter erschien mir das Päckchen darunter. Ich sah unzählige Briefe, sorgsam gestapelt. Der erste Brief stammte von meinem Vater Hans. Er war mit rotem Stift nummeriert, aber bis auf die Anschrift, konnte ich leider nichts entziffern. Die Handschrift war aber eindeutig seine. Klitzekleine Buchstaben tummelten sich säuberlich mit Tinte geschrieben auf dünnen Luftpostbriefseiten. Die Winzigkeit dieser Schrift wäre ausreichend gewesen, nichts erkennen zu können, es gipfelte aber darin, dass er in Sütterlinschrift geschrieben hatte. Vielleicht handelte es sich auch um die recht ähnliche Kurrentschrift, die in der Jugend meines Vaters an den Schulen gelehrt wurde. Ich war jedenfalls nicht in der Lage, die Briefe zu lesen.

Es gab viele kleine blaue Luftpostumschläge, von denen die Briefmarken meist sorgfältig herausgeschnitten waren. Absender war Onkel Deboo. Seine Schrift konnte ich gut lesen, allerdings schrieb er ausschließlich in Englisch. Um seine Briefe fließend lesen zu können, fehlten mir die Vokabeln.

Schließlich überall zwischendrin die Briefe meiner Mutter, mal an meinen Vater, mal an Deboo gerichtet. Ich erkannte ihre vertraute Handschrift, die mir immer so gut gefallen hatte, sofort. Schöne, glatte runde Buchstaben, die so lieb aneinanderhingen, als könnte kein böser Text sie je wieder auseinanderreißen. Ich suchte nach einem Brief, den sie in Deutsch geschrieben hatte, fand aber nicht so schnell einen.

Plötzlich war ich völlig überwältigt von diesem persönlichen Besitz. Einerseits hatte ich das Gefühl, etwas Verbotenes zu tun; denn die Briefe meiner Eltern zu lesen, wäre mir als Kind wie das Ausführen einer Todsünde vorgekommen. Nun aber gehörten die Briefe mir, ich durfte sie lesen, ich hatte die Erlaubnis und trotzdem fühlte ich eine mächtige Hemmschwelle, die mich hinderte, an der Intimität der Privatsphäre meiner Eltern teilzuhaben. Andererseits hatte ich sehr geduldig auf die Beantwortung meiner Fragen gewartet. Vielleicht würde ich in diesen Briefen eine Antwort finden.

Ich entdeckte einen maschinengeschriebenen Brief von meinem Vater, der mich sehr interessierte, da ich die anderen ja nicht entziffern konnte. In diesem Brief bat er meine Mutter, ehrlich zu ihm zu sein und immer der Stimme ihres Herzens zu folgen. Wenn sie zu dem Schluss käme, nicht mehr mit ihm leben zu wollen, dann sollte sie es ihm sagen. Er würde sie freigeben, wie er es ihr versprochen hatte.

„Was hat das zu bedeuten?“, dachte ich, „wahrscheinlich hatten sie mal eine Ehekrise.“

Beim Weiterlesen wurde ich allerdings zornig, denn er wollte sie zwar ziehen lassen, für ihn wäre jedoch an diesem Tag das Leben zu Ende. Wobei er ihr genau schilderte, wie er sich seinen Freitod vorstellte, damit sie nicht nur frei wäre, sondern auch noch von seiner Lebensversicherungsprämie profitieren könnte.

3. Hans

„Das ist ja unerhört“, überlegte ich, „stellt sich selber völlig opferwillig, hochherzig und edelmütig hin, um im selben Moment eine solche Möglichkeit durch Erpressung zu verhindern.“

Viele Gedanken schossen mir durch den Kopf: Was hatte dieser Brief zu bedeuten, wollte sie ihn irgendwann einmal verlassen, hatte sie einen anderen Mann, haben sie sich nicht mehr vertragen? Keine Antwort.

Nachdem sich meine innere Aufgewühltheit wieder etwas beruhigt hatte, wurde mir klar, dass es keinen Sinn machte, unsortierte Briefe zu lesen. Also beschloss ich, sie zunächst einmal chronologisch zu ordnen, einzeln in Sichthüllen zu verpacken und in einer großen Mappe abzulegen. Als ich damit fertig war, zählte ich 105 Briefe von Onkel Deboo, davon waren 101 Briefe an meine Mutter und vier an meinen Vater gerichtet.

Meine Mutter hatte 49 Briefe an Deboo und 47 an meinen Vater geschrieben, und er hatte 83 an meine Mutter geschrieben, wobei der längste nicht weniger als 36 Seiten in dieser Super-Mini-Handschrift auf dünnem Papier umfasste.

Der Ordner war schließlich derart gefüllt, dass ich es kaum schaffte, den Deckel richtig zu schließen. Unter all diesen Briefen und Alben beförderte ich schließlich noch einen uralten Ordner ans Licht, der viele verschiedene Papiere enthielt, die ich aber nicht mehr ansehen wollte, da es inzwischen Abend geworden war und ich mich fühlte, als hätte ich den ganzen Tag Schwerstarbeit verrichtet.

Am nächsten Morgen sah ich mir zunächst einmal das Fotoalbum an, das ich noch nicht kannte. Es zeigte ausschließlich Fotos aus Schottland. Meine Mutter hatte jedes Foto kunstvoll beschriftet, wunderbare Zeichnungen eingefügt, Postkarten, Zeitungsausschnitte, Visitenkarten, Theater- und Konzertprogramme, ja sogar getrocknetes schottisches Heidekraut hatte sie eingeklebt. Eine schöne Erinnerung an mehr als sieben Monate Schottland.

Ich legte es wieder zur Seite und ergriff einige dünne maschinengeschriebene Blätter.

„Vision" hieß die Überschrift. Ich las:

Hoch wölbt sich die Kuppel des riesigen Saales, den ich ehrfürchtig schaudernd betrete. Es ist das Allerheiligste im kostbaren Tempel des Liebesglückes.

Viele Säulen tragen goldene Kuppeln, Säulen aus Marmor, mit zahllosen Edelsteinen geschmückt, die Wände sind mit Platten und Bildern aus purem Gold bedeckt. Die hohen Bogenfenster sind aus Tausenden von glitzernden Rubinen in Gold und Silber gefasst, die ein wundersames rötliches Licht verbreiten, wenn die Sonne ihre Strahlen hindurchwirft. Der Saal ist lang, so lang, dass man die Stimme eines Menschen von einem Ende zum anderen nicht vernehmen kann. Draußen fließt die Welt mit ihrem Lärm und Ungestüm, mit ihren Wünschen und Sehnsüchten, mit ihrem Hass und Streit, aber kein Laut dringt nach innen.

Millionen duftender Blüten in allen Farben des Regenbogens zieren die Säulen und Wände, und zauberhafte Gebinde und Girlanden spannen sich von Pfeiler zu Pfeiler. Es liegt ein berückender Duft im Allerheiligsten des Tempels. Mattes, gedämpftes rotes Licht liegt über allem, und die schweren roten Teppiche, die in der Mitte des Saales auf dem kostbaren Fußboden aus Achat und Lapislazuli einen breiten Weg vom Eingang zum Thronplatz bilden, saugen das rote Licht in sich auf und sind wie Herzblut gefärbt.

Goldene Pfannen, mit kostbarsten Edelsteinen besetzt, verbrennen duftendes Räucherwerk, und ein feiner Nebeldunst zieht sich durch den riesigen Raum, rankt sich empor zu der gewaltigen Kuppel, die ein gigantisches Bild von farbenprächtiger Leuchtkraft ziert, das je eines großen Künstlers Hand freskierte. Es stellt Amor und Psyche dar, auf blausamtenen Lager sich vermählend, und Gott Eros schaut halb eifersüchtig, halb glückselig lächelnd zu.

Ein feines Klingen singt durch den Raum. Es kommt von den Äolsharfen in den Händen von sieben silbernen Engeln, in denen der zarte laue Windhauch spielt. Die Engel heißen Herz, Geist und Seele, Vertrauen, Wahrheit, Glück und Liebe, und sie umschlingt ein breiter Schleier aus golddurchwirktem Brokat. Ihre Harfen sind harmonisch aufeinander abgestimmt, und alle schwingen in einer paradiesischen Vollkommenheit zusammen.

Am anderen Ende auf einem erhöhten Sockel, stehen unter einem blutroten Baldachin drei schwere goldene Sessel. Einer von ihnen ist leer. In der Mitte sitzt eine bildschöne Frau mit blonden Haaren. Sie hält einen Strauß Blumen in der rechten Hand, und mit der linken streicht sie oft zärtlich darüber hin. Lotosblüten sind es, rote, schmeichelnde Blüten, die im Glas der Rubinfenster noch dunkler erscheinen. Die Frau lächelt, ihr Lächeln ist berückend. Auf dem Sessel neben ihr sitzt ein Mann, der sie verzückt betrachtet.

Ein Priester erhebt die Arme zum segnenden Gruß. Und während die Orgel mit schmeichelndem Ton die Melodie anstimmt, erklingt ganz sanft ein Chor:

„Eros und Psyche, so seid ihr genannt,
Streit, Hass und Flüche durch euch sind gebannt.
Übet die Liebe, so herrlich ihr könnt,
nichts euch verbliebe, sobald ihr euch trennt!
Schwelget dem Glücke, das Leben ist schön.
Niemals zurücke, voran sollt ihr sehn!

Nehmt alle Kraft zusammen,
teilt die Freude und den Schmerz!
Klio wird euch nie verdammen,
teilt ihr Seele, Geist und Herz!
Liebet die Liebe und das Leben,
reich belohnt mit Lust und Glück.
Klio wird euch stets vergeben,
doch schaut vorwärts, nie zurück!“

Ich konnte nicht weiterlesen, weil meine Gedanken sich nur um die Frage drehten: Wer hatte diese Geschichte verfasst? Es war nicht die Art meiner Mutter, derart überladen zu schreiben, sie war eher klar, mehr sachlich. Sollte es also mein Vater geschrieben haben? So kitschig? Nirgendwo entdeckte ich einen Namen, eine Handschrift, aus der ich ersehen könnte, wer dieses Kuriosum angefertigt hatte. Vielleicht ging es aus dem weiteren Verlauf hervor.

Als ich schließlich alles gelesen hatte, wusste ich es zwar noch immer nicht, allerdings war ich mir ziemlich sicher, dass es von meinem Vater stammen musste. Die blonde Frau auf dem ersten goldenen Sessel sollte wahrscheinlich meine Mutter darstellen, während er auf dem zweiten saß. Auf dem dritten – leeren – Sessel sollte eigentlich ein Mann sitzen, der *„gehorsam seines Weges ging“*, nachdem er von den Priestern *„als Fremdling“* aus dem Allerheiligsten gewiesen worden war.

„Ein glückhaftes Erkennen ging über das Gesicht der schönen Frau“, nachdem sie gehört hatte, dass dieser Mann *„von sehr, sehr weit, vom anderen Ende der Welt“* gekommen wäre.

Es hörte sich an, als würde mein Vater schlecht abschneiden bei dieser Inszenierung. Ich hatte den Eindruck, der andere Mann, der von *„sehr weit her“*, sei ihr wichtiger. In diesem Tempel ergab sie sich nämlich mehr oder weniger ihrem Schicksal mit meinem Vater.

Wer aber war der andere oder sollte der andere gewesen sein? Hatte meine Mutter überhaupt einen anderen? Vielleicht Onkel Deboo? Aber nein, der war schon lange tot, der konnte nicht gemeint sein, obwohl, wie hieß es in der Vision: *„... er stammt vom anderen Ende der Welt ...“* – theoretisch wäre es also möglich, für mich war es aber schier undenkbar.

„Onkel Deboo“, flüsterte ich erinnernd und fragend vor mich hin. Sein schrecklicher Tod hatte mich sehr berührt. Ich war damals gerade neun Jahre alt und erinnerte mich noch genau an das Geschehnis:

Wir Kinder lagen bereits im Bett und versuchten einzuschlafen, als plötzlich unsere Mutter laut aufschrie. So einen Schrei hatten wir noch nie von ihr gehört, deshalb sprangen wir rasch aus dem Bett und eilten zur Wohnzimmertür. Sigrun, die Älteste, versuchte uns Jüngere zurückzuhalten, was ihr schwerlich gelang. Trotzdem konnte ich einen Blick erhaschen. Noch heute sehe ich unsere Mutter in dem Sessel sitzen, ungläubig auf einen Brief starren, den sie in ihrer herabgesunkenen Hand hielt. Dieses entsetzte, schmerzverzerrte Gesicht werde ich wohl nie vergessen können. Sigrun erfasste als erste die für uns unbegreifliche Situation und brachte uns wieder zurück ins Schlafzimmer, wo sie versuchte, uns zu beruhigen. Irgendwann sind mir dann wohl die Augen vor Müdigkeit zugefallen; ich wusste aber nicht, was eigentlich geschehen war.

Gedankenvoll legte ich die Blätter der „Vision“ zurück in den Ordner. Ergriff, noch immer bedrückt, ein Heft, das im ersten Moment recht unbedeutend aussah und schlug es auf. Ich erblickte die ordentliche Schrift meiner Mutter.

LIESELOTTE

Schottland – 1938

Meine Mutter hatte mich nicht gerne gehen lassen. Aber ein „behütetes Heim“, wie sie es immer erstrebt hatte, gab es schon lange nicht mehr, nachdem mein Vater 1931, als ich erst zwölf Jahre alt war, im Alter von nur 57 Jahren gestorben war. Es ging uns wirtschaftlich nicht schlecht, denn meine Eltern hatten sich ein, ja, fast möchte man sagen, ein herrschaftliches Haus gebaut, jedenfalls für damalige Zeiten.

4. Gartenansicht Schönebeck

Durch die gute Stellung meines Vaters als Oberpostsekretär, hatte sie mit ihren drei Kindern ein gutes Auskommen. Meine jüngere Schwester Gisela suchte bereits nach eigenen Wegen und ich wollte es ihr gleich tun. Mir wurde mit meinen neunzehn Lebensjahren das Haus, die Umgebung, die Stadt, ja, selbst Deutschland zu klein. Alles erdrückte mich und schien mich am Atmen zu hindern. Ich wollte hinaus und die Welt kennenlernen.

Mit viel Geduld und endlosen Überredungskünsten brachte ich meine Mutter schließlich zu ihrem Einverständnis, mich gehen zu lassen. Sie selber kam auf die Idee, dass ich nach Schottland zu ihrer deutschen Freundin Olga Louise, die dort einen Schotten geheiratet hatte, fahren könnte. Sie wusste mich dort gut aufgehoben und untergebracht. Mir war alles recht, Hauptsache, ich konnte Freiheit spüren! Nicht, dass ich unfrei gewesen wäre, aber meine Mutter liebte uns sehr.

Schließlich drängte ich darauf, dass sie sich schnell mit ihrer Freundin, die ich persönlich noch nicht kennen gelernt hatte und sie nur aus den, in unregelmäßigen Abständen kommenden Briefen kannte, in Verbindung setzen sollte, weil ich das Gefühl hatte, in unserem Zuhause tatsächlich bald keine Luft mehr zu bekommen.

Ihren Wohnsitz in Musselburgh, der circa fünfzehn Autominuten vom Zentrum Edinburghs entfernt lag und von dem sie uns Fotografien geschickt hatte, als sie und ihr Mann es 1929 erwarben, hätte ich eher als Burg, denn als Wohnhaus bezeichnet. Es schien aus gewaltigen Steinquadern erbaut zu sein und wirkte auf mich riesig, dunkel, kalt und eigentlich sogar beängstigend. Uralte, massige Bäume wuchsen in der parkähnlichen Anlage.

Da die Aufnahmen anscheinend im Herbst gemacht waren, ermutigte ich mich mit dem Gedanken, dass es im Frühjahr vielleicht nicht mehr so finster aussehen würde, sondern ganz im Gegenteil: Ich erkannte viele, enorm großwüchsige Rhododendronbüsche, die sicherlich ganz wunderbar blühen, ihren Duft verströmen und das Anwesen romantischer wirken lassen würden.

5. Inveresk House mit Garten

Außerdem machte ich mir Mut, indem ich mir einredete, dass schließlich die gute Freundin meiner Mutter dort lebte. Ihren Briefen nach zu urteilen, hatte sie einen sehr netten Mann, Dr. Andrew Gold, einen Mediziner, der dort in seinem „Inveresk-House" nicht nur eine Praxis unterhielt, sondern vor allem eine Art Hotel betrieb, das er „Nature-Cure-Home" nannte. Dort konnten gut betuchte Damen und Herren der englischen und schottischen Gesellschaft einige Wochen verbringen, um während dieser Zeit und unter ärztlicher Aufsicht, ihre überflüssigen Pfunde abzuspecken.

Es gäbe genug Platz für alle und sie würde sich sehr freuen, hatte Olga Louise, kurz Tante Olly, geschrieben, denn sie könnten jede fleißige Hand gebrauchen. Für mich wäre es geradezu ideal, denn ich könnte mir die Arbeit bei ihnen so einteilen, wie ich es brauchte, um nebenher, wie ich es wollte, englische Literatur zu studieren. Und nun hatte meine Mutter, die nach dem Tod unseres Vaters immer besonders ängstlich um uns Kinder besorgt war, endlich zugestimmt.

Ich konnte mein Glück kaum fassen, obwohl mich auch immer wieder Zweifel plagten, ob ich mich tatsächlich allein in der fremden Welt zurechtfinden würde. Immerhin war ich noch nie allein und über einen längeren Zeitraum von unserem behüteten Zuhause fort gewesen. Mitunter empfand ich großes Mitleid mit meiner Mutter, die mein Fortgehen als weiteren Verlust empfinden würde. Deshalb wollte ich mich auch mit den Vorbereitungen für die Zeit in Schottland nicht sehr lange aufhalten, um möglichst rasch abzureisen, bevor sie es sich vielleicht doch noch einmal überlegte.

Sie bestand allerdings auf einer adäquaten Ausstattung. Das brauchte seine Zeit und ich wurde immer ungeduldiger. Aus diesem Grund veranlasste ich Tante Olly, meiner Mutter einen Brief zu schreiben, in dem sie bat, mich so bald als möglich kommen zu lassen, da meine Anwesenheit unbedingt erforderlich wäre. Das hatte tatsächlich eine entsprechende Wirkung. Darum saß ich, kaum einen Monat später, am 4. Februar des Jahres 1938 im Wohnzimmer, dem sogenannten „Drawing-Room“ von Tante Olly im „Inveresk-House.“

Natürlich dachte ich, wir müssten uns zunächst viel erzählen, um uns kennen zu lernen. Allerdings sollte sich die Notlüge meiner Mutter gegenüber schnell als Tatsache herausstellen. Tante Olly war zu einer echten Schottin geworden, denn sie geizte nicht nur mit Worten. Sie hatte kaum Zeit, mir Onkel Andrew, ihren Ehemann und ihre Kinder vorzustellen, oder mir die vielen Räume, die Gewohnheiten der Familie, die Aufgaben, ganz zu schweigen von der Gegend, in der sie lebten, zu zeigen. Ich sollte als Au-Pair-Mädchen für ihre beiden jüngsten Kinder, Erika und Douglas, eingesetzt werden und bei Bedarf auch für die Unterhaltung der Gäste sorgen.

Nie wieder habe ich eine Frau kennengelernt, die ein derartiges Geschick hatte, Menschen zu leiten, zu führen und ihnen beizubringen, wie man sparsam wirtschaftet. Es gab keinen Tag, an dem Speisen, die zuviel gekocht, aber einwandfrei waren, nicht noch eine Verwendung fanden. Ich bewunderte das zutiefst und lernte in Hinsicht auf Sparsamkeit dermaßen viel, dass man mich in meinem späteren Leben noch oft genug als „schwäbische Schottin“ bzw. „schottische Schwäbin“ bezeichnet hat, weil ich nie mehr in der Lage war, diesen Gedanken an Sparsamkeit wieder abzulegen.

Meine Eingewöhnung im „Inveresk-House“ dauerte nicht lange. Es geschah fast von allein. Entdeckte mich Tante Olly bei unnützem Tun, erhielt ich eine sofortige Ermahnung mit anschließender Erklärung, wie es anders besser, sinnvoller und – natürlich – sparsamer wäre. Meist war die Erklärung so einleuchtend, dass ich ihr für die Schelte sogar dankbar war. Da sie aber stets in einem recht herrischen Befehlston sprach, ging ich ihr jedoch auch ebenso gern aus dem Wege. Mit Onkel Andrew kam ich leider nur sehr wenig in Kontakt. Er war ein ruhiger, liebenswerter Mann, der sich ganz und gar auf seine Frau verließ und der seine Zeit fast ausschließlich mit und für seinen Beruf als Arzt verbrachte.

Die Freizeit der Herrschaften zu gestalten, die im „Nature-Cure-Home“ zu Gast waren und mit denen ich von Beginn an sofort gut zurecht kam, war nicht schwer, von einigen immer unzufriedenen Gästen abgesehen. Eine meiner ersten Aufgaben war es, Lady Carlington deutsche Dichtungen oder deutsche

Geschichten vorzulesen. Sie verstand zwar nicht viel, denn ihr Deutsch war nur mäßig, aber sie mochte den Klang meiner Stimme und versuchte, anhand derselben sowie meiner Mimik und Gestik herauszuhören, um was es sich gehandelt haben könnte. Da wir uns hinterher jedes Mal über den Inhalt unterhielten, war sie zumeist stolz auf ihren Erfindungsreichtum und ihre Erkenntnisse. Schon nach kurzer Zeit gesellten sich einige der anderen Damen und Herren hinzu und so durfte täglich ein anderer versuchen, herauszufinden, um welchen Inhalt einer Geschichte es sich gehandelt haben könnte. Mit Lord Kennedy spielte ich fast täglich eine Partie Schach, mit einigen anderen Damen Bridge und so vergingen die Tage eher mit Müßiggang als mit tatsächlicher Arbeit, denn die Kinder waren derart lieb und angenehm, dass auch die Beschäftigung mit ihnen für mich eher eine Freizeitbeschäftigung war.

So vergingen die ersten Wochen im Nu und es bereitete mir viel Freude, mit den, zum größten Teil sehr gebildeten Menschen, Konversation zu betreiben, wobei ich stetig meine Englischkenntnisse erweiterte. Das gesamte Ambiente war geradezu prädestiniert, um sich in weit zurückliegende Zeiten zu versetzen.

Das, was ich in Deutschland noch etwas ängstlich als dunkle Burg bezeichnete, war ein imposanter, im 16. Jahrhundert errichteter Bau auf ungefähr eintausend Morgen Land, mit vielen interessanten Vorbesitzern und berühmten ehemaligen Gästen wie Oliver Cromwell, die Duchess of Atholl, der Earl of Wemyss, der Lord Adam Gordon und viele mehr. Der Duke und die Duchess von York pflegten (ca. 1745) dort zu speisen, wenn der Duke, als Beauftragter von König Charles II., in Holyrood Gericht hielt.

Das gesamte Anwesen war umschlossen von einer ungefähr drei Meter hohen Mauer aus Felssteinen, die nur durch eine große Pforte unterbrochen war: Durch diese gelangte man, vorbei am Gärtnerhaus, auf Kies-knirschendem Weg durch den Park zum Haupteingang. Oberhalb der Tür war in großem Rundbogen „In Hoc Domo Nemo Nisi Veritas et Pacis Studiosus Intrabit“ eingeschnitzt. „Niemand soll dieses Haus betreten, der keine friedvollen und wahrheitsliebenden Absichten hat“, heißt es. Dieser Spruch hat mich immer sehr beeindruckt. Alles in allem hatte ich ein ehrfürchtiges Gefühl in Anbetracht der Geschichte dieses Hauses; und wenn man – wie ich – zum Träumen neigt, dann hing man oft seinen Gedanken nach, die sich vor hunderten von Jahren hier abgespielt haben mochten.

Nach einer kurzen Eingewöhnung immatrikulierte ich mich für englische Literatur an der Universität in Edinburgh, wo ich sehr schnell die Bekanntschaft anderer Studentinnen machte, die mir rieten, Mitglied des British Council Clubs zu werden. Von außen wirkte dieser Club wie ein ganz normales Haus. Nur ein kleines Schild an der Vorderseite deutete auf seine tatsächliche Verwendung hin. Es diente als Treffpunkt der Studenten. Wir konnten dort Radio hören, Zeitungen aus aller Welt lesen, diskutieren, uns amüsieren und natürlich auch in Ruhe den – in England, bzw. Schottland – obligatorischen Tee trinken. Ein Ort des „Sich-Kennenlernens“.

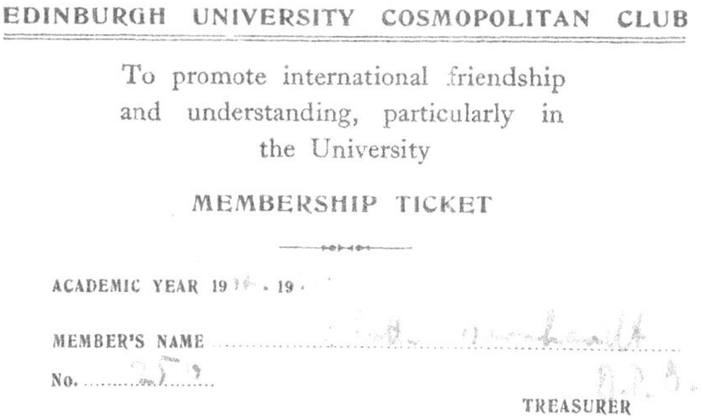
EDINBURGH UNIVERSITY COSMOPOLITAN CLUB

To promote international friendship and understanding, particularly in the University

MEMBERSHIP TICKET

ACADEMIC YEAR 19 . 19

MEMBER'S NAME

No.

TREASURER

6. Cosmopolitan Clubkarte

Bereits einige Wochen später kam es mir so vor, als hätte ich niemals woanders gelebt. Alles war so selbstverständlich. Ich war derart warm und lieb überall aufgenommen worden, dass sich meine Mutter bald beschwerte, weil mir kaum Zeit blieb, um ihr von allem Erlebten zu berichten.

Eines Nachmittags, nachdem ich mich mit einer neuen Bekannten im Club getroffen hatte und wir angeregt über ein Gedicht des indischen Poeten Rabindranath Tagore philosophierten, stand er da.

7. Studenten Edinburgh 1938

Das Wort blieb mir im Halse stecken, meine Augen waren auf ihn, auf seine Augen gerichtet und ich nahm nichts mehr wahr, was um mich herum geschah. Kein Laut, kein Geräusch, kein Gespräch, kein Gesicht, nichts. Ihm musste es genau so ergangen sein, denn er stand ruhig, bewegte sich nicht, sprach nicht mehr mit seinen Bekannten, er schaute nur auf mich, in meine Augen. Ich kann nicht mehr sagen, wie lange das Ganze gedauert hatte, mir kam es vor, als seien Stunden vergangen, aber schließlich spürte ich doch, dass mir meine Bekannte die Hand tätschelte und ich aus weiter Entfernung hörte, wie sie meinen Namen rief: „Lieselotte, hallo, wo bist du, geht es dir gut? Was ist los? Antworte mal!"

Ich schüttelte meinen Kopf, so, als müsste ich einen wunderschönen Traum abschütteln. Als ich jedoch wieder in die Richtung schaute, stand er noch immer da. Nichts hatte ich abgeschüttelt. Was war das bloß? Noch nie vorher war mir so etwas geschehen. In Sekundenschnelle rasten mir die Gedanken durch den Kopf: Mein Gott. Ich hatte doch bereits viele Inder hier gesehen.

Anfänglich hatte ich mich gewundert, dass es so viele davon gab, die alle hier studierten, bis man mir erklärte, dass die indischen Eliteschüler aus reichen Elternhäusern, meist waren es Brahmanenfamilien, es vorzogen, ihre Söhne in Schottland studieren zu lassen, da die Universitäten einen ausgezeichneten Ruf genossen.

Was hatte er aber an sich, dass ich nicht wegschauen konnte? War es die dunkle Brille, die ihn so streng, so unnahbar wirken ließ? Nein, die Strenge war es nicht, er wirkte anders, aber wie, wie? Er wirkte, als stünde er ruhig, gelassen, vielleicht ein wenig arrogant, über uns allen. Faszinierend. Noch immer war sein Blick nicht von mir gewichen. Allerdings war das Tätscheln auf meiner Hand stärker geworden: „Lieselotte, was ist mit dir? Sag' doch etwas. Hallo?"

Ich drehte den Kopf zu meiner Bekannten um und begann ein wenig stotternd zu erklären, dass mir gerade etwas ganz Wichtiges eingefallen wäre, das ich jedoch vergessen hätte und nun müsste ich mich rasch verabschieden, um das Versäumte zu holen. Noch bevor sie antworten konnte, war ich aufgestanden, schnappte meine Bücher, die Jacke und drängelte mich an „ihm" vorbei, wobei ich mich entschuldigen musste, weil ich mit meinen Büchern an seinen Arm gestoßen war. Selbst meine Entschuldigung brachte ich nicht normal heraus. Es klang, als hätte ich eine schreckliche Erkältung, denn meine Stimme war rau und heiser. Wahrscheinlich nickte er mir deshalb, die Verzeihung annehmend, etwas mitleidig zu und dennoch blickten seine Augen fragend, oder nein, sie blickten überrascht, oder traurig? Ich wusste plötzlich gar nichts mehr. Wahrscheinlich war er ein Yogi, der mich in irgendeiner Weise zu verzaubern verstand. „So ein Unsinn", fuhr es mir sofort durch den Kopf, aber es gelang mir nicht, meine Gedanken zu ordnen. Es war etwas geschehen und das hatte mit ihm zu tun. Aber was war das?

Was hatte er gemacht, dass ich – wie irr – durch den Tea-Room in Richtung Ausgang ging, aber die Haustür nicht fand? Ich machte vor der Treppe, die ins obere Stockwerk führte, halt und hielt mich kurz am Treppengeländer fest, um wieder zu mir zu kommen, mich zu orientieren. Anscheinend hatte ich Fieber. Mein Kopf dröhnte, meine Augen brannten wie Feuer. Ich legte meinen Kopf auf den Arm und schloss für einen Moment die Augen. Tatsächlich quollen ein paar Tränen aus den Augenwinkeln. Das war das Zeichen: Ich musste sofort zu Onkel Andrew und ihn um eine Medizin bitten, damit ich am nächsten Tag wieder fit sein würde. Daraufhin drehte ich mich um und blieb schon wieder wie angewurzelt stehen: Er stand da und sah mich an. Im selben Augenblick wusste ich, was mit mir geschehen war.

Ich hatte mich verliebt. Das war mir noch nie passiert. Das hatte ich noch nie erlebt. Bislang hatte ich kein Interesse am anderen Geschlecht gehabt, fast, als gäbe es keinen Unterschied zwischen Mann und Frau. Alle Männer waren Brüder, Väter oder Onkel. Aber es gab keinen Zweifel. Diese Tatsache war so sicher, als hätten wir unser bisheriges Leben nur damit zugebracht, uns gegenseitig zu finden. Ich war mir unglaublich sicher. In seinen Augen war deutlich zu lesen: Du bist es. Wahrscheinlich stand dasselbe in meinen Augen. Unmittelbar nachdem mir das klar wurde, nickte ich mit dem Kopf, um mir selber zu bestätigen, dass ich ihn, ohne ihn gesucht zu haben, gefunden hatte. Auch er nickte und wir wussten beide, warum. Wir brauchten es nicht auszusprechen. Es hatte kein Suchen gegeben. Er war da, ich war da. Das war genug, es war hundertprozentig.

Als er sich schließlich vorstellte, verstand ich seinen Namen nicht, obwohl er ein wunderbares Englisch sprach. Ich fragte dreimal nach, aber ich meinte, er würde stottern, sobald er seinen Vornamen aussprach. Ich verstand ihn nicht. Als er mir dann jedoch sagte, seine Freunde und Eltern würden ihn „Deboo“ nennen, war schon klar, dass auch ich ihn nicht anders rufen würde. Sein Nachname war dagegen recht einfach auszusprechen: Chatterjee.

Auch er hatte mit meinem Vornamen Schwierigkeiten. „Lieselotte“ war zu kompliziert, zu ungewohnt für ihn, deshalb kürzte er ihn kurzerhand auf „Liese“ ab, wobei es zeitlebens bleiben sollte.

Die folgenden Monate verbrachten wir in einer nie erlebten Faszination voll Harmonie und Gleichklang. Natürlich ging jeder seinem Studium nach und ich erledigte auch weiterhin meine Arbeiten im „Inveresk-House“. Jede freie Minute aber widmeten wir uns. Inzwischen hatten sich längst feste Freundschaften untereinander ergeben, eine Clique, die sich meist für diverse Veranstaltungen zusammenfand. Wir gingen ins Kino und diskutierten anschließend stundenlang über den Inhalt, das Für und Wider, das Gute und das Schlechte. Der Gesprächsstoff nahm nie ein Ende und jedes Mal rissen wir uns geradezu auseinander, weil am nächsten Morgen – ohne Erbarmen – der Wecker klingelte und die Nacht zu Ende ging und stets zu kurz war.

Deboo und ich schienen in fast allen Meinungen gleich, die Ansichten waren gleich, die Vorlieben waren die gleichen. Hatte ich eine Idee, was ich gerne am Wochenende unternehmen wollte, so konnte ich sicher sein, dass er mit demselben Vorschlag an mich herantrat. Wie oft mussten wir über derlei Einklang lachen. Einzig in körperlicher Nähe wichen wir ein wenig auseinander. Ich fühlte mich stark zu ihm hingezogen und hätte mich gerne beim Spaziergang in seinen Arm gehängt, oder wäre Hand in Hand mit ihm gegangen oder hätte mitunter alles dafür gegeben, meinen Kopf an seine Schulter zu lehnen. Der Anstand und natürlich meine eigene Scheu hielten mich jedoch davon zurück. Aber ich fand immer wieder eine Gelegenheit, ihn kurz zu berühren. So kurz, dass auch er nicht merkte, oder bemerken wollte, dass es Absicht war. Jedes Mal fühlte ich mich, als hätte ich einen Stromstoß versetzt bekommen, meine Haut begann zu kribbeln, es fror mich und gleichzeitig meinte ich zu verbrennen. Deboo schien das alles ebenso zu genießen wie ich, aber es gab keinen Kuss, kein Händchenhalten und dennoch war es eine solche Übereinstimmung und Harmonie, die kein Zweifel daran ließ, dass wir zusammengehörten.

Tante Olly hatte längst bemerkt, dass sich „etwas anbahnte“, aber sie sprach mich nicht darauf an, da ich weder meine Arbeiten im Hause, noch mit den Kindern und den Gästen vernachlässigte und auch meine Studien mit Freude betrieb. Nur einmal stand ich vor dem Problem, mich für den Ungehorsam ihr gegenüber zu entscheiden. Deboo wollte eine kleine Party veranstalten. Er hatte vor, selbst indische Speisen zuzubereiten und lud deshalb einige Freunde und auch mich ein. An diesem Abend wollte allerdings auch Lord Kennedy unbedingt wieder mit mir Schach spielen. Ich war hin- und hergerissen, nicht vor Entzückung, sondern viel eher wegen einer Entscheidung.

Fast täglich wollte der alte Herr mit mir Schach spielen, deshalb meinte ich, es wäre wohl einerseits nicht so schlimm, wenn ich es einmal ausfallen ließe. Andererseits aber war ich mir ganz sicher, dass Tante Olly es auf keinen Fall erlaubt hätte, das Schachspiel abzusagen, nur weil ich mein Vergnügen haben wollte. Heimlich am Abend wegzuschleichen, war ganz und gar ausgeschlossen. Der Kiesweg vom Haupttor zur Eingangstür führte direkt unter dem Schlafzimmerfenster Tante Ollys entlang. Jeder Schritt auf diesem Weg knirschte derart laut, dass ich mein Kommen oder Gehen auch gleich per Fernruf hätte ankündigen können.

In dieser Notsituation erinnerte ich mich allerdings an eine Unterhaltung zweier Dienstboten, die ich zufällig angehört hatte. Demnach gab es nicht nur das große Haupttor mit dem Gärtnerhaus, sondern irgendwo am entgegengesetzten Ende des Grundstückes musste es einen weiteren Durchgang geben, der mir aber bis dahin nie aufgefallen war und ich mich auch bis dato nicht dafür interessiert hatte. Nun änderte sich das aber und ich ging am nächsten Tag mit den Kindern in diese Richtung zum Spielen. Überrascht war ich, dass das Tor keineswegs – wie ich vermutet hatte – irgendwo versteckt im Gebüsch zu finden gewesen wäre, sondern ganz frei zugänglich war. Ich entdeckte, dass sich ein gewaltig großer Schlüssel am Innenpfosten des Tores befand. Ich musste also nur darauf achten, dass dieser Schlüssel an seinem Ort hing, wenn ich das Grundstück unbeobachtet verlassen wollte. Hier gab es keinen Kies, sondern nur weiches, saftiges Gras, also würden mich meine Fusstritte nicht verraten. Auch war es weit genug von Tante Ollys Schlafzimmer entfernt, es dürfte also keine Schwierigkeiten geben.

Am nächsten Tag erkundete ich ferner, dass ich den Ausgang über den Wintergarten nehmen müsste, da dieser nur tagsüber geöffnet war und nicht als ständiger Eingang genutzt wurde. Auch hier hing der Schlüssel neben der Tür. Es schien alles ganz einfach zu sein. Der Charmeur und Gentleman, Lord Kennedy, würde mich vielleicht vermissen, aber schließlich würde er sich gewiss anderweitig zu beschäftigen wissen.

Der Tag rückte näher und noch immer überlegte ich, ob ich es wagen konnte und ich mich trauen würde, ohne Tante Ollys Einverständnis das Haus zu verlassen. Schließlich aber war es so weit. Ich war sehr nervös und fahrig, denn eigentlich gefielen mir derartige Eskapaden überhaupt nicht. Aber eine Einladung Deboos abzuschlagen, war ganz ausgeschlossen. Nach dem Fünf-Uhr-Tee, der für gewöhnlich im Wintergarten gereicht wurde, nahm ich die Gelegenheit wahr, ihn abzuschließen und den Schlüssel an mich zu nehmen. Ich wollte unbedingt sichergehen, dass keiner der Angestellten an diesem Abend ein ähnliches Vorhaben geplant hatte und ich aus dem Grunde nicht mehr in den Besitz des Schlüssels gelangen würde.

Nachdem das gut geklappt hatte, wurde ich etwas ruhiger und konnte nun den Rest meiner Arbeiten erledigen. Gegen zwanzig Uhr verließ ich, unbemerkt von allen, über den Wintergarten das Haus. Den Schlüssel versteckte ich draußen in einem Gebüsch, damit ich ihn nicht mit mir zu tragen brauchte. Ebenso verfuhr ich mit dem gewaltigen Schlüssel des kleinen Seitentores, da er bestimmt zwei Pfund auf die Waage brachte. Anschließend eilte ich, so schnell ich konnte, zur Party Deboos.

Sie warteten bereits auf mich, denn das Essen war fertig. Sogleich wurden viele Platten mit allerlei Köstlichkeiten aufgetragen. Gemüse, auf verschiedene Arten zubereitet, Reis, so herrlich, wie ich ihn noch nie gegessen hatte, verschiedene Fleischsorten, etliche verschiedene Saucen und noch manches mehr, das ich nicht kannte. Alles duftete derart würzig und appetitlich, dass mir das Wasser im Munde zusammenlief. Überall brannten Kerzen, und auch Räucherstäbchen waren entzündet, deren Duft sich mit dem der Speisen mischte und dem Raum eine warme, urgemütliche Atmosphäre verlieh.

Deboo empfahl mir, von allem ein wenig zu probieren und bei der einen oder anderen Speise aufzupassen, weil sie besonders scharf gewürzt war. Ich beobachtete die anderen Inder, wie sie geschickt mit den Fingern kleine Reiskugeln formten, um sie blitzschnell in den Mund zu schieben. Ich wollte es ihnen gleichtun, aber meine Versuche scheiterten. Selbst als Deboo es mir zeigte, gelang es nicht gut. Deshalb erhielt ich eine Gabel, was mir allerdings sehr unangenehm war. Als ich jedoch sah, dass Margret, eine Kommilitonin, ganz ungeniert ebenso mit der Gabel aß, war mein Appetit größer als die Schmach, nicht mit Fingern essen zu können, was sich ja eigentlich recht einfach anhört. Ich nahm mir vor, zu Hause das Essen mit Fingern zu üben.

Leise hörte ich Musik im Hintergrund, wie ich sie noch nie gehört hatte. Klagende, wehmütige Töne, verschmolzen mit einigen immer wiederkehrenden frohlockenden Melodien. Ich war wie verzaubert. Es machte mir Mühe, mich mit den anderen zwanglos zu unterhalten, denn es war für mich viel schöner, einfach nur diese Momente der Harmonie in mich aufzusaugen. Diesen Abend würde ich nie vergessen, das stand schon jetzt felsenfest.

Leider geht auch der schönste Tag einmal zu Ende, so auch dieser. Deboo ließ es sich allerdings nicht nehmen, mich nach Hause zu begleiten. So gingen wir bald schweigend nebeneinander her. Ich spürte, dass er mich immer wieder aus den Augenwinkeln beobachtete und wenn ich ihn ansah, lächelte er mich, wissend und geheimnisvoll, an. Wir brauchten nicht zu sprechen, jedes Wort hätte diese wundervolle Stimmung zerstört.

Schließlich standen wir vor dem Seitentor und ich zerrte den riesigen Schlüssel aus dem Versteck. Als Deboo das sah, begann er so herzhaft zu lachen, wie ich es von ihm noch nie gehört hatte. Ich glaube, er hatte noch nie einen derart gewaltigen Schlüssel gesehen und ich musste wohl ein sehr merkwürdiges Bild abgegeben haben. Unter Lachen steckte ich den Schlüssel ins Schloss und öffnete das Tor. Als ich mich umdrehte, erschrak ich leicht, denn er war plötzlich direkt vor mir. Wir standen uns ganz eng gegenüber und sahen uns ernst, aber sehnsüchtig nacheinander verlangend an. Schließlich streckte er vorsichtig die Hand aus und streichelte mein Haar, als wollte er ausprobieren, wie sich blondes Haar anfühlte. Dann blickte er verlegen zu Boden und murmelte einen Abschiedsgruß. Ich war wie gebannt, aber entgegnete seinen Gruß. Lang blickte ich der langsam in der Dunkelheit verschwindenden Gestalt nach. Aber am liebsten wäre ich ihm hinterher gelaufen.

Allerdings hängte ich den Schlüssel dann doch an seinen Platz und ging nachdenklich über das weiche Gras zum Versteck des Wintergartenschlüssels. Das Haus lag ruhig, nirgends brannte ein Licht. Hätte der Mond nicht ab und zu hinter den dunklen Nachtwolken hervorgeleuchtet, so wäre es nicht einfach gewesen, den Schlüssel zu finden und ihn fast geräuschlos ins Schloss zu stecken. Es ging aber völlig komplikationslos. Den Weg durch den Wintergarten kannte ich wie im Traum, ich benötigte kein Licht.

Ich war fast an der Tür, da hörte ich die Stimme Tante Ollys hinter mir: „Die Nacht ist nicht mehr lang, Lieselotte. Ich glaube nicht, dass du genügend Schlaf bekommen wirst."

Mir blieb vor Schreck fast das Herz stehen! Am Abend hatte ich vor Angst gebibbert das Haus zu verlassen und entdeckt zu werden und nun, da alles ganz sicher schien und ich an Entdeckung überhaupt nicht mehr gedacht hatte, da geschah es.

„Tante Olly, ich äh ..."

Ein dicker Kloß steckte mir im Hals und ich schluckte, aber mir fiel einfach nicht ein, was ich denn nun sagen sollte. Sie sprach aber ganz ruhig weiter: „Ich habe für dich die Verantwortung übernommen und deiner Mutter versprochen, gut auf dich aufzupassen. Bislang hatte ich auch keine Bedenken, denn du bist vernünftiger, als manch' Andere. Meinst du, dass ich mir nun Sorgen machen sollte?"

Ich hatte mit einem Donnerwetter gerechnet, mit Vorwürfen und mit Anschuldigungen, wenn ich ertappt werden würde, aber nicht mit einer Tante Olly, die voller Verständnis und Vertrauen war. Deshalb entschuldigte ich mich bei ihr und versicherte, dass ich mich nie wieder heimlich davonschleichen wollte. Inzwischen hatte sie eine Kerze angezündet und im Schein des schwachen Lichtes sah ich, dass sie einen Morgenmantel anhatte und dicke Strümpfe, denn im Haus war es oft ziemlich fußkalt.

Auf dem Tisch standen zwei Gläser und eine Flasche besten schottischen Whiskys. Ich wunderte mich, dass es niemand abgeräumt hatte und wollte bereits danach greifen, aber sie sagte: „Lass' nur, Kind. Ich glaube, wir sollten einmal gemütlich miteinander sprechen."

Daraufhin schenkte sie in beide Gläser etwas Whisky ein und gab mir dann eines davon. Die Gläser klirrten beim Anstoßen leicht. Tante Olly leerte das Glas in einem Zug. Das hatte ich vorher noch nie gesehen und war deshalb ziemlich überrascht. Dann roch ich zunächst vorsichtig in das Glas hinein, stellte fest, dass es gut roch, nahm auch einen winzigen Schluck, aber es entsprach nicht meinem Geschmack. Ich hustete schon bei diesem kleinen Schluck und meine Augen tränten. Das beachtete sie aber gar nicht, sondern forderte mich auf, das Glas leer zu trinken, um es gleich wieder zu füllen. Freundlich, aber bestimmt bat sie, mich zu setzen.

Als ich erwachte, war es spät am Morgen. Tante Olly hatte veranlasst, mich ausschlafen zu lassen. Das war eine wunderbare Idee und ich war ihr sehr dankbar. Trotzdem brummte mein Kopf wie ein Bienenschwarm und mir war elend zumute. Der Whisky. Deshalb zog ich mir die Decke wieder über den Kopf und wollte die Sonnenstrahlen ignorieren, die durch die schweren Vorhänge fielen, weil ich sie recht unordentlich zugezogen hatte. Ich hatte sie zugerissen, zugeschleudert, weil ich wütend war. Wütend, aber eigentlich auch traurig. Jetzt kam es mir wieder in den Sinn. Nachdem ich gestern Abend den Rest meines Whiskys ausgetrunken hatte, begann Tante Olly zu sprechen.

Irgendwie hatte sie in Erfahrung gebracht, dass Deboo und ich mehr als nur Freundschaft füreinander empfanden. Sie versuchte gar nicht, mir diese Freundschaft zu verbieten, mir eine Ausgangssperre aufzuerlegen oder gar in Erwägung zu ziehen, mich zurück nach Deutschland zu schicken. Nein, sie erklärte mir die Tradition der Brahmanen. Zumindest das, was sie in Bezug auf mich für wichtig hielt.

„Inder", begann sie ihre Erklärung, „unterliegen einem Kastensystem. Das ist eine streng geordnete gesellschaftliche Hierarchie, die seit Jahrtausenden existiert. Du sagtest, dein Verehrer heißt mit Nachnamen Chatterjee? Ich kenne zwar nicht alle Bedeutungen, aber wenn die Namen mit ‚-jee' enden, ist das meist ein Zeichen dafür, das es sich um einen Brahmanen handelt. Brahmanen sind Mitglieder der obersten Kaste und genießen das höchste Ansehen. Sie sind streng an ihre Traditionen gebunden. Ihre Religion ist der Hinduismus.

Es ist nicht einfach zu erklären, Lieselotte, aber ich möchte, dass du verstehst, worauf du dich eventuell einlässt und was das zu bedeuten hätte. Ich kann dir nur einen kleinen Einblick geben, der dich das Wichtigste vielleicht verstehen lässt.

Die Hindus glauben an die Wiedergeburt in niederer oder höherer Form. Aus diesem Grund wird jedem Kind von Lebensbeginn an beigebracht, dass er seine religiösen und ethischen Pflichten in seiner Kaste unbedingt zu befolgen hat. Andernfalls könnte er unter Umständen den sozialen Schutz dieser Kaste verlieren, was für den Hindu, der an die Wiedergeburt glaubt, bedeutet, dass seine unsterbliche Seele im nächsten Leben in der Gestalt des Angehörigen einer niedrigeren Kaste, vielleicht sogar als Tier, wieder geboren wird. Ziel des Hinduismus ist jedoch, der Seele Ruhe zu geben, ins Nirwana zu gelangen, um vom Gesetz des Karma, den ständigen Wiedergeburten, frei zu werden."

„Du weißt aber auch", entgegnete ich, „dass ich nicht streng religiös erzogen worden bin. Bei uns herrschte in dieser Beziehung große Meinungsfreiheit und eine ebensolche Toleranz in Glaubensfragen. Was du mir gerade über den Hinduismus erzählt hast, ist im Grunde genommen nichts anderes als bei uns Christen: Auch wir versuchen, durch vorbildliches Leben im Hier und Jetzt und durch unseren Glauben an Gott, in den Himmel zu gelangen."

„Das ist richtig", erwiderte Tante Olly und holte dabei tief Luft. „Oberflächlich betrachtet sieht es zunächst so aus, als seien der Hinduismus und das Christentum sehr unterschiedlich. Ich sehe das aber etwas anders."

Staunend hörte ich ihr zu, während sie mir ihre Ansicht dieser beiden Religionsformen erklärte. Ich hatte keine Ahnung, dass sie bei all ihrer Arbeit auch noch die Zeit fand, sich mit Weltreligionen zu beschäftigen. Bislang kannte ich nur Menschen mit evangelisch-lutherischer bzw. römisch-katholischer Konfession. Deshalb lauschte ich ihren Ansichten andächtig, bis ich ihr schließlich entgegnete: „Aber dann spielt es doch keine Rolle, ob er Hindu ist und ich Christin, wenn die Religionen sich ähneln. Jeder kann doch seiner eigenen Entsprechung folgen."

„Das war es, was ich dir eigentlich mit all dem sagen wollte. Erinnerst du dich? Ich habe dir doch erklärt, dass den Hindus von frühester Kindheit an gelehrt wird, die gesellschaftliche Hierarchie ihrer Kaste, mit allen dazugehörigen Bräuchen, einzuhalten und zu befolgen. Sie sind sehr traditionell.

Zu diesen Bräuchen gehört es unter anderem auch, dass Eltern ihren Kindern geeignete Ehegatten aussuchen – und das bereits in ganz jungen Jahren. Die Kinder haben dabei kein Mitspracherecht. Es geht nur darum, durch eine hervorragende Verbindung der Kinder weiterhin für Ruhm und Ehre innerhalb der Familien zu sorgen. Die Kinder werden jung einander versprochen und heiraten später."

„Was willst du damit sagen?“, fragte ich erschaudernd. Ich ahnte aber bereits, dass auch Deboo einer indischen Frau versprochen worden war. Sie nickte mit dem Kopf, weil sie wusste, dass ich begriffen hatte. Fassungslos starrte ich vor mich hin, denn eigentlich hätte ich es wissen müssen, wenigstens hätte ich es merken müssen. Es war doch so naheliegend. Es war keine Scham, keine kavaliersmäßige Zurückhaltung. Es war ganz einfach: Er war versprochen und durfte, konnte, wollte oder sollte mich nicht berühren. Deshalb war er mehr oder weniger vor mir geflüchtet.

Als ich spürte, dass mir die Tränen in die Augen stiegen, rannte ich los, schleuderte in meinem Zimmer die Gardinen zu, entkleidete mich hastig und warf mich dann ins Bett, um nur noch zu weinen und in einen unruhigen Schlaf zu fallen, aus dem ich erwachte, als die Sonnenstrahlen versuchten, mich an der Nase zu kitzeln.

Monate waren vergangen. Zunächst hatte ich versucht, dass Deboo und ich uns nicht mehr sahen. Das war aber nur sehr schwer machbar. Überall begegneten wir uns. Nach wie vor gingen wir zu denselben Veranstaltungen. Es war allerdings unübersehbar, dass wir beide versuchten, nie miteinander allein zu sein. Ich hatte mir ganz fest vorgenommen, ihm nur freundschaftlich zu begegnen. Aber wo war der Unterschied? Wir hatten vorher keinen körperlichen Kontakt und danach auch nicht und trotzdem zog es uns zueinander. Das war keine Einbildung. Es konnte auch nicht anders sein, obwohl wir nicht darüber sprachen, dass es ihm genauso erging. Alles, einfach alles, jedes Wort, jeder Blick, jede Geste deutete darauf hin, dass wir uns beide zwangen, uns nicht gegenseitig zu verschlingen. Aber jeder hielt sich zurück. Mitunter war es kaum noch erträglich.

Eines Tages, ich hatte den Tag mit Deboo und mehreren anderen Freunden und Bekannten im Botanischen Garten von Edinburgh verbracht, rief mich Tante Olly zu sich. Ihr Gesicht verriet, dass etwas geschehen sein musste. Nachdem wir Platz genommen hatten, nahm sie einen Brief zur Hand. Ich erkannte sogleich die Handschrift meiner Mutter und vermutete Schlimmes. Sie gab mir den Brief aber nicht, sondern sagte: „Lieselotte, deine Mutter hat geschrieben. Die Lage in Deutschland ist ernst und scheint sich immer mehr zuzuspitzen. Sie befürchtet, dass es Krieg gibt und möchte, dass du sofort nach Hause kommst.“

Als sie das Wort „Krieg“ aussprach, überkroch mich ein eiskalter Schauer. Das wäre furchtbar, wenn tatsächlich ein Krieg ausbrechen würde. Niemand wollte ihn. Und jetzt fürchtete meine Mutter, es könnte doch einen geben?

Ich war verwirrt. Einerseits hatte ich große Angst, nach Deutschland zurückzugehen. Die Enge, die ich vor meinem Weggang gespürt hatte und an die ich hier gar nicht mehr dachte, käme wieder, außerdem schnürte mir die Angst vor einem Krieg geradezu die Luft ab. Aber ich konnte doch auch meine lieben Daheimgebliebenen nicht alleine lassen. Andererseits hatte ich schon oft darüber nachgedacht, wie es wohl sein würde, wenn Deboo demnächst sein Studium beendet hätte und er zurück nach Indien ginge. Den Gedanken hatte ich jedes Mal schnell wieder von mir gewiesen, denn ich wollte jede Minute genießen, die wir zusammen waren. Nun aber musste ich sofort zurück und aus dem Grunde würde es einen schnellen, einen sehr schnellen und wohl auch einen sehr kurzen Abschied geben. Vielleicht war das besser, als einen langen und deshalb qualvollen Abschied. War das unser Ende?

Während sich Tante Olly um meine Rückpassage kümmerte, erledigte ich die notwendigen Formalitäten an der Universität. Anschließend machte ich mich auf den Weg zum British Council Club. Dort würde ich wahrscheinlich alle Freunde und Bekannten treffen, ganz gewiss auch Deboo. Wie erwartet, traf ich sie im Tea-Room beim Five o'clock tea an. Ich musste ein sehr betretenes Gesicht gemacht haben, denn ich wurde sofort nach dem Grund meiner Missstimmung gefragt.

Nachdem ich alles erzählt hatte, war es mucksmäuschenstill geworden. Man hatte das Gefühl, als wäre es erst jetzt jedem so richtig bewusst geworden, wie ernst es war. Natürlich hatten wir immer wieder über die Lage diskutiert. Die meisten von uns aber glaubten nicht an einen Krieg, weil sie sich einfach nicht vorstellen konnten, dass es Menschen gibt, die Kriege wollen. Wir fühlten uns „da oben" in Schottland so sicher und so fern von politischen Ereignissen in Deutschland, dass wir gar nicht richtig gemerkt hatten, wie sich die Situation tatsächlich zugespitzt hatte. Nun hing das Ganze plötzlich wie das Schwert des Damokles über uns und niemand wagte, sich zu rühren. Jeder hing seinen Gedanken nach. Wir wurden erst durch neu Hinzugekommene von unserer Lähmung befreit.

Diese Gelegenheit nutzte ich, um mich von jedem zu verabschieden. Es waren auch ein paar Deutsche darunter, die aber noch nicht von zu Hause aufgefordert worden waren, zurückzukommen. Niemand ahnte, dass es nur ein paar Wochen später keiner Aufforderung mehr von zu Hause bedurfte, denn sie wurden alle des Landes verwiesen. Der Abschied von ihnen war besonders merkwürdig, fast könnte man sagen, er war peinlich.

„Viel Glück“, wünschten wir uns und, „Alles Gute für die Zukunft“, und vieles mehr. Es war kein fröhlicher Abschied und als die Reihe schließlich an Deboo war, konnte ich meine Tränen nicht mehr halten. Ich weinte hemmungslos und dieses Mal nahm er mich in seine Arme und versuchte, mich zu trösten. Mich konnte aber niemand trösten – womit denn auch? Würden wir uns je wiedersehen? Ich fragte ihn nicht danach und er tat es auch nicht. Es war aussichtslos, alles war aussichtslos. Selbst wenn kein Krieg ausbrechen würde, wäre er inzwischen zurück in Indien und müsste heiraten, das war der Lauf seiner Zeit. Ich wollte es nicht wissen, er sollte mir nichts mehr sagen, keine Hoffnungen machen, wir hatten keine Zukunft. Hätten wir eine gesehen, so hätte er gewiss darüber gesprochen und ich auch, es gab aber keine. Unbeholfen streichelte er mir über den Rücken und sah mich hilflos an. Sprechen konnten wir nicht miteinander, denn die anderen hätten jedes Wort hören können. So aber konnten sie denken, er hätte Mitleid mit einem Mädchen, das Angst vor einem Krieg hatte und nicht mehr nach Hause zurück wollte. Für mich brach mit diesem Abschied die ganze Welt zusammen.

~

GEGENWART

Ich starrte wie gebannt auf die Aufzeichnung meiner Mutter.

Sie tat mir so entsetzlich Leid, ich konnte mich sehr gut in ihre Lage von damals hineinversetzen und stellte mir vor, wie furchtbar traurig sie gewesen sein musste.

Onkel Deboo war also tatsächlich ihre erste Liebe, warum hatte er nicht um sie gekämpft? Hätte er sie nicht mit nach Indien nehmen können oder hätte er nicht in Europa bleiben können?

Viele Fragen aber keine Antworten. Ich musste weiterlesen, vielleicht gab es dort die Auflösung.

~

LIESELOTTE

Die Kriegs- und Nachkriegsjahre – 1938 – 1949

Am 29. September 1938 verließ ich recht überstürzt Schottland. Ich war so sehr mit meinem großen Kummer, der Trennung von Deboo, beschäftigt, dass ich nicht über die weitere Zukunft nachdenken mochte.

Zurück zu Hause, in Schönebeck an der Elbe, erzählte mir meine Mutter, was sich in der Zwischenzeit, speziell in meinem Elternhaus, verändert, bzw. ereignet hatte. Die Politik sparte sie allerdings zum größten Teil aus. Sie versuchte hartnäckig zu ignorieren, was sich „draußen", damit meinte sie nicht nur in Deutschland, sondern auch in Schönebeck, zusammenbraute.

Sie litt seit vielen Jahren insgeheim noch immer an dem Verlust ihres ersten Kindes, unserem Geschwisterchen, dass wir nie kennengelernt hatten, und ganz augenscheinlich auch unter dem Tod ihres Mannes. Unser herrlicher Garten war daher für sie ein Paradies, eine Stätte, in der sie aufgehen konnte. In Wirklichkeit aber war es ihr Zufluchtsort, an den sie sich mit viel Arbeit zurückziehen konnte, ohne als „Fahnenflüchtige" zu gelten. Alles andere wollte sie anscheinend nicht wahrhaben und ließ es nicht wirklich an sich herankommen. Vermutlich war die drohende Kriegsgefahr für meine Mutter ein höchst willkommener Anlass, mich wieder nach Hause zu holen, ihre Schäfchen um sich zu scharen.

Dann musste ich ihr in aller Ausführlichkeit von meinem Aufenthalt bei Tante Olly berichten, wobei ich alles was mit Deboo zu tun hatte, nicht erwähnte. Ich wollte mir nicht von anderen Menschen, und seien sie mir noch so nah, sagen lassen, wie aussichts- und sinnlos meine Liebe war und dass ich wieder „auf den Boden der Tatsachen" zurückkehren sollte. Das wusste ich selber. Trotzdem war es schmerzhaft und tat weh – jeden Tag aufs Neue. Hinzu kam, dass ich mein abgebrochenes Studium in Edinburgh vermisste und meine Mutter wegen der angespannten Lage nicht wollte, dass ich mich auf einer anderen Universität irgendwo in Deutschland einschrieb. Deshalb wurde beschlossen, dass ich mir so schnell wie möglich Arbeit suchen sollte.

Es erwies sich zunächst als recht schwierig. Trotzdem hatte ich, dank meiner Sprachkenntnisse und einem Stenografiekursus, den ich bereits 1936 absolviert hatte, Glück und fand recht bald eine Anstellung als Sekretärin bei den Junkers Flugzeug- und Motorenwerken Dessau, die in Schönebeck ein Zweigwerk hatten.

Die Junkers-Werke waren, nachdem das Reichskommissariat für Luftfahrt Professor Junkers schon 1933 genötigt hatte, seine vielen Patente unentgeltlich dem Luftfahrtministerium in Berlin zu übertragen, zum größten und modernsten Rüstungsbetrieb der Welt ausgebaut worden. Hermann Göring, der Reichsminister für Luftfahrt, hatte im Rahmen eines „Programms für Arbeitsbeschaffung" damit begonnen, die JU 52, die berühmte „Tante JU", aber auch andere Flugzeuge, für militärische Zwecke im Großserienbau herzustellen.

Das Geschäft florierte und ich hatte genug Arbeit, in die ich mich hineinstürzte, so dass mir fast keine Zeit mehr blieb, um traurig zu sein, denn der Tag verflog rasend schnell. Abends half ich zu Hause und danach fiel ich meist todmüde ins Bett. Von Krieg konnte bei uns nicht die Rede sein. Dennoch hatte meine Mutter Recht behalten. Knapp ein Jahr nach meiner Rückkehr, begann mit dem Überfall auf Polen, der Zweite Weltkrieg. Unser Leben ging aber genau so weiter wie bisher. Mein Bruder Hans besuchte die Schule, verabredete sich in der Freizeit mit Freunden und musste, wie auch ich, bei allen Arbeiten die im Garten zu erledigen waren und bei der Ernte mithelfen. Abends und am Wochenende verarbeiteten wir die Früchte und das Gemüse. Wir kochten Marmelade, machten Gelee, Mus und Säfte, weckten Früchte und Gemüse ein. Unser Vorratskeller füllte sich mit jedem Tag. Wir waren sehr dankbar für die gute und reichliche Ernte.

Inzwischen waren mehr als zwei Jahre seit meiner Rückkehr aus Schottland vergangen. Eines Tages bemerkte ich, dass einer der ranghöheren Abteilungsleiter, ein Herr Hachmann, der erst kürzlich nach Schönebeck gekommen war, sehr häufig die Gelegenheit nutzte, um in mein Büro zu kommen. Zunächst fiel das zwar nicht auf, denn ich konnte noch nicht erkennen, in welcher Funktion er nach den einen oder anderen Akten fragte. Das kam erst, wie es häufig geschieht, durch einen Zufall heraus. Mein Vorgesetzter wollte in dem Moment sein Büro verlassen, als Herr Hachmann gerade mal wieder eine Akte mitnehmen wollte. Beide begrüßten sich sehr freundschaftlich, aber mir fielen dennoch die erstaunten Blicke meines Vorgesetzten auf, als er die Akte bei Herrn Hachmann sah. Er schaute auf sie, dann von Herrn Hachmann zu mir und danach erhellte sich sein Gesicht, als wäre ihm nicht nur ein Licht, sondern ein ganzer Kronleuchter aufgegangen. Ich merkte, wie mir das Blut in den Kopf schoss. Es war mir unglaublich peinlich, dass ich nicht selber bemerkt hatte, „Opfer" eines Anbahnungsversuches geworden zu sein. Empört wollte ich protestieren, aber die beiden verließen, vielsagend grinsend, gemeinsam mein Büro. Mit einem vor mich hin gemurmelten „Na warte", ging ich wieder an meine Arbeit.

Als ich am nächsten Morgen die Plastikhaube von meiner Schreibmaschine zog, fand ich eine kleine Schachtel Pralinen mit einem Zettel daran.

„Entschuldigung. Ich wollte Sie nicht kompromittieren, aber ich konnte nicht anders. H.H.," was Hans Hachmann bedeutete.

Von da an kam er täglich, oft sogar mehrere Male. Wenn er nicht so unglaublich charmant gewesen wäre, immer zu einem Scherz aufgelegt und den Kopf voller Unsinn gehabt hätte, was mich stets sehr erheiterte, zudem er auch noch sehr gut aussah und gebildet war, ich hätte mir seine Aufdringlichkeit längst verbeten. Irgendwie verstand er es, ständig meine Aufmerksamkeit zu erregen. Er war interessant.

Nach ein paar Monaten gab ich es schließlich auf, ihn immer wieder abzuweisen und seine Einladungen auszuschlagen. Er kam auf immer neue Ideen, mich zu begeistern, zu überraschen, Ausflüge zu planen, Originelles zu improvisieren.

Im Juni hatte Hitler Paris eingenommen. Ich bekam von Hans Hachmann zu meinem Geburtstag einen von ihm selbst gemalten Eiffelturm geschenkt, mit dem Versprechen, mich eines Tages nach Paris einzuladen, um mit mir auf den Champs-Elysses zu flanieren. Zu diesem Zeitpunkt ließ sich Hitler von uns Deutschen als den „größten Feldherrn aller Zeiten" bejubeln.

Obwohl wir auch jetzt noch immer nicht unter dem Krieg zu leiden hatten, wie es später der Fall war, machte ich mir viele Gedanken um die Zukunft. Von Deboo hörte ich nichts mehr. Ich war nicht enttäuscht, denn ich hatte es im tiefsten Herzen gewusst. Ohnehin hatten wir unsere Adressen nicht ausgetauscht. Allerdings fühlte ich mich nicht frei von ihm. Er war mir immer noch sehr nah und ich dachte häufig an ihn.

Eines Tages gab ich dem Drängen von Hans Hachmann nach, wir gingen zusammen aus, Höflichkeit und Etikette wahrend. Danach unternahmen wir öfter etwas zusammen. Als wir uns schließlich näherkamen, erzählte ich ihm von Deboo und meinen Empfindungen ihm gegenüber. Er hörte sehr aufmerksam zu und wurde recht nachdenklich. Nach einer Weile erzählte er mir dann jedoch von seinem bisherigen Leben, von dem ich bis dahin nichts Genaues wusste. Er war bereits verheiratet gewesen und hatte zwei Töchter. Die Ehe war allerdings gescheitert und vor wenigen Monaten geschieden. Deshalb war er der Meinung, dass wir unser beider „Vorleben" abschließen könnten, da jeder seine Erfahrungen gemacht hatte.

So einfach war es jedoch nicht. Hans zog mich zwar körperlich sehr an, ich mochte ihn wirklich gerne, seine fröhliche, unbekümmerte Art, seine Intelligenz, seinen Erfindungsreichtum, seinen Witz und seine Klasse, aber ich fühlte mich dennoch an Deboo gebunden, ohne erklären zu können, warum. Es war gut, dass wir viel über meine Bedenken und Ansichten sprechen konnten, denn ich kam selber mit diesem Durcheinander nicht zurecht. Schließlich machte Hans mir ein Angebot, weil er spürte, dass ich sonst zu keinerlei Entschluss kommen würde. Er hatte wohl viel über die Situation nachgedacht, denn eines Tages lud er mich zu einem romantischen Beisammensein ein. Bei flackerndem Kerzenschein las er mir einen von ihm verfassten Aufsatz vor, der mir zeigen sollte, dass er mich nie einengen und bedrängen wollte. Sollte ich Deboo je wiedersehen und meine Gefühle wären für ihn stärker als für Hans, dann würde er mich, ohne jegliche Ansprüche, frei geben. Als einzige Gegenleistung verlangte er allerdings, absolute Ehrlichkeit und Offenheit in unserer Beziehung. Ich war über seine Gedanken und diesen Vorschlag höchst erstaunt und konnte es kaum fassen. Doch fühlte ich mich plötzlich auch befreit und das Leben schien endlich nicht mehr *hinter* sondern *vor* mir zu liegen. Er hatte mir die Entscheidung mit seinem Phantasieaufsatz leicht gemacht.

Im Frühjahr darauf, als die Elbauen wieder grün wurden und wir auf den großen Wiesen entlang der Elbe spazieren gingen, beschlossen wir, gleich nach meinem 22. Geburtstag zu heiraten.

Meine Mutter war nicht sofort damit einverstanden, denn sie gab zu Bedenken, dass Hans siebzehn Jahre älter war als ich. Aber auch sie hatte einen um zwölf Jahre älteren Mann geheiratet, deshalb galt dieser Einwand für mich nicht und mehr hatte sie dem nicht entgegenzusetzen, denn Hans besaß eine gute Stellung mit entsprechendem Einkommen.

Also heirateten wir am 28. Juni 1941, einen Tag nach meinem Geburtstag, und machten, nicht nur meiner Mutter zu Ehren, unsere Hochzeitsreise in ihre Heimat, die Lüneburger Heide. Ich liebte diese Landschaft mit den großen und herrlichen Heideflächen, die mich stets auch an Schottland erinnerten, ebenso wie meine Mutter sie geliebt hatte, bevor sie in Schönebeck meinen Vater geheiratet hatte. Als Kind hatte ich oft die Ferien bei meiner Tante, die in Luhdorf in der Lüneburger Heide, einen herrlichen Bauernhof besaß, verbringen dürfen.

Es wurde eine fantastische und unvergessliche Hochzeitsreise. Von Undeloh, einem kleinen Heideort, wurden wir mit der Pferdekutsche durch wunderschöne Heideflächen in sanftem Auf und Ab, aber stetig bergauf, nach Wilsede gefahren. Wilsede liegt auf einer Anhöhe unweit des Wilseder Berges. Von dort machten wir Ausflüge durch die Heide. Natürlich auch auf den Wilseder Berg, der größten Anhöhe in der Gegend. Wir bestaunten den weithin bekannten „Totengrund", wanderten nach Nieder- und Oberhaverbeck, sahen „Hannibals Grab", eine sehr beeindruckende Findlingsgruppe am Ortsrand von Wilsede. Wir sahen riesige Heidschnuckenherden, die die Heide abfraßen, damit sie im nächsten Jahr wieder umso dichter nachwachsen würde. Dabei versteckten wir uns oftmals hinter den, für diese Landschaft typischen Wacholderbüschen, um uns irgendwann zu finden und uns lachend in die weiche Heide fallen zu lassen. Manchmal fuhren wir auch mit dem Fahrrad die Gegend ab. Dabei sang Hans aus voller Kehle das Heidelied und am liebsten immer wieder seine Lieblingsstrophe:

„Ei du Hübsche, ei du Feine
Ei du Bild wie Milch und Blut
Unsere Herzen woll'n wir tauschen
Denn du glaubst nicht wie das tut!"

In Schönebeck bezogen wir nach unserer Rückkehr im ersten Stock meines Elternhauses eine sehr schöne, geräumige Wohnung. Sie besaß ein großes Kinderzimmer, ein ebenso großes Elternschlafzimmer und ein noch größeres Wohnzimmer, eine Küche und nicht zuletzt eine verglaste Veranda, von der wir einen hervorragenden Blick in unseren herrlichen Garten hatten. Während unserer Abwesenheit war die Wohnung komplett renoviert und eingerichtet worden. All das hatte Hans vor unserer Hochzeitsreise organisiert. Nun war dies unser gemeinsames Zuhause.

Im Erdgeschoss wohnte meine Mutter mit meinem jüngsten Bruder, Hans-Ewald, kurz Hansi genannt, und mit meiner etwas jüngeren Schwester Gisela, die aber bald darauf auch heiratete und mit ihrem Mann, einem Offizier, nach Berlin zog. Wir arbeiteten zunächst beide weiterhin für die Junkers-Werke, fühlten uns wohl und genossen das Leben, obwohl Krieg war.

Am 18. März 1943 kam unser erstes Mädchen auf die Welt. Hans hatte sich zwar sehnsüchtig einen Jungen gewünscht, aber er war glücklich über sein „süßes, goldiges Ding", dass da auf diese kriegerische Welt gekommen war, von der wir aber noch immer verschont geblieben waren. Wir nannten unser Töchterchen Sigrun, aber schon bald war sie unser kleines „Mümmeli", weil sie einen gesunden Hunger hatte und infolgedessen so prächtig gedieh, dass wir uns schon Sorgen machten, wie sie wohl aussehen würde, wenn das so weiterginge.

Ganz allmählich rückte der Krieg näher. Immer öfter gab es Fliegeralarm. Das bedeutete für uns jedes Mal, Sigrun aus dem Schlaf zu nehmen und mit dem Kinderwagen und den nötigsten, wichtigsten Dingen in den Keller zu fliehen.

Weihnachten 1943 verlebten wir noch sehr geruhsam. Meine Schwester Gisela war aus Berlin gekommen und feierte mit uns, da auch ihr Mann – als Offizier – eingerückt war. Der schön geschmückte Weihnachtsbaum interessierte unser kleines Mümmeli Sigrun zwar noch ebenso wenig wie der von ihrem Opa, Hans' Vater, selbst gebaute Puppenwagen und dem riesengroßen Teddybären, der von ihrer Patentante aus der Lüneburger Heide kam, aber meine Mutter und ich hatten aus Wachstuch allerlei Tiere genäht und ausgestopft, mit denen spielte sie gern und kaute auch ebenso gern auf ihnen herum.

Im neuen Jahr wünschten wir uns sehnlich das baldige Ende des Krieges. Täglich erwarteten wir den Angriff auf Magdeburg, der uns sehr in Mitleidenschaft ziehen würde. Beinahe jede Nacht flohen wir aus dem Schlaf in den Keller, was mir recht schwer fiel, da ich wieder schwanger war. Über uns hörten wir die Motoren der feindlichen Luftgeschwader und rings um uns donnerten sofort darauf die Abschüsse der Flak, dazu detonierten Granaten in der Luft.

Am 21. Januar 1944 erhielt unsere kleine Sigrun ihre „Feuertaufe“. Gegen 23:00 Uhr riefen uns die Sirenen aus dem Schlummer. Zuerst zögerten wir, in den Keller zu gehen, doch plötzlich stand die erste Kaskade am Himmel und gleich darauf detonierten die Bomben in allernächster Nähe. Noch nie waren wir so schnell die Treppen hinuntergeeilt. Es war höchste Zeit, denn gleich danach begann das Inferno eines Bombenangriffes, wie wir es bis jetzt nur vom Hörensagen her kannten. Fast drei Stunden lang erzitterte unser Haus und bei jedem Einschlag einer Bombe spürten wir den Luftdruck. Fensterscheiben und Dachziegel klirrten. Die Nacht war taghell durch Leuchtbomben erhellt und der Horizont durch Feuersbrünste gerötet. Unser Stadtteil blieb zwar verschont, aber ringsum brannten die Dörfer und auch in Schönebeck hatte der Feind getroffen: Die Sprengstoff-Fabrik war in die Luft geflogen! Danach kehrte kurzfristig wieder etwas „Normalität“ ein.

Am Sonnabend, den 5. August 1944, kam unser zweites Töchterchen, Heide Ingrid, zur Welt. Durch Sigrun, die seit ihrer Geburt nur dann weinte, wenn sie Hunger hatte oder ihr etwas fehlte und sofort wieder friedlich war, wenn ihr Begehren erhört wurde, waren wir verwöhnt. Heide war anders. Sie weinte nicht, sie schrie. Nichts schien ihr recht zu gefallen und wir wussten bald nicht mehr, womit wir sie zufrieden stellen konnten. Sigrun ließ sich jedes Mal durch Heides Geschrei anstecken, so dass wir sie schnell aus dem Zimmer brachten, sobald Heide anfing zu schreien. Unsere Nerven wurden dadurch ziemlich strapaziert. Vermutlich wollte Heide den Kummer über das kriegbebende Deutschland herausschreien, denn das Leben war beschwerlich geworden, zumal es einen anderen Verlauf nahm, als Hitler uns weismachen wollte.

Zwar war Hans noch immer nicht einberufen worden, weil seine Arbeit in den Junkers-Werken wichtiger war, als an der Front zu kämpfen, worüber natürlich niemand so glücklich war wie ich. Aber die Angst, es könnte jederzeit geschehen, war ständig präsent. Die Auswirkungen des Krieges waren nun heftig spürbar, dauernd gab es Fliegeralarm, der an der Tagesordnung stand. Wir wechselten im Keller sogar oft die Räume, weil wir meinten, im anderen sicherer zu sein. Es war anstrengend, mit den kleinen Kindern nun auch tagsüber ständig zwischen Wohnung und Keller hin- und her zu pendeln.

Hinter vorgehaltener Hand malten wir uns aus, wie der Krieg ausgehen könnte. Deshalb überdachten wir viele Eventualitäten. Schließlich waren wir uns darüber einig: Falls die Russen es schaffen sollten in Richtung Deutschland zu marschieren, würden wir zu meiner Cousine Bertha C., der Patentante von unserer Sigrun, gehen, die einen großen Bauernhof in der Lüneburger Heide bewirtschaftete. Meine Mutter war nicht umzustimmen und wollte unbedingt mit meinem Bruder in ihrem Haus bleiben, gleichgültig, was geschehen würde. Aber noch war davon nicht wirklich die Rede.

Stattdessen musste Hans am 1. April 1945 doch noch zu den Soldaten. Keiner wusste, wie es weitergehen würde. Deshalb begannen wir fieberhaft, alles Brauchbare in den Keller zu räumen und auch unsere Betten dort aufzustellen, Essen herbeizuschaffen, die Kellerfenster zu verbarrikadieren, um möglichst gut für ein Leben im Keller vorbereitet zu sein, denn das Donnergrollen der Front war deutlich zu hören und es hieß, die ersten Panzer seien bereits in Magdeburg, nur wenige Kilometer von Schönebeck entfernt.

Vorsorglich hängten wir sämtliche Fenster im ganzen Haus aus, weil davor gewarnt wurde, die Brücke über der Elbe, die die Stadt Schönebeck mit unserem Stadtteil verbindet, solle gesprengt werden, um entweder die Amerikaner von der westlichen Seite oder die Russen von der östlichen Seite von der Überquerung abzuhalten. Unser Haus lag keine achthundert Meter von der Brücke entfernt, und die Detonation einer Sprengung würde unweigerlich alle Scheiben zerspringen lassen.

Hansi, mein kleiner Bruder, war zu dem Zeitpunkt sechzehn Jahre alt und unsere Mutter machte sich ständig Sorgen um ihn, da er, so oft es möglich war, mit seinem Freund auf der anderen Seite der Elbe in eine alte Chemiefabrik ging. Sie sammelten alles, was ihnen wichtig erschien, um es anschließend irgendwo gegen Lebensmittel oder andere nützliche Dinge zu tauschen. Manchmal experimentierten sie auch mit dem Gefundenen, denn mein Bruder interessierte sich sehr für Chemie.

Gegen sechs Uhr abends war eines Tages der Lärm der Panzergranaten erheblich lauter geworden. Mein Bruder war noch nicht wieder zu Hause. Gleich darauf setzte der direkte Beschuss ein, der die ganze Nacht ununterbrochen andauerte. Morgens war mein Bruder noch immer nicht da. Wir wollten uns gerade auf den Weg machen um ihn zu suchen, als es erderschütternde Detonationen gab. Die Glasscheiben der Nachbarhäuser klirrten und zersprangen, der Boden bebte. Wir hasteten auf die Straße. Nachbarn kamen zusammen, Kinder schrieen vor Schreck und Angst. Und dann hörten wir es:

Sie hatten die Brücke gesprengt!

Wie ein Lauffeuer ging diese Nachricht um. Schon von Weitem sahen wir, dass ganze Arbeit geleistet worden war: Von der Brücke, die bestimmt fünfhundert Meter lang war, blieb nicht viel übrig, sie war unbenutzbar. Die Menschen standen da und fühlten sich plötzlich wie abgeschnitten, denn der schnelle Fluchtweg in Richtung Westen war gesprengt und die Russen saßen uns im Genick!

Für uns war es aber weitaus schlimmer, denn es hieß, es wären zwei Jungen auf der Brücke gewesen, man hätte nichts Genaues erkennen können, aber der eine wäre sicher mein Bruder gewesen. Daraufhin rannte meine Mutter, so schnell sie es in ihrem Alter vermochte, noch weiter in Richtung Elbe. Ich konnte ihr mit meinen beiden Kleinen nur mühsam folgen. An ein Durchkommen zur Brücke aber, die nur noch in Fragmenten aus der Elbe ragte, die zudem eine gewaltige Strömung hatte, war – ohne sich selber in Lebensgefahr zu bringen – nicht zu denken. So stand sie da und starrte auf den Fluss. Sie wollte es nicht glauben, war in verzweifelter Panik und beharrte starrsinnig darauf, dass er nicht auf der Brücke umgekommen war.

Während wir noch fassungslos und entsetzlich traurig am Elbufer standen, ertönten von der anderen Seite über Lautsprecher Warnungen der Amerikaner: Sollte sich unser Stadtteil nicht ergeben, würde er bombardiert werden. Daraufhin wurde allgemein und in aller Eile und Angst beschlossen, den Ort schnellstens zu verlassen.

Die Kinder wurden in Kinderwagen und Kinderkarre verstaut, dazu etwas Wäsche und Lebensmittel, dann ging es – so schnell wir konnten – fort. Hinter Elbenau nahm die Tieffliegertätigkeit dermaßen stark zu, dass wir Schutz in einem Bombentrichter suchen mussten. Die Kinderwagen tarnten wir mit schnell abgerissenem Tannengrün, bevor wir uns eng an die Wand des Trichters pressten. Die Kinder lagen stundenlang mal auf uns, mal – in Decken gehüllt – neben uns. Sobald wir es aber wagten, aufzusehen, hatten wir den Eindruck, als kreisten immer mehr Tiefflieger über uns. Mitunter schien es, als würden sie sich gegenseitig heftig beschießen. In der Dämmerung konnten wir den Krater endlich wieder verlassen, denn es wurde für die Kinder empfindlich kalt. In Elbenau fanden wir schließlich Zuflucht in einer Bäckerei, nachdem wir oft vergeblich um Hilfe gefragt hatten. Der nächste Tag verging bis zum Abend relativ friedlich. Dann aber setzte plötzlich heftiger Artilleriebeschuss ein, der sich über die ganze Nacht hinzog. In dieser Nacht kamen die ersten Amerikaner durch den Ort. Am nächsten Morgen waren aber wieder deutsche Soldaten da, die die Amerikaner im Gegenangriff zurückgedrängt hatten.

Obwohl die Schießerei nicht nachließ, bestand meine Mutter darauf, in den Ort zu gehen, um Milch für die Kleinen zu besorgen. Gottlob kam sie unversehrt zurück. Mittags setzte ein heftiges Artilleriefeuer ein, das fast 24 Stunden dauerte und viele Häuser in Brand schoss. Unsere Unterkunft wurde dabei zum Teil zertrümmert. Nachdem es wieder ruhiger wurde, sahen wir die verheerenden Verwüstungen und die vielen Toten. Aufgrund der Angaben einiger deutscher Soldaten verließen wir Elbenau wieder, um nach Hause zurückzukehren, da es hier wie dort gleich gefährlich sein sollte.

Als wir nach Hause kamen, sah es auch dort ziemlich arg aus. Das Haus hatte unter dem Beschuss gelitten. Eine Bombe war direkt neben den Brunnen gefallen und die Tiefflieger hatten mit ihren Bordwaffen überall Spuren hinterlassen. Teilweise war das Dach heruntergekommen, in die Haustür war geschossen worden, das Holz war zersplittert. Im Garten waren zwei der größten Birnbäume glatt abgeschossen und in alle Winde zerstreut worden.

Jetzt folgten viele Tage, wo hin und wieder geschossen wurde, mal mehr, mal weniger und man konnte sich seines Lebens nie sicher sein, solange man sich außerhalb des Kellers befand. Täglich musste Wasser und Milch für die Kinder geholt werden, aber wir trauten uns nur nachts heraus. Von meinem kleinen Bruder hörten wir nichts mehr, so dass es anscheinend stimmte, dass er auf der Brücke umgekommen war, was uns entsetzlich traurig machte. Aber die Ereignisse folgten derart schnell aufeinander, dass es kaum Gelegenheit gab, um richtig zu trauern. Es war eine furchtbare, eine grauenvolle Zeit.

Ende April tauchte plötzlich mein Mann Hans für wenige Minuten bei uns im Keller auf. Am dritten Mai kam er wieder zurück und konnte bei uns bleiben. Da keine kriegerischen Ereignisse zu erwarten waren, schliefen wir für eine Nacht wieder in unseren alten, lieben Räumen. Es sollte allerdings das allerletzte Mal gewesen sein.

Am Morgen des 5. Mai 1945 sahen wir russische Panzer in die Stadt einrollen. Alle Soldaten wurden gefangen genommen, darunter auch mein Hans. Nun folgte eine Zeit, die schlimmer war als die des Fliegeralarms. Wir waren ständig auf der Flucht vor den Überfällen der Russen. Sie plünderten die Häuser, die Gärten. Bevor sie in unser Haus einfielen, hatte ich mich gerade noch mit den Kindern und meiner Mutter auf dem Dachboden unseres Stalles verstecken können. Anscheinend war er für die Russen nicht interessant genug, denn sie verließen, laut johlend, nach quälend langer Zeit unser Haus. Sie hatten alles Essbare, allerlei Kleidung und verschiedene andere Dinge mitgenommen. Aus den Schränken hatten sie Geschirr genommen und auf den Boden fallen lassen, so dass es nicht mehr viele heile Teller gab. Die meisten Räume sahen ziemlich verwüstet aus. Dabei konnten wir froh sein, nicht noch Schlimmeres erlebt zu haben. Die Angst ging um. Ab sofort schliefen wir nachts im Stroh auf dem Stallboden, der nur durch eine kleine Öffnung mit einer Leiter erreicht werden konnte, die wir anschließend zu uns heraufzogen. Näherten sich Schritte, wurden die Kinder mit Kissen verdeckt, damit uns kein Laut verraten konnte. Diese Zeit brachte uns fast um den Verstand!

Die Sorge um uns, die Frage, wie es wohl meiner Schwester in Berlin erging und nicht zuletzt der Tod meines Bruders zehrten an unseren, vor allem aber an den Nerven meiner Mutter. Anfang Juni wurde sie krank. Ich konnte ihr nicht helfen, so dass sie nach Gommern ins Krankenhaus gebracht werden musste, wobei mich Nachbarn unterstützten. Hin und wieder nahm ich die Kinder mit, um meine Mutter zu besuchen, es waren elf Kilometer zu laufen und nicht immer war es ohne Gefahr. Meist konnte ich meine Kinder aber zu Nachbarn geben, während ich sie besuchte. Es gab keine Hoffnung für sie. Sie hatte sich aufgegeben. Am 1. August 1945 schloss sie ihre Augen für immer. Mein Kummer war grenzenlos, aber es blieb keine Zeit, um in Ruhe Abschied zu nehmen. Mit Mühe schaffte ich es, einen Sarg zu bekommen, um meine Mutter würdig beerdigen zu können.

Die Russen richteten derweil immer schlimmere Dinge an. Ich musste meine Kinder und mich schnellstmöglich in Sicherheit bringen. Da die Absicht, Schönebeck zu verlassen, schon länger bestand, nahm der Plan schnell sichtbare Formen an. Die beiden Kinderwagen waren für die zu erwartenden Strapazen nicht genügend geeignet, deshalb erstand ich für einen Teppich einen stabileren

Wagen. Den bepackte ich mit den Kindern und den notwendigsten und wichtigsten Dingen und startete morgens vor fünf Uhr. Ich hatte Angst, dass die Kinder Lärm machen könnten, deshalb hatten sie Schlaftabletten bekommen. Unser Weg zog sich aber über so viele Kilometer hin, führte uns auf und ab, durch Sand und Wasser, dass sie erwachten, noch bevor die Grenze hinter uns lag. Also musste ich sehr vorsichtig sein, um nicht entdeckt zu werden.

Es war schon fast dunkel, als ich in der Ferne eine Patrouille bemerkte. Deshalb schlug ich mich, so gut es ging und in aller Eile, in die Büsche und ermahnte Sigrun zur absoluten Ruhe, sie durften uns weder sehen noch hören. Allerdings begann Heide plötzlich zu wimmern, zwar ganz leise, aber sie wimmerte. Aus Angst, die Soldaten könnten es hören, legte ich ihr vorsichtig ein Kissen aufs Gesicht, wie ich es zuvor schon oft gemacht hatte, damit das Wimmern nicht zu hören war. Als die Soldaten ganz dicht bei uns waren, fühlte ich mich vor Angst wie gelähmt. Ich verharrte in dieser Starre und wartete, bis die Soldaten an uns vorüber gezogen waren. Dann nahm ich das Kissen von ihrem kleinen Gesichtchen und erschrak fürchterlich, denn sie war bereits blau angelaufen. Etwas später wurden wir – trotz aller Vorsichtsmaßnahmen – dann doch von einem russischen Posten entdeckt. Wir hatten gewaltiges Glück, denn es gelang mir, uns loszukaufen. Danach ging die Flucht weiter.

Am 22. September 1945 trafen wir spätabends in Hannover am Bahnhof ein. Sigrun hatte das letzte Stück zu Fuß laufen müssen, da der Wagen ständig ein Rad verlor und nur unter größter Mühe vorwärts bewegt werden konnte. Todmüde übernachteten wir im Bahnhofsbunker. Nachdem wir die Nacht vorher im Saal eines Restaurants verbracht hatten – die Kinder waren begreiflicherweise sehr unruhig, so dass Heide dauernd auf dem Arm getragen werden musste – war auch die Nacht im Bunker keine sanfte, erholsame Schlafstätte.

Den nächsten Tag versuchte ich – völlig übernächtigt – zunächst den Kinderwagen notdürftig zu reparieren und etwas Essbares für uns zu organisieren. Danach schien es zwar unmöglich, mit zwei kleinen Kindern, Kinderwagen und Gepäck in einen der überfüllten Züge zu gelangen, aber irgendwie schafften wir es.

Am frühen Abend trafen wir, stark abgemagert, entkräftet und verschmutzt, nach zehn schrecklichen Tagen in Luhdorf bei meiner Tante Line ein. Wir waren in Sicherheit. Die Freude war grenzenlos und unbeschreiblich. Das erste Ziel war erreicht.

„Da ist ja unsere Oma!“, rief Sigrun erfreut aus, als sie Tante Line sah, die ihrer Schwester, meiner verstorbenen Mutter, zum Verwechseln ähnlich sah.

Tante Line besaß einen sehr gepflegten, vornehmen Bauernhof, einen der größten des Ortes. Er war mir immer lieb und vertraut, weil wir in glücklichen Kindertagen oft in diesem Paradies zu Besuch waren. Nun aber vermochte ich ihn kaum wiederzuerkennen, denn er platzte aus allen Nähten. Jede Ecke war ausgefüllt mit Flüchtlingen, Ausgebombten oder Evakuierten. Eigentlich gab es für uns keinen Platz mehr, bis auf eine kleine Kammer über dem Schweinestall. Mir war alles recht. Hauptsache war für mich, den Russen entkommen zu sein.

8. Berthas Bauernhof

Bis zum 10. Oktober blieben wir bei ihr, die uns erst wieder etwas „aufpäppeln“ wollte, bevor sie uns weiter zu ihrer Tochter, meiner Cousine Bertha C., der Patentante unserer Sigrun, in den kleinen Ort Putensen in der Lüneburger Heide ziehen ließ. Aber auch hier gab es unzählige Flüchtlinge. Der Hof von Bertha war ebenso überfüllt, wie viele andere in dieser Zeit. Sie stellte uns in ihrem großen Bauernhaus im ersten Stockwerk ein Schlafzimmer zur Verfügung. In dieser Sicherheit und dem Komfort des Daches über dem Kopf, kam ich schließlich wieder zur Besinnung und konnte nun endlich den Tod meiner Mutter und meines Bruders beweinen.

Von meinem Mann hatte ich seit seiner Gefangennahme nichts mehr gehört. Eines Tages kam eine Magd zu uns in die Küche und fragte, ob wir einem armen, kranken Bettler Essen geben würden. Bertha und ich folgten ihr auf den Hof. Dort stand er, zerlumpt, schäbig, schmutzig, elend, krank und mit seinen langen, ungekämmten Haaren und dem verzottelten Vollbart kaum zu erkennen. Aber er war es. Mein Mann Hans war wieder da. Ich konnte mein Glück und die Erleichterung kaum fassen.

Nachdem die Russen ihn und viele andere Männer gefangen genommen hatten, sollten sie nach Russland abtransportiert werden. Zunächst aber brachte man sie von einem Lager ins nächste. Am Tag des Abtransportes konnte sich Hans jedoch, zusammen mit einem anderen Kameraden aus Berlin befreien und floh. Allerdings dauerte es nicht lange und er wurde erneut aufgegriffen, dieses Mal von den Engländern. Wieder kam er in ein Sammellager. Die Engländer waren jedoch nur an „richtigen“ Nazis interessiert und versuchten nun herauszubekommen, wer er war, denn Papiere hatte er überhaupt keine bei sich. Hans stellte sich sehr „dümmlich“, das heißt, er tat so, als könnte er weder englisch sprechen, noch verstehen. In Wirklichkeit bekam er aber jedes Wort von den Engländern mit. Deshalb hatte er gehört, dass sie sich Sorgen wegen Versorgungsengpässen machten und man dringend nach Landwirten suchte, um die Felder wieder bestellen zu können. Als die Reihe schließlich an ihm war, erzählte er den Briten, dass er vor dem Krieg Bauer gewesen war. Sein Name wäre Gustav C., das war der Mann meiner Cousine Bertha, der jedoch im Krieg geblieben war, und er sei auf dem Weg nach Hause. Dort würde man bestimmt schon sehnlichst auf ihn warten, denn die Ernte stünde ja demnächst bevor und man brauchte jede Hand dafür. So einfach wollten die Engländer es ihm aber wohl nicht machen, deshalb ließen sie sich eine Prüfung einfallen und fragten, wie man denn in Deutschland die Kartoffeln aussäen würde, ob das anders als in Großbritannien geschehen würde. Daraufhin fragte Hans, wobei er versuchte, ein wenig Plattdeutsch zu sprechen, was für die Region, aus der er vorgab zu stammen, typisch war: „Ja, wie macht ihr das denn? Bei uns werden die Kartoffeln nicht gesät, sondern gepflanzt.“

Diese Antwort hatte ausgereicht, um ihn als Bauern anzuerkennen. Wahrscheinlich verstanden diese Soldaten nicht viel mehr von Landwirtschaft als Hans. Es wurde ihm ein Begleitschreiben mitgegeben, das ihn ungehindert nach Hause ließ, falls er noch einmal Engländern in die Hände fallen sollte.

Da nun allerdings der kleine Raum für uns alle nicht mehr ausreichte, gab uns Bertha im Erdgeschoss noch eines ihrer Zimmer als Wohnraum. Es dauerte etliche Wochen, bis Hans von der Ruhr genesen war, sich allmählich erholte und an unseren neuen Alltag gewöhnte. Schon bald vermissten wir schmerzlich viele Dinge unseres alten Lebens, an denen unser Herz hing. Auch wollten wir nicht immer wieder Bertha um etwas bitten. Da wir aber nichts mehr besaßen, andererseits aber benötigten, suchten wir nach einer Lösung.

Diese kam, wie so oft, per Zufall und war, ich konnte es kaum glauben, eine der schönsten Überraschungen. Von Flüchtlingen, die ebenfalls aus Schönebeck stammten, erfuhren wir zuverlässig, dass mein Bruder am Leben sei! Während der Sprengung sei er tatsächlich nicht auf der Brücke gewesen, sondern hatte sich auf der gegenüberliegenden Seite in einer Fabrik aufgehalten. Er fand aber weder ein Boot, noch sonst eine Möglichkeit, gefahrlos über den Fluss und auf den Rückweg zu gelangen, bzw. uns zu informieren, so dass es viele, viele Wochen dauerte, bis er sich zu Fuß zurück nach Schönebeck durchschlagen konnte und nun, da niemand mehr zu Hause war, mit seinen sechzehn Jahren völlig auf sich allein gestellt war. Aus diesen Gründen beschloss ich, mich noch einmal auf den Weg nach Schönebeck zu machen.

Unter vielen Gefahren schaffte ich es, musste aber feststellen, dass mein Bruder in diesen Monaten gelernt hatte, allein zurecht zu kommen. Er ließ sich durch nichts dazu bewegen, mit mir zu kommen. Sein Entschluss, im Elternhaus zu bleiben und alleine seinen Weg zu gehen, stand unerschütterlich fest. So packte ich noch einmal meinen Wagen mit notwendig gebrauchten Dingen voll und flüchtete ein zweites Mal. Das Glück war mir hold, denn als ich auch auf dieser Flucht entdeckt wurde, gelang es mir, den Soldaten mit einer Kamera derart zu beeindrucken, dass er mich laufen ließ. Schade war nur, dass die Russen bei der Plünderung unseres Hauses das Fotoalbum mit den ersten Bildern unserer kleinen Heide mitgenommen hatten und sich in dieser Kamera die letzten Aufnahmen von ihr aus fröhlicheren Tagen befanden. Da wir uns erst viel später wieder eine neue Kamera kaufen konnten, gab es nie Babyfotos von Heide, was für sie stets sehr traurig war.

Zurück in Putensen, wurde gerade damit begonnen, die unzähligen Kartoffelsäcke zu flicken, woran sich jeder beteiligte. Hans war inzwischen als Landarbeiter bei Bertha „angestellt" und half ebenso. Dabei kam der Gedanke auf, den ersten Heiligen Abend nach dem Kriege mit allen Bewohnern des Hofes festlich zu begehen. Schnell nahm diese Idee Form an, denn jeder sehnte sich nach einem friedvollen Miteinander. Auch wollten die meisten Eltern, dass ihre Kinder endlich einmal wieder Freude erlebten, deshalb sollte es für sie eine Überraschung werden.

Jede Familie hatte von Bertha für ihre Arbeit Rüben für Sirup bekommen, der in nächtlicher Kocherei in der Waschküche hergestellt wurde, ebenso wie Mehl und Kartoffelmehl. Viele arbeiteten als Tagelöhner auf dem Hof und erhielten dafür Fleisch aus den Hofschlachtungen. Ein Teil davon wurde für das Weihnachtsmahl aufgehoben. Abends hockten die Frauen beieinander und schrieben alle Rezepte für Weihnachtsgebäcke, die sie erinnerten, nieder. Da diese Familien aus vielen verschiedenen Gegenden stammten, eine davon war mit Großeltern, Eltern, sieben Kindern und ebenso vielen Hühnern auf zwei Panjewagen aus Bessarabien gekommen, gab es eine große Anzahl nie gekannter Backrezepte. Auch die Traurigsten und Griesgrämigsten unter den Flüchtlingen wurden von dieser Vorfreude angesteckt und konnten manchmal wieder lachen.

In der Backnacht durften die drei ältesten Kinder als Handlanger den Backherd anheizen und für den Holznachschub sorgen. Alle anderen Kinder wurden mit dem Versprechen ins Bett gesteckt, am nächsten Morgen einen Kringel zu bekommen. Unsere Möglichkeiten waren zwar bescheiden, aber in der Erinnerung waren es die besten und herrlichsten Gebäcke, die wir je gegessen hatten.

Unter dem Jubel der Kinder wurde wenige Tage vor Weihnachten ein riesiger Baum in die Diele des Hauses gebracht, die vorher bereits aufs Feinste geputzt worden war. Jeder hatte Schmuck gebastelt, der nun den Baum verschönerte und Bertha stellte Kerzen zur Verfügung.

Nachdem am Heiligen Abend das letzte Tier versorgt war, begann unser Fest mit dem traditionellen Grünkohlessen mit Wurst und kleinen, runden Bratkartöffelchen. So etwas Leckeres hatten viele seit langem nicht gegessen. Es wurde gesungen, der Weihnachtsmann verteilte die Backwaren und sogar die eigentlich unvermeidbare Stromsperre setzte erst ein, als der alte Großvater aus Bessarabien die Weihnachtsgeschichte auswendig erzählt hatte.

Dieses Fest blieb für alle unvergesslich. In der Erinnerung wurde es nur dadurch getrübt, dass Sigrun Ende November an Diphterie erkrankt war und operiert werden musste. Es ging ihr viele Wochen sehr schlecht, aber gerade zu Weihnachten begann es, besser zu werden, so dass wir sie Anfang Januar wieder aus dem Krankenhaus holen konnten.

Abgesehen davon, dass nichts mehr so war wie früher – wir hatten unsere Eigenständigkeit im eigenen Haus mit Selbstversorgung und gutem Auskommen gegen eine winzige beengte Behausung, abhängig vom Wohlwollen meiner Cousine, eingetauscht – ging es uns so gut, wie wahrscheinlich vielen anderen nicht, denn wir litten keinen Hunger.

9. Unsere Treppe

Heide hatte kurz vor ihrem ersten Geburtstag das Laufen gelernt und im folgenden Winter war sie kaum zu halten. Sie war ein kleiner Irrwisch und hatte ständig nur Unsinn im Kopf. Als Sigrun nach ihrem Krankenhausaufenthalt wieder bei uns war, belastete uns die Enge der Wohnung sehr. Aber erst Ende 1946 ließ Bertha noch eine kleine Wohnküche neben dem Schlafzimmer für uns herrichten und noch später sogar von außen eine Treppe anbauen, damit wir ungestört, und nicht mehr durch ihre eigenen Räume, unsere kleine Wohnung betreten konnten.

Deutschland war nach der Kapitulation geteilt. Mein Elternhaus lag nun in der sogenannten Ost-Zone, die von den Russen besetzt war, während wir in der Lüneburger Heide von den Engländern besetzt waren und Berlin, wo meine Schwester lebte, gleich an vier verschiedene Mächte vergeben war: den Russen, Engländern, Franzosen und den Amerikanern. Berlin konnte jedoch nur über die russisch besetzte Zone erreicht werden, was sich als sehr schwierig erwies.

Die vier Siegermächte hatten beschlossen, Deutschland zu entnazifizieren. Damit wurde schon bald nach der Kapitulation begonnen. In sogenannten „Meldebögen" musste man über sich Auskunft erteilen, um danach in verschiedene Kategorien eingeordnet zu werden, entweder war man Hauptschuldiger, Belasteter, Minderbelasteter, Mitläufer oder Entlasteter. In der ersten Zeit hörte man von drakonischen Strafen, unter denen aber gegebenenfalls nicht nur die Betroffenen, sondern die gesamte Familie zu leiden hatten, denn es ging von Berufsverbot über Ausschluss der Pensionsanwartschaften, Einzug des Privatvermögens zu mehrjähriger Arbeitshaft und auch Arbeitslager.

Es ging die Angst um, dass man sich nicht entlasten konnte, denn dazu brauchte man Zeugen, die vor den sogenannten Spruchkammern die Unschuld bestätigten, bzw. eidesstattliche Erklärungen abgaben. Deshalb begann bald darauf ein reger Briefverkehr. Hans bekam plötzlich Anfragen von ehemaligen Kollegen der Junkerswerke, auch solche, die ihm gar kein rechter Begriff mehr waren, die ihn um Entlastung baten. Er selber nahm daraufhin auch Kontakt zu seiner ehemaligen Sekretärin auf und wäre gerne entlastet worden. Sie wohnte weiterhin in der nun russischen Zone. Dort fand sich jedoch niemand, etwas derartiges für ihn zu tun. Zum einen waren viele gestorben, bzw. noch nicht aus der Gefangenschaft zurück. Zum anderen waren auch etliche geflüchtet und letztendlich begannen bereits damals die später berühmt-berüchtigten Bespitzelungen und Denunziationen. Niemand wusste, wem er noch trauen konnte. Schließlich gab Hans diese Bemühungen auf und versuchte lediglich, sich dem Entnazifizierungsversuch der Briten zu entziehen, was ihm auch gelang.

Ich nahm ihm das sehr übel, weil ich der festen Ansicht war, dass er damit einen guten Neuanfang für uns verhinderte. Mit einem „Persil-Schein" in der Hand, den er nach der Entnazifizierung gewiss von der Spruchkammer erhalten hätte, da er in eine der unteren Kategorien einzuordnen gewesen wäre, hätte er die besten Aussichten gehabt, wieder eine adäquate Anstellung zu bekommen. Durch seinen Entzug hatte er nichts in der Hand, und dadurch gelang ihm keine Rückkehr in eine gehobene Position. Also blieb er zunächst Landarbeiter bei Bertha mit großen Träumen für eine berufliche Veränderung. Dies wurde ein immer wiederkehrender Streitpunkt zwischen uns.

Zunächst einmal suchten wir aber nach Wegen, wie wir meinem Bruder, der sehr unter Hunger litt, helfen konnten. Schließlich kam uns ein glücklicher Umstand zu Hilfe, denn wir erhielten Post aus Berlin. Der Kamerad, Otto CL., mit dem Hans aus dem Gefangenenlager der Russen geflüchtet war, teilte mit, dass er gut nach Hause gekommen war und inzwischen sogar wieder ein wenig „Fuß gefasst“ hatte. Er verdiente mit allerlei Tätigkeiten seinen Lebensunterhalt für sich und seine Frau, jedoch fehlte es allerorts an Lebensmitteln. Das brachte uns auf eine Idee, schließlich heißt es nicht umsonst: „Not macht erfinderisch“.

Durch die Landwirtschaft und unsere Arbeit auf dem Hof bekamen wir von Bertha Kartoffeln und Rüben. Außerdem hatte sie uns ein Stück Land zur eigenen Bewirtschaftung zur Verfügung gestellt. Deshalb konnten wir, bei äußerst sparsamem Verbrauch, immer wieder etwas davon abzweigen. So trafen wir mit Otto ein Abkommen: Da es für uns keine Möglichkeit gab, meinem Bruder Lebensmittel zu schicken, gingen diese Pakete an Otto. Dieser leitete sie an meinen Bruder im Osten weiter, was von Berlin aus möglich war. Mein Bruder füllte wiederum seinerseits die, nun wieder leeren Kartons, die absolute Mangelware waren, mit Dingen, die ursprünglich mir gehörten und er sie in Schönebeck nicht benötigte.

Als Dank für Ottos Hilfe, erhielt auch er von allem, was wir erübrigen konnten. So gingen die Pakete hin und her und jedem war damit geholfen. Auf diese Weise konnte Hans auch seinen alten Eltern, seinem Bruder und seinen beiden Töchtern, die in Dessau lebten und ebenso unter Hunger zu leiden hatten, helfen.

Hans und Otto entwickelten daraufhin bald einen lebhaften Handel, weil alle davon profitieren konnten. Binnen kurzem gab es regelrechte Wunschzettel, die man zu erfüllen versuchte. Mein Bruder brauchte einen Anzug, da seiner völlig zerschlissen war, also wurde Otto damit beauftragt, weil auch wir keinen auftreiben konnten. Meist klappte es. Später fertigte Hans Pantoffeln aus Stroh, die Otto in Berlin gegen alles, was uns fehlte, eintauschte. Damit Otto die Pakete, die er lediglich weiterleiten sollte, von denen unterscheiden konnte, die er für sich behalten sollte und über die genauestens Buch geführt wurde, adressierten wir die einen an Otto und die anderen an Maria, seine Frau. Das ersparte ihm Zeit. Auf diese Weise gelangten wir sogar wieder in den Besitz so manchen Möbelstückes aus unserer ehemaligen Wohnung und schließlich sogar meines Fahrrades. Allerdings fehlten die Muttern, so dass ich es erst viele Monate später, nachdem Hans diese Muttern irgendwo erstehen konnte, wieder in Betrieb nehmen konnte. Gerne hätten wir noch mehr und noch öfter Waren geschickt und erhalten, aber der Mangel an Kartons und Kisten ließ es meist nicht zu. Außerdem stauten sich bei Otto aus verschiedenen Gründen häufig die Sendungen aus „Ost“ und „West“, so dass immer wieder Engpässe bei den Lieferungen auftraten. Auch gingen oftmals Pakete und Briefe verloren. Da wir uns immer gegenseitig den Erhalt der nummerierten Briefe und Sendungen bestätigten, wussten wir jedes Mal ziemlich schnell, wann wieder eines verschwunden war.

Sogar Bertha schaltete sich in diesen Kreislauf mit ein, da sie ja viel mehr zu bieten hatte als wir und sie für ihren Hof auch mehr benötigte. Das „Geschäft“ florierte.

Viel Zeit blieb uns allerdings nicht, denn neben unserer Arbeit auf dem Hof suchte Hans nach einer richtigen Arbeit. Ich kümmerte mich um unseren Garten, die damit verbundene Ernte und das Einkochen. Nebenher ging ich oft in den Wald zum Beeren pflücken, die zu Hause zu Marmeladen verarbeitet wurden, um nicht nur in unsere eigene Versorgungskette zu gelangen, sondern auch als Geschenke bestimmt waren. Die Kinder gingen gerne mit und aßen sich stets an allem satt, was gerade reif war.

Weihnachten 1947 hätten wir unseren Kindern fast nichts schenken können, wäre Familie CL. aus Berlin nicht gewesen. Hans führte einen regen Schriftwechsel mit Otto, daher wussten wir gegenseitig, was uns fehlte. Ohne eine Bitte von uns, schickten sie ein Paket, das Geschenke für unsere Kinder und uns enthielt. Wir hatten ihnen für das Fest ein Sechspfundbrot, Marmelade, Maisflocken, Weizengrütze, Honigkuchen, Makronen, Trockenkohl, Tabak und etliches mehr geschickt, denn an Lebensmitteln mangelte es ihnen vor allem.

10. Lieselotte, Hans, Sigrun und Heide

Unter dem Baum, den Hans im Wald geschlagen hatte, fanden die Kinder dann auch ihre Geschenke vom Weihnachtsmann: Für Sigrun gab es eine kleine Küchengarnitur, ein Malbuch, einen Fingerring und ein Buch mit Versen, die sie gleich auswendig lernte und Heidi fand einen Fingerring, etwas Malkreide, einen kleinen Leiterwagen und Puppenmöbel. Den Leiterwagen liebte sie so sehr, dass man sich Heidi zukünftig nicht mehr ohne ihn denken konnte.

Mitte Januar 1948 tauchte plötzlich Heinz, der Bruder von Hans, bei uns auf. Wir waren alle glücklich, uns einigermaßen gesund wiederzusehen. Er hatte sich – zunächst ohne Frau und Kind – in den Westen abgesetzt und suchte nun Arbeit. Eine Woche blieb er bei uns und obwohl wir sehr beengt wohnten und „Schmalhans“ ständiger Gast bei uns war, teilten wir alles mit ihm und verlebten eine fröhliche Zeit. Die Brüder machten Pläne. Sie sahen eine große Chance darin, wenn ihnen schon nicht die Möglichkeit einer guten Festanstellung geboten wurde, sich selbständig zu machen. So zogen sie allerlei in Betracht, um es anschließend wieder zu verwerfen, da niemand genügend Geld für ein solches Unternehmen aufzubringen imstande war. Außerdem besaß Heinz durch Entnazifizierung einen „Persil-Schein“, der ihm Tür und Tor öffnete, Hans aber nicht.

Da ich kurz zuvor an einer Lungen- und Rippenfellentzündung erkrankt und noch nicht wieder richtig genesen war und auch Hans durch eine Blutvergiftung an der Hand noch ein wenig schwächelte, tat uns dieser Besuch sehr gut. Wir hatten viel Vergnügen miteinander, denn die beiden ergötzten sich an der Absicht, gemeinsam eine Pelztierfarm zu betreiben, was uns zu recht amüsanten Vorstellungen brachte. Beim Abschied gaben wir uns das Versprechen, uns bald wiederzusehen.

Zwischenzeitlich stellte sich heraus, dass ich unbedingt zu meiner Schwester Gisela nach Berlin musste, um mit ihr über grundsätzliche Erbschaftsfragen zu sprechen. Ausgestattet mit einem Interzonenpass und Klein-Sigrun an der Hand, machten wir uns beide für drei Wochen auf die große Reise nach Berlin, wo wir bei der guten Familie CL. wohnen konnten, denen wir unseren Aufenthalt wiederum mit Lebensmitteln honorierten. Gerne wäre ich mit Sigrun nach Dessau zu den Schwieger- bzw. Großeltern gefahren. Da die Lage in Berlin aber recht angespannt war, erschien es nicht ratsam, jetzt den Russen in die Hände zu fallen.

Sigrun war höchst entzückt von Berlin, denn sie hatte noch nie eine so große Stadt gesehen. Die S-Bahn begeisterte sie und völlig fasziniert war sie von den vielen „Königsschlössern“, womit sie die großen Mietshäuser meinte, weil die so viele Fenster hatten, wie sie sie nur von Königsschlössern aus Bilderbüchern kannte. Alles in allem war diese große Reise für sie ein Erlebnis ganz besonderer Art, während sie für mich, was meine Schwester betraf, zu einer großen Enttäuschung wurde.

Gisela hatte sich – im Glauben, ich würde es nicht mehr beanspruchen können – nicht nur an meinem Erbe, sondern auch an meinem persönlichen Besitz vergriffen und war nicht bereit, es wieder heraus zu geben. Was folgte, war ein ellenlanger Briefwechsel, in dem alle Beteiligten versuchten, sie zur Herausgabe zu bewegen, was aber nie geschah. Enttäuscht über diese Veränderung, die nach dem Krieg mit meiner Schwester vor sich gegangen war, beendeten wir den Kontakt zueinander. Das wäre wahrscheinlich nie so weit gekommen, hätten sich nicht unsere Männer in die Angelegenheit eingemischt, denn die letzten Briefe wurden nur noch zwischen ihnen ausgetauscht. Danach haben wir uns nie mehr wieder gesehen.

Nach unserer Rückkehr aus Berlin musste ich die Fehltage wieder aufarbeiten, denn ein Teil unserer Entlohnung bestand aus einem Schwein, das geschlachtet wurde. Darauf waren wir dringend angewiesen. Deshalb musste ich doppelt soviel arbeiten. Sogar die Kinder halfen mit. Sie jäteten Unkraut, legten Erbsen, steckten Zwiebeln und stellten sich dabei recht geschickt an. Am liebsten gingen sie mit mir in den Wald, um Bickbeeren zu pflücken, die sie sich zumeist aber ins Mäulchen steckten und bald nicht nur blaue Finger, sondern auch blaue Münder bekamen. Auch Waldhimbeeren, Brombeeren und Schlehen ernteten sie mit. Dadurch entwickelten sie sich zu richtigen kleinen Waldläufern, denen Weg und Steg und vielerlei Getier auf diese Art bekannt wurde.

Kurz vor meiner Reise hatte Hans auf eine Annonce in der Zeitung geantwortet. Eine Bausparkasse, die ungenannt blieb, suchte Mitarbeiter. Da er sich im Bank- und Bauwesen auskannte, sah er darin seine große Chance, sich beruflich wieder etablieren zu können, denn es gab unzählige zerstörte Häuser, die wieder aufgebaut werden mussten und überall gab es Wohnungsnot. Demzufolge pokerte er bei der Bewerbung. Er wusste es nicht, aber er vermutete, dass die Annonce von der Bausparkasse Wüstenrot aufgegeben war. Deshalb fasste er seine Bewerbung entsprechend ab, indem er schrieb, dass sein Interesse an der beschriebenen Tätigkeit nur dann bestünde, wenn es sich um diese Bausparkasse, der er noch einige lobende Worte hinzufügte, handeln würde. Er war sich darüber klar, dass er natürlich keine Antwort erhielte, sofern es sich nicht tatsächlich um Wüstenrot handelte.

Während meiner Abwesenheit ging alles sehr schnell. Hans traf sich mit einem zuständigen Herrn dieser Bausparkasse, der ihm erklärte, worum es ging. Da ihm bis dato nichts Entsprechendes angeboten worden war, griff Hans zu und arbeitete bereits ab dem 1. Juni 1948 als selbständiger Mitarbeiter für die Bausparkasse Wüstenrot, die ihren Sitz in Ludwigsburg hatte. Zunächst waren wir recht froh darüber und hofften, dass er durch diesen Beginn eines Tages wieder eine Beschäftigung finden würde, die seiner Ausbildung entsprach. So einfach, wie wir uns das vorgestellt hatten, war es dann jedoch nicht.

Sein Bezirk war groß, deshalb benötigte er mein Fahrrad, an dem aber noch die Reifen fehlten; die Muttern besaßen wir inzwischen. Wir hätten die Reifen vielleicht sogar bezahlen können, aber kurz vor der Währungsreform nahm kaum noch jemand Geld an. Der Schwarzmarkt blühte. Die Preise stiegen ins Unermessliche. Für ein Pfund Butter zahlte man 250 Mark, ein Pfund Zucker kostete 85 Mark und für einen Liter Öl musste man sogar 300 Mark hinlegen. Wir hätten die Reifen zwar in Zigarettenwährung, das war eines der beliebtesten Zahlungsmittel jener Zeit, oder auch in Speckwährung zahlen können, aber wir besaßen weder Zigaretten, noch Speck. Allerdings hatte ich aus Berlin zwei Küchenwaagen mitgebracht, die hier bei uns Mangelware waren. Die tauschten wir zunächst in Speck um und den Speck anschließend in Reifen. Schließlich bekam Hans ein fahrtüchtiges Rad, mit dem er an manchen Tagen bis zu 100 Kilometer weit fahren musste.

Zur Mangelware gehörte auch Papier. Hans benötigte jedoch Schreibmaschinenpapier. Um 1000 Blatt davon zu bekommen, hätte er in Lüneburg 40 Kilogramm Altpapier abliefern müssen, – aber es gab nichts. Hinzu kam, dass er keinen Lohn mehr von Bertha bekam und deshalb auch unser Schweinchen entsprechend „verkleinert" wurde.

All das machte den Anfang sehr schwer. Hans hatte zwar gute Ideen und tätigte dadurch viele Abschlüsse für die Bausparkasse, die auch gut honoriert wurden. Jedoch erfolgte die Verrechnung der Honorare erst nach Eingang der Abschlussgebühren, – und das in vierteljährlichem Turnus, so dass wir nun täglich von der Hand in den Mund leben mussten, ohne zu wissen, ob wir am nächsten Tag noch etwas zu essen haben würden.

Der Kontakt zu Familie CL. in Berlin war deshalb kaum noch aufrecht zu erhalten. Wir konnten das Geld für das Porto mitunter nicht erübrigen. Es ging uns nicht gut. Berlin hingegen wurde über die Luftbrücke versorgt und leistete erheblichen Widerstand gegen die Versuche der Russen, Westberlin zu isolieren, indem sie zum Beispiel die Gas- und Stromversorgung der Westsektoren drastisch einschränkten. Durch die Berlin-Blockade sollten die Westmächte gezwungen werden, auf die geplante Gründung eines Weststaates zu verzichten.

Otto CL. schrieb uns davon und bestätigte dadurch all das, was wir übers Radio oder die Zeitungen mitgeteilt bekamen. Über Lebensmittelkarten erhielten sie fast alles, was sie zum Überleben benötigten. Allerdings wünschten sie sich Kartoffeln, die wir ihm auch gern geschickt hätten, aber wir hatten selber nicht genug zu essen. Der Winter rückte näher und wir hatten große Sorgen, wie wir die Kohlen für die kalte Jahreszeit bezahlen sollten.

Da ich wieder schwanger war und außerdem eine sehr schmerzhafte Schleimbeutelentzündung unter dem Arm hatte, die schließlich operiert werden musste, war ich keine große Hilfe für unseren Haushalt. Es sah sehr düster aus, obwohl die Schwarzmarktpreise nach der Währungsreform 1948 schlagartig in den Keller gefallen waren.

Plötzlich trugen nämlich die Obstbäume wieder Kirschen, Äpfel und Pflaumen, auch die Hühner legten wieder Eier, die Schlachthäuser füllten sich mit Vieh und es gab alles, was man hätte kaufen wollen. Sämtliche Dinge, die zuvor gehortet worden waren, wurden wieder angeboten. Dieses Wunder hatte die Währungsreform im Westen bewirkt.

Alle begannen mit der gleichen Menge an Geld: Wer vorher keines mehr besaß, bekam jetzt etwas und wer vorher viel besaß, hatte nun genau so viel, wie alle anderen auch. Wer sich jedoch zu den Landbesitzern zählen konnte, der besaß mehr als die anderen und hatte dadurch auch mehr Möglichkeiten. Unser Eigentum in Schönebeck war für uns unerreichbar geworden, wir hatten nichts mehr.

Zu allem Unglück war mein Fahrrad für die weiten Fahrten von Hans nicht geeignet und ging irreparabel kaputt, so dass Hans fast alle Termine absagen musste. Nur einen konnte er Anfang Dezember vorläufig noch wahrnehmen, weil dieser Interessent zu uns nach Hause kam. Das sollte der Auftakt zu einer länger anhaltenden Serie von Aufträgen werden, die uns tatsächlich über den Berg brachten, so dass auch Familie CL. ihre ersehnten Kartoffeln – und manch' anderes – von uns bekam.

Das Weihnachtsfest 1948 verbrachten wir sehr gemütlich. Der Weihnachtsmann konnte Sigrun und Heidi gut und reich bedenken. Unter dem hübschen Baum war alles aufgebaut: Schuhe, Strümpfe, Unterwäsche und Strickjacken. Dazu gab es Spielsachen vom Berliner Weihnachtsmann, den Tante und Onkel CL. bestellt hatten. Beide Kinder konnten das für sie lange Weihnachtsgedicht „Knecht Ruprecht" aufsagen und Heidi – unser kleiner neugieriger Naseweis – entdeckte schließlich noch unter dem Tisch, der mit einem Tuch verhängt war, das Allerschönste: Für jedes Kind gab es einen Hocker und – o Seligkeit – eine Puppe, vollständig angekleidet. In der Aufregung haben sie gar nicht gemerkt, dass Heidis Püppchen die alte, seit zwei Jahren verschwundene Erika war. Den Kopf und die Schuhe haben sie wieder erkannt, aber mehr nicht.

Das neue Jahr begann mit einer ganz neuen Hoffnung, da sich überall ein gewisser Aufwärtsschwung bemerkbar machte. Die Menschen waren nicht mehr so verzagt. Es war uns sogar gelungen, unsere winzige Wohnung etwas aufzupäppeln, so dass wir wieder ein Gefühl von „Zuhause" empfanden. Allerdings begann für uns das neue Jahr auch mit einem Stickhusten bei beiden Kindern, der zum Teil recht heftig, trotz der verabreichten Spritzen, auftrat und erst Anfang März 1949 langsam wieder besser wurde.

In diesem Monat erhielten wir endlich eine Antwort von Hans' Mutter aus Dessau, der wir im Januar ein Paket zu ihrem 75. Geburtstag geschickt hatten, nachdem wir vorher schon lange nichts mehr von ihr gehört hatten. Sie schrieb ausführlich von der Geburtstagsfeier, nicht aber von ihrem sonstigen Befinden. Wir konnten ihrem Brief aber deutlich entnehmen, dass sie sehr unglücklich über die Trennung der Familie war, da nun beide Söhne im Westen lebten. Es war ein Trost für sie, dass wenigstens Käthe, ihre einzige Tochter, mit Mann und Kindern in der Nähe geblieben war und die sich, dem Brief nach, um Vater und Mutter kümmerte. Da Hans ihr von meiner Schwangerschaft geschrieben hatte, fragte sie ihn vorwurfsvoll, ob das ‚nötig gewesen wäre' und ‚drei Kinder seien doch wohl genug, was wohl sicher auch die Meinung seiner Frau sei', womit sie sicher Recht hatte. Es war der vorletzte Brief von ihr. Einmal schrieb sie noch im Januar 1950, danach hörten wir über vier Jahre nichts mehr von Hans' Eltern, worüber wir sehr in Sorge waren.

Die Nachkriegszeit – 1949 – 1953

Am 12. April 1949 kam unser drittes Mädel um 8.25 Uhr auf die Welt. Wir gaben ihr den Namen Rotraut. Damit war der Wunsch der beiden Großen erfüllt, denn sie wollten ein „Kind" haben und keinen Jungen. Hans hatte sich zwar wieder einen Jungen gewünscht, aber es sollte wohl nicht sein. Rotraut entwickelte sich prächtig. Sie war das bisher ruhigste Kind von allen – aber es war ja auch kein Krieg mehr.

Kurze Zeit später wurde unsere Sigrun, am 26. April 1949, eingeschult. Hans kaufte sich bald darauf ein Motorrad, da die weiten Strecken nicht anders zu bewältigen waren. Er kam weit herum, sah vieles und hatte entsprechende Ideen. Inzwischen hatte er in etlichen Geschäften im gesamten Landkreis sogenannte „Beratungsstunden" eingerichtet, die nicht nur für die Geschäftsinhaber, sondern auch für ihn lukrativ waren. Wir hatten uns das Ziel gesetzt, sobald wie möglich ein eigenes Haus zu bauen. Das erforderte Fleiß, Disziplin und Sparsamkeit.

Im Laufe der Zeit hörte er immer wieder, dass ein Bedarf darin bestand, Puppen zu reparieren. So überlegten wir uns, da ich handwerklich recht geschickt war und bereits häufiger die Puppen meiner Töchter repariert hatte, dass ich das nebenher zu Hause sicher bewerkstelligen könnte. Da er in seinem Beruf bis nach Lüneburg, Hamburg und Bremen kam und bei seinen Kunden entsprechende Werbung für meine „Puppenklinik" machte, war ich binnen kurzem bis weit über die Grenzen des Landkreises hinaus als die „Puppendoktorin" bekannt. Bald hatte ich derart viel zu tun, dass die viele Arbeit mitunter kaum zu bewältigen war, vor allem in der Vorweihnachtszeit, da viele Eltern die alten Puppen aufarbeiten ließen. Am 5. Februar 1950 musste ich deshalb beim Landratsamt in Winsen an der Luhe die Erteilung der Gewerbegenehmigung zum Betrieb einer Puppenreparaturwerkstatt beantragen, da man die rege Betriebsamkeit nicht mehr nur als Hobby auslegen konnte.

Nicht viel später feierten wir Rotrauts ersten Geburtstag und schließlich, am 18. April 1950, kam auch Heidi in die Schule. Unser Leben normalisierte sich weitestgehend. Die größte Aufregung, die wir in dem Jahr hatten, gab es im Juli: Rotraut hatte recht früh das Laufen gelernt. Im Juli war sie bereits sicher auf den Beinen. Sie spielte gerne draußen an der Sonne, während ich im Garten arbeitete. Doch plötzlich war sie verschwunden, wie vom Erdboden verschluckt!

Ich rief und hielt überall nach ihr Ausschau – sie war nirgends zu sehen. Auch der alte Opa aus Bessarabien, der stets auf der Bank vor der Gesindestube in der Sonne saß und in der Bibel las, hatte nichts bemerkt. Inzwischen kamen einige Mägde aus der Küche hinzu und begannen ebenso aufgeregt, nach Rotraut zu rufen. Nichts – kein Laut, keine Antwort. Wir rannten zuerst zur Jauchegrube, weil die Gefahr, sie könnte hineingefallen sein, recht groß war. Aber keine Spur wies darauf hin. Gewiss war bereits eine halbe Stunde vergangen.

Auch Heinrich, der Knecht, der seinen Unterarm im Krieg verloren hatte und nun, statt einer Hand, eine Prothese mit einem Eisenhaken trug, suchte mit. Alle Kinder, auch die aus dem Dorf, hatten stets Angst vor ihm, konnten es jedoch nicht lassen, ihn zu ärgern und Possen über ihn zu reißen, obgleich er ein treuer Arbeiter und ein sehr zurückhaltender Mensch war. Er kam über den Hof gelaufen, ging an den Ställen entlang und klopfte mit seiner Hakenhand an jede Stalltür, wobei er Rotrauts Namen rief. Die Türen waren stets geschlossen und Rotraut hätte sie auch nicht öffnen können, um hineinzugehen, aber plötzlich begannen die Hühner so laut und aufgeregt zu gackern, dass etwas geschehen sein musste. Während wir daraufhin schnell über den Hof zum Stall liefen, kroch Klein-Rotraut, vergnügt, fröhlich lachend, mit Eigelb beschmiert und nicht wissend, warum sich so viele Zuschauer versammelt hatten, aus dem Hühnerloch. Vor Erleichterung mussten auch wir alle herzlich lachen.

Als sich bei uns das vierte Kind anmeldete, waren wir sehr niedergeschlagen und gar nicht erfreut darüber. Wir machten uns gegenseitig Vorwürfe, jeder meinte, der andere hätte doch „besser aufpassen“ können. Ich fühlte mich ziemlich hilflos und allein, denn die Sprachgewaltigkeit meines Mannes, die ich früher so gemocht hatte, machte mich klein und stumm. Bei drei Kindern war es schon schwer, die ganze Arbeit unter einen Hut zu bringen. Wie würde es da erst bei Vieren sein? Gerade noch hatte ich mich über meine Selbständigkeit und die gute Entwicklung meiner „Puppenklinik“ gefreut, da erhalte ich eine solche Hiobsbotschaft. Ich befürchtete ernsthaft, ein weiteres Kind könnte alle unsere Zukunftspläne zunichte machen. Sogar mein Arzt machte mir heftige Vorwürfe, denn er hatte mich vor einer weiteren Schwangerschaft aus gesundheitlichen Gründen gewarnt. Nun hing wieder einmal das Schwert des Damokles über uns und ließ sich nicht vertreiben; unser Glück hielt sich in recht schwachen Grenzen. Durch diese Schwangerschaft begann unsere Ehe erheblich zu leiden.

Das Jahr 1951 überraschte uns mit einem so herrlichen Frühjahr, dass wir trotz alledem voller Glücksgefühle waren. Sigrun war in der Schule die Klassenbeste, auch Heidi ging gern zur Schule, da sie ihr viel Freude machte – wären nur nicht die lästigen Hausaufgaben gewesen. Sie entwickelte sich immer mehr zu einem „Naturkind“. Wäre sie ein Junge gewesen, Hans hätte seine helle Freude an ihr gehabt, wenn sie es nicht ständig geschafft hätte, ihre Spielsachen kaputt zu machen. Natürlich spielte sie viel mit ihren beiden Schwestern, aber noch lieber spielte sie mit Fredy, der auch mit seinen Eltern auf dem Hof von Bertha lebte. Die beiden waren fast unzertrennlich. Allerdings hatten sie auch viel Unsinn im Kopf, worüber nicht immer alle glücklich waren, während Sigrun mehr eine „Traumsuse“ war, sehr viel ruhiger und zurückhaltender als ihre burschikose Schwester.

Am Sonntag, den 10. Juni 1951 kam schließlich um 16.05 Uhr unser viertes Mädel, Dietlinde, bei Blitz und Donner, und nicht komplikationslos, auf die Welt. Da von vornherein Schwierigkeiten bei der Geburt zu erwarten waren, wurde ich in eine Klinik nach Lüneburg gebracht. Hans musste weiter seinen Geschäften nachgehen, deshalb wurde Sigrun zu meiner Verwandtschaft nach Scharmbeck gebracht, während Heidi nach Holtorfsloh zu Tante Lisa durfte. Dort war sie schon manches Mal zu Besuch gewesen und jedes Mal hatte es ihr dort gut gefallen. Dieses Mal litt sie allerdings sehr unter Heimweh. Am 28. Juni bekam sie noch dazu die Masern und musste nach Winsen ins Krankenhaus gebracht werden. Rotraut verbrachte die Zeit während meines Klinikaufenthaltes bei dem Lehrer von Sigrun und Heidi, mit dem wir uns inzwischen angefreundet hatten, aber auch ihr fiel es nicht leicht, sich dort einzugewöhnen. Erst am 15. Juli waren wir alle wieder beieinander.

Hans hatte wenig Zeit. Es war Sommer, die beste Zeit, um per Motorrad seine Kunden zu besuchen. Er fuhr morgens bereits fort und kam oft erst in den späten Abendstunden zurück. Sein Geschäft lief bestens und wir konnten uns eigentlich nicht beklagen. Wir galten allerdings weiterhin im Ort als Flüchtlinge, die – außer vier Kindern – nicht viel zu bieten hatten; ein Makel, der uns wehtat. Da wir jedoch verwandtschaftliche Beziehungen zu Bertha aufweisen konnten, ging es uns weit besser, als manch anderen Flüchtlingen, die bei den Einheimischen nicht sehr angesehen waren.

Auch nach der Geburt unserer Jüngsten hatte sich unser Eheleben nicht erholt. Die viele Arbeit, die mir sonst immer Spaß gemacht hatte, wurde zu einer großen Belastung. Ich fühlte mich plötzlich zur Kindererziehung, zum Kochen, Putzen und Wäschewaschen degradiert, obwohl ich ja nun schon seit Jahren nichts anderes getan hatte. Es war, als hätte jemand bei mir eine Pumpe angesetzt, um mir jegliche Energie abzusaugen. Zwar versuchte ich, dagegen zu arbeiten, aber es gelang nicht recht.

Im Herbst 1951 brachte Hans so viele kaputte Puppen mit, dass ich mich mit Freude in die Arbeit stürzte, darüber aber den Haushalt vernachlässigte. Es machte mich etwas zufriedener, wenn ich die Puppen, die zum Teil ziemlich zerstört waren, wieder so herrichten konnte, dass sie fast wie neu aussahen. Allerdings waren die Kapazitäten unserer kleinen Wohnung bei weitem erschöpft, es gab keinen Platz, um in Ruhe arbeiten zu können. Wir benötigten den Tisch ja nicht nur zum Essen, zum Arbeiten, für die Hausaufgaben, sondern ich musste daran auch die Puppen reparieren. Der Wunsch nach einem eigenen Haus war zwar ständig präsent und wurde fast täglich durch das Feuer der vielen Bauwilligen geschürt, die bei Hans ihre Abschlüsse tätigten, jedoch war dieser Traum noch in weiter, weiter Ferne, so dass wir nach einer anderen Lösung suchen mussten, denn auch bei Bertha war der Platz für eine nochmalige Erweiterung unserer Wohnung erschöpft.

Nach Sigruns zehntem Geburtstag, im März 1953, zu dem sie sich neue, rote Schuhe gewünscht hatte, die ihr wichtiger waren, als alles andere auf der Welt und die sie auch bekam, ergab sich endlich eine solche Möglichkeit.

Wir konnten im selben Ort ein kleines Holzhaus, umgeben von einem großen Garten, am Rande eines Waldes beziehen, das man uns als Flüchtlingsfamilie zugewiesen hatte. Das Haus bestand aus einem kleinen Flur, durch den man in die Küche gelangte. Dahinter lag auf der einen Seite ein kleines Schlafzimmer für die Kinder und auf der anderen Seite ein Raum, dessen eine Hälfte wir als Wohnzimmer nutzten und dessen andere Hälfte uns, also meinem Mann und mir, hinter einem Vorhang, als Schlafzimmer diente. Alles war sehr eng und klein, kam aber einerseits unserem Traum vom Eigenheim schon ein wenig näher und andererseits war der Garten herrlich und lag direkt am Haus.

In der einen Ecke wuchs eine wunderschöne, große Birke. Ich nahm mir vor, so bald wie möglich Möbel unter diesen Baum zu stellen, damit wir bei warmem Wetter dort sitzen, essen und auch arbeiten konnten. Hinter dem Haus befand sich ein angebauter Raum, in dem ich mir eine richtige Puppenklinik einrichten konnte. Von außen gelangte man sogar in einen Keller, der uns später als Vorratsraum dienen sollte.

Unsere Freude über dieses Haus war mit dem Glück über das Geschenk der roten Schuhe, die Sigrun von nun an mit großem Stolz trug, durchaus vergleichbar. Sigrun und Heidi waren besonders darüber froh, dass sie fortan nicht mehr geweckt wurden, um sich mit gepackten Koffern bei Bertha in der großen

Halle zu versammeln, wenn sich nachts ein Gewitter ankündigte. Das war eine strikte Anordnung, die alle Bewohner des großen Bauernhauses einhalten mussten, denn das Dach war mit Stroh gedeckt. Nicht selten hatte es woanders schwere Unglücke gegeben, wenn ein Blitz einschlug, das Dach in Brand steckte und die Bewohner nicht darauf vorbereitet waren, schnellstmöglich das Haus zu verlassen. Da Gewitter keine Seltenheit waren, murrten die Kinder jedes Mal. Bei dem neuen Haus würde es kein nächtliches Wecken mehr geben. Deshalb freuten auch sie sich sehr über den Wechsel.

Schon bei den Vorbereitungen zum Umzug kehrte mein Frohsinn zurück. Ich hatte plötzlich wieder das Gefühl, unendliche Energiequellen zu besitzen. Deshalb ging ich mit Feuereifer an die Arbeit. Zunächst bekam das Haus von außen und innen Farbe, dann richteten wir es mit unseren Habseligkeiten gemütlich ein, schließlich kam die Werkstatt an die Reihe und danach, inzwischen war es Mai geworden, begann ich damit, einen Teil des Gartens zu kultivieren, um Gemüse anzupflanzen. Den zweiten Geburtstag von Dietlinde, unserer Jüngsten, feierten wir bereits im neuen Heim. Es brachen paradiesische Zeiten an, wobei mir nicht bewusst war, dass Hans und ich fast keine gemeinsame Zeit mehr miteinander hatten. Es war keine Zeit für Gespräche da, außer es handelte sich um geschäftliche Entscheidungen.

Dem Haus gegenüber begann der Wald. Ein wunderschöner lichter Mischwald, in dem die Kinder gefahrlos streunen konnten. Im Frühjahr war der Boden dieses Waldes übersät mit Buschwindröschen. Sie bauten zwischen den Bäumen im Gebüsch Verstecke und Höhlen und konnten viele, viele Stunden dort verbringen, ohne sich zu langweilen. Auf ihren Wanderungen durch den Wald und natürlich beim Spielen dort, verzehrten sie, je nach Jahreszeit, vielerlei Waldfrüchte, wobei nach wie vor Bickbeeren, Brombeeren und Himbeeren zu den Favoriten gehörten. Wenn der Bauch voll genug war, pflückten sie kiloweise die Beeren, aber auch Hagebutten und Fliederbeeren, die ich dann zu Marmeladen und Säften, die unseren Jahresvorrat meist überstiegen, verarbeiten konnte.

Hans hatte beruflich viel Erfolg, nicht zuletzt deshalb, weil er sehr viel arbeitete, denn das eigene Haus war Wunsch Nr. 1 auf unserer Liste. Allerdings war bald klar, dass er, fast ausschließlich mit dem Motorrad unterwegs, mit einem Auto bessere und mehr Geschäfte machen könnte. Deshalb wurde ein entsprechendes Fahrzeug angeschafft. Trotzdem wurde jeder Pfennig mehrmals umgedreht und wir versuchten überall zu sparen. Hier war mir die Lehre von Tante Olly, mit ihrer schottischen Genügsamkeit, eine gute Hilfe. Sehr viel sparte ich durch meinen Garten, in dem ich versuchte, alles Notwendige anzupflanzen und auf diese Weise zum Selbstversorger unserer Familie zu werden. Gekauft wurde nur, was nicht selbst hergestellt werden konnte. Die Bekleidung unserer Kinder war ausschließlich von mir genäht und gestrickt. Die Kleinen mussten die Kleidungsstücke auftragen, aus denen die Größeren herausgewachsen waren. Pullover, Strickjacken usw., die sich nicht mehr zu reparieren lohnten, wurden wieder aufgetrennt und nochmals zu neuen Stücken verarbeitet. Ich war erfindungsreich geworden.

Eines Tages, ich hatte viel im Garten gearbeitet und fühlte mich etwas müde, setzte ich mich auf die Bank unter der großen Birke in unserem sommerlichen Garten. Zunächst beobachtete ich amüsiert meine beiden jüngsten Töchter, wie sie friedlich miteinander auf dem Rasen spielten. Dann verflüchtigten sich meine Gedanken. Sie schwebten über den Gartenzaun, hinweg über unseren kleinen Ort, kreisten kurz wehmütig über Schönebeck, der Elbe, weiter über Schottland, um sich dann irgendwo in irgendeinem Meer zu verlieren. Doch plötzlich schreckte ich auf. Kerzengerade saß ich da, sah meine beiden Kleinen klar und deutlich vor mir, hörte, wie sie plapperten. Ich hatte eine Idee – eine Eingebung, einen Geistesblitz, eine Erleuchtung, die mich mitten ins Herz oder ins Energiezentrum, oder wohin auch immer, traf. Ausschlaggebend war der blühende Mohn in meinem Garten gewesen. Deboo hatte mir oft von riesigen Mohnblumenfeldern erzählt, die ich mir so gut vorzustellen vermochte, dass ich die Blumen fast spürte, als säße ich mitten drin in den Feldern. Als ich nun meine kleine Pflanzen betrachtete, reichte das aus, um plötzlich nicht nur an Deboo zu denken, sondern ihn schmerzlich zu vermissen.

Auf jeden Fall war ich auf der Stelle hellwach und begann sofort, meinen Einfall in die Tat umzusetzen.

Suchen und Finden – 1953 – 1954

Wenige Minuten später hatte ich bereits Papier und Schreibzeug aus dem Haus geholt, saß nun am Gartentisch und schrieb einen Brief an den Leiter des Botanischen Gartens in Kalkutta in Indien. Es war der 24. Juli 1953.

Hatte Deboo mir nicht immer erzählt, er würde eines Tages dort arbeiten? War es möglich, dass man ihn dort kannte? Würde man dort vielleicht seinen Aufenthaltsort kennen? Würde man überhaupt auf meinen Brief eingehen? Noch während ich schrieb, fieberte ich bereits einer baldigen Antwort entgegen, auf die ich allerdings fünf Wochen warten musste. Wochen, in denen ich mich mit Vorurteilen zermarterte, weil ich meinte, dass Deboo sicher nichts mehr mit mir zu tun haben wollte. Seine offene Art – redete ich mir ein – ganz unbefangen mit Europäern umzugehen, hatte sich wahrscheinlich inzwischen in indischen Traditionen verloren, denen er gewiss nachgehen musste, um Erfolg in seinem Heimatland haben zu können.

Es waren aber auch Wochen, in denen ich überlegte, ob ich meinem Mann sagen sollte, dass ich versuchte, Kontakt mit Deboo aufzunehmen. Schließlich entschied ich mich, es ihm zu sagen, weil ich mit einem Geheimnis nicht leben konnte und wollte.

Den Abend des Gesprächs werde ich nie vergessen. Endlich, endlich, nach entsetzlich langer Zeit, hatten wir mal wieder ein Thema fern von Bauwilligen, Verträgen, kaputten Puppen, bzw. Kindern. Es wurde ein wundervoller Abend, mit Tränen der Erleichterung und Tränen der Freude, denn Hans war voller Verständnis für mein Vorgehen und ermunterte mich noch geradezu. „Es sei eine fantastische Idee von mir“, meinte er.

Nach fünf Wochen des Wartens kam schließlich ein Brief von Dr. Biswas, dem Leiter des Botanischen Gartens in Kalkutta, der mir die Adresse von Dr. D. Chatterjee, M. Sc., Ph. D. (Edinburgh), F.L.S. (London), Systematic Botanist vom Indian Agricultural Research Institute in Neu-Delhi mitteilte. Was für eine Liste von Titeln oder Auszeichnungen! Vielleicht war es ja wirklich möglich, sich nach langer Zeit mit einem alten Freund über vergangene Zeiten auszutauschen. Wer weiß, was er alles erlebt hatte, was inzwischen alles geschehen war? Dr. Biswas teilte mir mit, dass der Verwalter des Botanischen Gartens, Herr Dr. S. K. Mukerjee, die Herausgabe der Adresse befürwortete, weil er mich in Schottland kennen gelernt hatte und somit alles rechtens wäre.

Als ich gleich darauf Deboo das erste Mal schrieb, war ich sehr aufgeregt. Zweifel kamen: Vielleicht würde er sich gar nicht mehr an mich erinnern, gar nicht mehr wissen, wer ich war? Würden meine Englischkenntnisse überhaupt ausreichen, um alles genügend erklären zu können? Sehr zaghaft und vorsichtig erklärend formulierte ich diesen ersten Brief. Er wurde nicht lang, aber als ich ihn schließlich bei der Post aufgab, klopfte mein Herz wie eine indische Tabla-Trommel.

Anfang November hielt ich sein Antwortschreiben in den Händen. Er wusste nicht, wie gebührend er sich für diese wundervolle Überraschung meines Briefes bedanken sollte. Ich hätte es doch überhaupt nicht nötig gehabt, mich so ausführlich bei ihm in Erinnerung zu bringen, denn „mein süßes Gesicht“, wie er schrieb, und „mein reizendes, anmutiges Benehmen“ waren immer in seinem Gedächtnis geblieben. Mir schoss beim Lesen dieser Zeilen die Röte ins Gesicht und ich wurde verlegen wie ein junges Mädchen.

Wie sehr er sich freute, war aus jeder Zeile seines Briefes zu spüren. Er schien manchmal etwas unbeholfen nach Worten zu suchen, aber nachdem er begonnen hatte, mir seine Geschichte zu schildern, wurde er immer sicherer und freier in der Erzählung.

Er wäre 1940 als Assistenz-Professor nach Mandaley in Burma gegangen. Konnte dort aber nur bis März 1942 bleiben, weil die Japaner das Land besetzten. Deshalb seien seine Mitarbeiter und er in aller Eile evakuiert worden, so dass niemand etwas von seinen persönlichen Dingen hätte mitnehmen können. Alle seine Bücher, die Fotos, alles wäre in Burma zurück geblieben. So war er wieder zurück nach Indien gekommen und hatte bis auf seine Kleidung, die er am Leibe trug, nichts mehr besessen.

Danach hatte er ein Jahr lang im Botanischen Garten in Kalkutta gearbeitet, um dann einen lehrenden Beruf in einer Schule in Assam auszuüben. Dort war er bis 1946 geblieben. Anschließend schickte ihn die indische Regierung für drei Jahre nach London. Seit 1949 arbeitete er schließlich an dem Institut in Neu Delhi, von dem aus er mir nun schrieb.

Weiter berichtete er, dass er 1939 geheiratet hatte. Also tatsächlich in dem Jahr seiner Rückkehr aus Schottland, überlegte ich. Allerdings wäre seine Frau vor ganz kurzer Zeit gestorben. Sie hätten eine zehnjährige Tochter, die er nun allein durchbringen müsse. Ohne Frau wäre das in Indien gar nicht so einfach, jedoch versuchten sie beide, Vater und Tochter, das neue Leben irgendwie zu managen. Sie hätten einen Koch und ein Dienstmädchen, die beide auch das Haus sauber halten würden. Seine alten Eltern wohnten leider im neunhundert

Meilen entfernten Kalkutta und er dächte viel darüber nach, ob er sie nicht zu sich nach Delhi holen sollte, was ihnen sicherlich gut gefallen würde.

Er schrieb, dass er irgendwann im Jahre 1949, auf der Rückfahrt von Schweden, durch Hamburg und Bremen – also in meine unmittelbare Nähe – gekommen sei und die Spuren gesehen hätte, die der Krieg hinterlassen hatte. Er war sehr geschockt, was der Krieg mit dem Land und den Menschen angerichtet hatte. Er war aber auch sehr zuversichtlich, dass Deutschland schon bald wieder ein großartiges Land werden würde, weil es eine gute philosophische und kulturelle Tradition hatte. Er fragte, ob ich ihm einen langen Brief zurückschreiben und ihm alles über mich berichten wollte. Unterschrieben hatte er mit D. Chatterjee. Ich wusste also noch immer nicht, wie sein vollständiger Name war, denn ich hatte ihn ja nie richtig verstanden.

Ich war überglücklich über seine Antwort. Sobald ich etwas Zeit hatte, beantwortete ich Deboos Brief. Abends war es dafür am besten. Wenn die Kinder schon schliefen, mein Mann noch unterwegs war und das Feuer im Herd prasselte, setzte ich mich in unsere kleine Küche an den Tisch und schrieb alles, was mir einfiel.

Obwohl ich wusste, dass Inder das Weihnachtsfest nicht feierten, erklärte ich ihm, wie das Fest bei uns in Deutschland gefeiert wurde. Da ich ihm sagte, dass es ein Fest der Freude für uns war und dass sich vor allem die Kinder an den Geschenken erfreuten, schickte ich für seine kleine Tochter, die Ratna hieß, eine Puppe mit und für ihn ein kleines Büchlein über die Lüneburger Heide. Prompt kam seine Antwort. Er übermittelte mir, dass sich Ratna sehr über die Puppe gefreut hatte und sie voller Stolz überall herumzeigte. Auch er hatte sich über das Büchlein gefreut und konnte sogar den deutschen Text verstehen. In Delhi, schrieb er, wären viele Geschäfte weihnachtlich geschmückt, obwohl die Hindus das Fest nicht feiern; aber den meisten von ihnen gefielen die bunten, leuchtenden Dekorationen so gut.

„Wir feiern zwar nicht euer Weihnachten, aber für die indischen Kinder gibt es zwei andere herausragende Feste. Das spektakulärste und bunteste ist das „Diwali“ oder auch das „Fest der Lichter“. In jedem Haus werden am Abend zweihundert bis zweitausend Lichter angezündet. Auch die Straßen werden mit Blumengirlanden und Lichtern geschmückt, was eine besonders faszinierende Kulisse ergibt, vor allem, wenn sich die Straßen an den Bergen und Hängen hinaufschlängeln und man aus der Ferne die Kerzen leuchten sieht.

Weil der Hindu glaubt, dass die Seelen seiner Vorfahren am Neumondtag des Diwali sein Haus besuchen, werden Lichter angezündet, um den Verstorbenen den Weg zu weisen.

Sie gedenken an diesem Tag auch der Krönung des Prinzen Rama, der nach vierzehn Jahren Verbannung und dem Sieg über den Dämonen Ravana, bei dem das Böse vom Guten besiegt wurde, zurückkehrte.

Desgleichen wird der Tag mit Lakshmi, der Göttin des Wohlstandes, in Verbindung gebracht. Sie soll an diesem Tag aus dem Ozean gekommen sein, um der Welt Wohlstand zu schenken. Deshalb legen die Geschäftsleute z.B. ihre Kontobücher vor ein Bild von Lakshmi und beten um gute Einnahmen im kommenden Jahr. Sie glauben, dass Lakshmi vor allem in die Häuser kommt, die gut beleuchtet sind. Die Menschen ziehen dann ihre schönsten Kleider an und häufig bekommen die Kinder sogar eine ganz neue Ausstattung. Bei diesem herrlichen Fest kommt das Essen nicht zu kurz und die Kinder werden mit süßen Leckereien verwöhnt."

Als ich das las, fiel mir sofort ein, wie groß die Ähnlichkeiten zwischen unseren Völkern sind, denn auch wir gedenken in den dunkleren Monaten des Jahres unserer Verstorbenen und zünden ihnen Lichter an.

„Dasherra", erklärte er weiter, *„ist ein weiteres Fest und wird mehr oder weniger so gefeiert wie Diwali, aber ohne die Lichter. Hier geht es mehr um uralte, vorgeschichtliche und mythologische Geschichten. Unser Land ist, wie du weißt, sehr alt und hat eine ältere Kulturgeschichte als beispielsweise Griechenland."*

In meinen Antwortbriefen erzählte ich ihm oft von uns, aber da ich etwas über das Land erfahren wollte, hatte ich ständig viele Fragen und war immer besorgt, die Beantwortung könnte ihm langweilig oder gar zuviel werden. Mitunter bekam ich nur einen ganz kurzen Brief, in dem er mir mitteilte, dass er augenblicklich nicht schreiben könnte, weil er beruflich in seinem Land unterwegs sei. Dann erhielt ich wieder einen ausführlichen, langen Brief, in dem er auf meine Fragen einging und Erläuterungen machte.

So bekam ich, nach etwas längerer Wartezeit, wieder Post. Er erzählte mir, dass er auf einem naturwissenschaftlichen Kongress in Hyderabad, einem Staat von Indien, der über eintausend Meilen von Delhi entfernt lag, gewesen war.

Dann ging er noch auf meine Frage ein, ob er mir helfen könne, eine indische Sprache zu erlernen. Auch hier erklärte er mir alles sehr ausführlich. Die bedeutendste Sprache in Indien wäre Hindi oder Hindusthani. Die nächste Sprache wäre dann Bengali. Diese würde man viel in Kalkutta und der näheren Umgebung sprechen. Auch wäre sie die Sprache Tagores, Indiens größten Dichters. Allerdings wären beide, Hindi und Bengali, für Europäer sehr schwer zu erlernen.

Weiter erläuterte er, dass die europäischen Sprachen von Latein abgeleitet würden und die indische Sprache von Sanskrit. Beide wären jedoch die Originalsprache der Arier gewesen, die vor vielen Jahrhunderten von Zentralasien nach Indien und nach Zentraleuropa gegangen waren. Das sprachliche Resultat wäre z.B. das Wort „Feuer". Es würde in Sanskrit und in Latein gleich heißen, nämlich „Agni". In Latein gab es das Wort „Pater". Dasselbe hieß im Englischen „Father", im Deutschen „Vater", in Sanskrit „Petre", in Hindi „Peeta" und in Bengali ebenfalls „Peeta". Er könnte, schrieb er mir, noch ganz viele solcher Beispiele nennen, aber er fürchtete, mich damit zu langweilen. Dabei brannte ich wie Feuer darauf, solche interessanten Vergleiche zu hören! Ich nahm mir fest vor, Bengali zu lernen.

„Mein lieber Deboo", antwortete ich.

„Dein Brief kam wie ein Sonnenstrahl von Indien in unser kaltes Deutschland. Wir haben einen strengen Frost und ein eisiger Wind bläst von Osten. Es ist unmöglich, die Fenster zu öffnen, weil die Scheiben völlig vereist sind. Ich freue mich auf den Frühling! Der Winter ist nichts für mich.

Heute ist Sonntag. Diese Stunden sind nur dir gewidmet. Ich brauche viel Zeit, um den Brief zu beenden, weil ich zwischendurch zuviel träume. Es ist sehr viel, was ich dir sagen möchte und ich kann nicht alle Gedanken so schnell einfangen, wie sie angeflogen kommen.

Dein letzter Brief gefiel mir sehr, weil du mir so viele Dinge erzählt hast, die für mich sehr interessant sind. Natürlich weiß ich, dass es in Indien viele Sprachen gibt. Ich vergaß zu schreiben, dass ich an Bengali dachte. Denkst du, ich könnte die Sprache lernen? Bevor ich jedoch damit beginne, schlage ich vor, du schreibst einige Wörter oder einen Satz mit der Übersetzung und der richtigen Aussprache in jeden deiner Briefe. Es ist zwar nur so eine Idee, aber – würdest du es machen?

Auch danke ich dir für deinen Ratschlag, mir das Buch, „Discovery of India", geschrieben von eurem Ministerpräsidenten Nehru, vorerst in einer Bücherei auszu-

leihen, bevor ich es mir kaufe, weil es sehr schwierig zu lesen und zu verstehen ist. Ich freue mich trotzdem schon auf die Lektüre.

Du ahnst aber nicht, dass es fast unmöglich ist, es in einer Bücherei überhaupt zu finden! In den deutschen Buchläden gibt es nur sehr wenige indische Exemplare.

Ich fand allerdings ein interessantes Buch von Alexandra David-Neel „Zwischen Göttern und Politikern", das habe ich mir gekauft. Diese Frau hat viele Bücher geschrieben; jedoch ist sie darauf spezialisiert, über ihre Erlebnisse und Erfahrungen, die sie in Tibet gemacht hat, zu schreiben. Ich habe eine Erzählung über ihre Reisen in diesem Land von ihr gehört. Sie hatte einen Lama, sein Name ist „Jongden", als ihren Sohn adoptiert. Zusammen mit ihm hat sie es als erste Frau der Welt geschafft, in die Hauptstadt Tibets, nach Lhasa, zu kommen, obwohl es allen Fremden bei Androhung der Todesstrafe untersagt war, die Stadt zu betreten. Sie ist wahrhaftig eine sehr interessante Frau.

Oh, mein Lieber, wenn es für dich wirklich nicht so schwer ist, ein Buch für mich zu schicken, dann hätte ich gerne eines. Ich überlasse dir die Wahl, welches das geeignetste für mich ist.

Es tut mir Leid, aber ich fürchte, dass ich viele Fehler beim Schreiben mache. Ich habe viel von der englischen Grammatik vergessen, weil ich seit Jahren nicht mehr in Übung bin. Seit 1945 korrespondiere ich zwar wieder mit einigen Freunden in Schottland, bei denen ich damals gewohnt habe, aber wir schreiben nur deutsch.

Oh, was kommen mir da für viele Erinnerungen bei dem Namen „Edinburgh". Da gab es den Abend, an dem wir zusammen zu einer Photoausstellung gegangen sind. Das erste Photo, das ich in Edinburgh sah, hieß „Captain courageous". Du hattest mich eingeladen, dort hinzugehen. Es kommt nun alles wieder so vehement wie eine rollende Lawine in meine Erinnerung.

Kannst du dich an den Nachmittag erinnern, als wir in deinem Zimmer saßen und deine wundervollen Photos betrachteten? Ich werde es nie vergessen. Du hast mich mit diesen Bildern verzaubert sowie mit deinen Berichten und Geschichten. In solch faszinierenden Stunden wurde meine Liebe zu Indien geboren. Du siehst, alle deine Worte fielen in mein Herz wie Samen in fruchtbare Erde. Sie konnten während dieser Zeit wachsen und niemand hatte die Kraft, diese Liebe zu zerstören.

Zwischen all den Bildern erinnere ich speziell eines mit kleinen süßen indischen Kindern. Und noch ein anderes, an das ich mich sehr gut erinnern kann: Es zeigte einen Mann mit weißem Haar und einem wundervollen Gesicht. Ich weiß nicht mehr genau, ob er eventuell ein Verwandter von dir war.

Ja, und schließlich die Nacht, in der wir eine Verabredung hatten. Sie war der Grund, dass Dr. Gold und seine Frau mit mir recht böse waren. Weißt du noch? Mir war es nicht erlaubt, oft allein auszugehen, weil sie meinten, ich wäre noch zu jung dafür. An diesem Tag wollte ich sie nicht fragen, ob sie mir das Ausgehen gestatten würden. Auf der anderen Seite wollte ich unsere Verabredung nicht absagen, weil ich es dir versprochen hatte, zu kommen. Mein Fortgehen wurde entdeckt – du kennst den Rest, nicht wahr? Aber all das ist heute vergessen und Golds und wir sind jetzt sehr gute Freunde. Frau Gold hat sogar die Patenschaft für meine jüngste Tochter Dietlinde übernommen.

Übrigens, wenn ich mich richtig erinnere, waren Golds mit Dr. Mukerjee bekannt. Ihm habe ich die Mitteilung deiner Adresse zu verdanken.

In Rainy-Hall in Edinburgh hörte ich indische Musik, aber seitdem nie wieder. Es ist bedauerlich, dass wir kein indisches Radio hören können. Deshalb ist es sehr schwer, mehr über indische Musik zu lernen. Besonders von eurem sehr bekannten Musiker Pandit Ravi Shankar. Ich liebe die Musik so sehr, dass sie mir manchmal wichtiger ist als Essen. Weißt du etwas über deutsche Musik?

So muss ich oftmals über unsere Bekanntschaft nachdenken. Ich fühle, dass unsere Verbindung ein richtiges Mysterium ist. In meiner Erinnerung hatten alle unsere Handlungen eine besondere Bedeutung. Die Menschen tun nichts ohne Grund, allerdings kennen wir diesen oft nicht. Alles was geschieht, ist von Gott vorgegeben, ist Vorsehung oder wie man es sonst nennen mag. Vielleicht bist du anderer Meinung und hast eine andere Überzeugung? Bitte lass'es mich wissen. Ich hoffe, dass du die Geduld und die Zeit hast, mir alle meine Fragen zu beantworten.

Ach, und gleich noch eine Frage: Kannst du dich vielleicht noch an den 24. Juli 1953 erinnern? Es wäre sehr wichtig für mich, zu wissen, was an diesem Tag geschah.

Für deine guten Wünsche zum Jahresanfang möchte ich dir herzlich danken. Ich fürchte allerdings, eingestehen zu müssen, dass mein erster Wunsch, den ich im neuen Jahr hatte, bereits zum Tode verurteilt ist: Ich würde dich nämlich gerne in diesem Sommer treffen. Wenn ich solche Gedanken oder Wünsche habe, dann bedauere ich mitunter den Verlust unseres Vermögens im Krieg, das es mir möglich gemacht hätte, ein solches Treffen zu arrangieren. Es ist jedoch ein immerwähren-

der Wunsch, der nicht nur für das Jahr 1954 gilt. Bitte denke nicht, dass dies ein Geheimnis ist. Mein Mann kennt mein Anliegen, mein Verlangen, meinen Wunsch, einmal nach Indien zu reisen, sehr gut. Er ist ein großzügiger Mann, der diesen Wunsch versteht und ihn mir ermöglichen würde, wenn er könnte.

Nun, zum Schluss, bevor der Brief auf seine lange Reise geht, noch ein paar Worte in deutscher Sprache; etwas, das ich schon immer gedacht habe: Du bist ein wundervoller Mensch und ich vertraue dir sehr. Ich bemühe dich mit so vielen Dingen, könnte ich dir doch auch einen deiner Wünsche erfüllen. Es würde mich sehr glücklich machen."

Ich las den Brief noch einmal durch, fügte hier und da noch einige Anmerkungen hinzu und faltete ihn sorgsam zusammen. Nicht viel später kam meine Rasselbande vom Schlittenfahren wieder zurück und die gemütsvolle, ruhige Atmosphäre wich dem üblichen Tohuwabohu einer vierköpfigen Kinderschar.

Im Januar 1954 musste Sigrun eine Woche lang jeden Tag mit dem Bus nach Lüneburg in die Wilhelm-Raabe-Schule fahren, weil sie dort die Aufnahmeprüfung für die Oberschule machte, die sie ab April besuchen sollte. Da sie eine gute Schülerin, anpassungsfähig und kontaktreich war, brauchten wir uns um ihr Wohlergehen keine Sorgen zu machen. Heidi dagegen bereitete uns mehr Kopfzerbrechen, aber noch war es zu früh; sie hatte noch ein Jahr Zeit.

Mitunter hatte ich die Gelegenheit, mit meinem Mann nach Hamburg zu fahren. Dort suchte ich Bücher über Indien. Eines Tages stand ein junger Mann – ich wusste sofort, dass es sich um einen Inder handelte – in der Buchhandlung und versuchte, der Verkäuferin zu erklären, wonach er suchte, aber sie verstand ihn nicht. Es gelang mir, beiden zu helfen. Über diese Hilfe kamen wir ins Gespräch und ich erfuhr, dass er seit kurzer Zeit in Hamburg studierte. Er wirkte zwar sehr schüchtern, aber es war, als hätte jemand eine Schleuse geöffnet, denn er hörte nicht mehr auf zu erzählen. Anscheinend hatte er noch niemanden getroffen, mit dem er sich austauschen konnte. Als dunkelhäutiger Mensch wurde er zwar überall neugierig angestarrt, aber niemand traute sich, ihn anzusprechen. Außerdem hatte er sich Deutschland, oder speziell Hamburg, nicht so kalt vorgestellt und Schwierigkeiten mit seinen gewohnten Mahlzeiten hatte er auch. Nun aber war er glücklich, sich alles von der Seele reden zu können. Wie einsam wirkte er! Einsam, jung und allein. Das weichte mein Herz auf und ich beschloss sofort, ihm irgendwie zu helfen. Spontan lud ich ihn zu uns nach Hause ein und hatte auch schon eine Idee, wie er auf einfache Weise zu uns gelangen konnte. Mein Mann sollte seinen nächsten Hamburg-Besuch so planen, dass er den jungen Mann holen und wieder zurückbringen könnte. Aber erst wollte ich alles zu Hause besprechen. Wir tauschten also zunächst nur unsere Namen und Adressen aus. Schon bald ergab sich eine Gelegenheit.

Inzwischen hatte er in seinem Studiengang noch einen anderen Inder kennengelernt, dem es genau wie ihm ergangen war. Den brachte er, nachdem er gefragt hatte, mit.

Dieser Nachmittag war entscheidend für meinen Entschluss, etwas für die Völkerverständigung zu tun. Die Inder hätten gerne mehr Anschluss am deutschen Familienleben gehabt, aber die Deutschen waren zu gehemmt. Niemand traute sich. Die beiden Studenten hatten kleine Zimmer gemietet, aber sie hatten keinen Kontakt zu ihren Mitbewohnern. Niemand wusste etwas voneinander. So lebten sie still und einsam eng beieinander und doch nicht zusammen. Zunächst wollte ich in Erfahrung bringen, wie viele indische Studenten es in Hamburg überhaupt gab. Beide wollten mich dabei unterstützen, waren unternehmungslustig und gut gelaunt, als mein Mann sie wieder zurück in die Stadt brachte.

Jede freie Minute verbrachte ich damit, in Hamburg Menschen ausfindig zu machen, die an Indien und deren Kultur Interesse hatten. Diese führte ich mit den Studenten zusammen und es entstand ein reger Austausch. Die Deutschen lernten viel über indische und die Inder viel über deutsche Gewohnheiten, Lebensweisen, Kultur und vieles mehr. Dabei wurde oft gekocht und jeder steuerte etwas bei, so dass es für niemanden zuviel wurde. Allerdings wurde auch die Anzahl der Teilnehmer immer größer und oft hatten wir Schwierigkeiten, alle in den Wohnungen unterzubringen.

Es wurde März. Eine zarte Schneeschicht bedeckte noch immer die Krokusse, Perlhyazinthen und andere Frühlingsblüher, die hier und da bereits versuchten, an die Oberfläche zu wachsen, als endlich Deboos Antwort auf meinen letzten Brief eintraf.

„Meine liebe Liese", schrieb er, *„sicher bist du sehr böse mit mir, weil du so lange auf meine Antwort warten musstest. Ich war fast den ganzen Februar über nicht in Delhi. Zwei Wochen lang war ich mit einem amerikanischen Botaniker im Norden Indiens. Später musste ich mit unseren Studenten der Agrarwissenschaften nach*

Ostindien, um ihnen einige Landwirtschaften zu zeigen. Ich mag diese Reisen nicht, weil ich dann jedes Mal meine Tochter bei Nachbarn lassen muss. Es beschämt mich sehr, dass ich dir nicht früher schreiben konnte, aber es ist kaum möglich, einen herzlichen und lieben Brief zu schreiben, wie ich es möchte, wenn man ständig unterwegs ist.

Nun danke ich aber sehr für deinen Brief. Du hast so viele Fragen gestellt, ich werde sie dir nach und nach beantworten. Mit separater Post schicke ich dir zwei Bücher:

1. „Glimpses of world history", geschrieben von unserem Ministerpräsidenten Nehru. Es ist ein sehr bedeutsames Buch, das durch eine Sammlung von Briefen, die er an seine Tochter Indira geschrieben hatte, entstanden ist.

2. „Indian through the ages". Dieses Buch vermittelt dir die Entwicklung von Indien während der letzten dreitausend Jahre.

Bitte nimm diese Bücher als Geschenk von deinem indischen Freund. Aber beeile dich nicht, mir deutsche Bücher als Gegenleistung zu senden. Wenn ich eines benötige, dann werde ich dich darum bitten. Ich konnte bis jetzt leider noch kein geeignetes Hindi-Buch für dich finden, aber ich hoffe, dass es irgendwann einmal klappt.

Ich bin sehr überrascht, dass du dich an die Fotos in meinem alten Album erinnerst. Leider habe ich diese Bilder nicht mehr, sie gehören zu den Dingen, die in Burma geblieben sind, als wir so überstürzt vor den Japanern fliehen mussten. Den Mann, mit dem wunderschönen Gesicht, den du in deinem Brief erwähntest, war Sarat Chatterjee. Er war ein großer bengalischer Romanschriftsteller. Ich bin entfernt mit ihm verwandt. Er starb vor etlichen Jahren. Seine Bücher handeln von sozialen Problemen in Indien und vom dörflichen Leben. Die meisten sind inzwischen verfilmt worden.

Erinnerst du dich noch an den Abend, als die Studenten einen indischen Abend veranstalteten, mit Volkstänzen, indischer Musik und kurzen, schauspielerischen Einlagen? Ich tanzte damals einen Solo-Tanz und danach haben wir uns gesehen. Ein Frl. Pascher war auch dabei. Weißt du, was aus ihr geworden ist?

Ich freue mich sehr, dass dir die indische Musik gefällt, sie ist sehr unterschiedlich zur europäischen Musik. Während meines Aufenthaltes in London (1946 – 1949) ging ich oft in gute Konzerte und auch Deutschland und Österreich haben der

Welt einige herausragende Komponisten beschert. Ich mag Beethoven und Mozart am meisten, aber ebenso erfreue ich mich an Händels und Haydns Musik.

Nun möchte ich dir wieder etwas über Indien erzählen. In diesem Jahr ereignete sich beim „Kumbha Mela“, einem der größten religiösen Hindufeste, eine schreckliche Tragödie. Der genaue Termin für das Kumbha Mela wird durch den Stand von Mond und Sternen ermittelt und abwechselnd in Haridwar oder in Allahabad, beides Städte, die am Ganges liegen, ungefähr alle zwölf Jahre abgehalten. In diesem Jahr fand es im Januar in Allahabad statt. Du weißt, dass die Inder den Fluss Ganges als sehr heilig betrachten. Deshalb kamen mehr als vier Millionen Menschen zum Ganges, um die rituelle Waschung vorzunehmen. Alle wollten zur selben Zeit am selben Platz baden; aber es geschah ein Unfall. Durch den Druck der riesigen Menschenmenge wurden mehr als dreihundertfünfzig Menschen zu Tode gequetscht.

Am 18. März 1954, also in wenigen Tagen, feiern wir das „Holi-Fest“. An diesem Tag ist die gesamte Hindu-Bevölkerung ausgelassen und fröhlich wie selten. Es ist das indische Frühlingsfest und wird am Vollmondtag an zwei Tagen gefeiert. Wir nennen es auch das „Fest der Farben“. In der ersten Nacht wird ein Feuer entzündet, das die Verbrennung von Holika symbolisieren soll, einer aus grauer Vorzeit stammenden Angehörigen eines Kannibalenstammes, die besonders gern Kinder verschlang. Am zweiten Tag wird der gesamte gesellschaftliche Status aufgehoben und reich und arm, alt und jung, männlich und weiblich, alle feiern sie zusammen. Man besprengt sich mit gefärbtem Wasser oder bemalt sich mit bunten Farben; dabei spielt es keine Rolle, ob man sich kennt oder nicht. Es hat den indirekten Effekt, die vorhandenen Differenzen zwischen den verschiedenen Klassen und der vornehmen Gesellschaft zu reduzieren. Während des Holi werden überall Volkslieder gespielt. Die Lieder werden in vielen Variationen gesungen und die Frische und der Charme, mit dem sie von den unverfälschten, einfachen Leuten vorgetragen werden, ist sehr schön.

Ich weiß nicht, ob dir die Ausführungen in meinen kurzen Briefen genügen, du bist begierig und willst immer mehr über unser großartiges Land erfahren. Aber du weißt auch, dass ich eine Menge an offizieller Arbeit zu erledigen habe. Vielleicht reichen dir meine kurzen Briefe nicht aus? Dein Wissen über Indien ist größer als das anderer Europäer und vielleicht aller Amerikaner. Ich fühle ein großes Vergnü-

gen und bin sehr aufgeregt, wenn ich dir schreibe. Da bist du mir so nahe, dass ich meine, ich könnte mit dir sprechen. Ich schätze deine Briefe, sie sind voll warmer und freundlicher Gefühle. Mein Verlangen, dich nach so vielen Jahren wiederzusehen, ist manchmal zu groß. Aber ich kann deine Lage verstehen, vor allem, weil du so weit entfernt bist und eine nette, kleine Familie hast. Vielleicht hast du auch viel Arbeit in deinem Haus. Ich hoffe, eines Tages werde ich die Gelegenheit haben, dich in Deutschland oder irgendwo in Europa zu sehen.

Zum Schluss, liebe Liese, möchte ich dir für deine kurzen Worte in Deutsch danken. Du hast mir ein Kompliment gemacht, aber ich kann dem gewiss nicht gerecht werden. Du sagst es nur, weil du so gut bist und deshalb wünsche ich dir viel Glückseligkeit in deinem Leben.

Mit Liebe und besten Grüßen,
dein Deboo"

Ich fühlte, wie ich bei diesen Worten rot wurde und ein wonniges Glücksgefühl durchströmte mich, das aber bald einer tiefen Traurigkeit wich. Noch nie hatte er so offen über seine Gefühle gesprochen. Ich spürte, dass er in einer sehr sentimentalen Verfassung gewesen sein musste, als er diesen Brief schrieb, denn sein Anstand und seine Moral waren sehr hohe Güter.

Am nächsten Tag las ich den Brief noch einmal, denn mir gingen seine letzten Sätze nicht aus dem Kopf. Jetzt erst bemerkte ich, dass seine sonstige Akkuratheit fehlte. Die Schrift war enger und unordentlicher, oftmals korrigiert und die Seiten derart vollgeschrieben – jeder leere Platz war ausgefüllt –, dass ich beim Lesen mitunter Mühe hatte, die Worte zu entziffern. Besonders der Schluss war derart zart geschrieben, als wollte er mir die Worte nicht schreiben, sondern hauchen. Oder wollte er, dass ich die Worte lese und sie danach gleich wieder wie scheue Rehe ins Dickicht des Nicht-Gesagten entschwinden würden? Das wollte ich nicht und deshalb schrieb ich ihm sofort zurück.

„Lieber Deboo,
heute ist Frühlingsanfang in unserem Land. Überall ist es aber noch kalt und die Sonne scheint nur selten. Es sind nur wenige Blumen in meinem Garten zu sehen,

bis auf ein paar winzige, grüne Punkte, die einmal Osterglocken oder Tulpen werden wollen.

Ich habe deinen letzten Brief bekommen – es war der schönste, den du mir bis jetzt geschrieben hast. Mein Verlangen, dich wieder einmal persönlich zu sehen und zu sprechen ist genau so groß wie deines und ich hoffe sehr, dass du eines Tages nach Europa kommst.

Für die ausführlichen Erläuterungen über Kumbha Mela und das Holi-Festival danke ich dir sehr. Ich habe kürzlich eine sehr schöne Übertragung vom Frühlingsfestival im A.I.R. gehört. Ich kann jetzt übrigens das indische Radio empfangen und höre es oft. Diese Zeit nenne ich meine „indische Stunde". Sie spielen bengalische Ernte-Lieder, die die Bauern auf dem Feld singen. Ich mag diese besonderen Lieder wegen ihrer lieblichen, schönen Melodien. Manche indische Musik ist schwer zu hören, aber je öfter ich es tue, umso mehr mag ich sie. Natürlich bin ich nicht fit genug, um die Unterschiede in den verschiedenen Musikstilen zu erkennen.

Schon lange wollte ich dich fragen, wann du Geburtstag hast. Würdest du es mir bitte schreiben? Auch die Kinder möchten gerne erfahren, wann Ratna Geburtstag hat; sie fragen immer nach ihr. Es ist für sie unerträglich, sich vorzustellen, dass Ratna keine Geschwister hat, mit denen sie spielen kann. Sie möchten, dass ich dir erzähle, dass es hier wunderbare Spielmöglichkeiten gibt und dass Ratna hier auch zur Schule gehen könnte, wenn sie möchte. Auf jeden Fall grüßen sie Ratna ganz herzlich.

Vor einigen Tagen hörte ich im A.I.R. die Geschichte der „Queen of Kashmir" in der Serie „Indische Geschichte". Ich mag diese Serie sehr gerne. Aber leider war die Übertragung an diesem Tag etwas gestört, so dass ich nicht sicher bin, ob sie die wunderschönen Gedichte selber verfasst hat, die während der Erzählung ihrer Lebensgeschichte vorgetragen wurden. Ich würde gerne mehr über sie wissen. Zwar kann ich ihren Namen aussprechen, aber ich habe keine Vorstellung, wie man ihn schreibt. – Eine Zeile aus einem Gedicht erinnere ich: „Dear, come, oh come to me …"

Soll ich das auch zu dir sagen?

Deine Liese"

Deboos nächster Brief war datiert mit dem 2.4.1954. Mir fiel sofort die Regelmäßigkeit seiner Handschrift und das makellose Aussehen der Briefseiten auf, woraus ich sofort schloss, dass er sich beim Schreiben stark konzentriert hatte und sich keine Sentimentalitäten erlaubt hatte. So begann sein Brief damit, dass er sich sehr lieb für den letzten Brief von mir bedankte, mit all den schönen Dingen, die ich ihm geschrieben hatte. Er sprach von Ehrlich- und Aufrichtigkeit, die man Freunden gegenüber haben müsse und das „wir" es definitiv so meinen, wenn „wir" jemandem sagen, dass „wir" ihn mögen. Aber bei den englischen Damen und Herren könnte man sich dessen nie sicher sein. Er fragte sich, ob das aus der heutigen Über-Kultiviertheit oder der Über-Modernität resultieren würde. Wenn es so wäre, dann müsse man sich nicht über das gegenwärtige Unglück und Elend in unserer Welt wundern, weil man nicht wüßte, wem man eigentlich noch trauen könnte. Wie ich darüber denken würde, wollte er wissen.

Dass ich den indischen Sender A.I.R. hören konnte, freute ihn sehr. Sogleich erklärte er mir, wie dieser Name entstanden war. In Hindi hieße der Sender nämlich „Akas Banee, Delhi". „Akas" bedeute „Himmel" und „Banee" „Stimme". Was für ein wunderbarer Ausdruck: „Himmelsstimme", es meinte genau das, was ich empfand.

Ich kam zur letzten Seite seines Briefes und war erstaunt, dass diese wieder ganz anders aussah. Plötzlich war seine Schrift wieder zart und vorsichtig und tatsächlich: Er hatte das Thema gewechselt, schrieb nichts Erklärendes mehr von Indien, nichts Allgemeines, sondern kam auf die Musik zu sprechen und auf seine Passionen. Er sprach davon, dass er im vergangenen Jahr in einem Konzert Yehudin Menuhins gewesen sei, den er als den größten Virtuosen der Welt empfand.

Beim Weiterlesen meinte ich, er flirtete geradezu mit der Frage: „So, du willst meinen Geburtstag wissen?" mit mir. Keck schrieb er weiter: „Warum willst du es wissen? Nun, vielleicht hat der Geburtstag etwas mit der Natur und dem Temperament der Person zu tun – also, glaube es oder nicht, aber ich schreibe dir diesen Brief genau an meinem Geburtstag. Ist es nicht eine wundervolle Fügung, dass ich heute an dich schreibe und an dich denke?"

Abrupt brach er hier ab. Allerdings teilte er mir anschließend noch das Datum des Geburtstages seiner Tochter mit, die befürchtete, dass es eventuell keine Geburtstagsparty für sie geben könnte, weil ihr Vater vielleicht in dieser Zeit von der Regierung nach Paris geschickt werden würde.

Paris? Sofort fiel mir das Versprechen meines Mannes ein, er würde eines Tages mit mir nach Paris fahren. War der Zeitpunkt vielleicht bald gekommen?

Als Hans und ich über diese Möglichkeit sprachen, zeigte es sich allerdings, dass wir es uns wahrscheinlich nicht würden leisten können. Dabei wunderte ich mich, dass er mir nie Fragen stellte und auch nicht eifersüchtig schien. Er hätte nur immer gern die Briefe Deboos gelesen, aber das wollte ich nicht.

In meinem nächsten Brief erzählte ich Deboo, dass ich in der „Himmelsstimme“ ein Konzert des Indischen National Orchesters unter der Leitung von Ravi Shankar, einem der bedeutendsten indischen Komponisten und exzellenten Sitar-Spieler, gehört hatte, von dem ich ganz begeistert war, denn ich kannte ihn und seine Musik schon, noch bevor ich das A.I.R. empfangen konnte.

Dann ging ich auf seine Überlegungen bezüglich des gegenseitigen Vertrauens von Menschen, insbesondere der Ehrlichkeit von Engländern ein, indem ich ihm über meine Erfahrungen mit ihnen während des Krieges erzählte, wobei ich nicht von allzu viel guten Erlebnissen berichten konnte und ihm letztlich zustimmen musste, worüber ich selbst erstaunt war. Bis dahin hatte ich nie viel darüber nachgedacht.

Die Erinnerung machte mich traurig, deshalb lenkte ich ab und fragte ihn nach seinem Bungalow, den er mit Ratna bewohnte, den Bungalow Nr. 5. Ich hatte keine Vorstellung, wie er aussehen könnte, obwohl ich ein bisschen über indische Häuser gelesen hatte. Erst vor ein paar Tagen hatte ich einen langen Artikel über „Chandigarh“ gelesen, die erste auf dem Reißbrett geplante Stadt in Indien. Die Stadt spiegelte den Traum des Ministerpräsidenten Nehru von einem modernen Indien wider. Ich fragte Deboo, ob er sie schon gesehen hatte, denn alles, was ich bis dahin darüber gelesen hatte, war sehr interessant.

Zum Schluss fragte ich ihn danach, wie man es bei ihnen mit den Geburtstagen halten würde. Dass die Kinder ihn feiernd begehen würden – wie bei uns auch – hatte ich seinen Schilderungen über Ratnas Protest entnommen; aber die Erwachsenen? Er schien an seinem Geburtstag allein, einsam gewesen zu sein?

An das Ende meines Briefes setzte ich wieder einige deutsche Worte und bat ihn, diese in Hindi zu übersetzen, legte noch ein paar neue Photos in den Umschlag und adressierte ihn. Zufrieden und glücklich legte ich mich ins Bett und träumte vom Bungalow Nr. 5.

„Meine liebe Liese“, begann – wie immer – seine Antwort.

„Ich bin dir sehr dankbar für deinen Brief und die Bilder. Es ist phantastisch: Dein Brief wurde am 17. April in Deutschland aufgegeben und ich habe ihn heute, am 20. April, bereits erhalten!

Ich möchte dir in diesem Brief so viele Dinge erzählen, dass ich gar nicht weiß, womit ich anfangen soll.

Yehudin Menuhin war hier. Er spielte am 7. und 10. April in einem Auditorium, etwa fünfzehn Minuten Fußweg von mir entfernt. Ratna und ich konnten dem ersten Konzert beiwohnen. Auch unser Ministerpräsident Nehru, seine Tochter, Frau Indira Gandhi und seine Schwester, Frau Vijay Lakshmi Pandit waren anwesend und saßen in unserer Nähe. Die Violine ist ein wunderbares Instrument und in der Hand Menuhins wird es zum Prachtexemplar. Es war ein wundervoller Sonaten-Abend und ich wünschte, du wärest dabei gewesen.

Jetzt möchte ich aber auf deinen Brief zurückkommen. Ich freue mich, dass dir das Foto von Ratna gefällt. Sie wächst momentan ziemlich schnell.

Vielen Dank für die Bilder von dir und deinen Töchtern; ihr seht sehr hübsch aus. Danke auch für das Bild von eurem Winter. Was für ein Kontrast zu Delhi! Du musst wissen, bei uns wird das Haus am Tage derart aufgeheizt, dass es unmöglich ist, nachts drinnen zu schlafen. So schlafen wir vor dem Haus auf dem Rasen. Gegen die Moskitos haben wir Netze über unsere Betten gespannt. Das ist sehr angenehm und gut auszuhalten. Wir schlafen ein, während der Mond am Himmel über uns scheint. Morgens stehen wir immer sehr früh, um 5.30 Uhr, auf. In Delhi beginnt die Schule um 8.00 Uhr und geht bis 13.00 Uhr. Ratnas Schulbus kommt um 6.30 Uhr in der Frühe.

Mein Geburtstag war für mich kein Anlass, ihn speziell zu feiern. Wären meine Eltern hier gewesen, hätte meine Mutter mir wahrscheinlich ein besonderes Essen gekocht, aber sie sind in Kalkutta.

Unser Bungalow Nr. 5 gehört der Regierung. Es ist ein sehr schön gebautes Haus mit drei Schlafräumen und integrierten Badezimmern im europäischen Stil. Auch haben wir einen sehr großen Wohn- und Essraum. Bei uns wohnt ein Freund von mir, der auch mit mir im selben Büro arbeitet. Er ist – wie ich – Botaniker. Sein Leben ist ähnlich wie meines. Er hatte eine deutsche Frau, die er während des Krieges in London geheiratet hatte. 1949 starb sie plötzlich an Kinderlähmung. Sie hatten keine Kinder. Dr. Bhaduri ist ein guter Freund von mir und ist sehr nett zu Ratna. So leben wir drei Unglückseligen in diesem Haus.

11. Bungalow Nr. 5 im Agricultural Research Institute in Delhi

Chandigarh, die neue Stadt, liegt ungefähr 120 Meilen nördlich von Delhi. Ich habe gehört, dass sie wundervoll geworden sein soll. Sie ist gerade fertiggestellt.

Ich habe dir übrigens zwischenzeitlich das zweite Buch („Indian Art through the ages") geschickt. Bitte sage mir, wie es dir gefällt.

Mit den besten Grüßen und in Liebe,
dein Deboo"

Noch bevor ich diesen Brief von ihm erhielt, war das erste Buch „Glimpses of World History" bei mir angekommen. Einmal mit dem Lesen angefangen, hatte ich nicht wieder aufhören können. Ich wusste gar nicht, wie ich Deboo für dieses herrliche Buch danken sollte. Deshalb stellte ich ihm einen Strauß Blumen aus meinem Garten auf den Tisch und dachte ganz intensiv an ihn, um zu danken.

Nachdem ich die ersten Seiten von „Glimpses of World History" gelesen hatte – das Buch bestand aus einer Sammlung von Briefen, die Jawarhalal Nehru während seiner Gefangenschaft an seine Tochter Indira geschrieben hatte – konnte ich meine Gefühle und Gedanken nicht mehr richtig einordnen. Ich war ganz durcheinander. Vor einiger Zeit hatte ich damit begonnen, darüber nachzudenken, wie mein Interesse und meine tiefe Liebe zu Indien entstanden war, aber es wollte mir nicht einfallen. Auf jeden Fall war sie älter als die Bekanntschaft mit Deboo. Überall fand ich beim Lesen Details von Indien, die ich schon vorher gekannt hatte, aber ich konnte mich nicht erinnern, woher. Gerne hätte ich mich mit anderen Menschen über diese Themen unterhalten – ich platzte vor Wissbegierde und musste dennoch immer wieder geduldig auf die Briefe von Deboo warten, um Neues zu hören und kennenzulernen.

Allerdings waren auch die indischen Studenten immer wieder gute Informationsquellen. Auch mein Mann war immer an den Treffen mit den Indern sehr interessiert, wenngleich ihm das deutsche Essen mehr behagte, als das indische. Schließlich kam er auf die Idee, dass ich in einer großen Hamburger Tageszeitung inserieren sollte, um noch mehr Interessierte zu gewinnen und nach Personen zu suchen, die ähnliches Interesse an Indien und am Austausch von Gedanken über Land und Leute hatten. Schon nach kurzer Zeit erhielt ich zwei Briefe. Zwar hatte ich insgeheim mit einer Flut von Rückmeldungen gerechnet, aber ich war nicht enttäuscht, denn die Zuschriften hörten sich recht vielversprechend an.

So schrieb eine Dame aus Hamburg, dass sie und ihr Mann – sozusagen per Zufall – Interesse an Indien bekommen hätten. Durch allerlei Umstände hatten sie seit geraumer Zeit einen indischen Untermieter. Zunächst seien sie sehr skeptisch gewesen, aber da es sich um einen Notfall gehandelt und ihnen der junge Mann recht Leid getan hatte, hätten sie sich dazu entschlossen, ihn bei sich aufzunehmen. Inzwischen sei er ihnen nicht nur sehr ans Herz gewachsen, sondern sie freuten sich auch geradezu auf die Wochenenden, weil er dann von Indien erzählen konnte. Jedes Mal wären es wundervolle, informative Stunden. Zum Schluss ihrer Erzählung lud sie Hans und mich ein, an einem solchen Abend einmal teilzunehmen.

Bei der anderen Zuschrift handelte es sich um eine Dame, deren Brief mich besonders beeindruckte. Sie schrieb, dass sie mehrere Monate lang Indien besucht hatte und erst seit wenigen Wochen wieder zurück sei. Nun würde ihr die Anpassung an das normale Leben viel schwerer fallen, als sie geglaubt hatte. Deshalb hegte sie die Hoffnung, dass ihr der deutsche Alltag durch Gespräche mit Gleichdenkenden schmackhafter gemacht werden könnte.

Diese Frau ging mir nicht mehr aus dem Kopf. Ich musste ständig darüber nachdenken, wie es ihr möglich war, monatelang in einem fremden Land umherzureisen. Sie musste viel Geld besitzen bzw. von irgendwoher viel Unterstützung gehabt haben. Anders konnte ich es mir nicht vorstellen.

Beiden Frauen antwortete ich sofort und erzählte ihnen von meinen Beweggründen, den Familienverhältnissen und der Resonanz meiner Annonce. Schließlich schlug ich vor, ob wir uns nicht zunächst einmal auf neutralem Terrain verabreden wollten, um uns ein wenig kennenzulernen.

Danach schrieb ich auch noch an Deboo:

„Mein Lieber,

ich danke dir sehr für deinen schönen und langen Brief und für deine schnelle Antwort. Endlich haben wir wieder einige warme Tage, der Frühling ist da. Es ist wirklich sehr schön draußen, überall beginnen die Blumen zu blühen, der Rasen zu wachsen, die Blätter der Bäume werden wieder grün und auch die Vögel zwit-

schern vor Freude und Lebenslust. Es gibt viel zu tun im Garten und besonders die Kinder warten darauf, die Ergebnisse unserer Arbeit des letzten Jahres zu sehen, da wir viele Blumenzwiebeln gesteckt, sowie Stachelbeer-, Himbeer- und Johannisbeerbüsche gepflanzt hatten. Aber: Du bist der Botaniker – ich brauche dir also nicht zu erzählen, was es alles zu tun gibt.

Wenn ich nicht gerade im Garten zu tun habe, dann nähe ich. Unser Wohnzimmer sieht oft aus wie ein Schneidergeschäft. Es gibt viel zu tun für die Kinder, sie benötigen alle eine neue Ausstattung. Weil ich für mich selber auch nähe, bin ich momentan sehr damit beschäftigt, alles rechtzeitig für die wärmere Jahreszeit fertig zu stellen. Während des Winters habe ich viel gestrickt.

Oh, Deboo, ich habe dich irgendwann einmal gefragt, ob du es mir erlauben würdest, etwas für Ratna zu stricken. Warum hast du mir nicht geantwortet? Magst du nicht „ja" sagen? Du weißt doch, wenn ich es gerne tun möchte, dann meine ich es auch so. Ich weiß, dass du Ratna alles kaufen kannst, was sie benötigt, aber versteh' doch bitte, dass ich ihr etwas Persönliches geben möchte, es wäre eine wirkliche Freude für mich. Bitte gib' mir deine Erlaubnis. Du denkst gewiss, dass ich mit meiner Familie genug zu tun habe und ich nicht noch mehr arbeiten sollte. Ich möchte dir aber sagen, dass ich für meine Familie – und dazu gehören du und Ratna genauso wie meine Fünf hier – alles mache. Ich hoffe, dass dies bis ans Ende meiner Tage so bleibt. Soll ich dir außerdem noch die Versicherung geben, dass du nie fürchten musst, du würdest die Harmonie und Ausgeglichenheit in diesem Kreis stören?"

Ich musste hier soeben kurz aufhören zu schreiben, denn ich wurde gestört – und weißt du auch wodurch? In dieser Sekunde erreichte mich dein Buch „Indian art through the ages"! Mein Lieber, ich weiß nicht, was ich sagen soll – wärest du hier, wüsste ich, was ich tun würde. So kann ich dir wiederum nur „Danke" sagen, aber ich tue es mit meinem ganzen Herzen.

Ich habe sofort einen flüchtigen Blick in das Buch getan und weiß schon jetzt, dass es mich sehr interessiert. Aber lass' uns jetzt über Nehrus „World-history" sprechen. Zunächst möchte ich dir sagen, dass ich überhaupt keine Schwierigkeiten hatte, weder mit dem Lesen, noch mit dem Verstehen. Ich mag den Stil der Briefe und die wenigen privaten und persönlichen Dinge machen das Buch noch attraktiver. Ich lerne einiges über das Elend, die Mühen und das Unglück, das viele indische Menschen erleiden, kennen. Vor allem aber habe ich den Eindruck, dass dieses Buch von einem Mann mit Liebe und Temperament geschrieben wurde. Weiterhin ist es sehr interessant, die Weltgeschichte vom anderen Ende der Welt her zu sehen. In der Schule lernten wir griechische und römische Geschichte, aber nicht die Geschichte Indiens, Chinas, usw. Erst viel später lernte ich mehr über indische Geschichte. Bitte entschuldige, aber ich weiß nur sehr wenig. Ich bin froh, dass ich jetzt die Gelegenheit habe zu lernen und ich danke dir für deine Freundlichkeit. Es macht soviel Freude, etwas Neues zu entdecken und immer wieder Neues zu lernen, dass ich denke, ich werde meine Neugier beibehalten, bis ich alt und grau bin. Bücher sind meine guten Freunde. Leider habe ich wenig Zeit zum Lesen, weil der Tag mit alltäglicher, langweiliger und ermüdender Arbeit vergeht und ich kaum Zeit für meine eigentlichen Interessen habe. Deshalb lese ich hier ein wenig und da ein wenig, immer, wenn es eine freie Minute gibt. So las ich neulich ein Buch von Bromfield, „The rains came". Es hat mich derart gefesselt und ich war so fasziniert, dass ich Zeit und Stunde vergaß und manche Nacht mit Lesen verbrachte."

Ich plauderte noch von diesem und jenem, fragte ihn, weil ich es beinahe vergessen hätte, nach Bankim Chatterjee, der „Ananda Math" geschrieben hatte, und schloss den Brief mit den allerherzlichsten Grüßen. Gleich am nächsten Morgen brachte ich ihn zur Post.

Es dauerte nicht lange, da erhielt ich die Antworten der beiden Hamburger Damen, die mit meinem Vorschlag für ein Treffen einverstanden waren. Nachdem ich mich mit Hans abgesprochen hatte, nannte ich ihnen per Postkarte einen bekannten Ort in Hamburg am Jungfernstieg, wo wir uns am kommenden Sonntag treffen wollten.

Auf diese Weise lernte ich also Emmy E. und Dr. Odilia K. kennen.

Auch Emmy E. berichtete mir von der Einsamkeit und dem Heimweh, dem ihr indischer Untermieter ausgesetzt war. Wie sollte man ihm helfen können, fragte sie und ich erzählte ihr von den Studenten. Sie war eine sehr gutmütige, hilfsbereite, mütterliche und äußerst liebenswürdige Frau, die ich sofort ins Herz schloss.

Dr. Odilia K. dagegen war ein ganz anderer Typ. Von Beruf Augenärztin, alleinstehend. Sie hatte sich in Indien „durchgeschlagen“, in dem sie den Menschen medizinisch half. Geld hatte sie nur von reicheren Leuten genommen, von den Ärmeren nahm sie mitunter Essen an, allerdings nur dann, wenn diese etwas abgeben konnten und sie selber nichts mehr hatte. Nun fiel es ihr schwer, sich an den Überfluss zu gewöhnen, der in Deutschland nach dem Krieg wieder herrschte und den sie kategorisch ablehnte. Sie war bescheiden in ihren eigenen Ansprüchen, aber rigoros, wenn es um Forderungen für andere ging, denen sie helfen wollte. Das imponierte mir sehr.

An diesem Tag begannen zwei wunderbare Freundschaften, die verschiedener gar nicht hätten sein können. Ich wollte keine mehr davon missen.

Auf der Heimfahrt schließlich kam mir die Idee, an das Indische Generalkonsulat in Hamburg zu schreiben und dem Konsul, von dem ich mir Hilfe erhoffte, mein Anliegen zu erklären.

Noch bevor ich eine Antwort aus Hamburg erhielt, erreichte uns Anfang Mai ein sehr trauriger Brief von Käthe, der Schwester von Hans. Sie teilte uns mit, dass die Mutter Ende April mit achtzig Jahren gestorben war und dass es dem Vater sehr, sehr nahe ging, seine Frau nach 54 Ehejahren zu verlieren. Nun mussten sich die Geschwister darüber einigen, wie das Erbe verteilt werden sollte, da Käthe den Vater zu sich nehmen wollte. Beide Brüder waren jedoch im Westen, so dass sie das zu erbende Haus nicht nutzen konnten. Deshalb wurde beschlossen, dass es vermietet werden sollte, damit Käthe von den Mieteinnahmen profitieren konnte. Über alles andere sollte sie selber entscheiden. Es tat weh, dass weder Heinz, noch Hans zur Beisetzung der Mutter, die sie sehr geliebt hatten, fahren durften.

12. Bungalow Nr. 12

Deboos nächster Brief erreichte mich erst Ende Mai. So begann er damit, sich für die Verzögerung zu entschuldigen und nannte auch die Gründe dafür: Sie wären vor einigen Tagen von Bungalow Nr. 5 etwa 500 yards weiter in Bungalow Nr. 12 gezogen. Bei diesem Umzug hätten sie festgestellt, wie viele unnütze und unbrauchbare Dinge sich angesammelt hatten. Es wäre eine primitive Angewohnheit alles zu sammeln, um es zu besitzen. Sie mussten all das allein organisieren, da es keine Frau im Hause gab.

Er schrieb, dass die Temperatur etwa bei 112° Fahrenheit läge – das sind umgerechnet fast 45 Grad Celsius – und sie dadurch ständig müde seien. Nachts wäre es kalt und es wäre ein Genuss, draußen schlafen zu können. Bei ihnen im Büro wäre es so heiß, dass es kaum möglich war, vernünftige Arbeit zu leisten. Sie würden nun schon ab sechs Uhr morgens die wichtigsten Arbeiten erledigen. Ab zehn Uhr begänne die Hitze bereits unerträglich zu werden. Wer könnte, würde ein oder zwei Monate Ferien während des Sommers machen und in den Bergen wohnen, wo es angenehmere Temperaturen gäbe.

Meinen Garten, von dem er Bilder gesehen hatte, lobte er, fürchtete aber, ich würde zuviel arbeiten. Endlich gab er mir seine Einwilligung – wenn auch mit schlechtem Gewissen – etwas für Ratna zu stricken.

Auf meine Frage nach Bankim Chatterjee ging er nur kurz ein, indem er mir erklärte, dass Bankim Chandra Chatterjee, so sein vollständiger Name, einer der größten Romanschriftsteller Bengalens im 19. Jahrhundert gewesen sei, der oft mit Englands Shakespeare verglichen worden war, weil sie beide teilweise die gleichen Ideen und den gleichen Schreibstil gehabt hätten.

Als Letztes – und er führte die Kürze des Briefes entschuldigend auf seine Müdigkeit wegen der großen Hitze zurück – schrieb er, dass er voraussichtlich nicht im kommenden Monat nach Paris reisen könnte, da zu viele Schwierigkeiten damit verbunden seien.

Seine lieben Grüße am Ende des Briefes vermochten nicht, mich darüber hinweg zu trösten, dass wir uns nun wohl doch für lange Zeit nicht wieder sehen würden, obgleich ich ja eigentlich bereits gewusst hatte, wie unwahrscheinlich es ohnehin gewesen wäre. Ein wenig hatte ich jedoch darauf spekuliert, dass er es vielleicht hätte möglich machen können, von Paris zu uns, nach Deutschland zu kommen.

Es blieb aber nicht viel Zeit, darüber zu trauern, denn plötzlich hielt ich eine Einladung des Generalkonsuls in der Hand, der mich am 2. Juni ins Konsulat nach Hamburg einlud, um über meine Idee zu sprechen.

„Mein lieber Deboo", antwortete ich zuvor aber noch,

„du musst wirklich viel beschäftigt gewesen sein, so ein Umzug in ein anderes Haus bedeutet sehr viel Arbeit!

Genau vor einem Jahr hatte ich auch das Vergnügen, als wir in dieses Haus umzogen – andererseits war es für mich tatsächlich ein Vergnügen, weil ich nicht gerne nur an einem einzigen Platz in meinem Leben bleiben möchte. Ich finde es sehr aufregend, ab und an den Standort zu wechseln, weil es oft den Beginn einer neuen Lebensperiode bedeutet. Auf jeden Fall wünsche ich euch viel Glück und Zufriedenheit in eurem neuen Heim Nr. 12.

Die Hitze bei euch muss schrecklich sein. Wann beginnt der Monsun? Ich weiß nur wenig darüber, aber ich möchte dich jetzt auch nicht mit Fragen über dieses Thema belästigen, denn ich kann sehr gut verstehen, wie müde, träge und erschöpft ihr während dieser Zeit seid. Vielleicht magst du nicht einmal mehr Briefe lesen? Wann macht ihr Ferien?

Ich war sehr traurig, als ich las, dass du nicht nach Europa, geschweige denn nach Deutschland kommst. Oh, wie groß wäre meine Freude gewesen, dich hier in Putensen zu sehen, mit dir im Garten zu sitzen, zu erzählen, zu diskutieren und jede einzelne Sekunde deines Hierseins zu genießen! Es gibt noch so viele Fragen, die ich nicht in einem Brief stellen möchte und ich bin sicher, dass du ebensolche hast. Es ist ein großer Wunsch von mir, dir einige glückliche bezaubernde Tage zu schenken – gut, gut, wir müssen uns mit dem zufriedengeben, was möglich ist, ... vielleicht bist du ja auch traurig darüber, ich weiß es nicht.

Ratna wird die Einzige sein, die sich freut, wenn du bei ihr bleibst, dann kann sie ihre Geburtstagsparty am 14. Juni feiern. Meine jüngste Tochter hat am 10. Juni Geburtstag und meiner ist auch im Juni. Der Juni wird ja auch der „Monat der Rosen" genannt. Ich mag Rosen, aber sie sind nicht meine Lieblingsblumen, das ist der Jasmin, den mag ich sehr. Es muss etwas mit der Erinnerung an eine glückliche Kindheit, in Verbindung mit meinem Geburtstag, zu tun haben. Um unser Haus herum war ein großer Garten mit wunderschönen Blumen und einer Menge Rosen in weiß, rosa, gelb und rot, aber es gab keinen Jasmin. Ich bekomme jedes Jahr einen großen Strauß Jasmin an meinem Geburtstag – ohne den süßen, verzaubernden Duft von Jasmin wäre mein Geburtstag unvollkommen."

An dieser Stelle musste ich den Brief vorläufig unterbrechen, da es schon recht spät war und ich am nächsten Tag nach Hamburg wollte.

Am 3.6.1954 schrieb ich weiter:

„Es scheint, als das dieser Brief nur in Etappen geschrieben werden kann. Gestern war ich nämlich mit meinem Mann in Hamburg. Dort fand ein besonderes Ereignis statt. Ich hatte eine Verabredung mit dem indischen Konsul. Ich hoffe nicht, dass du jetzt denkst, ich wäre seltsam oder gar verrückt geworden, wenn ich

dir erzähle, dass ich eine ganz spezielle Idee hatte. Seit langem denke ich bereits darüber nach, wie man die Freundschaft unserer beiden Länder und das Verstehen der Menschen fördern könnte. Ich kenne einige andere, die genau so denken, wie ich. Neulich las ich, dass die indischen und deutschen Menschen, trotz ihrer früheren Zusammengehörigkeit, derart unterschiedliche Wege gegangen sind, dass sich in den verschiedenen historischen, geografischen, sozialen und religiösen Bedingungen kaum noch gemeinsame Merkmale finden. Nach tausenden von Jahren der Entfremdung ist es daher wichtig, neue Brücken zu bauen. Ich habe nach Deutschen gesucht, die besonders an Indien interessiert sind. Deshalb habe ich an Herrn Kochar, das ist der indische Generalkonsul in Hamburg, geschrieben und erzählte ihm von meiner Idee. Er war sehr erfreut und versprach mir seine Hilfe. Aus dem Grunde hatten wir gestern die Verabredung.

Boshafterweise spricht er, obwohl er seit vier Jahren in Deutschland lebt, kein Wort in unserer Sprache. Daher war ich sehr gehandicapt, weil ich seit vielen Jahren kein Gespräch mehr in Englisch geführt habe. Ich kann lesen und perfekt verstehen, aber im Sprechen habe ich einen großen Mangel. Ich bin aber sicher, dass ich wieder flüssiger sprechen werde, wenn ich mehr Möglichkeiten dazu habe.

Jedenfalls kamen Herr Kochar und ich überein. Er sprach allerdings über etwas, von dem auch ich schon befürchtet hatte, dass es sehr schwer werden würde, nämlich die Inder zusammenzuführen, die innerhalb Deutschlands sehr verteilt lebten. Die meisten von ihnen würden im Süden Deutschlands sein; nur annähernd zwanzig Inder wohnen momentan im Hamburger Gebiet. Meine Absicht ist es jedoch, sie mit den Deutschen in Verbindung zu bringen, die an Indien interessiert sind, um dann gelegentlich, wie ich es jetzt schon ab und an mache, gemeinsame Treffen zu arrangieren. Die indischen Studenten fühlen sich so einsam, weil es nur sehr wenige sind. Ich stehe mit einem von ihnen in engerer Verbindung und dann werden wir sehen, wie wir eine deutsch-indische Freundschaft aufbauen können. Ein wenig soll es dem Cosmopolitan-Club in Edinburgh ähneln. Ich habe aber noch weitere und andere Ideen – gut, vorläufig ist es ein Versuch.

In Süddeutschland existiert bereits eine gut organisierte Vereinigung, die „Deutsch-Indische-Studiengesellschaft", die kommerziell und wissenschaftlich ziemlich viel dafür tut, die Öffentlichkeitsarbeit zu unterstützen. Ich stehe seit ein paar Wochen mit ihnen in Verbindung, nachdem ich ihre Information las: „Eine indische Mission", geleitet von Shri Sivananda Saraswati, Gründer und Führer der „Yoga Vedanta Forest University" in Rishikesh. Er hat bereits einige missionarische Reisen außerhalb Indiens unternommen, ist im Westen aber nur durch unterschiedliche Publikationen und dem Training seiner Anhänger (Frau Heller z.B.) bekannt. Sein Buch wurde in Deutsch publiziert, während in Indien seine Zeitschrift „The Divine Life", „Das Göttliche Leben" erscheint.

Im Konsulat habe ich einige wundervolle Saris bewundern können. Es gibt ganz fantastische Designs, und ich sah auch welche im Buch „Indian through the ages".

Ja, Deboo, das Buch ist fabelhaft und ich bin dir sehr dankbar dafür. Wenn ich es fertig gelesen habe, sollte ich „Religion und Society" von S. Radhakrishnan lesen. Es wurde vollständig ins Deutsche übersetzt, aber ich bevorzuge die englische Version. Nehrus Buch ist bis jetzt nicht übersetzt worden. Kannst du mir sagen, ob das Buch von Sarat Chatterjee in Englisch oder in Bengali geschrieben ist? Ich würde es gerne wissen. Wie glücklich hast du mich gemacht, als du mir das Bild von ihm geschickt hast, ich danke dir sehr, es hat hier bei mir einen ganz besonderen Platz erhalten. Besteht eigentlich zwischen Sarat und Bankim Chatterjee eine Verwandtschaft?

Bitte frage doch Dr. Bhaduri, ob er nicht noch einige Fotos von dir aufnehmen kann, ich hätte sehr gerne noch mehr von dir – als Trost, dass wir uns nun nicht in Paris sehen werden. Es muss auch nicht sofort sein, aber ich hätte sie wirklich gerne."

4.6.1954

Ein weiterer Tag beginnt und ich sollte diesen Brief fortsetzen. Ich bin jetzt immer viel in meinem Garten beschäftigt. Es ist ein großes Vergnügen, draußen an der Luft, im Sonnenschein, zu arbeiten. Bei euch wird es anders sein, ihr habt genug Sonne, aber wir freuen uns über jeden einzelnen Strahl, weil die Zeit des Winters sehr lang ist. Was für ein enormer Kontrast zwischen unseren Ländern! Je mehr ich über euer großes und schönes Land lerne, über eure Eigenart und Fremdheit, umso mehr möchte ich gemeinsame Interessen und mentale Übereinstimmungen zwischen unseren beiden Völkern herausfinden. Es ist ziemlich erstaunlich, in der Tat. Ich kann allerdings nicht von dir erwarten, dass du mit mir darüber korrespondierst, wenn du nicht wirklich auch eine Übereinstimmung fühlst.

Ich schweife aber schon wieder ab, denn ich wollte dir eigentlich von meinem Garten erzählen. Im Januar und Februar war noch starker Frost, der etwas Schaden bei den Blumen und den Erdbeeren angerichtet hatte. Aber ansonsten sieht es sehr gut aus und das Gemüse, die Erbsen, Bohnen, Karotten, Tomaten, Sellerie, Lauch, Petersilie und Kartoffeln wachsen sehr gut. Manchmal fürchten wir die Trockenheit, aber dann regnet es doch noch.

Wie sehen bei euch die Bäume, das Gras und der Boden aus? Wie viele Wochen hält sich die Hitze und gibt es keinen einzigen Tropfen Regen? Es ist sehr schwierig, sich das bei uns vorzustellen, denn hier wäre nach etlichen heißen Tagen ein Gewitter unvermeidlich. Vor einigen Tagen hatten wir achtzig Grad Fahrenheit (zirka siebenundzwanzig Grad Celsius), das ist eine sehr angenehme Temperatur, nicht zu kalt und nicht zu heiß.

Nun aber etwas ganz anderes. Wo verbringt Ratna die Zeit nach der Schule, wenn sie wegen der Hitze nicht im Haus sein kann? Was esst ihr im Sommer? Der Gedanke ans Essen bringt mir soeben eine Erinnerung an Edinburgh zurück. Erinnerst du dich noch an die wundervolle, kleine Party, als du für uns gekocht hattest? Es war ein sehr geschmackvolles Essen, ich erinnere mich genau, weil es mein erstes Dinner dieser Art war und die scharfen Speisen mir bis dahin völlig unbekannt gewesen waren, zumal in „Inveresk House" kaum Salz verwendet wurde. Ich weiß gar nicht, ob du Vegetarier bist oder nicht."

Diesem Brief legte ich noch einen Extra-Brief für Ratna bei, die sich vielleicht über einen Brief aus dem fernen Deutschland freuen würde. Außerdem brauchte ich ihre Größenangaben, damit ich mit ihrer Strickjacke anfangen konnte. Solche Arbeiten erledigte ich gerne abends, wenn die Kinder schon schliefen, Hans noch unterwegs war und im Radio schöne Musik zu hören war. Ich strickte, hörte gute Musik und träumte nebenbei oder dachte nach.

Beinahe täglich hatte ich irgendeine Idee in Bezug auf die Entwicklung einer deutsch-indischen Freundschaft. Ständig ergab sich etwas Neues. Ich lernte immer mehr Menschen kennen, die sich für mein Vorhaben einsetzen und mich unterstützen wollten. Durch den Generalkonsul lernte ich eines Tages einen indischen Studenten kennen, mit dem ich an diesem Nachmittag ausschließlich über die Möglichkeiten und Chancen meines Planes sprach, der dabei erheblich an Gestalt zunahm, denn Herr Bhatia war voller Freude und Enthusiasmus.

Auch Emmy E. und „ihr" Inder begeisterten sich für das Vorhaben. Die Gespräche mit ihnen allen waren der Auslöser für immer neue Einfälle. So stand irgendwann fest, dass es nur eine Möglichkeit gab: Ich würde eine entsprechende Gesellschaft gründen müssen. Zwischenzeitlich war mir sogar die Unterstützung der indischen Botschaft in Bonn sicher. Auch hatte ich bei einer Veranstaltung einen bekannten Indienkenner und -Freund, den Hamburger Professor Dr. Ludwig Alsdorf, ein Indologe, kennengelernt, der meine Absicht nicht nur begrüßte, sondern sie auch aktiv unterstützen wollte. Nun stand meinem Aufruf nichts mehr im Wege.

Anfang Juli 1954 erhielt ich schließlich Deboos Antwort, auf die ich bereits gewartet hatte.

„Meine liebe Liese", schrieb er,

„es tut mir sehr Leid, dass ich nicht eher schreiben konnte, aber der intensive Sommer mit seiner Hitze trägt die Schuld daran. Vielleicht setzt bald der Regen ein. Meist beginnt es am 7. oder 8. Juli zu regnen, bis dahin haben wir noch viel Hitze zu erleiden. Ich habe deinen langen Brief erhalten und danke dir sehr für deine schnelle und prompte Antwort. Du bist wunderbar!"

Ein paar Tage später schrieb er wieder:

„Die letzten Tage waren schrecklich. Das ganze Haus war so heiß, dass man zum Arbeiten nicht mehr drinnen sein konnte. Wir haben in jedem Raum Ventilatoren an der Decke und benutzen sie den ganzen Tag. Trotzdem ist es angenehmer, sich draußen aufzuhalten. Jeder wartet besorgt auf den Regen, der im Allgemeinen während der ersten Juliwoche kommt. Wir waren alle glücklich, als es gestern (30.06.) anfing, zu regnen. Die Bauern auf den Feldern waren ebenso dankbar. Der Regen wird ungefähr zwei Monate, in unregelmäßigen Intervallen, andauern.

Ich bin dir und deinen Kindern sehr dankbar für die Postkarte aus Hamburg. Ratna ist auch sehr glücklich. Sie hat ihren Geburtstag schön gefeiert. Es gab einen großen Kuchen mit elf Kerzen darauf. Mehr als zwanzig Kinder und zehn Erwachsene waren hier. In Delhis Hitze mussten wir viele kalte Getränke organisieren, inklusive der amerikanischen „Coca-Cola", die in Indien sehr beliebt ist. Es gab eine Menge an indischen Süßigkeiten und wenn du und deine Kinder hier bei uns gewe-

sen wärt, dann wäre das einfach fantastisch gewesen. Ratnas Schule ist über den Sommer geschlossen und öffnet am 15. Juli wieder.

Es tut mir so Leid, aber ich konnte dir und deiner Tochter nicht zum Geburtstag gratulieren. Du hast mir dein Geburtsdatum nicht rechtzeitig genug verraten. Erlaube mir, dir und deiner Tochter nachträglich alles Gute und die besten Wünsche zu übermitteln. Du hast mir gesagt, dass du Jasmin so sehr magst. Es ist eine orientalische Blume und in dieser Jahreszeit tragen indische Frauen Ketten solcher Blumen am Abend auf ihrem Haar. Das sieht sehr reizvoll aus. Ich glaube, du hast so manche Vorlieben von Inderinnen, denn sie mögen hier alle Jasmin.

Ich war höchst angenehm überrascht, zu hören, dass du beim indischen Konsul in Hamburg mit einer derartig interessanten Mission warst. Es sind gegenwärtig sehr viele Inder in Deutschland und ich kann mir vorstellen, dass sie sich sehr einsam fühlen. Wenn du in der Lage wärst, einige von ihnen zusammenzubringen, könntest du noch einen kleinen, indischen Abend organisieren. Du müsstest sie fragen, ob sie singen, tanzen oder kochen wollen. Wenn ich in Deutschland wäre, würde ich gerne einige indische Gerichte für dich kochen. Ich wünsche dir, dass du erfolgreich sein wirst!

Ich finde es hervorragend, dass dir der indische Sari so gefällt. Es ist wirklich ein herrliches Kleidungsstück und mir gefällt er natürlich ebenso sehr.

Über Sarat Chatterjees Bücher denke ich, dass einige ins Englische übersetzt wurden. Die Originale sind in Bengali. Sollte ich einmal eine gute Übersetzung finden, so schicke ich sie dir."

Er teilte mir noch die gewünschten Maße von Ratna mit und dass die Jacke in der Farbe ihrer Schuluniform, nämlich flaschengrün, sein sollte. Ratna würde mir demnächst selber einen Brief schreiben. Dr. Bhaduri wollte Deboo für mich fotografieren und er würde die Bilder alsbald schicken. Auch legte er die neuesten Fotos von Ratna und ihrer Geburtstagsfeier bei.

Meine Antwort begann ich am 6. Juli 1954 zu schreiben:

„Mein lieber Deboo,

danke für deinen Brief, ich habe ihn vor ein paar Stunden erhalten. Du brauchst dich ganz gewiss nicht für die Verzögerung des Briefes zu rechtfertigen. Du weißt doch, dass ich Verständnis dafür habe, dass du nicht immer sofort antworten kannst – ich verstehe es wirklich. So sage bitte nie mehr, dass du dich dafür entschuldigst, sonst müsste ich immer schreiben: „Entschuldige bitte meine schnelle Antwort". Aber ich schreibe sehr gerne an dich, es liegt mir am Herzen, dir von allen schönen Gefühlen und guten Ereignissen zu erzählen. Ich möchte aber nicht, dass es dich langweilt.

In der letzten Zeit hat sich wieder soviel ereignet, dass ich gar nicht weiß, womit ich anfangen soll. Vor einem Monat schrieb ich den letzten Brief an dich. Es war an Ratnas Geburtstag, als ich einen indischen Studenten zu einer Besprechung, wegen der Deutsch-Indischen Gesellschaft, in Hamburg traf. Er war sehr daran interessiert, diese Idee weiter zu verfolgen und wir beide kamen brillant miteinander aus. Es wird dich interessieren, dass seine Familie in Delhi lebt – ich denke in „Pusa", das ist derselbe Distrikt, in dem du lebst. Er ist bereits verheiratet und hat einen kleinen Sohn. Seine Frau und sein Sohn kommen im August per Flugzeug nach Deutschland und werden achtzehn Monate hier bleiben, dann hat er seine Studien abgeschlossen.

Am 14. Juni habe ich den ganzen Tag an euch beide in Delhi gedacht. Genau wie am 27. Juni, weil das mein Geburtstag ist. Glaube es oder nicht, aber ich hatte einen indischen Gast hier in Putensen an meinem Geburtstag. Es war der erste Geburtstag seit fünf Jahren, den ich gefeiert habe und es war sehr, sehr schön. Aber ich habe dich vermisst und hätte mir gewünscht, du wärst auch hier gewesen. Die Kinder schlossen schnell Freundschaft mit unserem indischen Besucher und die Kleinste fragte am nächsten Tag, wann er wiederkommen würde. Er, Ram Prakash Bhatia, kommt wieder, wenn seine Familie in Hamburg eingetroffen ist und die Kinder freuen sich jetzt schon auf seinen kleinen Sohn.

Letzten Sonntag hatten wir einen anderen indischen Studenten zu Gast, er heißt Rajeshwan Singh Ratra. Er ist auch verheiratet, hat aber noch keine Kinder, obwohl er sie schrecklich gern mag. Und wieder hatten wir einen wundervollen Sonntag. Nun fragen meine Kinder bereits: „Wer kommt nächsten Sonntag?" Und sie fragen auch: „Wann kommt Ratnas Vater, um uns zu sehen?"

Ja, mein Lieber, wann kommst du …

Gestern fand ich eine kurze Zeitungsnotiz:

„Botanikerkongress in Paris. Aus allen fünf Erdteilen trafen in Paris die hervorragendsten Botaniker zu ihrem 8. Internationalen Kongress zusammen. Der letzte Kongress fand im Jahre 1950 in Stockholm statt. (Warst du dort?) Die 2500 Gelehrten aus 56 Ländern werden bis zum 14. Juli in Paris tagen."

Vielleicht kannst du ahnen, wie sentimental ich beim Lesen dieser Zeilen geworden bin.

Du erinnerst dich, ich erzählte dir von meinem Treffen mit Herrn Kochar, dem indischen Generalkonsul in Hamburg? Ich war am anderen Tag sehr überrascht, als mich folgender Brief erreichte:

„Botschaft von Indien, Bonn, 16. Juni 1954.

Sehr geehrte Frau Hachmann,

unser Vize-Konsul in Hamburg hat uns über Ihr großes Interesse an Indien und Ihre Aktivitäten für ein besseres Verstehen zwischen Indern und Deutschen informiert. Wir wünschen, dass Sie wissen, wie sehr wir Ihre bedeutende Haltung und Ihre Beachtung Indiens würdigen. Wir werden Ihnen selbstverständlich helfen und wären glücklich, Ihnen gute Assistenten und gute Helfer zu sein.

Wir senden Ihnen eine Anzahl von Publikationen über Indien zu, die, wie wir hoffen, Ihnen sehr nützlich bei der Vorbereitung ihres Vortrages über Indien sein könnten. Wir haben außerdem Ihren Namen auf die Postliste unseres monatlich erscheinenden Bulletins gesetzt, der Sie von nun an regelmäßig erreichen wird. Eine Liste mit verfügbaren Filmen, die auf nicht-kommerziellen Veranstaltungen gezeigt werden dürfen, fügen wir ebenso zu Ihrer Information bei. Vielleicht interessiert es Sie, dass eine indische Zeitung in Bielefeld erscheint. Wir fügen eine Kopie dieses Magazins in der Hoffnung bei, dass Sie Ihre Vorträge und Reden dort veröffentlichen. Für die Hilfe bei persönlichen Kontakten mit Indern in Hamburg steht Ihnen weiterhin Herr Kochar, der in seiner Position die bestmögliche Hilfe für Sie ist, zur Verfügung."

So, das ist der Brief. Ich bin sehr glücklich, über diese unerwartete Unterstützung. Die Liste der Filme umfasst mehr als siebzig Titel, Dokumentarfilme über Indien, ich kann dir gar nicht alle Titel nennen. Der mich am meisten interessiert, heißt „Santiniketan". Vielleicht kann ich den für meine Gesellschaft bekommen.

Ich sage „meine Gesellschaft", vielleicht bist du überrascht zu hören, dass wir einen Termin, am 9. Juli in Hamburg, im British Centre arrangiert haben. Es ist ein schöner Raum und wir möchten fünf indische Filme über Rajasthan zeigen und indische Instrumentalmusik spielen. Ich weiß gar nicht, wer alles mitmacht. Die Filme haben wir von Herrn Kochar ausgeliehen (35 mm-Tonfilm). Wir haben mehr als zweihundert Personen eingeladen, darunter Inder und Freunde von Indien. Ich werde dir später von diesem Abend erzählen.

Ich muss eine Ansprache halten und ich habe auch Herrn Kochar, sowie Prof. Alsdorf, den Indologen, gebeten, ein paar Worte zu sagen. Ganz bestimmt wird nicht jedes Treffen so offiziell sein, wie dieses erste. Später wird es einen persönlicheren, privateren Charakter bekommen. Aber unsere Gesellschaft soll ganz offiziell eingeweiht werden. Gut, man wird sehen ...

Das nächste Treffen wird am 15. August sein. So oder so, ich habe bereits einige Ideen hinsichtlich des Festes an diesem besonderen Tag.

Nun habe ich dich etwas Wichtiges zu fragen, die indischen Studenten gaben mehr oder weniger den Anstoß dazu. Würdest du uns die große Freude bereiten und einige Fotos von Delhi machen, so viele du magst. Der Film braucht nur entwickelt zu werden, keine Abzüge. Wir projizieren sie mit einem Apparat an die Wand. Du bekommst die Filme selbstverständlich bezahlt, es ist nicht nötig, dass du dein eigenes Geld für diesen Gefallen verwendest. Wir haben ein kleines Budget „Öffentlichkeitsarbeit". Weißt du, ich denke nämlich, die jungen Leute fühlen sich oftmals recht heimwehkrank und deshalb kam mir die Idee. Bitte, mein Lieber, lass' es mich wissen, ob du deinen unbekannten indischen Freunden diese große Freude machen kannst.

So, nun kommen wir aber auf mehr Privates zurück. Ich bin so erfreut über die zwei Bilder. Euer Bungalow ist so hübsch, dass ich mich jetzt freue, dass du unser Haus nicht sehen kannst. Verglichen mit eurem Bungalow, sieht unser Haus aus wie eine schmutzige Hütte. Wirklich, wir haben nur zwei kleine Räume für eine große Familie.

Aber was können wir machen? Andere haben es noch schlechter. Ich denke nicht, dass wir jemals wieder in die Lage kommen, in meinem Elternhaus zu wohnen – es liegt in der russischen Zone von Deutschland. Und – das ist der wahre Grund – ich möchte auch nicht wieder zurück in diese Gegend; ich habe mich dort nie richtig wohl gefühlt. Meine wahre Heimat ist die Lüneburger Heide. Deshalb akzeptiere ich die kleinen Räume, die für unsere Familie nicht ausreichen, aber in denen wir Ruhe und Zufriedenheit gefunden haben.

Danke für deine guten Wünsche zu meinem Geburtstag. Freundliche Gedanken und gute Wünsche sind niemals vergeblich, ob sie rechtzeitig oder zu spät kommen, spielt dabei keine Rolle.

Die Kinder haben nun Schulferien bis zum 5. August. Sie sind gerade in den Wald gegangen, um Blaubeeren zu sammeln, die wir sehr gerne essen.

Es ist sehr schade, dass du nicht in Deutschland bist, um uns deine Kochkünste zu demonstrieren. So weit ich weiß, gibt es hier unter den Indern nur einen, der etwas davon versteht. Vor kurzer Zeit wurde ein Abend arrangiert, an denen wir mit indischen Speisen verwöhnt wurden. Das war sehr schön und wir hatten alle viel Spaß.

Ich schreibe schrecklich lange Briefe – aber was kann ich tun, wenn ich dir so viel zu erzählen habe.

Mit Liebe und besten Grüßen,
deine Liese"

Die Gründung der DEUTSCH-INDISCHEN-GESELLSCHAFT IN HAMBURG e.V. – 1954

11.7.1954

„Nun, mein lieber Deboo, folgt der versprochene Bericht über unseren Deutsch-Indischen Abend in Hamburg. Ich habe dir erzählt, dass zweihundert Personen eine Einladung erhalten hatten. Ungefähr einhundertsiebzig sind dieser gefolgt.

Ich habe fast fünfzehn Minuten lang über den Ursprung meiner Idee gesprochen und dass es mein größter Wunsch wäre, mich mit aller Kraft und Stärke der Gründung dieser Gesellschaft zu widmen, weil ich fühlte, dass es notwendig und wichtig war, für eine gute Verbindung zwischen unseren beiden Ländern zu sorgen. Ich mag solche Dinge wie Reden halten eigentlich nicht – und glaube mir, ich habe mich zuerst sehr vor dieser Ansprache gefürchtet, aber es ging alles gut.

Sich mit einem Land wie Indien vertraut zu machen, sprach ich weiter, sich mit seiner Geschichte, seiner Kultur, den Sitten, Gebräuchen, Traditionen und all den anderen alltäglichen Geschehnissen in der indischen Bevölkerung auseinanderzusetzen, ist interessant für all die Deutschen, die sich mit dem Herzen zu diesem fremden, wunderbaren und großartigen Land hingezogen fühlen. Es gibt bestimmt viele Deutsche, die mehr über Indien wissen möchten, daran interessiert sind, sich mit Indern zu treffen, sich über diese und jene Probleme mit ihnen zu unterhalten. Indem wir uns mit der Heimat unserer indischen Freunde befassen, wollen wir versuchen, ihnen ein Stück Heimat auf unserem Boden zu geben.

Meine Rede endete mit einer großen Überraschung: Ich bekam einen riesigen Strauß Blumen von den „Hamburger Indern"! Ich hatte so eine bezaubernde Geste gewiss nicht erwartet – wirklich, Inder sind liebenswerte Geschöpfe – aber das weiß ich bereits seitdem ich dich vor vielen Jahren kennen gelernt habe.

Danach sahen wir einen Film über Mahatma Gandhi: „Mahatma, the immortal". Sein Tod und seine Einäscherung, Indiens Trauer über den Tod des innig geliebten „bapu", die Trauerzüge in Delhi, Allahabad und Bombay. Der Film dauerte ungefähr fünfundzwanzig Minuten.

Nach einer kurzen Pause folgte schon der nächste Film: „Marine marvels", wunderschöne und exzellente Fotos. Es war eine Dokumentation über Fische und

Meeresfauna der Aquarien von Trivandrum und Bombay. Der Name des dritten Filmes lautete: „Home of the Kauvadas", Menschen, die im Staat „Coorg" leben. Es war sehr interessant etwas über die sozialen Gebräuche und die Bewohner dieses Staates zu erfahren.

Im Anschluss daran sprach der bekannte Gelehrte, der Indologe Professor Alsdorf, von der Hamburger Universität zu dem Auditorium. Mit wundervollen Worten weihte er die neu gegründete Gesellschaft ein und würdigte mein Bestreben und die Idee. Er ist die ideale Unterstützung für mich. Er ist ein außergewöhnlicher Mann, der bereits viele Jahre in Indien verbracht hat.

Dann folgte der nächste Film: „Music on India". Du weißt ja, wie gerne ich Musik höre, deshalb bedarf es keiner Erwähnung, dass dieser Teil des Abends für mich einen ganz besonderen Wert hatte. Die indischen Frauen und Mädchen, die verschiedene Tänze zeigten, waren einfach wunderhübsch anzusehen.

Der letzte Film war „Remembrances of Mewar", eine Dokumentation über Rajasthan, schön und sehr, sehr interessant. Jeder bewunderte die guten Filme. Der Abend wurde ein voller Erfolg. Es traten bereits zweiundfünfzig Personen der Gesellschaft bei.

Und nun habe ich dir noch etwas ganz Besonderes mitzuteilen. An diesem Abend traf ich eine Person – einen Deutschen, der zur selben Zeit wie wir in Edinburgh studiert hatte und oft ins Cosmopolitan kam. Er ist Rechtsanwalt und lebt in Hamburg. Wir waren für einige Jahre sehr gute Freunde, doch dann verloren wir uns aus den Augen und hatten keine Verbindung mehr zueinander. Nun kam er zu dem ersten Abend und versicherte, er wäre aufrichtig beeindruckt von mir und der Gestaltung des Abends und wie ich dieser Sache nachgegangen wäre, um die Deutsch-Indische Gesellschaft zu gründen.

Sicherlich habe ich die vielen Komplimente nicht verdient, die ich an diesem Abend bekommen habe, denn ohne die Hilfe des Konsulates, einigen anderen Indern und insbesondere ohne die Unterstützung meines Ehemannes, hätte ich diese Aufgabe wahrscheinlich nicht gemeistert.

Aber zurück zu dem Deutschen, der auch dir bekannt ist. Du wirst seinen Namen vergessen haben, aber einst haben wir zusammen den Botanischen Garten in Edinburgh besucht. Der indische Student, der ihn begleitete, warst du. Er erinnerte sich nicht mehr an deinen Namen, weil er sein Adressbuch während des Krieges verloren hatte. Es war bezaubernd, jemanden zu treffen, mit dem man vergangene Zeiten geteilt hat.

Das für mich interessanteste Ereignis an diesem Abend war das erste Treffen mit einer indischen Lady, wirklich. Ich habe sie vorher nie gesehen. Sie ist die einzige Lady hier in Hamburg, verheiratet mit einem Offizier vom Konsulat, Herrn Jain. Was ist sie für eine wundervolle kleine Lady! Sie sieht so süß und jung aus ... Aber sie lebt – wegen ihrer Einsamkeit – nicht gerne in Deutschland. Sie hat noch keine Kinder.

Frau Bhatia kommt im nächsten Monat, und ein indischer Geschäftsmann, den ich bei Herrn Jain traf und der jetzt für drei Wochen zurück nach Indien geht, bringt danach seine Frau und auch die Kinder mit. So hat sie dann Gesellschaft. Ich glaube, ich kenne jetzt jeden Inder in Hamburg.

Deboo, darf ich dich etwas fragen? Es ist eine seriöse Frage und ich bitte dich, vergiss' nicht, sie zu beantworten. Was soll ich tun, die Inder grüßen mich mit ihrem alten, traditionellen Gruß „Namaste" (diese indische Sitte ist mir natürlich bekannt) aber ich weiß nicht, ob es mir erlaubt ist, es genauso zu machen? Ich habe noch nie einen Deutschen gesehen, der so grüßte, deshalb bin ich nicht sicher, was ich tun soll. Bitte sag' es mir. Es ist – ich fühle es immer – so ein wundervoller Gruß und ich bin sehr beeindruckt. Vielleicht siehst du gar nichts Besonderes darin, aber für mich ist es schwierig, meine Gefühle darüber zum Ausdruck zu bringen.

Nun muss ich meinen Brief aber beenden, er ist ja fast so lang wie ein Roman und – es tut mir Leid – du musst jetzt diese lange Geschichte lesen. Jedes Mal, wenn ich einen Brief zu dir schicke, dann warte ich schon wieder auf deinen und, mein Lieber, ich warte immer auf eine Gelegenheit, dass wir uns sehen, eines Tages, irgendwo.

Deine Liese

P.S.: Übrigens kommt Familie Gold aus Edinburgh im nächsten Monat nach Putensen. Sie wollen einen Tag bei uns verbringen, dann fahren sie weiter nach Sylt, eine Insel in der Nordsee, um dort einige Wochen Urlaub zu machen."

Während ich ihm von der Einweihung der Gesellschaft geschrieben hatte, gingen mir noch einmal viele Gedanken, Worte und Eindrücke des Abends durch den Kopf. Ich fühlte mich unsagbar glücklich, dass der Weg vom ersten Einfall bis zum ersten Treffen so unglaublich leicht und angenehm verlaufen war, obwohl es natürlich viele, viele Stunden harter Arbeit gewesen waren, dieses erste Treffen zu organisieren. Da aber alles Neuland für mich war, hatte es mir keine Sorgen bereitet, ein Programm zu gestalten, obwohl es zunächst nicht einmal sehr abwechslungsreich war. Aber es gab kein weiteres Material, viel mehr Reden durften auch nicht gehalten werden und es sollte schließlich dem ersten Kennenlernen dienen. Das alles hatte sehr gut funktioniert, viel besser, als ich es mir vorgestellt hatte. Allerdings musste ich jetzt einen Terminkalender führen und mir meine Arbeit genau einteilen, denn ich arbeitete bereits intensiv am zweiten Treffen.

Hätte Hans mich dabei nicht unterstützt, indem er mich, so häufig er konnte, begleitete, mich im Auto nach Hamburg fuhr und vieles mehr, so wäre das Ganze nicht realisierbar gewesen. Zum ersten Mal war ich froh darüber, dass er nicht in einem geregelten Arbeitsverhältnis stand, sondern sich seine Zeit frei einteilen konnte. Nur so war es ihm möglich, mich zu Besprechungen zu bringen, während er sich mit seinen Interessenten traf. Zwar besaß ich einen Führerschein, doch ich fuhr höchst ungern allein. Hans gab mir das Gefühl, dass wir diese neue Aufgabe, diese Herausforderung, gemeinsam tragen würden. Das erleichterte uns, weil Hans nicht permanent stolz auf mich und ich ihm nicht ständig dankbar sein musste. Als Gleichberechtigte fühlten wir uns weitaus besser.

Wann immer es ging, luden wir zu Besprechungen in unser Häuschen ein, so dass die Kinder nicht bei Bekannten untergebracht werden mussten. Die Inder sind sehr kinderlieb, deshalb freuten sie sich ebenso wie die Kinder, wenn sie zu uns nach Putensen kommen konnten, um ausgelassen miteinander spielen zu können.

Bei all dem Treiben wartete ich dennoch stets sehnlich auf den nächsten Brief von Deboo. Ende Juli 1954 traf seine Antwort ein.

„Meine liebe Liese,

ich bin dir sehr dankbar für deinen lieben und höchst interessanten Brief. Ich bin über die Eröffnung der Deutsch-Indischen Gesellschaft und den bedeutenden Anteil, den du daran hattest, äußerst erfreut. Ich vermochte nicht, mir vorzustellen, dass du derart gut organisieren kannst. Selbstverständlich hast du einen herrlichen

Strauß schöner Blumen verdient, ich möchte sagen, du hast noch viel, viel mehr Blumen dafür verdient! Das Programm war, soweit ich es von hier beurteilen kann, sehr gut ausgewählt für so ein großes Publikum. Du solltest noch einen kurzen Bericht über diese neue Verbindung an unsere Zeitung schicken. Ich würde dir empfehlen, einen maschinegeschriebenen Artikel an die „Press Trust of India", Parliament Straße, Neu Delhi, zu schicken. Sie werden für eine weitere Verbreitung in anderen Zeitungen sorgen. Ich wünschte, ich wäre ein bisschen näher bei dir, damit ich dir ein wenig helfen kann. Du musst extrem viel gearbeitet haben, um das alles so erfolgreich zu meistern.

Ich habe mit großem Interesse gehört, dass du einen indischen Freund getroffen hast, der aus Delhi stammt. Ich denke dein (oder unser?) Freund Ram Prakesh Bhatia muss von einem der Häuser aus der Pusa-Road stammen. Jedenfalls bitte ich dich, ihn nach der Adresse zu fragen und sie mir zu schicken. Ich möchte gerne Kontakt mit seiner Familie aufnehmen und wenn es irgendwie möglich ist, dann würde ich seiner Frau gerne ein paar kleine Geschenke für euch mitgeben, wenn sie nach Deutschland kommt. Ich könnte auch den indischen Geschäftsmann treffen, wenn du seine Adresse bekommen könntest.

Ich finde es hervorragend, dass du indische Gäste bei dir zu Hause empfangen konntest. Wahrscheinlich werden es immer mehr werden, wenn die Aktivitäten in deiner Gesellschaft größer werden. Ich wünschte, ich könnte auch mal einen Sonntag kommen, um mit deinen Kindern zu spielen, weil ich Kinder sehr gerne mag. Es tat mir sehr Leid, dass ich nicht zu dem Botaniker-Kongress nach Paris reisen konnte. Ich hoffe, dass es in Zukunft Chancen gibt, nach Europa zu fahren.

Erfreut hörte ich, dass du einen Brief von der Indischen Botschaft in Bonn erhalten hast. Du solltest dir den Film über „Santiniketan", das bedeutet: Santi = Friede; Niketan = Haus, ansehen. Es ist ein Haus des Friedens, das von unserem Dichter Tagore gegründet wurde. Heute ist es eine spezielle Universität, in der Studenten aus Indien und vielen anderen Ländern studieren. Ich war zwar erst einmal dort, aber eine Cousine von mir hat dort vor einigen Jahren studiert. Musik, Malerei und orientalischer Tanz, das sind die hauptsächlichen Fächer.

Ich habe einige Fotos von Delhi, die ich dir schicke. Du brauchst allerdings die Negative, um Diapositive davon machen zu lassen. Dann kannst du sie auch benutzen, um Bilder entwickeln zu lassen.

Ich erinnere mich an den deutschen Herrn, der nun Anwalt in Hamburg ist, vor langer Zeit in Edinburgh gesehen zu haben. Er war ein stattlich anzusehender, großer Mann. Ich freue mich, dass du ihn nach so vielen Jahren wiedergetroffen hast.

Wegen deiner seriösen Frage: Ich denke nicht, dass sie seriös sein muss, wenn die Antwort einfach ist. Wenn dich irgendjemand begrüßt und sagt „Namaste", sprich: „Nomoste", dann ist es üblich, genau so zu antworten. Dabei legt man die beiden Innenflächen seiner Hände gegeneinander und hält sie etwa in Höhe des Halses. Gleichzeitig solltest du ein wenig den Kopf senken und dabei nach unten schauen. Wenn du in Hindi „Danke" sagen möchtest, sagst du „Sukriya" oder „Meherbani", das ist die Sprache Urdu. Diese beiden Worte und natürlich dein Charme, den du unzweifelhaft hast, wie ich ja weiß, reichen aus, um deine Gäste zu erfreuen.

Seit den ersten Regenschauern nach der großen Hitze, gießt es jeden Tag. Schwere Wolkenschauer verdüstern den Himmel und der Sonne ist es nicht erlaubt, auch nur ein wenig durch die schweren Wolken zu blicken.

In Delhi gibt es viele Pfauen. Sie breiten ihr langes und wundervolles Gefieder aus und tanzen naturgegeben, wenn sie dunkle Wolken sehen. Die niedrig liegenden Landstriche sind dann schnell mit Wasser gefüllt, so dass Wasserlilien wachsen. In so einer malerischen Atmosphäre bin ich während meiner Schulzeit einmal mit einem kleinen Boot hinausgefahren. Am Abend kam ich mit einer großen Anzahl von Wasserlilien wieder zurück. In den Monaten nach dem Regen, im September und Oktober, ist die Landschaft besonders bezaubernd, vor allem in Bengalen.

Ich hoffe, du wirst den 15. August mit einer passenden Veranstaltung feiern. Es ist der Tag, an dem Nehru 1947 sein Amt als erster indischer Ministerpräsident, nach der britischen Herrschaft, angetreten hat. Du solltest Bilder von Gandhi und Nehru bei diesem Fest aufstellen. Ihre Mitwirkung, auf dem Weg unseres Landes in die Unabhängigkeit, war riesengroß!

Bitte vergiss nicht, mir die Adressen von Familie Bhatia und dem Geschäftsmann zu schicken.

Mit Liebe und lieben Grüßen,
dein Deboo"

Sein Brief erreichte mich genau am 24. Juli, einem beachtenswerten Datum, denn vor genau einem Jahr schrieb ich meinen ersten Brief an den Botanischen Garten in Kalkutta, um Deboos Adresse zu erfragen. Ich weiß noch genau, dass es ein herrlicher, sonniger Tag war. Heute jedoch war es kalt, und es regnete unaufhörlich den ganzen Tag. Ohnehin hatten wir bis jetzt einen schlechten Sommer. Im Juni gab es zwar ein paar angenehme, warme Tage, aber seitdem regnete es fast jeden Tag und jede Nacht. Wir konnten fast nie draußen im Garten sitzen, um unseren herrlichen Blumengarten zu genießen. Das war wirklich nicht mehr schön. Der Regen artete überall in Überschwemmungen aus. Felder und Wiesen waren überflutet und ein großer Teil der Ernte wurde dadurch weggespült.

Die Beschreibungen Deboos von den Auswirkungen des Regens auf die Flora und Fauna in Bengalen, gefielen mir sehr. Ich liebte es, derlei Beschreibungen zu lesen; es war mir jedes Mal so, als würde ich all das mit eigenen Augen sehen können.

Da ich, wegen des Regens, nicht im Garten arbeiten konnte, benutzte ich die Zeit, um einen neuen Lampenschirm zu kreieren. Da der Schirm rechteckig war, bemalte ich jede Seite mit einem berühmten Motiv des Landes, in dem wir Freunde hatten: Italien mit dem Palazzo Vecchio in Florenz, Japan mit dem Nagoya-Schloss, Schottland mit dem Schloss von Edinburgh und Indien natürlich mit dem Taj Mahal. Deboo hatte mir damals von diesem Traum der Schönheit und seiner Geschichte erzählt, die davon berichtete, dass ein Herrscher namens Shah-Jahal, dieses Grabmal im 17. Jahrhundert für seine Frau, Mumtaz-Mahal, erbauen ließ, die bei der Geburt ihres 14. Kindes gestorben war.

Jedes meiner gemalten Bilder erhielt eine kleine Inschrift in der jeweiligen Landessprache, um die ich unsere Freunde gebeten hatte. Als uns wieder mal ein Inder, Herr Rajeshwar Singh Ratra, der aus Amritsar kam, besuchte, bat ich auch ihn um eine Inschrift in Hindi. Er schrieb: „Gute Freunde sind wie goldene Brücken über Kontinente und Ozeane“. Die Lampe wurde zu einer ganz besonderen Attraktion in unserem Haus.

Ich nutzte die Zeit des Regens, um den von Deboo geforderten Bericht über die Gründung der Deutsch-Indischen Gesellschaft zu verfassen und an die „Press Trust“ nach Delhi zu schicken. Sehr beschäftigt war ich auch mit unserem nächsten Treffen.

Alle in Deutschland gegründeten Gesellschaften, Vereine und Verbände wurden in einem Register zusammengefasst. Deshalb fand am 27. Juli eine konstituierende Mitgliederversammlung statt, in der der Vorstand für die Gesellschaft gewählt und eine Satzung beschlossen werden sollte. Mein alter Freund, Dr. H.D. Preyer, der Anwalt, war eine große Hilfe für mich, weil er mit allen Statuten des Rechts vertraut war. Ich hatte keine Ahnung von diesen Dingen und war froh und glücklich, dass ich in ihm einen so großartigen Assistenten hatte. Was für ein glücklicher Zufall, oder war es Vorsehung, dass wir uns wieder begegnet waren? Es gab ein Photo von uns Dreien, aufgenommen vor dem Cosmopolitan in Edinburgh und nun, viele Jahre später, waren wir wieder durch unsere gemeinsamen Interessen vereinigt.

Die Bilder von Delhi, die Deboo geschickt hatte, waren sehr reizvoll und schön anzusehen. Gleichzeitig bedeuteten diese Photos für die Inder eine weitere Attraktion und gewiss auch eine große Freude bei unserem nächsten Treffen.

Ich wollte unbedingt versuchen, den Film über Tagores „Santiniketan“ zu bekommen. Das ein oder andere Detail über diesen Ort des Friedens hatte ich schon gehört. Unter anderem soll die Umgebung von Santiniketan extrem schön und pittoresk sein. Irgendwann hatte mir mal jemand gesagt, dass Tagore und seine Visva-Bharati als unsterbliches Denkmal für Dichter und Seher stünde. Ich war sicher, dass dieser Platz heilig und wertvoll für Inder und für alle anderen Menschen war, die hier studieren konnten. Mir schwebte dabei immer vor, dass Studenten aus allen Teilen der Welt das zwischenmenschliche Miteinander, durch die tägliche Arbeit und durch das gemeinsame Studium ständig pflegten und sich damit das gute Auskommen, während der gemeinsam verbrachten Zeit, auf ihre Heimatländer ausweitete. Das war eine schöne Vorstellung.

Vor längerer Zeit hatte ich Deboo in einem meiner Briefe danach gefragt, ob es für mich die Möglichkeit gäbe, in Indien zu arbeiten. Das hatte er energisch abgelehnt, da es für eine „Frau meines Standes“ nicht schicklich wäre. Er schlug mir damals vor, Indien als Touristin zu besuchen. Aber das war etwas, was ich nicht wollte. Mit Indern in Kontakt kommen, mit ihnen zusammen zu arbeiten und zu leben, das war es. Wahrscheinlich hatte ich damals die falschen Worte gebraucht, so dass Deboo nicht verstehen konnte, was ich wirklich damit meinte. Denn es lag mir fern, als Touristin von einem berühmten Ort zum anderen zu reisen. Vielleicht täuschte ich mich auch.

Nachdem ich alle notwendigen Vorbereitungen für die nächste Zusammenkunft der Deutsch-Indischen-Gesellschaft, kurz DIG, getroffen hatte, antwortete ich Deboo, um ihm den neuesten Stand der Dinge und auch die Adresse von Frau Raj Bhatia mitzuteilen, obwohl ich befürchtete, dass sie nicht sehr viel Zeit für ihn haben würde, weil sie mit ihrer Reise nach Deutschland gewiss sehr beschäftigt war. In drei Tagen würde ich erst wieder Herrn Kirpalany Ramchand, den indischen Geschäftsmann treffen, um auch ihn nach seiner Adresse zu fragen. So lange wollte ich Deboo aber nicht warten lassen, deshalb gab ich den Brief gleich bei der Poststelle auf.

Postwendend erhielt ich seine Antwort, in der er mich bat, ihm nun umgehend die Adresse von Herrn Ramchand mitzuteilen, denn inzwischen hatte er seinen Assistenten mit einem Päckchen für die Kinder und mich zu Frau Bhatia geschickt. Sie wohnte etwa eine Meile von Deboos Institut entfernt. Leider sah sie sich außerstande, auch nur ein Päckchen mitzunehmen, da sie das zusätzliche Gewicht fürchtete. Immerhin hatte sie ihr Kind, mit allem was dazu gehörte, dabei.

Deboo war darüber sehr unglücklich und betrübt, weil er meinte, es gäbe nur selten die Gelegenheit, dass jemand direkt von Delhi nach Hamburg fliegen würde. Er wollte sie allerdings auch nicht dazu überreden, weil sie eine sehr nette, freundliche und hübsche Lady war. Aber in jedem dritten Satz kam seine Enttäuschung darüber zur Sprache. Der Brief war nur kurz, denn er wollte ihn schnell abschicken, um mich wegen der anderen Adresse zu ermahnen.

Allerdings ging er auf das besondere Datum meines Briefes ein. „Was für eine Chance hatten wir beide in diesem einen Jahr," schrieb er. „Wir sind uns so nahe gekommen in unserem Denken und Verstehen, obwohl die räumliche Distanz so groß zwischen uns ist, dass es kaum zu glauben ist."

Nur wenige Tage später erhielt ich wieder einen kurzen Brief von ihm, obwohl ich noch gar nicht geantwortet hatte.

„Liebe Liese,

vor drei oder vier Tagen habe ich dir einen Brief geschickt und dir gesagt, wie unglücklich ich war, weil Frau Bhatia das Geschenk nicht mitnehmen konnte. Inzwischen hat sie sich aber bereit erklärt, ein kleines, ganz leichtes Päckchen für dich einzupacken. Deshalb bekommst du ein sehr, sehr kleines Geschenk von deinem indischen Freund Deboo und ich bitte dich, es anzunehmen. Das Päckchen ist winzig, aber du wirst erkennen, dass ein großes, warmes Herz und sehr viel Freundschaft darin enthalten sind. Ich werde nichts weiter darüber schreiben, denn es soll eine Überraschung für dich sein. Frau Bhatia fliegt am 7. August und wird am nächsten Tag in Hamburg sein. Hoffentlich triffst du sie bald, damit du nicht so lange auf die Überraschung warten musst. Vielleicht informierst du mich über ihre sichere Ankunft in Hamburg und darüber, wie dir mein kleines Geschenk gefällt. Ich fühlte mich in den letzten Tagen deshalb ziemlich traurig, aber nun, da du es bekommen wirst, bin ich wieder sehr glücklich! Ich warte auf deine Nachricht!"

Am 17. August 1954 schrieb ich zurück:

„Mein lieber Deboo,

ich danke dir sehr für deine letzten Briefe. In der Zwischenzeit traf ich Frau Bhatia, die mir dein Päckchen überreichte. Es ist ein herrliches Geschenk, Deboo. Der Schal ist sehr prächtig. Ich kann kaum ausdrücken, wie sehr er mir gefällt und wie sehr ich dir dafür danke. Erinnerst du dich noch, in Edinburgh hast du mir einmal ein indisches Taschentuch geschenkt. Das trug ich fast immer bei mir – und dann haben es die russischen Soldaten bei der Plünderung unseres Hauses mitgenommen. Nun besitze ich wieder etwas von dir.

Frau Bhatia ist tatsächlich eine extrem hübsche und freundliche Person. Sie brachte mir auch ein Geschenk mit: Indische Ohrringe. Bei besonderen Anlässen mag ich Ohrringe tragen. Ich denke, dass Herr Bhatia es ihr aufgetragen hatte. Übrigens traf ich sie zu einem günstigen Anlass: Wir feierten den Unabhängigkeitstag von Indien.

Am Abend des 15. August feierten wir diesen Tag, der von den in Hamburg lebenden indischen Bewohnern organisiert worden war. Sie hatten mir eine Einladung geschickt, um bei ihrer Zusammenkunft alles mit mir zu teilen. Das fand ich rührend! Ich war sehr überrascht, etwa dreißig Inder dort anzutreffen. Einige von ihnen kamen aus Lübeck. Vielleicht weißt du, dass dort neulich das erste Schiff für die indische Handelsmarine vom Stapel gelaufen ist, die M.V. „State of Travancore-Cochin".

Einige der anwesenden Inder reisen an Bord dieses Schiffes wieder zurück. Ich denke, sie sind Angehörige der Eastern Shipping Corporation, die sich an dieser Zusammenkunft beteiligt hatten. So waren auch einige Inder dabei, die gegenwärtig durch ganz Deutschland reisen und andere, die beruflich in unserer Gegend waren. Mein Mann und ich waren die einzigen Deutschen, die eingeladen waren, um die Feier mit ihnen zu zelebrieren. Ich hoffe, dass ich dir bald einige Photos davon schicken kann, denn du wirst überrascht sein, mich in einem Sari zu sehen.

Ich erzählte dir doch in einem meiner vorhergehenden Briefe, dass mir diese Bekleidung so gut gefällt. Deshalb trug ich es als Ehrbezeigung an euer Land. Die indischen Damen, es waren drei an diesem Abend, halfen mir beim Ankleiden. Im Laufe des Abends sagte jemand zu mir, er hätte bereits bei vorherigen Treffen bemerkt, dass ich mental eine Inderin wäre und nun stellte er fest, dass mein äußeres Erscheinungsbild perfekt dazu passen würde. Wenn das „nur" ein Kompliment gewesen sein sollte, dann war es jedenfalls ein sehr schönes.

Aber nun informiere ich dich weiter über den Verlauf des Abends. – Dr. Dhawan, ein älterer, liebenswürdiger Herr, hielt eine Ansprache. Außerdem hörten wir viele Schallplatten mit indischer Musik. Die Damen hatten ein spezielles indisches Essen für alle Anwesenden zubereitet. Danach sang der ein oder andere Volkslieder. Ein Herr Roy, er kam einige Tage zuvor aus Kalkutta, las einige Gedichte in Bengali, Tagores „Gitanjali". Ein anderer Gentleman, ein sehr guter Rezitator, trug einige Gedichte in Englisch vor. Du siehst, es war ein herrlicher Abend. Um Mitternacht wurde die „Janaganamana" von einer Schallplatte abgespielt und alle Inder sangen zusammen die Indische Nationalhymne. Ich empfand sie als ein sehr eindrucksvolles Lied. Ich kannte den Text in Englisch und nun besitze ich ihn sogar in der Originalsprache.

Natürlich gab es auch eine indische Fahne, die gänzlich die Seite einer Wand füllte und ich hatte einen riesigen Strauß Blumen aus meinem Garten in den indischen Farben safran, weiß und grün mitgebracht. Ich würde sagen, dass es eine Feier war, die ich nie in meinem Leben vergessen werde. Kannst du verstehen, dass mein Verlangen, euer Land zu sehen und dort zu leben, immer größer wird?

Anbei gebe ich dir die Adresse von Herrn Ramchand, dem Geschäftsmann. Er ist noch nicht sicher, wann er nach Indien kommt, aber er würde sich freuen, dich in Delhi zu treffen. Ich sagte ihm, dass du daran interessiert wärst, etwas Neues aus Hamburg zu erfahren. Andererseits wäre auch ich froh, jemanden zu kennen, der mir etwas über die Begegnung mit dir erzählt. Herr Ramchand arbeitet für K. Chellaram und Söhne; vielleicht kennst du die Firma, sie hat überall in Indien Niederlassungen.

Am 12. August war Familie Gold aus Edinburgh zu einem kurzen Besuch nach Putensen gekommen. Sie kamen mit dem Auto von England herüber. Am 16. August trafen wir sie mit der ganzen Familie in Hamburg. Dieser Termin war vorher bereits abgesprochen. Wir freuen uns schon darauf, sie alle zusammen zu sehen. In der Tat, in diesem Jahr habe ich eine Menge alter Freunde wiedergetroffen, nur mit uns hat es nicht geklappt. Mein Verlangen danach ist manchmal sehr groß und immer, wenn ich die anderen Inder sehe, vermisse ich dich.

Am Ende meines Briefes möchte ich dir noch eine wichtige Frage stellen und ich hoffe, dass du sie mir beantworten kannst. Vor einigen Tagen hörte ich eine Unterhaltung, die Herr Kochar mit einigen anderen Indern führte. Ich kann den Satz, den ich hörte, nicht vergessen, er sagte:

„Wir alle, die wir im Ausland leben, verlieren unseren mentalen Frieden. Niemand trägt daran die Schuld, natürlich nicht, aber es ist eine Tatsache."

Die anderen Gesprächsteilnehmer stimmten alle zu. Hast du dieselbe Erfahrung gemacht? Was bedeutet „mentaler Frieden" in diesem Zusammenhang? Ich habe meine eigene Idee dazu, aber bitte erkläre mir deinen Standpunkt. Ich fürchte, dass ich diesen mentalen Frieden, während der vergangenen Jahre nie erlangt habe und deshalb so begierig darauf bin. Bitte, Deboo, versuche, es mir zu erklären.

Und nun, mein Lieber, lass mich dir noch einmal für dein wundervolles Geschenk danken. Wenn ich die leichte Seide um meinen Hals lege, dann fühlt es sich an wie die leichte Berührung eines Freundes Hand.

Gräme dich nicht, wenn du niemanden findest, der mir ein Geschenk mitbringen kann. Ich bin schon sehr froh, wenn ich Briefe von dir bekomme.

Ich hoffe, dass dich dieser Brief bei guter Gesundheit erreicht und grüße dich herzlich.

Deine Liese"

In seinem Brief, den ich kurz darauf erhielt, ging es hauptsächlich um die Beantwortung meiner Frage nach dem mentalen Frieden.

„Du weißt, dass es in unserer Umgebung, dem Milieu, in dem wir aufwachsen, eine maßgebliche Rolle spielt, sich eine eigene, individuelle Meinung zu bilden. Ein Holländer fühlt sich im Gebirge vielleicht nicht so wohl, weil er die kleinen oder

größeren Kanäle mit wunderbarem Wasser und vielen bunten Booten bzw. Schiffen vermisst. Für Inder, die nach Europa gehen, ist dieser Umgebungswechsel sehr groß. Er ist das tropische Klima gewohnt, den Sonnenuntergang in den Bergen, oder Flüsse, an denen Kokosnusspalmen wachsen. Nun kommt er nach Deutschland und findet belebte Städte, voll vom Rauch der Fabrikschornsteine und riesige Herstellungswerke mit Menschen, die fast wie Maschinen arbeiten. In seinem eigenen Land ist er mit seinen eigenen Leuten zusammen. Menschen, die so denken und fühlen wie er, die auch an ihn und sein Wohlergehen denken. Im Ausland denkt niemand an ihn, und auch er hat nicht die Zeit, um an andere zu denken. Etwas nebensächlichere Gründe wären die Kälte, das Tragen europäischer Kleidung, genau durchdachtes Sprechen, damit er nicht falsch verstanden wird, die Frage danach, was zivilisiertes Leben bedeutet und natürlich die Andersartigkeit der Speisen, die sich ja komplett vom indischen Essen unterscheiden. All diese Kleinigkeiten produzieren langsam eine Kette von Reaktionen im Bewusstsein, so dass sie mit der Zeit ihren Seelenfrieden verlieren.

Das, was du für die Inder getan hast, ist deshalb eine große Hilfe für sie, sich in Deutschland, in der Fremde, wohler zu fühlen. Ich denke, dass sie dir alle sehr, sehr dankbar dafür sind und ich hoffe, dass du nun besser verstehen kannst, was mit dem mentalen Frieden gemeint ist."

Nach meinem letzten Brief an Deboo, Mitte August, hatte ich zwar kaum noch Zeit für private Dinge, als ich jedoch diese Worte las, musste ich darüber nachdenken, weshalb ich mich stets so unruhig fühlte. Etwas zog mich fort aus meinem kleinen „Paradies“ und etwas Anderes hielt mich fest – von innerer Ruhe oder Gelassenheit spürte ich nichts.

Es gab eine Unmenge an Terminen und Arbeiten, die für „meine“ DIG, denn ich war zur Präsidentin gewählt worden, erledigt werden mussten. Vize-Präsident wurde Herr Shiam Sunder Lall Gupta. Er kam aus Delhi und hatte mit seiner deutschen Frau, die er vor Jahren in Japan kennen gelernt und dort geheiratet hatte, zwei Kinder. Dr. Preyer, der Anwalt, wurde zum Schriftführer gewählt. So schrieb ich in der vergangenen Zeit mehrere Artikel für verschiedene Zeitungen. Im Oktober war auch ein Artikel für das „Indische Magazin“, welches in Bielefeld erschien, vorgesehen. Außerdem hatten wir erneut einen indischen Abend geplant und auch ausgeführt. Das Thema waren die Wälder und Felder in Indien. Wir hatten wieder Filme von der Indischen Botschaft in

Bonn bekommen und auch Bücher zu diesem Thema bereitgestellt. Wir sahen eine interessante Dokumentation über Indiens Waldreichtum und seine landwirtschaftlichen Schulen. Danach sollte ein Film über ein indisches Bauernpaar gezeigt werden; unglückseligerweise fehlte die Kassette, was ich vorher nicht überprüft hatte. Deshalb fürchtete ich, dass die Zuschauer unzufrieden werden würden, wenn ich ihnen diesen Fehler gestehen würde. Sie reagierten jedoch mit Gelassenheit und Verständnis, was ich als äußerst wohltuend empfand. Stattdessen sahen wir einen Film über Nehrus Buch „Indian through the ages". Alle waren davon angetan und sehr zufrieden.

Am 28. August war unsere Familie bei Herrn und Frau Bhatia in Hamburg eingeladen und wir verbrachten einen herrlichen Samstag mit ihnen. Die Kinder fühlten sich sehr glücklich und spielten mit Sandip, dem kleinen Sohn von Bhatias. An diesem Tag aßen wir alle indisch. Ich half Frau Bhatia bei der Vorbereitung und lernte eine Menge über Indiens Küche. Es war ungemein interessant und mir gefiel es sehr. Frau Bhatia kannte sich hingegen nicht sehr gut mit der Zubereitung von Gebäck aus, was wiederum meine Spezialität war. So trafen wir ein „woman agreement" in der Küche: Sie unterrichtete mich in Indischer Küche und ich im Backen von deutschem Kuchen und Gebäck. Das gefiel nicht nur uns, sondern auch den Kindern und den Männern.

14. Sanni und Dieti

Sanni, wie Sandip, der kleine Sohn von Bhatias genannt wurde, weinte bitterlich, als wir uns abends verabschiedeten. Deshalb beschlossen wir alle, uns schon bald bei uns in Putensen wieder zu sehen.

Am Sonntag darauf bekamen wir wieder indischen Besuch. Sein Name war Ramesh Chandra Pandey. Er stammte aus Almora, einem zauberhaften Ort, wie ich aus seinen Berichten darüber schließen konnte. Es war aufregend, ihm zuzuhören, weil er gut erzählen konnte. Ich lernte viele interessante Dinge über indisches Leben, ihre Gewohnheiten und Gebräuche kennen. Seine Familie ist orthodoxen Glaubens und in diesem Zusammenhang stellten sich mir viele Fragen, die ich bei nächster Gelegenheit Deboo stellen wollte. Herr Pandey war überrascht, in meinem Garten viele Blumenarten zu entdecken, die auch in seinem Garten in Almora wuchsen. Er schien sich bei uns recht wohl zu fühlen und genoss den Anblick meines Gartens sehr, der zu dieser Zeit in voller Blüte stand und prächtiger denn je aussah.

Erst am 13. September 1954 kam ich wieder dazu, Deboo all das ausführlich zu berichten. Am selben Tag hatte auch er mir geschrieben. Es war nur ein sehr kurzer Brief und bestand vor allem aus kummervollen Sorgen und Gedanken darüber, dass ich noch nicht geantwortet hatte. Ob sein Brief vielleicht nicht angekommen wäre, fragte er. So lange hätte er nichts von mir gehört, obwohl meine Antwort doch sonst immer prompt gekommen wäre. Was der Grund dafür sei und dass ich möglichst rasch wieder schreiben möge.

Er klang ziemlich unglücklich, erinnerte mich aber auch daran, als ich im letzten Jahr sehnsuchtsvoll auf seine Antwort gewartet, täglich nach dem Postboten Ausschau gehalten hatte, aber vier oder fünf Wochen lang nichts von ihm hörte. War ich damals nicht in derselben Situation, wie er jetzt? Also nahm ich mir vor, ihn daran zu erinnern. Die umgekehrte Rolle gefiel mir allerdings weitaus besser. Ich empfand seine Sorge sogar als Balsam, denn es hieß doch nichts anderes, als dass er sehnsüchtig auf Zeichen von mir wartete. Viel Zeit, darüber nachzugrübeln, hatte ich aber nicht, die Arbeit wartete.

Nur wenige Tage später erhielt ich seine Antwort. Es war ihm sichtlich unangenehm, dass er nicht darüber nachgedacht hatte, wie viel Arbeit ich durch die DIG, zusätzlich zu meinen anderen Pflichten, hatte, denn ich reparierte ja weiterhin auch noch Puppen. Im Sommer wurden allerdings nicht so viele kranke Kinder in die Puppenklinik eingeliefert wie im Winter. Das war mir sehr recht, denn im Sommer hatte ich Hauptsaison im Garten.

Ich meinte sogar, aus seinem Brief herauslesen zu können, dass er seine „Unbeherrschtheit" rechtfertigen müsse, denn er versuchte recht ausführlich mir zu erklären, warum er sich so unglücklich gefühlt hatte. Dabei sprach aus jedem Wort Sehnsucht. Bevor er aber richtig deutlich wurde, brach er seine Sentimentalität kurzerhand ab und leitete über, dass er am nächsten Tag in die Nähe von Almora, wo Herr Pandey zu Hause war, nach Bhowali fahren würde. Herr Pandey wäre übrigens auch Brahmane wie er und gehöre der Priesterklasse an.

Damit ging er zur Erklärung des Kastensystems über, um die ich ihn einmal gebeten hatte, um mehr von den indischen Gebräuchen kennen zu lernen.

„Das Leben in Indien wird durch das Kastenwesen bestimmt, in die man hineingeboren wird und für das es genaue Anweisungen, gemäß der Geburt, gibt. An der Spitze stehen vier Hauptkasten:

1. Die Priesterkaste, die Brahmanen, die Menschen des Denkens und Wissens. Die Brahmanen sind die Lehrer. Ihre Hauptaufgabe ist es, den Menschen Führung auf dem richtigen Weg zu geben, sowohl materiell als auch spirituell. Sie lehren auch die Rituale und das Wissen der Veden, der heiligen Schriften.

2. Die Kriegerkaste, die Kshatriyas, die Menschen der Macht und der Handlung. Die Kshatriyas sind die Krieger. Ihre Pflicht ist es, die anderen zu beschützen und das Land zu verteidigen.

3. Die Händler- und Handwerkerkaste, die Vaishyas, die ökonomischen Menschen. Die Vaishyas sind Geschäftsleute und Handwerker. Sie sorgen für die Notwendigkeiten der Gesellschaft.

4. Die Bauern- und Arbeiterkaste, die Sudras, die Menschen der Arbeit und des Dienens. Die Sudras oder die Arbeiterklasse tragen mit ihrer Arbeit zum Wohlergehen der Gesellschaft bei.

Diese Kasten spalten sich noch einmal in viele Unterkasten auf. Unter all diesen Kasten gibt es außerdem die kastenlosen „Parias", die die niedrigsten aller Arbeiten verrichten; sie werden auch die „Unberührbaren" genannt.

Seit der Unabhängigkeit Indiens 1948 ist das Kastensystem zwar offiziell von der indischen Regierung abgeschafft; trotzdem gibt es die Kasten und Normen auch heute noch, die die Entwicklung des Staates und der Gesellschaft bestimmen.

Dem Glauben der Inder nach hängt es vom jetzigen Leben ab, in welche Kaste man hineingeboren wird. Je besser und gottgefälliger man lebt, desto höher ist die Kaste, in die man wiedergeboren wird.

Jeder trägt die Zeichen seiner Kaste, der er angehört an sich. Dadurch ist er sofort, z.B. durch Kleidung, Schmuck, das Zeichen seiner Kaste und seines Gewerbes, erkennbar. Ebenso erkennt man die unverheiratete Frau, die verheiratete Frau oder die Witwe durch ein entsprechendes Gewand. Verstöße gegen die vorgegebenen Regeln der jeweiligen Kaste werden streng geahndet und können bis zum Ausschluss aus der Kaste führen, was zumeist einem Todesurteil gleichkäme.

In der Vergangenheit haben die Brahmanen allerdings häufig ihre Position missbraucht und unterdrückten die anderen drei Gruppen. In moderneren Zeiten, vor ungefähr dreißig Jahren, als die Brahmanen bedeutsame Beamte der Regierung waren, halfen sie ihren eigenen Leuten und füllten alle neuen Posten mit Brahmanen aus. Hieraus resultierten heftige Reaktionen der anderen. Es entstand schließlich die Situation, dass die Regierung verstanden hatte, dass Indien sich als Nation nicht weiterentwickeln könnte, wenn nicht die Ungerechtigkeit des Kastensystems abgeschafft würde und sich jeder gleichberechtigt fühlte, vorausgesetzt, dass jedem die gleichen Möglichkeiten gegeben würden.

In Südindien entschieden die Brahmanen, dass es den Sudras, die manchmal ebenso wie die Parias als Unberührbare betrachtet wurden, nicht zu erlauben wäre, in Tempeln zu beten, während Angehörige höherer Kasten ihren Gottesdienst dort abhalten.

Gandhi hatte entscheidenden Anteil daran, dass das Kastensystem – wenigstens offiziell – abgeschafft wurde. Er wollte, dass weder die Sudras, noch die Parias als „Unberührbare" bezeichnet und behandelt wurden und dass ihnen die Rechte, Gott in einem Tempel zu preisen und zu ehren, nicht verweigert werden dürften. Er nannte sie „Harijan", Söhne Gottes. Er selber begleitete sie zu Tempeln, die ihnen bislang verboten waren. Dadurch wurde die Harijan Bewegung in Gang gesetzt, deren Hauptanliegen es war, das Los der Unberührbaren zu verbessern.

Nur wenige Monate vor Gandhis Tod wurde Indien unabhängig. Die indische Regierung übernahm in vielen Punkten und so weit es möglich war, seine grundsätzlichen Ideale. Wie alle Reformen brauchen solche Veränderungen Zeit, besonders in einem Land, wo der Großteil der Bevölkerung jeglicher Bildung entbehrt und deshalb voller Aberglauben ist.

Das endgültige Ziel wird sein, die ökonomischen Bedingungen der Harijans zu verbessern und ihnen zu erlauben, mehr mit den sogenannten höheren Klassen zu verkehren. Letztendlich sollte es eine klassenlose Gesellschaft werden. In England und anderen europäischen Ländern ist die Gesellschaft zwar klassenlos, aber wahrscheinlich entstehen durch ökonomische Ungleichheiten zwei andere, deutlich unterschiedliche Gruppen: Die Armen und die Reichen. "

Er hatte sich viel Zeit genommen, um mir seine Gedanken mitzuteilen und ich war ihm dafür sehr dankbar. Nachdem ich den Brief gelesen hatte, wendete ich mich wieder anderen Arbeiten zu, denn die Ernte meines Gartens musste eingebracht und haltbar gemacht werden. Bei diesen Tätigkeiten konnte ich gut über das, was ich wieder neu gelernt und gelesen hatte nachdenken, um mir eine eigene Meinung zu bilden.

Alltag bis zur Abfahrt nach Indien

1954 – 1956

Während der letzten Wochen hatte es häufig geregnet. Meine Ernte war größtenteils eingebracht, aber die meisten Blumen hatten vergeblich versucht, sich dem starken Regen zu widersetzen und hatten aufgehört, schön zu sein. Wir sehnten uns alle nach mehr Trockenheit und danach, einmal wieder die Sonne zu sehen. Trotzdem riss bei uns die Beschäftigung nicht ab und mittendrin erreichte mich ein Brief Deboos.

„Liebe Liese,

bitte entschuldige, dass ich dir jetzt erst antworten kann. Wie du weißt, war ich zwischenzeitlich in Bhowali. Die Reise war sehr interessant. Es ist übrigens der gleiche Weg wie nach Almorah, dem Zuhause von Herrn Pandey. Der Ort liegt in den Bergen, fünftausend Fuß über dem Meeresspiegel. Es ist sehr schön dort.

Danach erhielten wir Besuch von Frau Gerda Bhaduri, der Schwägerin meines Freundes Dr. Bhaduri, ihrer Tochter und dem Schwiegersohn. Sie ist übrigens eine Deutsche, eine Berlinerin, die schon viele Jahre hier lebt und perfekt Hindi spricht. Man kann sagen, dass sie inzwischen indischer als manche Inderin geworden ist. Ihr Mann ist bereits gestorben, aber sie möchte nicht zurück nach Deutschland.

Währenddessen war ich zusätzlich viel mit der Organisation des „Dussera-Festivals" in unserem Institut beschäftigt. Du wirst staunen, wenn ich dir sage, dass wir mehr als 1500 Menschen täglich zu unserem Fest erwarten. Theateraufführungen, Kinofilme, Musik, Tanz und Möglichkeiten für religiöse Gespräche – alles musste organisiert und vorbereitet werden. Für die Veranstaltungen wurde extra eine Open-air-Bühne konstruiert und aufgebaut. Drei Nächte lang waren wir dort, um die Jungs und Mädels, die die Stücke aufführen werden, bei ihren nächtlichen Proben, die bis zwei oder drei Uhr morgens andauerten, zu unterstützen. Ratna und ich bekamen beide eine Erkältung, weil wir die Nacht über draußen waren.

Ich habe dir schon geschrieben, dass es zu Dussera üblich ist, dass die Kinder neue Kleidung bekommen. In diesem Jahr habe ich auch meinen Eltern in Kalkutta eine neue Ausstattung geschickt und Ratna hat eine Seidenbluse und einen Seidensari bekommen. Sie hatte es sich sehr gewünscht.

Auch ist es üblich, allen Freunden, Bekannten und Verwandten Grüße zu übermitteln. Deshalb habe ich unzählige Briefe und Karten geschrieben.

Du hast von einem unsichtbaren Faden geschrieben, der seit unserem Kennenlernen 1938 zwischen uns ist und der uns eng miteinander verbindet. Ich glaube, du hast Recht damit. Damals wollte ich auch so vieles von dir und über dich wissen und ich mochte dich bereits sehr. Dieses Gefühl habe ich jetzt auch wieder, obwohl es eine Menge Veränderungen in unseren Leben gab. Ich denke, du bist sehr viel glücklicher mit deiner netten Familie und deinem kleinen Haus. Aus verschiedenen Gründen bin ich seit vielen Jahren nicht glücklich. Bitte frag' mich nicht, warum. Es ist sehr kompliziert und schwierig. Jetzt, glaube ich, bin ich nur noch da, um Ratna großzuziehen. Andere Wünsche habe ich für mich nicht mehr.

Während ich dir schreibe, hat das indische Parlament eine spezielle Gesetzesvorlage für das Heiraten geschaffen. Von nun an können Männer und Frauen, die über achtzehn Jahre alt sind, heiraten wen sie wollen, ohne Rücksicht auf ihre Kaste oder ihre Religionszugehörigkeit, und können sich auch – in gegenseitigem Einverständnis -- wieder scheiden lassen.

Ich persönlich denke, dass sich Männer und Frauen zuerst kennen- und sich verstehen lernen sollten, bevor sie heiraten. Bisher war es in Indien so, dass die Eltern passende Partner für ihre Kinder suchten, wobei es ihnen meist nicht um Zuneigung und Glück, sondern um die passende Verbindung, um Geld, möglicherweise auch um gute Berufsaussichten ging und so weiter. Ich habe meine Frau vor der Hochzeit nicht gekannt. Oft gibt es aber große Unterschiede zwischen den Partnern in Bezug auf ihr Temperament und ihre Neigungen. In solchem Fall muss das Paar Kompromisse schließen und Regeln finden, damit die Ehe andauern kann. Deshalb ist es vielleicht vorzuziehen, jemanden zu heiraten, den man vor der Eheschließung kannte und zu dem man Liebe und Respekt entwickeln konnte. Das ist in Europa so üblich und wahrscheinlich richtig. Wenn ich je wieder heiraten sollte, dann würde ich das europäische System bevorzugen und ohnehin nur eine Frau heiraten, die ich sehr gut kenne und bei der es viele Übereinstimmungen in Meinung und Ansichten gibt. Das ist die Voraussetzung für eine glückliche Verbindung.

Jetzt muss ich diesen Brief beenden. Es ist schon sehr spät geworden. Ratna schläft friedlich in der Nähe meines Schreibtisches. Ihr Gesicht ist so süß, wenn sie schläft. Kindergesichter sind immer herzig, weil sie so unschuldig und noch nicht so verdorben sind.

Ich habe dir sehr frei und offen geschrieben und hoffe, dass du deshalb nicht verletzt oder mir böse bist.

In Liebe,
dein Deboo"

Am 22. Oktober 1954 schrieb ich zurück:

„Mein lieber Deboo,
vor zwei Tagen erreichte mich dein Brief. Wie kannst du nur annehmen, dass ich dir böse wäre, wenn du mir frank und frei über dein Denken und Fühlen erzählst? Wir sind aufrichtige und gute Freunde, die sich alles erzählen können, ob es nun Gutes oder Schlechtes ist. Ich glaube, wir brauchen uns beide irgendwie. Bitte, Deboo, wann immer du es möchtest, öffne dein Herz. Du sollst wissen, dass du keinen besseren Freund finden kannst, der dich wirklich versteht.

Es tut mir so Leid, dass ich nicht mehr für dich tun kann. Fünftausend Meilen sind eine gewaltige Entfernung – aber meine Liebe und meine besten Wünsche fliegen diese Strecke jeden Tag und jede Nacht, und wenn sie dich dann erreichen, bist du ein wenig glücklich, oder?

Letzten Sonntag habe ich einige sehr schöne Stunden mit einem Herrn Sibabrata Roy verbracht, der uns in Putensen besuchte. Er lebt seit August in Hamburg und ich traf ihn zum zweiten Mal beim Oktobertreffen der DIG. Der Abend war wieder ein voller Erfolg mit mehr als zweihundert Personen. Kombiniert mit einem Vortrag über indische Musik sahen wir einige Dokumentationen über „Musical instruments of India", „Lord Shiwa danced" und „Women of India".

Der Freund und die Schwester von Herrn Roy kommen demnächst aus Bengalen zum Studieren nach Hamburg. Sein Freund ist ein sehr guter Sänger, der eine

Menge von Tagores Liedern auswendig kennt und bereits in Kalkutta im Radio gesungen hat. Er hat angeboten, deutschen Kindern indische Lieder, Gedichte und vielleicht sogar ein kleines Theaterstück beizubringen, damit es bei einem weiteren Treffen der DIG vorgetragen werden kann.

Als Herr Roy unser Wohnzimmer betrat, war er sehr überrascht, ein Bild von Sarat Chatterjee zu sehen. Er hatte nicht erwartet, dass ein Deutscher ihn kennen würde, geschweige denn, dass er ein Foto von einem bengalischen Dichter besaß. Er fragte mich, ob ich Bücher von ihm gelesen hätte, was ich beschämt mit „noch nicht“ verneinen musste. Herr Roy hat übrigens vor fünf Jahren in Santiniketan, der von Tagore gegründeten Universität, studiert und hat mir viele interessante Details darüber berichtet.

Im Übrigen wollte ich dich fragen, ob Gerda Bhaduri in Kalkutta Deutsch unterrichtet hat. Herr Roy kennt nämlich eine Frau Bhaduri und auch ihre Adresse. Vielleicht ist sie ja die Schwägerin deines Freundes?

Vor einiger Zeit erzählte ich dir, dass ich mir ein kleines Gedicht- und Liederbuch von Tagore gekauft habe. Herr Roy war so nett und hat mein Lieblingsgedicht übersetzt und in Hindi in unser Gästebuch geschrieben. Darauf bin ich sehr stolz. Ich werde dir die deutsche Version dieses Gedichtes schicken. Vielleicht magst du es ebenso gern wie ich. Die Worte beschreiben fast perfekt meine Gefühle und Empfindungen.

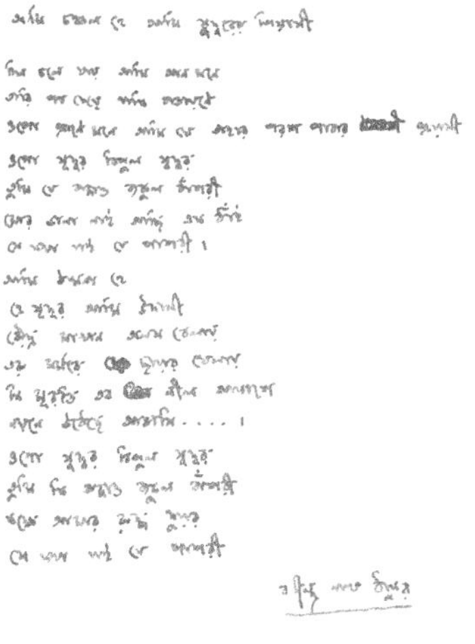

15. Gedicht aus dem Gästebuch

Ich bin nicht ganz sicher, ob du an Literatur, Gedichten und Liedern interessiert bist. Ich bin fürchterlich romantisch und sentimental. Nehru sagte einmal: „Kunst und Literatur gibt uns oft einen größeren Einblick in die Seele einer Nation, als die oberflächlichen Aktivitäten der Menge. Sie bringt uns in Bereiche des ruhigen und gelassenen Denkens, die uns die Schwere des Lebens vergessen lässt." Er hat völlig Recht .

Am 2. Oktober habe ich – du weißt, es war Gandhis Geburtstag – ein wundervolles Programm im indischen Radio gehört. Am Ende des Konzertes war indische Musik, verschmolzen mit einer sehr bekannten Melodie aus Beethovens 9. Symphonie und dem leisen Klang von Tempelglocken, zu hören. Es war derart eindrucksvoll, dass mir die Worte fehlen, um dir meine Gefühle darüber ausdrücken zu können. Es ist ein Stück aus der 9., das nach einem bekannten Gedicht von Schiller, einem unserer größten Dichter, geschrieben wurde und wenn ich dir die deutschen Worte sage, wirst du verstehen, warum sie mit indischer Musik kombiniert wurde. Sie heißt: „Hymne an die Freude". Ich hoffe, du verstehst den Inhalt dieses großartigen Gedichtes.

Frau Bhatia wird übrigens demnächst acht Tage mit ihrem kleinen Sohn bei uns in Putensen verbringen. Wir freuen uns alle sehr, auch die Kinder. Wir beabsichtigen, hier zu kochen, zu backen, zu stricken und uns viel zu unterhalten. Du weißt doch, wie sehr ich mich darüber freue, indische Gäste bei mir zu haben.

Am 9. Oktober habe ich ein Paket mit dem Gestrickten für Ratna abgeschickt. Ich hoffe sehr, dass es ihr gefällt. Verrate es ihr aber nicht vorher, es soll doch eine Überraschung für sie sein. Ich fürchte allerdings, dass es für Indien zu warm sein wird, bin mir aber nicht sicher. Bitte zwinge sie nicht dazu, sich bei mir zu bedanken. Ich habe sehr viel Freude daran gehabt, für dein kleines, süßes Mädchen etwas zu tun.

Nun kehre ich kurz zu deinem Brief zurück. Ich stimme dir zu, wenn du sagst, dass es zwischen Ehepartnern einen seelischen Gleichklang geben müsse. Ich denke sogar, je größer diese Übereinstimmung ist, desto besser, denn nicht jeder Mensch versteht sich darauf, Kompromisse zu schließen und Regeln einzuhalten. Ich wollte dich schon mehrere Male danach fragen, ob du wieder heiraten möchtest, habe mich aber nicht getraut. Deswegen freue ich mich, dass du selber darauf zu sprechen gekommen bist. Wenn du dich noch einmal verheiraten willst, lass es mich bitte rechtzeitig wissen, damit ich mich darauf einstellen kann. Ich würde Zeit brauchen, um die Tatsache zu realisieren, dich ein zweites Mal im Leben verloren zu haben. Der Gedanke daran macht mich sehr unglücklich. Natürlich würde ich dich nicht davon abhalten, wenn du eine Frau heiratest, die du liebst und mit der du glücklich sein kannst. Ich wünsche dir immer Glück in deinem Leben, denn du hast es wirklich verdient.

Liebe Grüße sendet dir
deine Liese"

Bevor Anfang November 1954 sein Antwortbrief eintraf, musste ich viel über seine Worte wegen des Heiratens nachdenken. Hatte er womöglich bereits entsprechende Pläne? Es machte mich sehr traurig. Gleichzeitig aber wusste ich, dass ich kein Recht hatte, ihn davon abzuhalten. Es war mein innerstes Bedürfnis, ihn glücklich zu sehen. Das war die wichtigste Erkenntnis meiner Überlegungen. Deshalb konnte ich mit Feuereifer daran gehen, die nächsten Treffen der DIG zu organisieren, die sich immer größerer Beliebtheit erfreuten. Mein Plan war es, mit den Indern ein deutsches Weihnachten zu feiern. Die Idee war gut aufgenommen worden, aber es gab auch viel dafür zu überlegen und in die Wege zu leiten.

„Meine liebe Liese", begann er,

„ich weiß nicht, wie ich dir für deinen lieben und herzlichen Brief danken soll und ob ich dir überhaupt genug dafür danken kann. Manchmal kann ich es gar nicht fassen, dass wir uns so gleich sind. Wir schätzen beide die Kunst, die Literatur, die Musik und vieles mehr. Ich mag deine Ideen und deine Art zu denken. Natürlich habe ich nicht dein großes Organisationsvermögen und deine Kraft, die du bei der Gründung der DIG bewiesen hast, aber ich kann kleinere Dinge tun …

Bitte mache dir keine Gedanken wegen meiner Ausführungen über das Heiraten. Es waren nur allgemeine Überlegungen. Ohnehin wird es doch mit zunehmendem Alter immer schwieriger, jemanden zu finden, der zu einem passt und bei dem man die Gemeinsamkeiten findet, die für ein harmonisches Zusammenleben unbedingt vorhanden sein sollten. Ich mag deinen Brief so sehr, deine feine und intelligente Art, wie du mit mir über die Dinge sprichst. Nach dem Lesen habe ich mich gefühlt, als wärest du ganz nah bei mir und sprächest mit mir.

Diwali, das Fest der Lichter, ist nun vorüber. Wir schmückten unser Haus mit über dreihundert Kerzen. Ratna hatte viele Sorten von Feuerwerkskörpern. Sie ging zu ihren Freundinnen in der Nachbarschaft und alle erfreuten sich daran, wie die Raketen in den Himmel schossen und sich ein buntes Funkenmeer über uns am Himmel ergoss, andere explodierten am Boden und machten einen Riesenlärm. Die Kinder fanden es großartig. Ich wünschte, deine Kinder wären auch hier, um sich an diesem Festival zu erfreuen.

Ja, Frau Gerda Bhaduri unterrichtete in Kalkutta Deutsch. Viele Inder haben bei ihr Deutschunterricht genommen, bevor sie nach Deutschland gefahren sind. Sie wohnt in Manderville Gardens in Ballyganj, einem Vorort von Kalkutta. Es ist alles ziemlich kurios.

Ich bin übrigens sehr daran interessiert, etwas über Herrn Sibabrata Roy zu hören. Mein jüngerer Bruder, der Arzt geworden ist, hat den gleichen Vornamen. Eine Zeit lang nannte ich ihn „Siboo“. Sibabrata ist ein sehr schöner Name, er bedeutet „Verehrer oder Anbeter von Gott Shiwa“. Es hat mich außerordentlich gefreut, dass Herrn Roy das Bild von Sarat Chatterjee aufgefallen war und es ihm gefiel. Ich werde versuchen, einige Bücher von ihm in Englisch für dich zu besorgen.

Das Paket für Ratna ist noch nicht angekommen; es wird noch einige Zeit benötigen. Vielleicht kommt es Mitte November. Ich freue mich schon darauf.

Das Gedicht von Tagore, das du mir geschickt hast, ist mir nicht bekannt. Es gibt zu viele von ihm, da ist es unmöglich, alle zu kennen. Die Worte sind aber sehr schön und mir gefällt es genauso wie dir.

Heute habe ich versucht, ein guter Junge zu sein und habe alle deine Fragen beantwortet. Weißt du, warum? Ich bin so glücklich, dass ich deinen Brief noch am selben Tag beantworten konnte. Das geht leider nicht immer, auch wenn ich es gerne möchte.

Mit Liebe und herzlichsten Grüßen,
dein Deboo“

Nach dem Lesen dieses Briefes fühlte ich mich wunderbar. Aus seinen Zeilen spürte ich die Nähe zwischen uns, aber vor allem auch eine ungewohnte Leichtigkeit, die mir sehr gut gefiel. Ich konnte ihm erst am nächsten Tag antworten, weil wir zu einem Vortrag in die Universität nach Hamburg – „Yoga und die deutsch-indische Bedeutung" – fahren wollten. Vorher hatten wir noch eine Besprechung mit einigen sehr befähigten Damen und Herren, die ebenso wie ich daran interessiert waren, den Erfolg hinsichtlich der DIG, die inzwischen im Hamburger Vereinsregister eingetragen war, voranzutreiben.

Wir kamen spät zurück, die Nacht war sehr kurz. Als ich erwachte, hatte ich starke Kopfschmerzen. Deshalb hatte ich Deboo nur einen kurzen Brief schreiben können, in dem ich auf seinen Brief einging und von unseren weiteren Vorhaben sprach. Ich schickte ihm eine Ausgabe des „India Magazine", die ich ihm versprochen hatte und die ihn sehr interessieren würde.

Auch erzählte ich ihm von dem neuen Konsul, der mit seiner Frau und zwei Söhnen nun in Hamburg residierte, da Herr Kochar nach Delhi zurückgegangen war. Vor einigen Tagen trafen wir uns zum ersten Mal und hatten ein bedeutsames Gespräch miteinander. Ich hatte den Eindruck, als wäre er weit mehr an der Beziehung zwischen Indern und Deutschen interessiert als Herr Kochar. Vielleicht resultierte es daraus, dass die Schwerpunkte der Interessen von Herrn Kochar, der nicht verheiratet war, woanders lagen. Jedenfalls war mir Herr Sitaraman, der aus Südindien kam und schätzungsweise in meinem Alter war, äußerst sympathisch und angenehm. Mein Gefühl sagte mir, dass wir einer hervorragenden Zusammenarbeit entgegensahen.

Deboo konnte mir auch nicht sofort antworten, da er den ganzen November über Besucher hatte, die bei ihm wohnten. Zumeist waren es Freunde und Studienkollegen, aber auch sein alter Professor war kurz sein Gast. Da Deboo keinen Urlaub hatte, musste alles gut eingeteilt werden, damit sich jeder wohlfühlen konnte. Er schrieb davon, dass Inder von Natur aus sehr gastfreundlich seien und es nicht zulassen könnten, wenn Freunde im Hotel untergebracht würden. Lieber nähme jeder die eine oder andere Unannehmlichkeit hin. Er hoffte, dass auch ich eines Tages seine Gastfreundschaft annehmen würde und stellte mir größtmögliche Behaglichkeiten, inklusive eines eigenen Zimmers mit Bad und Badewanne in Aussicht.

Er erklärte mir, wie sehr er es mochte, wenn im Hause Ruhe eingekehrt war und er genüsslich meine Briefe lesen konnte. Dann geriete er in eine sonderbare, wehmütige Stimmung. Einen leisen Vorwurf hörte ich, als er mich bat, ich solle mir wieder mehr Zeit zum Schreiben nehmen, denn er wolle alles wissen, was ich mache.

Zum Schluss legte er noch ein ganz aktuelles Bild von sich und Ratna in den Brief, worüber ich mich sehr freute.

Am Nikolaustag 1954 nahm ich mir viel Zeit, denn es gab wieder Etliches zu berichten, womit ich meinen Brief auch gleich begann:

„Gestern war der große Tag, für den ich seit vielen Wochen vorgearbeitet habe. Du erinnerst dich? Ich wollte mit der DIG eine deutsche Weihnachtsfeier veranstalten; keine religiöse Zeremonie, sondern vielmehr wollte ich die Freude des Festes innerhalb der Familien vermitteln. Ich schreibe dir jetzt alle Details, damit du nachvollziehen kannst, wie es hier abgelaufen ist. Vorher möchte ich dir aber noch sagen, wie sehr ich dich und Ratna vermisst habe, es wäre einfach wundervoll gewesen, wenn ihr dabei gewesen wärt.

Wir, die Familie Hachmann, waren bereits gestern Mittag nach Hamburg gefahren, um mit einigen anderen Helfern der DIG alles für die Feier zu arrangieren. Wir brachten einen großen Weihnachtsbaum aus dem Wald mit, ebenso sehr viele Kerzen, Kuchen, Nüsse, Äpfel, Süßigkeiten, Geschenke usw. Die Räume dekorierten wir mit Tannenzweigen, die silbern geschmückt und mit unzähligen Kerzen bestückt waren. Gut, ich muss dir wohl nicht jede Einzelheit der Dekoration nennen, aber es sah unglaublich stimmungsvoll aus.

Es wurden ungefähr elf Pfund Tee, Orangen, Datteln, Nüsse, Schokolade und Marzipan, das ist so etwas ähnliches wie euer „khir", für diesen Tag gespendet. Fünf indische und sieben deutsche Kinder, vierzig Deutsche und ungefähr dreißig Inder waren eingeladen. Der Konsul, Herr Sitaraman und seine Familie kamen, auch die Familie Bhatia, ebenso wie Herr und Frau Jain (ich habe dir von ihnen erzählt). Frau Jain erwartet im Januar ein Baby.

Soweit die indischen Familien, es waren auch noch andere indische Freunde dabei. Wir haben die Feier genau so abgehalten, wie das Weihnachtsfest einer deutschen Familie. Deshalb mussten alle Gäste in einem speziellen Raum warten und durften erst in den Weihnachtssaal kommen, als die Glocke geläutet wurde, die ankündigte, dass nun alle Kerzen am Weihnachtsbaum und auf den Tischen angezündet waren. Da kein anderes Licht brannte, erschien der Saal in warmes Licht getaucht und strahlte eine so intensive, geheimnisvolle Gemütlichkeit aus, dass es der Spannung, die vor jeder Bescherung in den Familien herrscht, in nichts nachstand. Nicht nur die Kinder bekamen einen glänzenden, staunenden und bewun-

dernden Ausdruck in ihrem Gesicht, als sie den herrlich geschmückten, großen Weihnachtsbaum erblickten. Zunächst versammelten wir uns rund um den Baum und unsere indischen Freunde hörten einige Weihnachtslieder, die von den Deutschen gesungen und von zwei Mädchen mit der Violine und dem Klavier begleitet wurden.

Dann erzählte ich erst einmal in Deutsch alles über unser heutiges Weihnachten und wie unsere Vorväter in heidnischer Zeit das „Wintersonnenfest", als Vorläufer unseres Weihnachtsfestes, gefeiert haben. Anschließend trug ich meine kleine Erklärung auch in Englisch vor.

Nachdem wir an den Tischen Platz genommen, Tee oder Kaffee getrunken, Kuchen und Gebäck gegessen hatten, erschien unser Weihnachtsmann mit einem riesengroßen Sack voller Geschenke. Unser heutiges Weihnachten ist ja nicht nur ein Fest der Liebe und des Friedens, sondern auch der Freude.

Deboo, du kannst dir gar nicht vorstellen, mit wie viel Liebe unsere deutschen Mitglieder die Aufmerksamkeiten für die Gäste ausgesucht und wie wunderschön und liebevoll sie von ihnen in spezielles Weihnachtspapier verpackt worden waren. Mit viel Spaß, Witz und Vergnügen hatte der Weihnachtsmann die Präsente den Kindern und auch den indischen Erwachsenen überreicht. Es war großartig!

Nach der Bescherung sprach der Konsul noch einige lobende Worte. Er meinte, dass alle großen Veranstaltungen im Ausland, die er bis dahin erlebt hatte, ihm nicht derart viel über das tägliche Leben der Menschen hier in Deutschland vermittelt hätten, wie das, was er über unser wundervolles Weihnachten gelernt hatte. Er war sich sicher, dass dieses Fest ein sehr guter Auftakt für seine Arbeit in Deutschland war.

Er sagte natürlich noch weit mehr, aber das sollte jetzt nur ein Auszug aus seiner Rede sein. Ich denke, er sagte genau das, was ihm am Herzen lag, was er wirklich dachte und fühlte. Er war mein Tischnachbar, so dass ich mich viel mit ihm unterhalten und genau spüren konnte, dass er sehr glücklich war. Seine Frau war zunächst recht scheu, ich hatte das bereits bei unserem ersten Treffen bemerkt, aber nach einiger Zeit wurde sie sehr viel zugänglicher.

Später hielt Herr Bhatia eine Rede in Deutsch und auch Prof. Schubring, ein älterer und sehr netter Herr, Indologe an der Universität Hamburg, sprach ein paar Worte. All diese kurzen Ansprachen kamen spontan und wahrscheinlich deshalb, weil ihnen das Fest so gut gefiel.

Was mir persönlich am besten gefiel, war folgendes: Erinnerst du dich an Herrn Roy? Er brachte seinen Freund mit, der ein ganz hervorragender Sänger ist. Sie brachten auch ein Instrument mit, dessen Namen ich jetzt allerdings vergessen habe. Auf jeden Fall hat dieser Sänger einige wunderschöne Lieder in Bengali gesungen. Das war eine große Überraschung für alle. Ich ahnte bereits, dass er vielleicht kommen würde und war sehr begierig darauf, ihn zu hören. Nun hatte sich mein Wunsch also erfüllt und ich war sehr, sehr glücklich darüber. Leider verlässt er Hamburg in dieser Woche, das ist sehr schade. Aber Herr Roy fragte mich, ob er für einen Tag mit seinem Freund zusammen zu uns nach Putensen kommen dürfte. Ich hoffe, dass wir es irgendwie bewerkstelligen können.

Meinen Kindern hat der Gesang sehr gefallen, was mich wunderte, denn wenn ich den indischen Sender höre, mögen sie die Musik überhaupt nicht. Es ist natürlich etwas anderes, wenn man den Sänger sehen und erleben kann, als wenn die Stimme nur aus dem Radio ertönt.

Die Woche mit Frau Bhatia war übrigens sehr schön, wir genossen diese Tage in vollen Zügen. Ich informierte sie über die deutsche Küche und sie klärte mich über die Eigenheiten der indischen Nahrungszubereitung auf. Ich lernte, wie man Tschapatti, das indische Fladenbrot und Pooris, kleine indische Brötchen, backt. Leider reichte die Zeit nicht für alle Köstlichkeiten, die wir gerne ausprobiert hätten, aber es bereitete uns einen großen Spaß.

Frau Bhatia hatte während ihres Aufenthaltes in Putensen die Gelegenheit, an einer deutschen Hochzeit in unserem Ort teilzunehmen. Ich ging mit ihr in die Kirche und sie wohnte einer evangelischen Hochzeitszeremonie bei. Als ich sie am Abend mit ihrem kleinen Sohn wieder zurück ins Gasthaus brachte, in dem sie beide übernachteten (leider haben wir überhaupt keine Möglichkeit in unserem Haus, Gäste zu beherbergen) war die Hochzeitsfeier noch in vollem Gang. So konnte sie einen flüchtigen Blick auf europäische Tanzformen werfen, die sie noch nie gesehen hatte. Ihr Erstaunen darüber, die Braut mit ihrem Schwiegervater tanzen zu sehen, war unübersehbar. Sie war davon dermaßen fasziniert, so dass der Vater des Bräutigams, unser Bürgermeister, uns einlud, mit ihnen zu feiern. Sicher kannst du dir denken, dass auch ich dabei wieder sehr viel über indische Gebräuche lernte. Wir hatten genügend Möglichkeiten, über alles miteinander zu sprechen und ich stellte viele, viele Fragen.

Du kannst es mir glauben, je mehr ich von Indien höre und lerne, umso mehr möchte ich das Land sehen! Ich sollte mich damit zufrieden geben, alles über Indien lesen und hören zu können, mich mit Indern zu treffen, wann immer es geht, – aber das ist nicht alles; es ist einfach nicht alles! Vielleicht habe ich falsche Vorstellungen von Indien, weil ich die Schattenseiten, die auf den Photos nicht zu sehen sind, nicht überschauen kann. Aber ungeachtet dessen verstärkt sich meine Liebe und Sehnsucht zu eurem Land immer mehr. Ich kann es nicht oft genug wiederholen.

Deboo, darf ich eine Weihnachtsbitte äußern, bevor ich diesen sehr ausführlichen Bericht beende? Ich wünsche mir von dir einen sehr, sehr langen, schönen und lieben Brief zu Weihnachten. Würdest du mir diesen Wunsch erfüllen?

Ich sende dir die herzlichsten Grüße,
deine Liese

P.S.: Ich sende dir heute die versprochenen Photos. Gefällt es dir, mich in einem Sari zu sehen? Bitte sage mir deine ehrliche Meinung, auch wenn es dir nicht gefällt. Der große Mann in dem weißen Anzug ist Herr Roy.

Oh, beinahe hätte ich vergessen, mich für die schönen Bilder von dir zu bedanken. Wann immer du neue hast, bitte schicke sie mir, ich möchte sie haben."

Ich hatte den Brief gerade bei der Post aufgegeben, als mich eine sehr kurze Nachricht von ihm erreichte, in der er mir mitteilte, dass endlich das Paket für Ratna angekommen sei. Sie war unglaublich stolz auf ihr „deutsches Tantchen" und zog die flaschengrüne Jacke, die ich ihr in der Farbe ihrer Schuluniform gestrickt hatte, gleich am nächsten Morgen an, als sie in die Schule ging.

In diesem Jahr fiel der Heilige Abend auf einen Freitag. Morgens erhielt ich wieder einen Brief von Deboo. Hatte er mir meinen Wunsch erfüllt? Obwohl ich genügend Beschäftigung mit den Weihnachtsvorbereitungen hatte, nahm ich mir die Zeit, den Brief zu lesen.

Er war so begeistert von meiner Schilderung der Feier, dass er sich die Gesichter der Kinder genau vorstellen konnte und sich ihre Freude auf ihn übertrug, was er als „kleines Wunder" bezeichnete. Er ging so enthusiastisch auf alles ein, dass ich das Gefühl hatte, er wäre tatsächlich dabei gewesen. Es hatte ihn froh gemacht, vom Freund Herrn Roys zu hören, der bengalische Lieder vorgetragen hatte. Ob es ein Saiteninstrument gewesen wäre, fragte er, wenn ja, war es entweder eine „Sitar", „Esraj", „Sarod" oder „Beena". Er hätte mir auch eine Freude machen, und mir Tee und indische Süßigkeiten schicken wollen, allerdings hätte ihm der Zoll einen Strich durch die Rechnung gemacht. Nun käme sein Paket nicht mehr pünktlich an. In Delhi wäre es jetzt sehr kalt, so dass sie sich abends am offenen Kaminfeuer in ihrem Esszimmer wärmen müssten. Es würde zwar nicht schneien, aber die Temperaturen sänken, vor allem abends und nachts, stark ab. Das wechselhafte Wetter wäre nichts für sie und es wäre gerade sehr ungemütlich.

Ja, so erging es uns in Deutschland auch. Es hatte zwar schon einmal geschneit, dann war aber alles wieder weggetaut, so dass der Schlamm, der daraufhin auf den Wegen entstand und der Schneematsch, durch die eisige Kälte über Nacht gefror. Nun waren die Wege nicht nur sehr uneben und holperig, sondern die aufgeworfenen Matschklumpen durch das Eis auch sehr glatt; man konnte sich kaum auf den Beinen halten. Den Kindern bereitete solches Wetter keine Probleme, es zog sie zum Toben mit anderen Kindern hinaus.

Deshalb konnte ich es mir am warmen Herd in der Küche gemütlich machen. Mit Block, Stiften und einer Tasse mit heißem Tee setzte ich mich an den Küchentisch und begann zu zeichnen. Zunächst kritzelte ich planlos irgendetwas aufs Papier, bis ich feststellte, dass es wie Wacholderbüsche aussah. Das brachte mich auf eine Idee. Ich würde Deboo eine Geschichte schreiben, bei der er vor sich hinträumen konnte, so, wie ich es auch tun würde. Ich lehnte mich zurück, schloss die Augen und stellte mir vor, wie es wäre, wenn ...

... ich dir die „Lüneburger Heide" zeigte? Den kleinen Teil des Landes, der noch nicht von moderner Zivilisation verdorben ist und der noch so aussieht wie vor hundert Jahren. Kein Baum, kein Strauch darf hier entfernt werden und es ist nicht erlaubt, mit Autos zu fahren. Es gibt nur ein paar winzig kleine Dörfer, die jeden Komfort der modernen Zivilisation entbehren. Das Leben scheint bis jetzt hier stehen geblieben zu sein, es hat sich nicht viel seit ihren Vorvätern verändert. Es gibt keine Elektrizität. Die Jungen wollen sie, aber die Alten haben Einwände und mühen sich ab, die Traditionen zu bewahren. Lass uns dorthin fahren und dieses wundervolle Land anschauen. Kommst du mit mir? Es liegt nur ca. dreißig Autominuten von unserem Wohnort entfernt.

Es ist ein früher Sommertag. Die Morgendämmerung verwandelt langsam die kühle Feuchtigkeit der Nacht in angenehme Wärme. Man kann bereits ahnen, dass es ein wundervoller Tag wird. Das Gras ist noch ein wenig nass und Dunstschleier verstecken das tiefe Land. Das Gebiet ist hügelig. Ab und zu gibt es bewaldete Berge, es ist wunderschön anzusehen. Wir fahren auf einer Straße, die uns den Blick auf großartige Birken freigibt, die beide Seiten der Straße säumen. Ein schwacher Wind geht durch die Zweige und lässt die zarten Blätter wie winzige Schleier flattern. Wiesen, Felder und dunkle Wälder an jeder Seite.

Siehst du das Reh aus dem Kornfeld springen? Oh, da ist noch eines und jetzt vier, sechs, nein, acht Rehe stehen in einer Linie und schauen mit aufmerksamen Blicken in unsere Richtung. Sie fühlen sich gestört und husch! verschwinden sie zwischen Bäumen und Büschen und suchen dort Zuflucht. Wir fahren durch ein kleines Dorf und sehen Menschen, die Lärm mit den Milcheimern machen, sie scheppern beim Aneinanderstoßen. Mit dem Rasseln der Ketten, von denen die Kühe in den Ställen befreit wurden, um auf die Weide getrieben zu werden, beginnt für sie der neue Tag.

Das Dorf lassen wir bereits wieder hinter uns und fühlen sogleich, mit noch mehr Intensität, den Frieden und die Stille dieses Morgens. In der Ferne erkennen wir manchmal ein Bauernhaus, umsäumt von riesigen Eichen, solche, die schon hundert und mehr Jahre alt sind. Die Straße wird schlechter. Wir lassen das Auto abseits stehen. Nun sind wir in dem Gebiet angekommen, das ich dir zeigen möchte, den „Naturschutzpark“. Ich denke, es ist sehr viel schöner, durch die Heide zu wandern. Hier und da ist ein kleiner Fußweg, sandig und schmal, wir müssen eng nebeneinander gehen. Irgendwo in den Bäumen singen Vögel, wir lauschen ihrer süßen Morgenmelodie. Weißt du, was ich dir damit sagen will? Wenn du ein tiefes Glücksgefühl in deiner Seele, und in deinem Herzen die fröhliche Leichtigkeit der Vögel verspürst, dann kannst du ihre Melodie verstehen! Nichts als Glückseligkeit und Liebe lässt sie jubeln!

Spinnweben, übersät mit Tautropfen, hängen überall zwischen den Birken und Buchen. Sie glitzern, sobald sie von den ersten Sonnenstrahlen getroffen werden. Sehen sie aus wie Tränen oder wie Diamanten – was meinst du? Lass uns einen Moment hier verweilen und den Sonnenaufgang anschauen. Der dunstige Himmel wird allmählich farbenfroh, – safran, orange, rötlich – eine faszinierende Palette. Langsam verschwinden die letzten Dunstschleier, blaue Flecken erscheinen am Firmament und bald ist der ganze Himmel blau und hell. Wir fühlen uns wie in einem Ozean von Diamanten und Purpur. Wacholderbüsche, traurig aber majestätisch, erscheinen wie Wächter des Paradieses.

Ein Feldhase hoppelt den Weg entlang und manchmal rascheln Mäuse, auf der Suche nach Futter zwischen Heide und heruntergefallenen Blättern und tragen auf ihre Weise zum Konzert der Natur bei. Die Heide treibt ihre Blüten in verschiedenen violetten Farbtönen aus und lässt ihre Pracht wie einen Teppich in einer pittoresken Szenerie erscheinen.

Ein langer Weg liegt schon hinter uns, eine kleine Rast ist willkommen. Wir setzen uns unter eine Kiefer und lauschen dem Wind, der durch ihre Nadeln weht. Es ist ein eigenartiges Wispern; aber manchmal hört es sich wie rollende Wellen eines Ozeans an. Wenn Kiefern ihre sonderbaren Lieder singen, überkommt einen ein wundervolles Gefühl von Friedlichkeit. So ergeht es auch uns. In der Nähe beobachten wir fleißige Ameisen, hunderte, tausende.

In der Zwischenzeit ist die frische Kühle des Morgens einer heißen, breit scheinenden Sonne gewichen. Wir wandern weiter über Hügel und kleine Berge. Sobald die Bäume uns keinen Schutz mehr vor der Sonne spenden, erscheinen uns die Strahlen wie Nadeln auf der Haut. Wir suchen uns besser einen kühlen und schattigen Platz und machen eine weitere Rast. Versteckt hinter hohem Farnkraut und großen Brombeerbüschen finden wir ihn, bewachsen mit herrlichem, weichem, grünem Moos. Irgendwo plätschert in der Nähe ein Bach. Hier und da steht eine einsame Birke inmitten der Heide, die ihren purpurnen Mantel über alle Hügel bis hin zum blauen Himmel auszustrecken scheint.

Das Moos ist so weich, setze dich hin und ruhe dich aus. Sommer ist in der Luft, du kannst ihn riechen wie den zarten Duft einer Blume. Schau in den wunderbaren Himmel, wo kleine Wolken von hier bis in die Ewigkeit wandern. Was für ein Frieden – trotz des Reichtums an Stimmen in der Natur. Tannengeflüster, Blättergeraschel, Vogelgesänge und überall summende Bienen und fliegende Hummeln. Es ist ein sehr angenehmer Sommertag, der all seinen Charme für uns ausstreut. Gib mir deine Hand, bevor ich einschlafe; die Bienen singen ein Schlaflied für uns, es ist so verlockend und einladend ...

Der schroffe Schrei eines Habichts unterbricht meinen Traum an einem Platz, der mir für eine Sekunde wie der Mittelpunkt des Universums erschien. Die Sonne beendet ihre Umrundung und verlässt als glühender, roter Ball langsam hinter den Hügeln im Westen das Firmament. Wir beobachten ihre letzten Strahlen. Ein langer Rückweg liegt noch vor uns. Was für ein warmer und prächtiger Abend im Sonnendämmerlicht! Nach und nach fallen Schatten. Mondschein geleitet uns in der Nacht durch die Dunkelheit des Waldes und tausend Sterne erleuchten den Himmel.

Nun ist unsere Traumreise zu Ende. Für einen Traumtag warst du mit mir in der Heide, die Einsamkeit und die Natur suchend, um versteckte Schönheiten zu finden und um geheimnisvolle Stimmen zu hören. Vielleicht haben wir dabei den Ursprung der Glückseligkeit entdeckt.

Every summer morning, the dawn slowly changes to day taking away the strange something which is in the air, but even now we can only guess that there will be a fine day today. You know, I want to show you "Lüneburger Heide", anyway, the small part of it which is not spoilt by artificialities of modern civilization, and which remains the same as it was some hundred years back. No tree nor bush is allowed to be removed and entering is forbidden to all vehicles. There are some tiny little villages, they lack most of amenities of modern life. Life did not change very much for years and years those people cling to habits and customs their forefathers considered well. But, nowadays the young generation tries to get rid of old traditions, they use the one or the other of modern machines already. There is, of course, no electricity and a struggle started some time back, the younger people wanted electricity, the older people opposed and objected.

Let us go there to-day and enjoy this beautiful country, will you. It is not very far off from our place, by car we shall reach it within one hour.

The grass is still wet with dew and mist hides the low lying lands. Our district is hilly, little wooded hills only now and then and lovely to look at. Riding on towards another village we enjoy the sight of graceful birch-trees skirting the road on either side.

A tender wind moves their frail twigs up and down like fluttering green veils. Meadows, fields and dark [illegible] on each side. Do you see the roe peeping out of the corn-field? Oh, there is another one, and now four, six, eight roes standing straight in a line, gazing with frightened eyes. They feel disturbed and, hush, the disappear again while bushes and trees hide them and giving shelter.

As we pass a small village, some people are up already busy with cows, and noises of milk-pails rattling and chains clattering mark the beginning of another day

16. Heidegeschichte

Das Papier, auf dem ich geschrieben hatte, bemalte ich mit Wacholderbüschen, Heidepflanzen, Vögeln, Birken, Kiefern, mit allem, was ich beschrieben hatte. Gerade war ich fertig geworden, als meine Kinder mit lautem Gepolter ins Haus kamen und die Stille dadurch jäh zerrissen wurde.

Mitte Januar bekam ich seine Antwort auf diese Geschichte.

„Meine liebe Liese,

was hast du nur mit mir gemacht? Ich bin so beeindruckt! Du hast mich verzaubert – seit Tagen lebe ich wie im Traumland. Ich fühle dich ganz nah bei mir, wenn wir beide durch das Land der Erlösung und durch die Heide gehen. Ich kann gar nicht glauben, dass du mir soviel Freundlichkeit, Liebenswürdigkeit und Freundschaft entgegenbringst. Wie kann ich dir nur dafür danken und für deinen reizenden Brief. Ich wünschte, ich könnte auch solche Briefe schreiben und solche wunderhübschen Zeichnungen machen.

Jetzt denke ich, es wäre weitaus besser, in so einem Traumland zu leben, wie du es mir beschrieben hast. Manche Menschen sagen vielleicht, dass Träume nichts weiter als eine Art Fabrikation unserer unterbewussten Gefühle und Vorstellungen sind. Ich glaube aber, dass diese Einbildung süßer und reicher an Nahrung für unseren Geist ist, als unsere materielle Welt mit ihren Miseren und Sorgen. Unsere gegenwärtige Welt hat, mit all ihren modernen Annehmlichkeiten, nicht dazu beigetragen, unser Glück zu vermehren; ich meine sogar, es hat sich, durch die Sucht nach materiellen Dingen, vermindert. Wenn wir ein vernünftiges, bescheidenes Leben, weitab des geschäftlichen Stadtlebens führen könnten, fühlten wir uns bestimmt besser. Ehrlichkeit, Friede und Schönheit ist die Basis für Glückseligkeit.

Kurz vor Weihnachten besuchte uns meine jüngste Schwester mit ihren beiden Söhnen und eine meiner Cousinen. Sie kamen von Kalkutta nach Delhi. Wir haben eine sehr harmonische Zeit miteinander verbracht. In unserem Haus herrschte eine Atmosphäre wie in einem richtigen Zuhause. Das war herrlich.

Vom 3. bis zum 8. Januar 1955 fand wieder ein naturwissenschaftlicher Kongress statt. Erinnerst du dich? Im letzten Jahr reiste ich nach Hyderabad, in diesem Jahr nach Baroda, eine kleine Stadt nahe Bombay. Die Studenten der Universität hatten, zusätzlich zum naturwissenschaftlichen, auch ein kulturelles Programm aufgestellt. Wir sahen Theateraufführungen und Tänze.

Es gibt einen speziellen Typ von Volkstanz in Bombay und Baroda, der „Garba-Tanz" genannt wird. Er wird von zwanzig bis dreißig Tänzerinnen in farbenfrohen Kostümen in einer Art Zirkel getanzt. Die Bewegungen ihrer Körper und der Hände sind vollkommen aufeinander abgestimmt, so dass es ein wunderschönes Bild ergibt.

Ich hätte dir gerne eine Postkarte von Baroda geschickt, aber ich habe nirgends eine gefunden. Als Trost habe ich dir aber eine sehr hübsche Seidenbluse mit wundervollen Stickereien gekauft. Gestern habe ich sie an dich abgeschickt. Es wird bestimmt einen Monat dauern, bis du sie hast. Ich bin aber sicher, dass sie dir gefällt, denn ich mag sie sehr.

Meine Schwester ist übrigens noch bei uns mit ihren Söhnen. Das Klima ist in Delhi besser als in Kalkutta, deshalb nutzen sie die Möglichkeit, um sich hier zu erholen. Es ist schön, sie bei uns zu haben, allerdings gefällt es ihr nicht, dass wir alleine leben und sie halten mich immer wieder dazu an, mich wieder zu verheiraten. Es ist schwer, mit Schwestern über solche komplizierten Themen zu diskutieren. Ich habe ihnen gesagt, dass alle passenden Frauen bereits verheiratet sind und ich nicht glaube, dass irgendeine für mich frei ist. Meinst du, dass ich Recht habe?

Mit deinem letzten Brief werde ich besonders sorgsam umgehen, mehr als mit den anderen. Er ist wirklich wundervoll und poetisch.

Bitte passe gut auf dich auf. Ich denke an dich und sende dir liebe Grüße,
dein Deboo"

Ich war glücklich, dass er sich über meine Geschichte gefreut hatte. Konnte er doch nun, so oft er wollte, diese Träumerei lesen und darüber seinen, oft einsamen, Alltag vergessen.

Zwar wollte ich ihm eigentlich sofort wieder antworten, aber ich war mit der Vorbereitung zur Feier des „Republic Day of India" derart beschäftigt, dass ich kaum Zeit für meine Familie übrig hatte. Allerdings schickte ich ihm eine offizielle Einladung der DIG, damit er lesen konnte, was wir für ein Programm aufgestellt hatten.

Die DIG war inzwischen ziemlich bekannt geworden. Oft berichteten Zeitungen über unsere Veranstaltungen. Auch hatten sich die Mitglieder zahlenmäßig stark vergrößert. Persönlichkeiten aus der Wirtschaft, Politik, der Kunst und vielerlei anderen Bereichen gehörten ebenso der DIG an, wie fast alle Inder, die in und um Hamburg herum lebten. Bekannte Firmen unterstützten uns finanziell und bedachten uns mit etlichen anderen Zuwendungen.

Zur Feier des »Tages der Indischen Republik« gibt sich die
DEUTSCH-INDISCHE GESELLSCHAFT IN HAMBURG E.V.
die Ehre, Sie zu einer

Festveranstaltung

am Mittwoch, dem 26. Januar 1955, um 20 Uhr, in der Aula der Schule Mittelweg 42a in Hamburg herzlich einzuladen.

Im Namen des Vorstandes

Lieselotte Hachmann
Präsidentin

Unkostenbeitrag, auch für Mitglieder, DM –.50; öffentlicher Kartenvorverkauf findet nicht statt. Eintrittskarten werden nur an der Abendkasse ab 19.30 Uhr bereitgehalten.

Mit Rücksicht auf die Rundfunk-Bandaufnahme muß die Veranstaltung pünktlich beginnen; es wird daher um rechtzeitiges Erscheinen gebeten. (Nach Beginn der Festfolge werden die Türen für Zuspätkommende nur in den kurzen Pausen zwischen den Programmpunkten geöffnet.)

Für Inhaber von Ehren- und Pressekarten sind Plätze reserviert; die Inhaber werden gebeten, sich am Saaleingang durch den Ordnungsdienst einweisen zu lassen.

17. Einladung Festveranstaltung

Am frühen Morgen des Republic Days, der 26. Januar 1955, fand im Konsulat in Hamburg eine Zeremonie statt, bei der zunächst die indische Flagge gehisst wurde. Herr Sitaraman, der Konsul, verlas eine Ansprache von Herrn Prasad, dem Präsidenten Indiens, die an alle Inder im Ausland gerichtet war. Danach nahmen wir den Tee im Konsulatsgebäude ein. Am Nachmittag gab Herr Sitaraman einen Empfang, zu dem das Diplomatische Korps und andere hochrangige Gäste, z.B. der Hamburger Senat, Professoren der Hamburger Universität usw., alle indischen Bürger, die in Hamburg lebten und das Exekutiv-Komitee der DIG eingeladen waren. Es war sehr nett und auch sehr interessant.

Danach begann das Republic-Day-Programm der DIG. Es war wirklich großartig. Unser Experiment, wenn man es so nennen kann, kam überall sehr gut an, sowohl bei den Deutschen, als auch bei den Indern. Wir hatten nämlich einen Chor aus drei indischen Herren und drei deutschen Damen der DIG zusammengestellt und bengalische Lieder einstudiert, die auch in Bengali gesungen wurden. Herr Roy hatte diese gute Idee gehabt. Es war sehr viel Arbeit, wenn man bedenkt, wie groß der Unterschied zwischen europäischer und indischer Musik ist; aber sie hat sich gelohnt und sie wurde zu einem vollen Erfolg. Die Festveranstaltung zur Feier des „Tages der Indischen Republik“, dessen Vorbereitungen fast meine gesamte Zeit beansprucht hatten, wurde sogar im Radio übertragen.

Am Tag zuvor fand eine Pressekonferenz mit der Deutsch-Indischen-Gesellschaft statt. Die Menschen in Deutschland waren noch nicht sehr vertraut mit Indern, ihren Gewohnheiten, den indischen Festen usw., deshalb hielten wir es für notwendig, einige Erklärungen abzugeben, um das Programm bekannt und verständlich zu machen. Herr Sitaraman war ein exzellenter Mitarbeiter. Sein Interesse, uns zu helfen, war groß und seine Hilfe war uns viel wert. Ich verbrachte mehrere Tage in seiner Residenz in Hamburg und fühlte mich dort wie zu Hause. Seine beiden kleinen Söhne hätten es gern gesehen, dass ich meine Töchter zum Spielen mitbringe, aber sie mussten zur Schule.

Nachmittags verbrachte ich einige Stunden bei der Familie Sitaraman. Sie erzählten noch einmal viel von der schönen Weihnachtsfeier. Da sie selber das Thema aufgriffen, merkte ich noch einmal, wie sehr es ihnen gefallen hatte, zumal ich auch mehrere Geschenke erkannte, die sie bekommen und nun ständig in Benutzung hatten. Das machte mich sehr froh. Zum Abschied gab mir Frau Sitaraman eine wunderhübsche Puppe für meine Töchter mit. Sie war mit einem Kostüm, wie Mädchen es in Rajasthan tragen, bekleidet. Meine Töchter waren überglücklich und stolz, ein solch wertvolles Geschenk erhalten zu haben.

Zwei Tage später fuhr ich bereits wieder nach Hamburg. Der Ostasiatische Verein, eine hervorragende Vereinigung, hatten uns zu einem Indonesischen Reis-Dinner eingeladen. Außer einigen Repräsentanten der DIG hatten der Konsul von Indien, von Japan und von den Philippinischen Inseln die Ehre, Gäste zu sein. Es war ein bezaubernder Abend, dem auch Hans beiwohnen konnte. Mein Tischnachbar war Herr Malhotra, ein Mitglied der Indischen Botschaft in Bonn und wir wurden eingeladen, Pfingsten nach Bonn zu kommen.

Da ich nun häufig in Hamburg zu tun hatte, war es sehr umständlich für mich, alles für die DIG von Putensen aus zu regeln und die vielen Termine wahrzunehmen. Deshalb überlegte ich ernsthaft, nach Hamburg umzuziehen. Ohnehin war es eine faszinierende Stadt, in der man gut wohnen und leben könnte. Aber meine Familie wehrte sich. Die Kinder fürchteten, ihre unendliche Freiheit, durch Felder, Wiesen und Wälder ziehen zu können, zu verlieren. Die

Stadt hätte für sie eine unfassbare Veränderung bedeutet, denn sie kannten bis dahin nur das dörfliche Leben mit seinen angenehmen Seiten.

Unbegreiflicherweise hatte auch Hans etwas dagegen, dabei hätte es – besonders für ihn – wesentliche Vorteile gehabt: Ich hätte viele Termine ohne ihn wahrnehmen können, so dass er nicht immer auf mich hätte warten müssen, während ich bei der ein oder anderen Besprechung war. Außerdem hätte er mehr Zeit für sich und sein Geschäft gehabt. Es war mir also völlig unverständlich, warum er derart stur reagierte und überhaupt nicht bereit war, über einen Umzug zu diskutieren.

Ich hatte allerdings nicht die Zeit, viel darüber nachzudenken, denn zwischenzeitlich hatte ich ein sehr nettes Schreiben mit einer Anfrage von Herrn Prof. Ernst Wilhelm Meyer, dem Deutschen Botschafter in Neu-Delhi erhalten, deren Beantwortung ich noch vornehmen wollte.

Leider versagte mir aber meine alte Schreibmaschine den Dienst, zumindest weigerte sie sich, das „f" zu schreiben. Ganz davon abgesehen, dass das Farbband allmählich kaum noch schwarze Farbe besaß und wir erst Zeit für den Kauf eines neuen Bandes haben mussten, da es ein solches nicht in unserem kleinen Dorfladen zu kaufen gab, sondern wir nach Salzhausen bzw. Lüneburg fahren mussten. Bei solchen Gelegenheiten konnte ich mich nicht zurückhalten, zu betonen, dass es viel einfacher wäre, wenn wir in Hamburg leben würden.

Die nächste Gelegenheit, Deboo einen Brief zu schreiben – was erst Ende Februar der Fall war – nutzte ich, ihm alles Neue mitzuteilen und ihn zu bitten, die deutsche Botschaft in Neu-Delhi aufzusuchen. Er schien mir dafür prädestiniert zu sein, Herrn Prof. Meyer von unserer Gesellschaft und ihren Ambitionen zu unterrichten. Ich kannte Herrn Prof. Meyer nicht persönlich, aber in Hamburg hatte er einige Freunde, die mir bereits berichtet hatten, dass er ein sehr charmanter und liebenswürdiger Herr sei.

Während der letzten Tage hatte ich in mancher Minute ein schlechtes Gewissen Deboo gegenüber, denn sein Paket mit der fantastischen Bluse aus Baroda war längst angekommen und ich hatte mich noch nicht bedankt. Das holte ich jetzt nach, denn ich war noch immer überwältigt von dem Geschenk. Es war eine sehr zarte, kurze Seidenbluse, die unter dem Sari getragen wurde. Für deutsche Kleidungsstücke war sie nicht geeignet, da man sonst „bauchfrei" wäre. Der Sari wurde aber derart über die Bluse und den Körper drapiert, dass eventuell – wenn überhaupt – nur die nackte Haut an der Körperseite herausschaute. Bei den Temperaturen in Indien war jede Frau wahrscheinlich froh darüber, ab und an eine leichte Brise als Abkühlung auf der Haut zu spüren.

Ich geriet bei ihrem Anblick in Verzückung, nicht nur, weil blau meine Lieblingsfarbe war, sondern weil ich eine solche Kunst noch nie gesehen hatte. Hunderte von klitzekleinen runden Spiegeln waren in Mustern auf dem vorderen Ausschnitt, dem Nacken und den Schultern angeordnet. Jeder einzelne Spiegel war mit winzigen Zierstichen in rot und gold auf die Bluse gestickt und wurde auf diese Art auf dem Stoff gehalten. Es war ein Meisterstück und ich konnte mir nicht vorstellen, dieses kostbare Werk je anzuziehen.

Mitte März 1955 erhielt ich seine Antwort.

„Liebe Liese,

ich wünschte, ich könnte dir sagen, wie glücklich ich mich fühle, dass dir mein Geschenk gefallen hat. Es gab viele hübsche Blusen in dem Geschäft, in verschiedenen Farben. Ich hatte aber überhaupt keine Schwierigkeiten, dir diese in himmelblau auszusuchen, weil mir meine innere Stimme sagte, dass du darin am besten aussehen würdest. Warum das so war, weiß ich nicht. Ich bin jedenfalls sehr glücklich, dass dir dieses kleine Geschenk aus Indien gut gefällt.

Letzten Monat musste ich für zehn Tage nach Kalkutta reisen. Dort gibt es eine naturwissenschaftliche Gesellschaft, die „Asiatic Society of Bengal". Ich wurde dort mit der Paul-Johannes-Brühl-Erinnerungs-Medaille für meine gute Arbeit in der Botanik ausgezeichnet. In Kalkutta traf ich mehrere alte Freunde und meine Eltern nutzten die Gelegenheit, bei der Verleihung anwesend zu sein. Sie freuten sich sehr, mich wieder zu sehen. Die Neuigkeit der Auszeichnung wurde in vielen Zeitungen veröffentlicht.

Dr. Biswas, der Leiter des Botanischen Gartens in Kalkutta, hörte auch davon. Da er mit dem Gedanken spielte, sich zur Ruhe zu setzen, wird zur Zeit ein geeigneter Nachfolger für diesen Posten gesucht. Ich sagte ihnen, dass sie mit mir rechnen könnten, sofern ich nicht gegen meinen alten Freund, Dr. Mukherjee, der ebenfalls im Botanischen Garten in Kalkutta arbeitet, antreten müsse. Ich traf auch Dr. Mukherjee. Ich hoffe, dass du dich noch an ihn erinnerst, er wohnte damals in Edinburgh im gleichen Haus wie ich.

Nach meiner Rückkehr aus Kalkutta hatte ich zwar sehr viel zu tun, aber wir waren trotzdem glücklich, wieder einmal Besucher zu haben. Nachdem meine Schwester mit ihren Söhnen nach eineinhalb Monaten und bei bester Gesundheit wieder zurück nach Kalkutta gefahren war, besuchte uns ein Ehepaar, das mit Dr. Bhaduri befreundet ist.

Es muss sehr kalt bei euch sein; ich kann gar nicht verstehen, dass die Kinder so viel Freude daran haben, im kalten Schnee zu spielen, wie ich es auf den Photos, die du mitgeschickt hast, sehen kann. Keine Blume ist zu erkennen! Was für ein Kontrast sind diese Schneebilder zu denen des Gartens unseres Präsidenten, den ich vor kurzem besuchte. Millionen von Pflanzen stehen dort in Blüte! Der Winter ist bei uns in Delhi die beste Zeit für Blumen.

Übrigens besteht die Möglichkeit, dass ich im nächsten Monat auf eine Pflanzen-Exkursion nach Nepal gehe. Wenn das so kommt, könnte es sein, dass es mir für ungefähr zwei Monate nicht möglich sein wird, dir zu schreiben, weil ich dann im Dschungel unterwegs bin – vielleicht mit einer Himalaya-Expedition. Ich habe gehört, dass elf verschiedene Gruppen aus Europa und Amerika kommen, die den Himalaya besteigen wollen. Alle werden nach Nepal gehen. Wir werden es bald wissen.

Ich wünsche dir alles Liebe und freue mich auf deinen nächsten Brief,
dein Deboo"

Dieses Mal setzte ich mich sofort an die Antwort für ihn, denn es sollte eine kleine Überraschung für ihn sein. Ich schrieb nämlich zwei Briefe. Der eine enthielt einen Geburtstagsglückwunsch, ein englisches Gedicht, das mir inhaltlich sehr gut gefiel und das ich mit gemalten Blumen und Ranken verschönerte. Ich wusste, dass es ihm gefallen würde. Den Geburtstagsbrief sollte er erst am 2. April öffnen. Der andere war ein normaler Brief, in dem ich ihm zunächst einmal zu seiner Medaille in Kalkutta beglückwünschte und ihn bat, mir einen Zeitungsartikel darüber zu schicken, denn anscheinend war es eine sehr bedeutende Auszeichnung. Vor längerer Zeit hatte ich ihn danach gefragt, wie ich mir seine Tätigkeit im „Indian Agricultural Research Institute" vorzustellen hätte. Deshalb erinnerte ich ihn daran, weil ich bislang nichts darüber gehört hatte. Ich wollte doch so gern an allem teilhaben, was ihm in seinem Leben widerfuhr.

Als ich davon las, dass er nach Nepal müsse, fiel mir sofort ein sehr interessanter Dokumentarfilm Professor Wilhelm Filchners ein, den ich kurz zuvor gesehen hatte. Professor Filchner war ein bedeutender Geophysiker und Forschungsreisender, der bereits mehrere Male verschiedene Expeditionsreisen durchgeführt hatte. Durch diesen Film hatte ich eine Vorstellung davon, was Deboo dort erwarten könnte. Ich sorgte mich um ihn, wollte es aber nicht schreiben. Deshalb bat ich ihn lediglich, mir zu versprechen, dass er gut auf sich aufpassen sollte. Er sollte wissen, dass ich in Gedanken immer bei ihm sein würde, wohin er auch fahren oder gehen würde und dass alle meine guten Wünsche ihn stets begleiteten. Um diese Wünsche noch zu symbolisieren, legte ich einen Glückspfennig in den Brief und erklärte ihm seine Bedeutung. Außerdem hoffte ich, dass er mir vorher noch Nachricht geben würde, ob und wann er tatsächlich ginge.

Noch am selben Tag brachte ich den Brief zur Post. Dabei musste ich durch hohen Schnee stapfen, denn vor ein paar Tagen – mein Mann und ich fuhren gerade mit dem Auto von Hamburg zurück – gerieten wir in einen Schneesturm, den ich in dieser Stärke noch nie erlebt hatte. Für eine Strecke, die wir sonst in einer Stunde zurücklegten, brauchten wir vier Stunden. Man konnte kaum die Straße erkennen oder andere Autos. Es war sehr gefährlich und wir waren froh, ohne Schaden wieder zu Hause zu sein. Da es auch sehr kalt war, blieb der Schnee liegen – und das nur wenige Tage vor dem kalendermäßigen Frühlingsbeginn.

Ich konnte mir am anderen Morgen nicht verkneifen, Hans wieder daran zu erinnern, dass es innerhalb Hamburgs nicht zu solch einem riskanten Fahrmanöver gekommen wäre. Daraufhin regte er sich dermaßen auf, dass er Dinge sagte, über die ich ziemlich verwundert war, denn sie hatten mit der eigentlichen Überlegung eines Umzuges nichts zu tun, sie verletzten mich allerdings heftig, was in letzter Zeit bereits des öfteren passiert war.

Getröstet wurde ich durch einen Brief von Deboo, den er mir am 8. April 1955 schrieb:

„Liebe Liese,
deine beiden wundervollen Briefe haben mich erreicht. Ich bin von soviel Wärme, Freundlichkeit und guten Wünschen und von deinem besonderen Geschenk völlig überwältigt.

Bis jetzt war es immer so, dass ich mein Leben als freudlos und gleichförmig betrachtete. Inzwischen denke ich jedoch, dass das Leben, mit solchen Freunden um mich herum, doch lebenswert ist. Manchmal dachte ich, dass ich nur da bin, um Ratna großzuziehen. Deine Briefe, deine Besorgtheit um mich und deine Geburtstagsgrüße aber haben meine Meinung geändert. Ich bin sehr glücklich!

Auch bin ich dir für deine Glückwünsche für die Brühl-Medaille dankbar. Ich schicke dir den Zeitungsausschnitt, bitte dich jedoch, ihn wieder zurückzusenden. Bitte sei mir nicht böse, dass ich dir bisher nichts von meiner Arbeit schrieb. Ich mag es nicht sehr, weil ich nicht möchte, dass man mich für einen Prahler hält. Aber wenn eine solche naturwissenschaftliche Körperschaft, wie die „Asiatic Society" oder der „International Botanical Congress" meine Arbeit würdigt, dann kann ich nichts dagegen sagen.

Ich habe mich auch sehr über deine Fürsorglichkeit wegen der möglichen Reise nach Nepal gefreut. Höchstwahrscheinlich wird sie aber nicht in diesem Jahr stattfinden, weil es Monate dauert, bis das gesamte Equipment für eine solche Expedition zusammengestellt ist. Wir haben mit dem Einkauf dafür noch nicht begonnen. Ab Mitte Mai regnet es in Nepal, so dass nur kleinere Arbeiten möglich wären. Deswegen scheint es sinnvoll zu sein, nicht mehr in diesem Jahr nach Nepal zu reisen.

Dieser Brief ist recht kurz, weil mich dein letzter Brief so sehr glücklich gemacht hat. Du weißt doch, dass man in einer solchen Situation nicht viel sprechen kann. Ich wünschte, ich hätte irgendwann in der Zukunft einmal die Gelegenheit, dir etwas von mir zu erzählen.

Mit besten Grüßen und Liebe,
dein Deboo"

Den Text des beigefügten Zeitungsartikels aus der „Press Trust of India" schrieb ich ab, damit ich ihn gleich wieder zurückschicken konnte:

Auszeichnung für Forschung in Indischer Pflanzenwelt

Dr. Debabrata Chatterjee, ein Botaniker des Agricultural Research Institute der indischen Regierung, wurde in der vergangenen Woche für seine Forschung in der indischen Pflanzenwelt von der Asiatic Society in Kalkutta mit der Brühl-Gedenk-Medaille ausgezeichnet.

Der Preis trägt den Namen des deutschen Professors P.J. Brühl, der lange Zeit mit der Universität in Kalkutta zusammengearbeitet hat. Der Preis wird alle 5 Jahre für eine hervorragende Leistung in der Botanik verliehen.

Dr. Chatterjee, auf dem letzten Internationalen Botaniker-Kongress zum Vize-Präsidenten gewählt, wurde außerdem von der französischen Botaniker-Vereinigung mit einer besonderen Medaille für seine Arbeit geehrt.

Rotraut wurde am 15. April 1955 eingeschult. Am selben Tag war auch Heidis erster Tag an der Oberschule in Lüneburg. Sie hatte die Aufnahmeprüfung bestanden, aber sie hob sich von den anderen Mädchen der Klasse insofern ab, als dass sie zwar aussah wie ein nettes, wohlerzogenes Mädchen, aber sich verhielt wie ein Junge. Sigrun, die bereits Freundinnen in ihrer Klasse hatte, wollten mit der jüngeren Schwester nichts zu tun haben, so dass Heidi recht allein war und Schwierigkeiten bei der Anpassung ans städtische Schulleben hatte. Obwohl es für mich eine enorme Erleichterung bedeutete, dass nun drei meiner Töchter morgens in der Schule waren, war ich meist recht angespannt, weil Hans noch immer – wegen unserer Auseinandersetzung – trotzte. Er sprach nicht mit mir, verließ morgens mürrisch das Haus und kam erst spätabends, so mürrisch wie morgens, wieder zurück. Nachdem sich die Kinder und auch ich mich an die neue Schul- und häusliche Situation gewöhnt hatten, die ungewohnt ruhig verlief, fand ich endlich wieder einmal Zeit für einen Brief.

Putensen, 28. April 1955

„Mein lieber Deboo,

ich weiß wirklich nicht, was mit mir los ist – ich bin nicht unbedingt überanstrengt in den letzten Wochen, aber ich fühlte mich nicht in der Lage, einen Brief zu schreiben. Du musst aber nicht beunruhigt sein, es gibt keinen ernstzunehmenden Grund für meinen Verzug. Offen gesagt, denke ich die ganze Zeit an dich. So manches stille Treffen fand in der süßen Dunkelheit der Nacht statt. Stunde um Stunde saßen wir irgendwo in deinem Bungalow und haben miteinander geredet. Es war so wundervoll und bezaubernd, dass ich es gerade jetzt sehr schwer habe, einen normalen Brief zu schreiben.

Vor einigen Tagen habe ich den Film „The River" gesehen. Er war wirklich ein geeigneter Hintergrund für alle meine Träume. Ich kann mich nicht daran erinnern, je einen so schönen und zauberhaften Film gesehen zu haben, obgleich ich ja weiß, dass Indien ein herrliches Land ist. Deboo, du kannst dir wirklich nicht vorstellen, wie gern ich euer Land kennenlernen möchte.

Ich habe übrigens einen sehr langen und sehr interessanten Bericht über das Jubiläum des „I.A.R.I." (Indian Agricultural Research Institut) gelesen und war sehr erfreut, viele Details über dieses Institut zu lernen, an dem du arbeitest.

Es ist besser, ich höre nun auf, diesen Brief zu schreiben – weißt du, wie schwer es ist, keinen Liebesbrief zu schreiben, obwohl du es möchtest?

Bitte schreib' mir einen langen Brief zurück und versuche, alle meine Fragen aus vorhergegangenen Briefen zu beantworten. Bitte schreibe mir bald, bevor du dich durch die baldige Hitze zu müde fühlst.

Falls es dir nicht zuviel Mühe bereitet, möchte ich dich um ein schönes Photo von Nehru bitten. Hier konnte ich nirgends eines bekommen.

Liebe Grüße von Liese"

Delhi, 10. Mai 1955

„Meine liebe Liese,

ich bin dir sehr dankbar für deinen Brief vom 28. April. Gleich nachdem ich den Brief erhalten hatte, musste ich für einige Tage die weite Reise, es sind mehr als 1400 Kilometer, von Delhi nach Kalkutta unternehmen. Weil Ratnas Schule gerade Ferien hat, konnte ich sie mitnehmen.

In Kalkutta hatte ich eine Besprechung mit Beamten des Botanischen Gartens. Sie sind bemüht, einen guten Nachfolger für Dr. Biswas, der am 1. August 1955 in Pension gehen wird, zu finden. Drei oder vier Personen kommen, inklusive meiner Person und der von Dr. Mukherjee (mein alter Freund) in Betracht. Ich würde diesen Posten natürlich gerne bekommen, denn es wäre für mich eine große Erleichterung nach meinen alten Eltern, die, wie du weißt, in Kalkutta leben, sehen zu können.

Nun bin ich wieder zurück in Delhi. Ratna ist bei ihren Großeltern geblieben und fühlt sich recht glücklich. Aber ich bin sehr unglücklich und fühle mich sehr einsam hier ohne Ratna. Mir geht es wie dir.

Über den Film „The River" habe ich schon viel gehört, er muss wirklich fantastisch sein. Ich hoffe sehr, dass dein großer Wunsch, Indien zu sehen, in naher Zukunft möglich sein wird. Deshalb erzähle ich dir auch wieder von hier.

Rund um die große und alte Stadt Delhi befinden sich Dörfer. Das Korn – Weizen – wurde letzten Monat geerntet und die goldenen Bündel liegen in Stapeln auf den Feldern. Am Abend erkennst du die Silhouette von fünf oder sechs Ochsen, die vorsichtig von den Bauern durch diese Bündel gelenkt werden, um sie einzusammeln. Die alten Dorfbewohner sitzen vor den Häusern, rauchen währenddessen ihre Pfeifen und schauen bei der Arbeit zu. Wenn du diese Dörfer jetzt besuchst, siehst du ausschließlich glückliche Gesichter. Die Frauen tanzen und singen melodische Weisen. In einigen anderen Teilen Indiens haben sie spezielle Volkstänze, mit denen sie für die gute Ernte danken. Die zweite Ernte ist dann im Oktober, nach dem Regen. Bevor der im Juli kommt, bereiten die Bauern noch einmal ihre Felder für die zweite Ernte des Jahres vor. In Bengalen ist die erste Ernte Weizen und die zweite Mais oder Reis.

Ich freue mich, dass du etwas über unser goldenes Jubiläum gelesen hast. Ich denke, ich habe dir etwas darüber geschrieben. Anlässlich dieses Festes haben wir eine Ausstellung organisiert. Nehru kam und hielt vor unseren Studenten eine Ansprache.

11. Mai 1955

Letzte Nacht konnte ich meinen Brief nicht zu Ende schreiben. Aber nun komme ich auf deinen zurück. Ich liebe ihn, vor allem die offene Art, mit der du mit mir über die Dinge sprichst. Ich glaube nicht, dass es irgendeinen anderen Menschen gibt, der so wie du in meine Seele schauen kann und der mich so gut wie du versteht. Natürlich gibt es diese physikalische, große Distanz zwischen uns. Aber ich muss zugeben, dass es nur kleine oder gar keine Differenzen in der Harmonie unserer Meinungen gibt. Manchmal bin ich deshalb sehr überrascht.

Es ist ohnehin sehr selten, wenn es zwischen zwei indischen Menschen, die aus der gleichen Umgebung stammen und mit denselben Traditionen groß geworden sind, eine solche Harmonie gibt. Aber zwischen uns sollte es doch eigentlich eine Menge an Verschiedenheiten geben, dass es mich wundert, wie ähnlich wir uns sind. Vielleicht ist es deine Liebe zu Indien, die deinen Verstand „indisch" gemacht hat? Oder ist meiner vielleicht europäisiert? Ich weiß es nicht. Es ist schwer vorherzusagen, was tatsächlich passieren würde, wenn wir uns wirklich treffen. Du würdest selbstverständlich die ganze Wärme eines alten Freundes und die Ehre eines Freundes unseres Landes erhalten.

In Kalkutta traf ich Frau Gerda Bhaduri. Wir gingen zusammen essen. Sie ist eine nette Dame. Nach dem Tod ihres Mannes verdient sie sich mit dem Unterrichten von Deutsch eine ganz ordentliche Summe. Ich habe mit ihr darüber gesprochen, dass ich bei ihr Unterricht nehmen würde, wenn ich den Job in Kalkutta bekäme, weil ich dann fähig sein müsste, Deutsch zu schreiben.

Ich habe dir zwei schöne Fotos von Nehru auf dem Seeweg geschickt. Sie waren zu groß, um sie mit Luftpost zu befördern. Ich bin sicher, dass sie dir gefallen.

Beste Grüße und Liebe,
dein Deboo"

Putensen, 17. Mai 1955

„Mein lieber Deboo,

ich bin dir sehr dankbar für deinen schönen Brief. Weil du dich so einsam ohne Ratna fühlst, schreibe ich dir ganz schnell zurück, um dich ein wenig aufzumuntern.

Das Wetter ist gerade sehr stürmisch. Gestern gab es bei uns sogar einen Sandsturm. Der Himmel war grau und gelb vor Sand. Im Mai ist es eigentlich immer bezaubernd, ein schöner Monat, aber jetzt ist es sehr kalt und es regnet. Wir müssen den Ofen anmachen und heizen. Vor drei oder vier Tagen war es wunderbar warm, wir hatten 37° C. Aber dann ging die Temperatur plötzlich auf 17° C zurück. Als Resultat davon haben wir alle eine Erkältung bekommen.

Die Kirschblüte ist vorüber und nun freuen wir uns auf die Apfelblüte. Die Dörfer sehen wundervoll aus, wenn die Bäume mit Millionen von rosa Blüten übersät sind. Dieser hübsche Anblick ist leider in kurzer Zeit wieder vorüber – aber so ist es immer mit den angenehmen Dingen im Leben: sie sind zu kurz. In meinem Garten blühen überall Vergissmeinnicht; sie bedecken fast jeden Winkel des Gartens.

Ich mag deine Schilderungen über das Leben in Indien sehr. Du könntest das gerne öfter machen, denn es interessiert mich. Ich denke, es gibt gewaltige Unterschiede zwischen indischen und deutschen Bauern. In unserem Ort gibt es mehrere Bauernhöfe, große und kleine, aber es gibt keinen einzigen armen Bauern. Ich weiß ein wenig über das Bauernleben; einer der größten Höfe gehört meiner Cousine. Ihr Mann ist im Krieg gefallen und sie bewirtschaftet ihn seit elf oder zwölf Jahren. In ein oder zwei Jahren wird ihr einziger Sohn der Nachfolger. Dann übernimmt er den Hof und ist mit 28 Jahren der Haushaltsvorstand. Sie geht dann aufs „Altenteil", d.h. sie kann tun und lassen, was ihr gefällt und braucht sich weder um Arbeit, noch um Essen Gedanken zu machen. Manchmal leben drei bis vier Generationen zusammen auf einem solchen Bauernhof.

Das Familiensystem in Niedersachsen ist ähnlich wie das in Indien. Einige kleine Unterschiede gibt es natürlich. Nur der älteste Sohn – wenn es keine Söhne gibt, ist es die älteste Tochter – erbt den Hof. Jüngere Brüder und Schwestern erhalten nur eine Entschädigung und verlassen den Hof nach ihrer Vermählung oder ähnlichem. Aus diesem Grunde könnte unser „Heide-Bauer" durchaus als eine Art von „Kaste" betrachtet werden. Diese Bezeichnung ist nicht ganz falsch, wenn du bedenkst, dass sie eine spezielle Gruppe bilden und gerne untereinander heiraten, also Bauern zu Bauern. Es gibt kein Gesetz, das ihnen so etwas vorschreibt, aber diese alten Traditionen und Verbindungen sind sehr beliebt. Der Grund für solche Eheschließungen untereinander ist der, reiche, große Bauernhöfe und sich wohl gesonnene Familien zusammen zu bringen. Natürlich gibt es durch die Verheiratung naher Verwandter von Zeit zu Zeit leider auch behinderte Kinder.

Die Bauern hier in der „Lüneburger Heide" sind sehr stolz auf ihr Tun. Im 18. und 19. Jahrhundert herrschten sie wie Könige über ihre Höfe. Damals gab es nur wenige Straßen, die durch dieses Gebiet führten und ihre Höfe lagen weit weg von den Städten, so dass sie abgeschieden waren. Sie achteten streng darauf, dass alte Sitten und Gebräuche eingehalten wurden und Traditionen bewahrt blieben, Volkslieder, Volkstänze usw. Seitdem aber immer mehr Annehmlichkeiten des modernen Lebens Einzug in die Gehöfte halten, ist dafür leider keine Zeit mehr. Du solltest die großen Anwesen der Bauern hier in Putensen sehen, es sind sechs Höfe. Sie haben moderne Maschinen für alle Arten von Arbeiten, ein oder zwei Traktoren, ein teures Auto, große, gut gebaute Häuser usw. usf. Sie brauchen Maschinen, weil es schwer ist, Arbeiter zu bekommen. Die erhalten nämlich nicht viel Geld für ihre körperlich sehr schwere Arbeit, so dass sie es vorziehen, in Fabriken zu arbeiten. Du siehst, das ist die andere Seite des ländlichen Lebens. Es ist zweifellos eine traurige Folge.

Am Erntedankfest wird abends getanzt und alle vergnügen sich miteinander. Ein oder zwei Male waren wir auch bei so einem Fest. Aber ich muss gestehen, mir missfällt der Geschmack von Alkohol, Likör, Bier usw., es ist aber das hauptsächliche Vergnügen bei einer solchen Gelegenheit. Ich hasse es, wenn Menschen sich wie alberne Narren benehmen. Aber tanzen mag ich gerne.

23. Mai 1955

Anstelle eines Briefes, der noch lange nicht fertig ist, habe ich dir gestern etwas anderes gemacht und sende es dir zwischendurch:

„Horch, Deboo, was dir der Wind flüstert, wenn die Sterne scheinen und das volle Mondlicht überall um dich herum ist. Zur Nachtzeit, wenn du wach bist und

deine Augen am Himmel umherwandern und deine Gedanken eilig ans andere Ende der Welt fliegen. Eine zarte Brise trägt den süßen Duft von Jasmin und Rajanigandha, verbindet sich mit dem Wind, der über den Ozean weht und dein Herz berührt. Lass dies das anmutige Gesicht des Nachtwindes sein, der ein Blütenblatt vom Baum weht und es in deine Hände fallen lässt:

Nun die Schatten dunkeln,
Stern an Stern erwacht:
Welch ein Hauch der Sehnsucht
Flutet in der Nacht.
Durch das Meer der Träume
Steuert ohne Ruh'
Steuert meine Seele
Deiner Seele zu.
Die sich dir ergeben,
Nimm sie ganz dahin.
Ach, du weißt, dass nimmer
Ich mein eigen bin."

Jetzt erkläre ich dir, warum ich nicht weiter schreiben konnte. Samstagabend fuhr ich nämlich nach Hamburg, um einige indische und deutsche Freunde zu treffen. Herr Roy organisierte einen Abend mit indischer Musik und Gedichten. Sein und unser Freund, Ajoy Dutta, ist Ingenieur auf der „Indian Trader" und war gerade wieder nach Hamburg zurückgekehrt. Es ist ein Schiff, das alle vier bis fünf Monate von Kalkutta nach Hamburg kommt. Vielleicht erinnerst du dich an unsere Weihnachtsfeier? Er spielte damals das Tanpura.

Wir waren ungefähr fünfzehn bis zwanzig Personen und trafen uns in einem privaten Haus. Es war ein großartiger, wundervoller Abend mit Sarod-, Tanpura- und Violinkonzert. Unser bengalischer Freund sang Lieder von Tagore und wir hatten einige interessante Gespräche. Alle saßen auf dem Fußboden und genossen den Abend! Ich denke, dir hätte diese eigenartige Nacht auch sehr gefallen. Ja, es war eine eigenartige Nacht für mich, weil unsere indischen Freunde in der Überzahl waren und ich mich wie in Indien fühlte. Die ganze Zeit hoffte ich, dass du jetzt bei mir sein könntest, weil ich dich sehr vermisste.

In dieser Nacht hat niemand geschlafen, das Konzert wurde bis fünf Uhr in der Frühe fortgesetzt. Einige haben nicht so lange ausgehalten und verließen uns früher. Ich musste morgens um acht Uhr meinen Bus von Hamburg nach Putensen erreichen und ging allein zu Fuß an der Alster entlang – das ist ein herrliches Gewässer inmitten von Hamburg – und genoss die kühle Morgenfrische. Es wird dich interessieren, wenn ich dir sage, dass ich an diesem Abend die neue Bluse, die du mir geschenkt hast, getragen habe.

Ja, mein Lieber, dieser wird wohl ein sehr langer Brief werden. Es gibt so viel zu erzählen, dass ich wieder einmal nicht weiß, womit ich beginnen soll.

In der Zwischenzeit haben wir nämlich eine schöne Reise nach Bonn und Bad Godesberg gemacht. Eine Dame aus Hamburg blieb bei uns zu Hause und betreute die Kinder. Wir fuhren ungefähr fünfhundert Kilometer mit dem Auto nach Bonn. In Bad Godesberg trafen wir einige Freunde, mit denen wir zum Rhein gingen und das wunderschöne „Siebengebirge", das von Weinbergen bedeckt ist, ansahen.

Am 1. Juni, dem Tag, an dem du deinen Brief geschrieben hast, traf ich den indischen Botschafter, Herrn A.C.N. Nambiar. Du erinnerst dich doch daran, dass ich dort eingeladen war? Wir sprachen ungefähr vierzig Minuten miteinander, danach begegnete ich noch mehreren Mitgliedern der Botschaft, Dr. Majumdar (Bildungswesen), Dr. Mookerjee (Information, Dienstleistungen, etc.) und natürlich Mr. Malhotra, der der Personalreferent des Botschafters ist. Ich hatte mehr als zwei Stunden Zeit, die allgemeinen Probleme zu besprechen.

Danach waren mein Mann und ich zum Tee in Herrn Malhotras Haus eingeladen, das sich in der Nähe der Botschaft befindet, da Dr. Nambiar nicht verheiratet ist und anscheinend keinen entsprechenden Haushalt führt. An diesem Abend geschah etwas sehr Interessantes. Im Hause Herrn Malhotras begegnete ich einem Yogi – ich habe noch nie zuvor einen Yogi gesehen. Er reist durch die ganze Welt und kam gerade aus Hamburg, wo er mehrere Tage verbracht und einige meiner Freunde getroffen hatte. Was für ein Zufall, dass er am selben Tage wie ich nach Bonn kam.

Dieser Yogi, vom Berg Abu, ist ein bemerkenswerter Mann. Herr Malhotra meinte, er sei grandios. Ist egal, auf jeden Fall sprachen wir einige Zeit miteinander, bis er zu mir sagte:

„Schwester, du musst nach Indien kommen."

Ich sagte ihm, dass ich es mir sehr wünschen würde und er antwortete: „Ja, Gott wird dir helfen!"

Er sagte noch vieles mehr; ich könnte die ganze Seite damit füllen, um dir alles zu berichten. Er sagte auch, dass er alles für mich organisieren würde, ich brauchte mir keine Sorgen zu machen, wenn ich nach Indien käme.

Er ist ein sehr liebenswürdiger Mann, sein Name ist Yogishri Shivlalji Maharaj und er lebt in Shanti Sadan. Was heißt das: Sadan? Ich wünschte, du könntest mir mehr über Indiens Yogis schreiben. Ich weiß einfach zu wenig.

Vor dem Tee erhielten wir indisches Essen, Samorsa und Ras Gulam (verzeih' bitte, es könnte falsch geschrieben sein, aber ich habe vergessen, es mir buchstabieren zu lassen). Das letzte Gericht wird besonders in Bengalen gemocht, wie der Yogi mir erklärte. Es war wirklich ein sehr, sehr schöner Tag und ich erinnere mich mit großem Vergnügen daran.

Am nächsten Tag traf ich den Yogi noch einmal. Er gab mir ein Buch und ein Bild von seinem Guru, Shree Vijaya Shanti Surishwarji Bhagwant. Könntest du mir vielleicht erklären, was „Arharya Gurudeva" bedeutet? Als wir Bonn am selben Tag verließen, war leider keine Zeit mehr, nochmals mit ihm zu sprechen.

Bevor ich diesen sehr, sehr langen Brief beende, möchte ich dich bitten, mir auch recht bald wieder einen langen Brief zu schreiben. Ich freue mich schon sehr darauf.

Mit Liebe,
deine Liese"

Delhi, 1. Juni 1955

„Meine liebe Liese,

ich hatte in den letzten Tagen einen Brief von dir erwartet. Statt des erwarteten Briefes erreichten mich ein kleines Gedicht und ein grünes Blatt. Ich fühle mich undenkbar glücklich und habe das Gedicht in Englisch und Deutsch wieder und wieder gelesen. Die Worte sind wundervoll und so sehr wahr.

Gerade jetzt ist es zehn Uhr abends und es ist so viel Mondlicht draußen, dass mein Diener mir mein Bett im Garten zurecht macht. Du weißt ja, es ist jetzt zu heiß in Delhi, um im Haus zu schlafen. Es geht eine leichte Brise, aber häufig kommt auch ein Sandsturm oder ein strenger Wind. Dieser Sturm bringt uns Blätter von Bäumen, die weit entfernt sind. Oftmals wache ich auf und schaue mir die grünen und manchmal auch braunen Blätter an. Sind das wirklich nur Blätter? Nein, ich denke, dass es Blätter meiner vergangenen Erinnerung sind. Sie bringen mir so viele Gedanken an unsere früheren gemeinsamen Tage zurück. Zusammen mit den Blättern kommt der wohlriechende Duft von Jasmin und Rajanighandablumen (Rajani = Nacht, ghanda = wohlriechend).

Dies ist mein Traumland auf der Erde. Der Himmel ist klar mit Tausenden von Sternen. Der Mond wirft ein sanftes und leuchtendes Licht zu uns auf die Erde. Aber diese Blätter der Erinnerung können uns leider nicht lange glücklich machen. Ich denke, unser Verstand arbeitet schneller und lässt uns den Kontrast zwischen dem fühlen, was wir haben und dem, was wir vermissen. Ich weiß nicht, ob ich wirklich eine Abneigung gegen diesen schmerzlichen Teil habe. Es hat eine anmutige, reizvolle Art, alle Aspekte dieser kleinen Blätter der Erinnerung zu reflektieren, die in Vollmondnächten rund um unser Bett schweben. Ich danke dir für dieses grüne Blatt – das grüne Blatt der Erinnerung!!

Nun, liebe Liese, erzähl' mir, wie du dich fühlst in diesem Monat Juni? Es ist ein bedeutsamer Monat für dich, meinst du nicht auch? Ich glaube, er ist der beste Monat in ganz Europa. Er ist der wärmste der ganzen Welt, die Blätter und Blumen sind wunderschön im Juni. Auch du verteilst deine Wärme und Freundlichkeit an alle, die es brauchen. Ich habe ziemlich viel Glück, dein Wohlwollen und die Wärme deines Herzens zu genießen und fühle mich sehr stolz, mit dir befreundet zu sein.

Lass uns jetzt zu unserer materiellen Welt zurückkommen, denn ich muss dich etwas Wichtiges fragen. Ich habe dir doch erzählt, dass Ratna in Kalkutta bei ihren Großeltern geblieben ist. Sie fühlt sich anscheinend sehr wohl dort, wie ich es ihren Briefen entnehme.

Erinnerst du dich, dass ich dir von der Möglichkeit geschrieben habe, als Direktor des Botanischen Gartens nach Kalkutta zu gehen? Die Regierung hat einige Personen, alles Doktoren, in Betracht gezogen. Es scheint nun mehr oder weniger so zu sein, dass sie mich auf diesen verantwortungsvollen Posten setzen wollen. Ich hoffte allerdings, dass mein alter Freund, Dr. Mukherjee, der bereits seit sechzehn Jahren dort als Stellvertreter arbeitet, bevorzugt wird. Aber jetzt habe ich es so verstanden, dass sie nicht ihn, sondern mich ausgesucht haben. Bitte sag' mir, was soll ich tun? Soll ich diesen Posten annehmen und nach Kalkutta gehen? Es hätte gleich zwei Vorteile:

1. könnte ich besser nach meinen Eltern sehen und

2. wäre Ratna unter guter Aufsicht bei ihnen.

Bitte sag' mir deine Meinung dazu. Ich würde ungefähr eineinhalb bis zwei Monate brauchen, bevor ich Delhi für den neuen Job verlassen könnte. Die Regierung wird alles möglich machen, um mir das Haus innerhalb des Botanischen Gartens zur Verfügung zu stellen. Das Haus ist dreigeschossig und recht groß. Momentan wohnt noch Dr. Biswas darin. Wenn ich am 1.8.1955 diesen Posten annehmen würde, dann wäre es frei.

Kalkutta ist natürlich etwas kühler als Delhi, aber die Hitze dort ist feucht. Man gerät schnell ins Schwitzen, was vielen nicht gefällt. Wenn diese Hitze im Sommer zu groß wird, dann hat die Natur einige Geschenke zum Abkühlen für uns. Die grüne Kokosnuss hat einen sehr erfrischenden, süßen Saft innerhalb der Nuss. Manchmal enthält sie soviel Saft, dass man zwei Trinkgläser damit füllen kann. Dann gibt es noch Wassermelonen. Das sind riesig große Früchte, die manchmal zehn Kilo wiegen und süßes, rötliches Fruchtfleisch haben. Sie sind sehr erfrischend.

Die meisten Häuser besitzen Ventilatoren, die den Raum gut kühlen. Falls mal ein Sandsturm kommt oder es ein wenig regnet und wir deshalb nicht draußen schlafen können, werden diese Ventilatoren nachts nicht ausgestellt.

Das Reisen ist in Indien oftmals ein bisschen mühevoll. Viele Abteile in den Zügen sind air-conditioned und somit ziemlich kühl und sandundurchlässig. Das ist wirklich sehr schön – aber teuer. In anderen Wagenabteilen kannst du eine Box mit großen Eisstücken mitnehmen. Wenn du dann die Fenster und Türen schließt und den Ventilator anstellst, bleibt es ziemlich lange kühl.

Ratna hat mir geschrieben, dass sie gerne ein Zimmer für sich allein hätte, sofern ich den Posten annehme. Sie weiß, dass das Haus dreigeschossig ist und auf jedem Stockwerk vier bis fünf Zimmer sind. Ich weiß nicht, warum man so ein großes Haus für nur eine Familie gebaut hat! Es macht doch große Umstände, das Haus zu kühlen und sauber zu halten.

Es befindet sich an der Seite des Hooghly Flusses, genau gegenüber ist der Hafen von Kalkutta. Man kann die großen Schiffe sehen, die aus Hamburg, Antwerpen und anderen Häfen der Welt täglich kommen und gehen. Ich mag es sehr, diese Schiffe zu beobachten, wie sie auf ihre lange Reise gehen. Sie sehen so viele Länder und so viele verschiedene Menschen. Die Schifffahrt hilft, unsere internationalen Beziehungen zu verbessern.

So, und jetzt erzähle du mir bitte noch etwas über dich und deine Kinder. Ich hoffe, es geht euch allen gut und ihr erfreut euch an den schönen Sommermonaten und am Spiel im Freien.

2. Juni 1955

Ich konnte den Brief letzte Nacht nicht beenden. Deshalb schreibe ich heute noch ein paar Zeilen, bevor ich den Brief aufgebe.

Der Morgen in Delhi beginnt um fünf Uhr und ist sehr angenehm und kühl. Die Leute hier haben die Angewohnheit, früh aufzustehen, um einen Morgenspaziergang zu machen. Innerhalb des Institutes – und ganz in der Nähe unseres Hauses – gibt es einen kleinen Park. Dort ist es jetzt sehr voll. Ich kann den Lärm von Kindern hören, die dort spielen und vermute, dass die alten Leute in Gruppen dort irgendwo sitzen und über Politik oder religiöse Fragen diskutieren. Es gibt auch andere, die sich dort sportlich betätigen oder Yoga machen. Die reichen Leute werden in ihren Autos zum Park gefahren, um dann langsam, weil sie meist zu dick sind, ein paar Minuten spazieren zu gehen. Bald darauf gehen sie alle nach Hause und bereiten sich für die Arbeit vor, angesichts der lästigen Hitze in Delhi.

Mit Liebe und besten Grüßen für dich,
dein Deboo“

Putensen, 10. Juni 1955

„Mein lieber Deboo,

ich möchte dir ganz herzlich dafür danken, dass du mir meinen Wunsch, einen langen Brief zu bekommen, erfüllt hast. Ja, ich fühle mich gut im Monat Juni! Gegenwärtig ist das Wetter endlich schön. Die Kinder baden in unserem kleinen Fluss, der zwar sehr kalt ist, aber den Kindern macht es nichts aus.

Jetzt möchte ich aber noch auf die sehr schwierige Frage deines Briefes, bezüglich des Botanischen Gartens in Kalkutta, eingehen. Wie sollte ich dir sagen, was du zu tun hast? Direktor eines so berühmten und herrlichen Gartens zu werden, ist ganz sicher eine wundervolle Aufgabe und ich vermute, dass es noch viele weitere gute Gründe gibt, nach Kalkutta zu gehen. Ich würde sagen, dass du in Bengalen deinen Eltern näher sein wirst – erinnere ich doch, dass du einmal überlegtest, sie nach Delhi zu holen.

Wenn du dich entschieden hast, nach Kalkutta zu gehen, dann musst du unbedingt ein paar Fotos von eurer neuen Umgebung machen. Innerhalb des Botanischen Gartens zu leben, muss grandios sein. Ich habe schon viel über ihn gehört – er ist sehr bedeutend. Allerdings wusste ich nicht, dass er so nah am Hafen liegt. Ist es dort nicht sehr laut? Du schreibst, dass es ein sehr geräumiges Haus ist, werdet ihr beiden euch da nicht verloren vorkommen? Aber du hattest einmal geschrieben, dass du viele Freunde in Kalkutta hast; dann ist das Haus sicher bald mit ihnen bevölkert. Ich bedauere sehr, dass ich so weit von dir entfernt bin, denn ich würde euch gerne beim Umzug helfen.

Was ist mit Ratnas Geburtstagsparty? Wird sie in Kalkutta gefeiert? Was wird sie machen, wenn sie mit der Schule fertig ist? Meine älteste Tochter, Sigrun, ist sich jetzt noch nicht sicher, was sie tun will, es ist noch eine Menge Zeit bis dahin. Aber alle meine Kinder wollen die weite Welt sehen, sogar die Jüngste, Dietlinde, erzählt immer davon, dass sie nach Indien möchte. Sie mag den kleinen Sohn von Familie Bhatia so gern. Er heißt übrigens Sandip, wird aber immer „Sanni" genannt. Einmal sagte Dieti zu mir, dass sie gerne Frau Bhatia zur Mutter hätte und als ich sie nach dem „warum" fragte, antwortete sie: „Weil sie so schöne Schleier trägt." Sie kannte das Wort „Sari" noch nicht.

Ich wünsche dir, dass du eine gute Entscheidung triffst und sende liebe Grüße.

Deine Liese"

Delhi, 16. Juni 1955

„Meine liebe Liese,

ich danke dir sehr für deine wundervollen Briefe und ich freue mich über alles, was du erlebst!

Ratna hat ihren Geburtstag dieses Jahr in Kalkutta mit meinen Eltern und ihren Tanten gefeiert. Ich habe meiner Schwester Geld geschickt, damit sie Ratna einen Sari, eine Bluse und noch so allerlei kauft. Das ist pünktlich geschehen und jetzt hoffe ich, dass sie eine gelungene Party hatte. Ich erwarte ihren Brief. Dein Fotoalbum für Ratna ist rechtzeitig hier angekommen. Ich habe es ihr aber nicht hinterher geschickt, sie wird es später bekommen.

Ich habe mich entschieden, den Posten in Kalkutta anzunehmen, weil ich mich häufig sehr einsam in Delhi fühle. Ich denke, du stimmst meiner Entscheidung zu.

Du wirst dich gewiss freuen, wenn ich dir sage, dass mein Foto vom Taj Mahal in Agra den 6. Preis eines internationalen Wettbewerbes der Firma Franke & Heidecke in Braunschweig – das sind die Hersteller von der Rolleiflex und Rolleicord – gewonnen hat. Du hast eine Kopie von diesem Bild. Ich habe gehört, dass 55.000 Bilder aus der ganzen Welt für diesen Wettbewerb eingeschickt worden sind. Vielleicht kannst du eine Liste der Gewinner in irgendeinem Fotogeschäft bekommen. Nie hätte ich gedacht, dass mein Foto einen Preis erhalten würde.

Hoffentlich erreicht dich mein Brief, bevor du Geburtstag hast. Ich wünsche dir nur das Beste und viele glückliche Stunden! Wenn ein Freund Geburtstag hat, dann fühlt man sich froh und heiter und ist stolz auf diese Freundschaft. Ich bin nicht fähig, dir solche wundervollen Briefe zu schreiben, wie du es zu meinem Geburtstag getan hast, aber meine warmen, aufrichtigen Gefühle sind für dich da.

Wenn du jetzt in Indien wärest, dann würde ich dich zu einem köstlichen Picknick auf einem herrlichen Fleckchen Erde in den Bergen des Himalaya einladen. Von dort könntest du die Straßen sehen, wie sie sich in Serpentinen den Berg hochschlängeln. Dann würden wir die Hauptstraße verlassen und zu einem Wasserfall gehen, der nicht weit entfernt ist. Die Strahlen einer tropischen Sonne durchdringen den Dschungel mit seinen hohen Bäumen. Sie bescheint den Wasserfall und die Wassertropfen sehen aus wie Perlen. Ich bemerke, du bist an diesem Tag sehr glücklich, aber nach einer Weile wirst du müde. So setzen wir uns zu einer kurzen Rast hin. Ich öffne meinen kleinen Korb und hole Kuchen, Kekse, Samusa, Rasa-

Gulla und einige Früchte, wie Mango, Litschi, Kirschen, Pflaumen und Grapefruits heraus, um sie dir zu geben, denn ich denke, du bist hungrig. Du lächelst, kommst nahe zu mir und sagst mir, wie sehr glücklich du heute bist. Du legst deinen Kopf auf meine Hand und sinkst auf den grünen Grasteppich nieder. Du schaust mir in die Augen und ich frage dich, warum du so glücklich bist: Weil du in Indien bist oder weil es ein anderer Geburtstag als gewöhnlich ist? Du schaust mir weiterhin ruhig in die Augen und suchst nach einer Antwort, bist aber unfähig, zu antworten. In der Zwischenzeit schiebe ich dir ein paar Stücke Grapefruit in den Mund. Du bist still und glücklich. Der Lärm des Wasserfalles und die singenden Bergvögel unterbrechen die Ruhe. Du fragst mich, ob ich nicht ein besonderes Geschenk heute für dich hätte und ich antworte, dass ich dir gerne etwas Schönes gegeben hätte, aber ich wusste nicht, ob du es erlauben würdest. Jetzt wirst du ein wenig böse und sagst:

„Deboo, sei nicht dumm; als mein richtiger Freund hast du natürlich die Erlaubnis!"

Ich zögere etwas, weil ich an eine Situation dachte, die schon lange zurückliegt. Es war in Edinburgh, da hast du es nicht erlaubt, dass ich dich küsse. Aber jetzt verstehe ich es natürlich, denn du warst noch sehr jung zu der Zeit. Nun aber wirst du ungeduldig. Obwohl es mir genauso geht, denke ich noch immer an dieses Vorkommnis. Ich bin auch sehr nervös, weil ich dich froh machen möchte. Deshalb gebe ich dir einen langen Kuss an diesem glücklichen Geburtstag. Ich kann erkennen, wie glücklich du bist! Jetzt sollte ich dich aber schnellstens wieder nach Deutschland bringen. Am Flughafen sagst du mir, dass es ein kurzer, aber denkwürdiger Trip nach Indien war.

Ich meine, wir sollten jetzt damit aufhören. Der Brief hat seinen Höhepunkt erreicht und wir sollten es nicht mit weiteren Ausführungen verderben. Das heben wir uns für spätere Briefe auf. Wenn du ein Konzert gehört hast und bist wieder zu Hause, dann klingt dir die Musik noch in den Ohren. Die Musik dieses Briefes soll auch bei dir noch lange nachklingen. Es ist zwar eine andere Musik, aber sie ist von guter Qualität, denn es ist die Musik von einem menschlichen Herzen voll Harmonie und Glückseligkeit.

Mit besten Grüßen und Liebe,
dein Deboo"

Putensen, 18. Juni 1955

„Mein lieber Deboo,

bevor das dritte Jahr unserer Korrespondenz beginnt, möchte ich dir etwas aus meiner Erinnerung der vergangenen Tage in Edinburgh erzählen. Ich kam mit Frl. Paschehr zu dir, um dich zu sehen, es muss gegen Ende März gewesen sein. Frl. Paschehr ging wieder, weil sie Dr. Mukherjee treffen wollte und ließ mich allein bei dir. An diesem Tag sah ich deine wundervollen Fotos. Diese Zeit habe ich noch genau vor meinem Auge. Ich saß auf einer Holzbank und du hattest in einiger Entfernung von mir Platz genommen, wie es sich für einen anständigen Mann gehörte.

Das Fotoalbum hatte ich in den Händen, während du mir immer die Bilder erklärtest. Plötzlich – ich weiß nicht wie und warum – standest du abrupt auf und bewegtest dich hastig auf mich zu. Ich war verwirrt und verängstigt, weil ich fürchtete, dass ich mit Gewalt von dir geküsst würde. Diesen Moment erinnere ich noch so klar, als wäre es gestern gewesen. Um dir die Wahrheit zu sagen, damals war ich noch ziemlich ängstlich und habe mich geschämt, was das Küssen und Streicheln anging. Auf jeden Fall hast du daraufhin nie wieder den Versuch gemacht, mich zu küssen. Und weil du nie eine derartig verlockende Gelegenheit ausgenutzt hast, zögerte ich niemals, mich mit dir zu verabreden, wann immer du es wolltest. Aus meiner Sicht ist das Resultat dieser Episode meine immerwährende Freundschaft zu dir. Viele Jahre sind seitdem vergangen, das Leben hat sich geändert und tief in meinem Herzen bedauere ich, dass es keine Romanze zwischen uns gab.

Vor kurzem hast du mir geschrieben, wie schwierig es wäre, sich auszudenken, was geschähe, wenn wir uns tatsächlich eines Tages wiedersehen würden. Deboo, ist das wirklich so schwierig? Manchmal fühle ich ein brennendes Verlangen, einfach loszugehen, um dich zu sehen; vielleicht nähme ich meine jüngste Tochter mit mir, dann wäre dein Haus schnell mit der häuslichen Atmosphäre gefüllt, die dir so gut gefällt und du ebenso schmerzlich vermisst. Oh, es gäbe viele Dinge, die ich dir so gerne sagen, die ich dich fragen und von dir lernen würde. Es wäre wundervoll, unser schönes Weihnachtsfest mit dir zu feiern oder euer Dussera, Divali, Holi und, natürlich, deinen Geburtstag. Ja, mein Lieber, mein Herz wird von dem mächtigen Wunsch überflutet, bei dir zu sein. Ich muss sogar gestehen, dass der Wunsch, dich zu sehen, sogar den Wunsch, Indien zu sehen, dominiert.

Die Idee, etwas über meine geheimsten Wünsche zu sagen, hat derart von mir Besitz ergriffen, dass ich mich alleine gar nicht mehr davon befreien kann. Speziell nachts, während ich dir schreibe, kann ich meine Gedanken nicht bezwingen und dann schreibt mein Stift und schreibt und schreibt. Es gibt Dinge, die man nicht in Briefen schreibt, sie müssen auf einen günstigeren Zeitpunkt warten. Deboo, du weißt worüber und wann usw.

Jetzt ist es ein Uhr nachts. Vielleicht kannst du nicht schlafen, weil ich diese Zeilen schreibe. Es ist wohl besser, ich beende jetzt mein nächtliches Gespräch mit dir und gehe zu Bett. Ich weiß gar nicht, was ich zu dir sagen soll, „Gute Nacht" oder „Guten Morgen?"

Putensen, 22.6.1955

„Mein lieber Deboo,

ich hatte am Montag, den 20. Juni einen Brief von dir erwartet, aber es kam keiner. Heute kam dein Brief vom 16.6. und auch deine Postkarte mit der Information, dass du nach Kalkutta gehst. Deine Eltern, deine Freunde und Ratna werden glücklich darüber sein und ich wünsche dir alles, alles Gute für die Zukunft.

Wie kann ich dir nur für deinen süßen Brief danken? Ich weiß es nicht. Ich denke, du bist ein sehr charmanter und lieber Freund, mein liebster Freund – mein richtiger Freund! Ich bin froh, dass du mich nicht gebeten hast, den Brief erst am 27., meinem Geburtstag, zu öffnen. Ich hoffe, mein Brief erreicht dich in Delhi am 27.6., so dass du dann auch eine Freude hast und dich ebenso glücklich fühlst, wie ich mich.

Deboo, ich bin sicher, dass die Musik deines Briefes nicht verklingt. Möglicherweise ist sie die Ouvertüre für andere wohlklingende, prachtvolle Kompositionen. Du und ich, wir kennen die Melodie von unseren Herzen und ich hoffe, dass es so weitergehen wird, bis ans Ende der Zeit, um dann eine superbe Sinfonie zu ergeben. Ganz besonders möchte ich dir für den Traumtag im Himalaya danken – er war kurz, aber voller Romantik – ich wünschte nur, dass er eines Tages wahr wird.

Beiliegend findest du noch einen Brief von mir, den ich in einer sehr einsamen Nacht geschrieben habe. Manchmal bin ich dazu aufgelegt, eine stille Konversation mit dir zu haben und so geschah es. Bitte lies den Brief und glaube mir, dass ich ihn geschrieben habe, bevor dein Brief mich erreichte! Du siehst, wie sehr unsere Wünsche in dieselbe Richtung gehen.

Erlaube mir aber bitte eine Frage. In deinem letzten Brief erinnertest du daran, dass ich dir nicht erlaubt hätte, mich zu küssen. Haben wir irgendwann einmal über dieses delikate Thema gesprochen? So weit ich weiß, war vom Küssen nie die Rede zwischen uns.

Ich hoffe für euch, dass die Hitze in Indien nicht mehr so lange anhält – wir würden allerdings gerne etwas mehr Sonne in Deutschland haben, es ist unüblich kalt.

Nachdem ich meinen letzten Brief an dich abschickte, kamen die zwei Bilder von Nehru unversehrt bei mir an. Ich bin sehr froh darüber und danke dir ganz herzlich. Hoffentlich erzählst du mir auch bald einmal, was du gerne von Deutschland hättest.

Mit allerbesten Grüßen und Liebe,
deine Liese"

Delhi, 29.6.1955

„Meine liebe Liese,

ich bin dir sehr dankbar für deinen schönen, süßen Brief, der mich wirklich, wie du es gewünscht hattest, am 27.6. erreichte.

Es tat mir so Leid, dass ich an deinem Geburtstag so weit von dir entfernt war, aber nachträglich wünsche ich dir viel Glück, Freude und Zufriedenheit. Du weißt, dass die Gedanken, wenn sie ehrlich und aufrichtig gemeint sind, eine große Kraft besitzen. Deshalb bin ich mir ganz sicher, dass meine Wünsche immer um dich herum sind, gerade an diesem besonderen Tag und dich glücklich machen. Ich denke, höchstes Glück und die Realisierung geistigen Friedens sind letztendlich das Ziel menschlichen Denkens. Das ist es, was bedeutende Persönlichkeiten wie Lord Buddha erlangt haben. Einige Leute nennen es die Verwirklichung Gottes. Es ist mehr oder weniger sicher, dass in jeder Religion die großen Prediger Symbole des Friedens sind. Ich hoffe daher, dass du an deinem Geburtstag einen Teil dieser geistigen Ruhe und dieses Glückes empfangen hast, da diese einen tieferen Eindruck hinterlassen, als alltägliche, materielle Vergnügungen. Ich hoffe jedenfalls, dass du eine schöne Geburtstagsfeier hattest.

Wir haben einige sehr heiße und drückende Tage hinter uns. Die Hitze war kaum noch auszuhalten. Wir beobachteten die Wolken am Himmel. Die weißen sind nett anzuschauen, aber sie verheißen keinen Regen. Wir warten sehnsuchtsvoll darauf, denn der Regen macht den Boden weich, so dass er umgepflügt und der Mais eingesät werden kann.

Wenn deine Gedanken nur noch auf eine Sache gerichtet sind, bist du beglückt, wenn es sich dann endlich erfüllt. Heute morgen, um 5.30 Uhr, war es endlich soweit. Ich habe draußen vor dem Haus geschlafen, als einige Tropfen auf mein Bett fielen. Ich war derart begeistert, dass ich gar nicht daran dachte, mein Bett vor der Nässe zu schützen.

Der Regen war da! Er hat Millionen von armen Bauern glücklich gemacht, indem er die Temperatur gleich um zehn bis fünfzehn Grad sinken ließ. Die Regentropfen lassen die Früchte an den Bäumen reifen und retten die trockenen Blumenpflanzen; sie füllen die ausgetrockneten Flüsse wieder und zwar so stark, dass es in einigen Teilen Indiens sogar Überschwemmungen gibt. An diesem Morgen ist der Himmel übersät mit dunklen Wolken. Das Wetter bringt einen ganz durcheinander. Jetzt denke ich, wie schön diese dunklen Wolken sind, wie sie über den Horizont fliegen und wie sie den ersehnten Regen bringen, gerade so wie der Postbote mit dem ersehnten Brief kommt. Meine Gedanken möchten mit diesen Wolken westwärts fliegen und andere Menschen dort glücklich machen. Die Vögel mögen den Regen nicht. Sie sind still heute. Die vielen wunderschönen grünen Papageien, die sonst plappernd um unser Haus fliegen, sind auch ruhig. Sie müssen sich in den hohen Bäumen versteckt haben.

Wenn du durch die Straßen von Delhi streifst, siehst du vielleicht Pfauen, die mit den Monsun-Wolken tanzen. Es ist ein wundervoller Anblick. Während ich diesen Brief schreibe, kann ich ihre „kewo-kewo"-Rufe hören, die von den Feldern unseres Institutes kommen. Pfauen sind wunderschöne Vögel – vielleicht hast du sie schon einmal im Zoo gesehen. In Zeiten des Monsuns werden sie, wahrscheinlich durch die dunklen Wolken und den Regen, stimuliert, so dass sie ihre langen Federn wie einen gigantischen, farbenprächtigen Fächer ausbreiten und sie ihre Füße so setzen, dass es aussieht, als würden sie nach Melodien tanzen. Ich sah es erst ein einziges Mal in der Nähe unseres Institutes auf einem kleinen Berg. Es ist unglaublich faszinierend anzuschauen.

Jetzt möchte ich aber auf deinen Brief eingehen. Der vom 18. Juni brachte wieder so viele Erinnerungen vergangener Tage zurück. So weit ich mich erinnere, warst du ein wenig erschrocken oder verschämt, als ich versuchte, dir näherzukommen. Von Natur aus bin ich nicht so, dass ich etwas von jemandem fordere, was er nicht möchte. Ich bemerkte, dass du ängstlich warst und es wäre nicht fair gewesen, diese Situation auszunützen. Außerdem warst du so jung und misstrauisch den Männern gegenüber. Das war der Grund, warum ich dich nicht küsste und auch nicht mit dir darüber diskutierte. Es ist merkwürdig, wenn man nach so vielen Jahren über derlei Dinge spricht; ich hätte es auch nicht getan, wenn du mich nicht um eine Antwort gebeten hättest.

Wir wollen immer ehrlich zueinander sein, deshalb überlege ich, ob es gut ist, darüber zu sprechen, oder ob es nicht vielleicht von deiner Familie missverstanden werden könnte, wenn sie unsere letzten Briefe liest. Ich möchte dich nicht mit meinen Überlegungen langweilen, aber vielleicht wäre es besser, diese Briefe zu vernichten. Natürlich kannst du tun, was du möchtest, aber ich möchte nicht, dass es zu Missverständnissen kommt.

Was hast du mir für ein wundervolles Foto von dir geschickt. Es ist einfach herrlich und ich weiß nicht, wie du es anstellst, so schön auszusehen. Danke vielmals für das schöne Foto.

Ich hoffe, du bist gesund und munter.

Mit Liebe und besten Grüßen,
dein Deboo"

Putensen, 10. Juli 1955

„Mein lieber Deboo,

danke für deinen langen Brief. Ich freue mich, dass der Regen endlich da ist und euch und all den leidenden Kreaturen Erleichterung verschafft. Unser Wetter wechselt von Tag zu Tag. Manchmal ist es kalt und regnerisch, dann ist es wieder warm. Vor ein paar Tagen hatten wir einen heftigen Regen, begleitet von einem schrecklichen Hagelsturm, der einen Teil meiner Ernte und Blumen vernichtete. Jetzt ist es zwar gerade wieder warm, aber man kann abends nicht draußen sitzen.

Ich kenne Pfauen, ich habe sie in Schottland gesehen. Irgendwann war ich in Queensferry und im Pittencrieff Park, dort stolzierten viele Pfauen auf dem Rasen und den Wegen. In Deutschland werden Pfauen als Symbol der Eitelkeit betrachtet. Auf manchen Bauernhöfen in Deutschland gibt es Pfauen, aber das ist unüblich, es gibt hier nicht sehr viele davon.

Bei uns sind jetzt Schulferien und meine Kinder freuen sich sehr darüber. Im Wald gegenüber bauen sie sich kleine Hütten unter den Bäumen. Dort sind sie den ganzen Tag über mit „Mutter-und-Kind-spielen" beschäftigt. Sie haben eine stattliche Anzahl von Puppen und es macht ihnen viel Spaß, viel für sie zu tun. Du solltest sie sehen, wie sie für die Puppen kochen, nähen und all die kleinen Bettchen machen. Manchmal werden die Puppen draußen gewaschen, dann ist alles nass und wir brauchen die Sonne, um es wieder zu trocknen.

Deboo, ich kann deine Bedenken wegen unserer Briefe gut verstehen, aber du brauchst dich nicht zu sorgen. Ich führe ein Leben mit viel Freiheit und Selbständigkeit, das auf gegenseitigem Verständnis basiert. Ich bin nicht fähig, dir eine gute Erklärung darüber abzugeben, weil es in Englisch sehr schwer ist, die richtigen Worte dafür zu finden. Ich kann dir nur sagen, dass du kein Fremder für meinen Mann bist. Er kennt dich seit 1939, als ich ihm von dir erzählte und er freut sich darüber, dass wir eine neue Chance bekommen haben, unsere Freundschaft fortzusetzen. Ich muss mich deshalb nicht zwingen, meine Liebe zu deinem Land und meine Zuneigung zu dir zu verheimlichen. Es mag dir seltsam und unglaublich vorkommen, aber mein Mann und ich haben dieses Abkommen getroffen.

Ich betrachte unsere Briefe als stille Gespräche zwischen dir und mir. Sie haben natürlich auch ihre intellektuelle Seite, aber du spürst doch auch, wie viel Herz und warme Empfindungen zwischen den Zeilen leben. Lass uns unsere Gespräche über alles weiterhin so frank und frei fortführen, wie bisher. Ich werde keinen deiner Briefe vernichten. Solltest du uns irgendwann einmal besuchen, so wirst du die Sympathie der ganzen Familie für dich spüren.

Mit Liebe,
deine Liese"

Delhi, 19. Juli 1955

„Meine liebe Liese,

ich bin dir sehr dankbar für deinen lieben und interessanten Brief.

Ich bin dabei, alle meine Sachen zu packen, weil es ja nicht mehr lange dauert, bis ich umziehe. Ich kann das nicht sehr gut und es wäre schön, wenn du da wärest, um mir zu helfen.

Dass ich als Chef des Botanischen Gartens nach Kalkutta gehe, scheint eine wichtige Bedeutung zu haben, denn vier oder fünf verschiedene Zeitungen haben es in Artikeln gewürdigt. Ich schicke dir einen der Zeitungsausschnitte. Der Garten in Kalkutta ist dem in Edinburgh sehr ähnlich, aber weitaus größer. Es bedarf einer großen Kompetenz, ihn noch zu verbessern. Aber mit deinen guten Wünschen wird es möglich sein.

Vor zwei oder drei Tagen kam mein Neffe, der Sohn meiner Schwester, aus Kalkutta zu mir. Er ist sechzehneinhalb Jahre alt und ist, zusammen mit achtzehn anderen Jungen, ausgewählt worden, das indische Team beim „World Scout Jamboree“ in Ontario, zu vertreten. Jetzt erhält er ein spezielles Training für Pfadfinder: Sie üben Volkstänze, Volkslieder usw., die sie in Kanada vorführen werden. Die Jungs fliegen am 27.7.1955 nach England und werden ihre Reise von dort aus mit dem Schiff fortsetzen. Es könnte möglich sein, dass sie auf der Heimfahrt im September mit dem Schiff via Hamburg fahren.

Liebe Liese, ich verstehe, was du mir in deinem letzten Brief sagen wolltest. Mache dir keine Gedanken mehr darüber. Unsere Briefe sind wahre Dokumente unserer Freundschaft und unserer intellektuellen Neugier. Ich stimme dir zu, dass wir sie genauso fortsetzen.

Dieser Brief ist nur kurz, weil ich ganz viel mit der Abwicklung in meinem Büro beschäftigt bin, um alles zum Schluss in bester Ordnung zu haben. Ein Student betreibt unter meiner Leitung Klassifizierungstudien über den indischen Weizen und ich möchte gern, dass er es schafft, diese Studien zu Ende zu bringen, bevor ich Delhi am 28. Juli 1955 verlasse.

Bitte schreibe ab sofort nur noch an die neue Adresse in Kalkutta.

Mit allerbesten Wünschen und Grüßen,
dein Deboo“

Putensen, 24.7.1955

„Mein lieber Deboo,

vor genau zwei Jahren schrieb ich einen Brief an den Botanischen Garten in Kalkutta, um deine Adresse herauszufinden. Ich denke, inzwischen ist dieser Tag ein erinnerungswürdiger Tag, nicht wahr? Und es ist schon ein eigenartiges Gefühl, dass ich heute wieder dieselbe Adresse benutze, aber nun steht dein Name an erster Stelle!

Wenn es möglich wäre, von magischer Hand schnell nach Indien gebracht zu werden, würde ich dir gerne bei deinem Umzug behilflich sein. Aber für Wunder gibt es keinen Platz mehr in unserer modernen Welt. Im Gegenteil: Statt eines Wunders geschah ein Unfall in meinem Garten. Zuerst dachte ich, mein Fuß wäre gebrochen. Glücklicherweise war er es nicht, aber es ist ebenso schlimm, denn nun muss ich im Bett liegen und den Fuß hochhalten. Gerade jetzt herrschen hier aber fast subtropische Verhältnisse und es gibt sehr viel im Garten zu tun.

Es wäre schön, von deinem Neffen und seinem Team zu hören. Sie sollen gerne versuchen, über Hamburg zu kommen. Lass es mich aber bitte rechtzeitig wissen, damit ich irgendetwas für sie vorbereiten kann. Ich wünschte, ich könnte dir sagen, wie sehr ich daran interessiert bin, jemanden zu treffen, der dich in letzter Zeit persönlich getroffen hat.

Ich hoffe, dass dich mein Brief vor dem 1. August erreicht. Sicher wirst du eine große Menge an offiziellen freundlichen Grüßen und Glückwünschen zu deinem Amtsantritt erhalten. Wahrscheinlich bekommst du auch Blumen über Blumen. In Deutschland ist es nämlich üblich, dass man Blumen zu so einem Anlass schenkt. Ich kann dir keine Blumen schicken, aber du weißt, dass meine guten Wünsche immer bei dir sind und dass sie diesen – für dich wundervollen und glücklichen Tag – vervollkommnen.

Für den Zeitungsausschnitt danke ich dir herzlich; ich habe ihn mit großem Interesse gelesen.

Ich weiß nicht, ob du dich von mir belästigst fühlst, wenn ich ein Thema anspreche, das für mich, deiner Meinung nach, tabu sein sollte. Aber jetzt, Deboo, gibt es einige ernstzunehmende und irgendwie schmerzliche Fragen. Diese Fragen kreisen in meinem Kopf, seitdem du einmal schriebst, dass du nur noch auf der Welt seiest, um Ratna großzuziehen. Deboo, legst du wirklich so wenig Wert auf deine Arbeit, die du bisher in deinem Leben geleistet hast? Wie kannst du so Großartiges in deinem Beruf leisten, wie es in diesem Zeitungsausschnitt beschrieben wird, wenn du gleichzeitig sagst, du fühltest dich nur noch für Ratnas Erziehung verantwortlich? Ich verstehe das nicht. Auch erwarte ich keine Antwort darauf, denn ich respektiere deine frühere Bitte, nicht nach dem Grund zu fragen. Ich warte geduldig darauf, bis du freiwillig dein Herz öffnest und deinen Kummer mit mir teilst. Sonst müsste man sich fragen, was für einen Wert unsere Freundschaft hat.

Du darfst nicht vergessen, Lieber, ich weiß auch, was Leben wirklich bedeutet und ich kenne das Gefühl völliger Verzweiflung, wenn man denkt, es gibt weder Hoffnung noch Licht in dieser grausamen Welt. Irgendwann werde ich dir von den Dingen erzählen, die mich an den untersten Rand der Hoffnungslosigkeit gebracht haben; es hat mit dem Krieg zu tun, wie du dir vielleicht vorstellen kannst. Das Leben ist selten so perfekt, wie man es sich wünschen würde. Wir dürfen aber nicht darüber verzweifeln, sondern müssen lernen, mit diesen Defiziten umzugehen. Deshalb hoffe ich, dass du deine Zufriedenheit in Zukunft nicht nur in Ratnas Erziehung findest, sondern auch anerkennst, was du in deinem Beruf geleistet hast. Andere haben es bereits gewürdigt – tue du es auch!

Ich weiß nicht, wann du diesen Brief lesen wirst; du solltest es am Abend tun, wenn die Aufregungen des ersten Tages vorüber sind mit all den offiziellen Ehrungen und entsprechenden Verpflichtungen. Wenn du von deinem Büro zurückkommst, solltest du dir einen Moment der Stille gönnen und während du den Tag mit beruflichen Gedanken ausklingen lässt, reisen die privaten rund um die Welt und verweilen nur bei uns. Dann werde ich dir sehr nahe sein, nehme deinen Kopf in meine Hände und streichele dein Haar und dein Gesicht, und ich werde nicht erlauben, dass irgendetwas diese himmlisch süßen Augenblicke stört.

Vielleicht hast du diese Worte schon einmal gehört:

„Leben ist wie ein Baum mit Blüten oder Früchten und Liebe ohne Schönheit ist wie Blumen ohne Duft oder Früchte ohne Samen."

Es kann sein, dass dir bewusst wird, wie dein Leben sich zu einem blühenden Rosenbusch entwickelt.

Mit ganz lieben Grüßen,
deine Liese"

Kalkutta, 29. August 1955

„Meine liebe Liese,

ich hatte gehofft, schon früher etwas freie Zeit für eine Antwort zu haben; es ist aber seit drei oder vier Wochen unmöglich gewesen. Jetzt sende ich dir wenigstens einen kurzen Brief, damit du weißt, ich bin jetzt in Kalkutta und es geht mir gut.

Seit dem 1.8. bin ich nun auf dem neuen Posten. Die ersten fünfzehn Tage kam ich täglich vom Haus meiner Schwester in Kalkutta in den Garten, weil der neue dreistöckige Bungalow der Regierung (er sieht wie ein Schloss aus) neu hergerichtet werden musste. Es gibt in dem Haus zwanzig riesig große Zimmer. In Delhi hatte ich all unsere Möbel veräußert und nun muss ich neue Möbel kaufen. Fürs Erste habe ich mir einige von meinen Freunden und Verwandten ausgeliehen.

Es ist ein bezaubernder und romantischer Platz. Das Haus liegt am Ufer des Hooghly-Flusses. Du kannst durchaus den ganzen Tag über auf den Fluss schauen. Es gibt hunderte von Fischerbooten. Große Schiffe kommen aus allen Teilen der Welt. Auf dem Dach meines Hauses befindet sich ein spezielles elektrisches Licht für die Schiffe. Das Licht geht Tag und Nacht ständig an und aus.

Im ganzen Haus gibt es elektrischen Strom. Mein Büro ist ungefähr sechzig Meter

18. Das neue Zuhause im Botanischen Garten von Kalkutta

vom Haus entfernt. Auf meinem Schreibtisch steht mein eigenes Telefon, allerdings gibt es im Haus noch keines. Ich werde bald eines anschaffen.

Meine Eltern wohnen noch in ihrem eigenen Haus in Kalkutta. Sobald es geht, möchte ich, dass sie hierher ziehen. Sie können ihr Haus dann vermieten.

Ratna war vor einigen Tagen hier. Ich sollte bald eine gute Mädchenschule für sie suchen, aber ich habe noch kein Auto und bis in die Stadtmitte von hier sind es ungefähr sechzehn Kilometer. Deshalb wird es schwierig für sie werden und ich erwäge, sie in ein Internat zu geben.

Ich habe deinen ersten Brief hierher erhalten, sollte ihn aber erst beantworten, wenn ich mich ein wenig eingelebt habe.

Mit besten Grüßen und Liebe für dich,
dein Deboo"

Putensen, 6. September 1955

„Mein lieber Deboo,

dein Brief macht mich glücklich und traurig zugleich. Glücklich, weil es dir gut geht und du dich wohl fühlst. Traurig, weil du soviel zu tun hast und dich mit Dingen abgeben musst, die ungewöhnlich und ermüdend für dich sind. Wie gerne wäre ich jetzt bei dir und würde helfen, dir einen Haushalt einzurichten. Könnte nicht ein Wunder geschehen? Es tut mir aufrichtig Leid, dass es nicht möglich ist.

Du weißt aber, dass es mein allergrößter Wunsch ist, eines Tages zu kommen. Ich spare jeden Pfennig dafür und wenn mir alle Engel gnädig sind, dann könnte ich es im kommenden August geschafft haben. Insofern denke ich, dass du ein Jahr zu früh Direktor des Gartens in Kalkutta geworden bist.

Letzte Woche besuchte ich den Botanischen Garten in Hamburg. Er ist sehr klein, aber jede Blume und jede Pflanze erinnerte mich an dich und als ich die herrlichen Orchideen sah, freute ich mich bereits auf den Anblick der großen Orchideen, von denen du mir erzählt hast und die ich eines Tages in Indien sehen werde.

12. September 1955

Ich komme erst heute wieder dazu, den Brief weiterzuschreiben. So möchte ich dir von den letzten Ereignissen berichten; denn wenn ich schon nichts für dich tun kann, so kümmere ich mich wenigstens um unsere indischen Freunde in Hamburg.

Ich habe einige unserer deutschen Mitglieder der DIG gefragt, ob wir nicht einen Auto-Transfer von Hamburg nach Putensen organisieren könnten. Das geschah, in dem wir von einigen großen Firmen in Hamburg Autos zur Verfügung gestellt bekamen. Etwa dreißig Inder folgten der Einladung und wir verbrachten einen wundervollen Tag. Zunächst zeigten wir ihnen unsere große, moderne Schule mit einer integrierten, schönen Turnhalle, den Duschräumen usw. In dieser Schule werden momentan achtzehn Kinder im Alter von zehn bis vierzehn Jahren unterrichtet. Es gibt noch eine weitere Schule, die „Alte Schule", in der zwölf bis sechzehn Kinder unterrichtet werden. Putensen hat zur Zeit 400 Einwohner.

Die Schüler der neuen Schule sangen einige sehr schöne Volkslieder zur Begrüßung. Danach gingen wir zum Mittagessen in ein Wirtshaus. Dort hatte ich vor ein paar Tagen Tische bestellt, denn während des Sommers kommen viele Gäste her. Mit dem Auto besuchten wir anschließend einige Sehenswürdigkeiten der Lüneburger Heide, z.B. sahen wir eines der prähistorischen Gräber, die fünf- bis zehntausend Jahre alt sind und zu den bekannten Wahrzeichen der Heide gehören. Wir genossen den Sonnenschein, die blühende Heide und die hohen Bäume des Waldes in der Nähe. Du erinnerst dich an „unseren" Traumtag in der Heide? So ein Tag war es! Die ganze Gruppe, Deutsche und Inder, spazierten heiter scherzend und fröhlich durch die Heide.

Meine beiden jüngsten Töchter, Rotraut und Dieti, waren auch dabei, während meine beiden älteren Töchter, Sigrun und Heidi in Putensen geblieben waren, weil sie auf das sieben Monate alte Baby von Frau Jain aufpassten. Das Baby fand bei den Dorfbewohnern große Beachtung, es war die Attraktion und meine Töchter hatten viel Freude daran, sich mit ihm zu beschäftigen.

Ungefähr um vier Uhr am Nachmittag verließen wir dieses herrliche Fleckchen und fuhren zum Hof meiner Cousine, die ich vorher gefragt hatte, ob wir kommen könnten. Sie zeigte uns alle Räume ihres großen Hauses und den wundervollen Blumen-, Obst- und Gemüsegarten, die Kühe, Pferde, das Geflügel usw. usf. Diese Besichtigung nahm einige Zeit in Anspruch und war recht informativ für alle. Danach luden wir die Gäste zum Tee in die große Halle meiner Cousine ein. Wir hatten Kekse und Kuchen gebacken, die Tische waren hübsch dekoriert und so erlebten alle eine vorzügliche Teezeit. Im Anschluss sangen wir allerlei deutsche Volkslieder, die auf dem Klavier begleitet wurden und danach gab Herr Roy eine wunderbare Vorstellung, indem er Lieder von Tagore sang und sich selber auf dem Klavier begleitete. Wir fühlten uns wie eine große, glückliche Familie und alle fanden großes Vergnügen an diesem Ausflug.

Ganz besonders habe ich mich über Herrn Dipak Kumar Bose gefreut, der erst vergangenen Freitag mit dem Flugzeug von Kalkutta nach Hamburg kam. Er möchte hier Schiffsbau studieren. Herr Bose ist noch sehr jung und schloss sich den anderen jungen Leuten aus Indien an, weil er bereits tüchtig unter Heimweh litt und sich sehr einsam fühlte. An diesem Tag konnte er seinen Kummer jedoch völlig vergessen und war sogar hocherfreut über dieses schöne Erlebnis. Er hat übrigens auch bei Frau Bhaduri Deutsch gelernt. Ist die Welt nicht klein? Spät am Abend wurden alle wieder zurück nach Hamburg gefahren.

Heute habe ich zwar Kopfschmerzen und bin ziemlich müde; mein Herz jubelt jedoch wie eine Nachtigall im Frühling.

Morgen fahre ich nach Hamburg, weil wir uns vorgenommen haben, Geld und Kleidung für die Opfer der Flut in Indien zu sammeln.

Lieber Deboo, dein letzter Brief war sehr kurz und ich hoffe, dass du bald etwas mehr Zeit haben wirst, um mir wieder mehr zu schreiben. Ich warte so sehr darauf.

Deine liebende Liese"

Kalkutta, 31. Oktober 1955

„Meine liebe Liese,

hast du meinen letzten Brief vielleicht nicht bekommen? Ich hatte dir sieben oder acht Seiten ganz ausführlich über den Garten und natürlich von meiner Arbeit geschrieben. Nun fürchte ich, dass dieser Brief auf dem Postweg verlorengegangen ist, weil ich keine Antwort von dir bekam.

Hier ist gerade das Dussera-Fest vorüber, mit dem wir alle vollauf beschäftigt waren. Als nächstes feiern wir Mitte November das Diwali-Fest.

Ich bin hocherfreut, wenn du nach Indien kommst -- aber bitte nicht im August! Es ist der heißeste und regenreichste Monat in Indien. Für Europäer, die das erste Mal Indien besuchen, liegt die beste Zeit zwischen November und März. Du solltest deinen Besuch in diesen Zeitabschnitt legen. Besser ist es, du versuchst Indien, oder Kalkutta, im Dezember zu erreichen, wenn das Klima gut ist und es eine Fülle an faszinierenden Blumen gibt, die dich erfreuen werden.

Ich habe jetzt ein phantastisch großes Haus. Meine Eltern wohnen bei mir. Es wird also gar keine Schwierigkeiten geben, wenn du hier bei uns in Kalkutta wohnst. Ich werde dir den Himalaya zeigen und die großen Berge von Darjeeling und Sikkim. Auch werde ich organisieren, dass du Südindien besuchen kannst. Mein Schwager ist in Madras ein hoher Offizier.

Es war wieder sehr schön, von dir über das gelungene Fest in Putensen zu hören. Ich treffe oft Frau Bhaduri, weil sie manchmal in den Garten kommt, um den Morgen dort zu verbringen. Danach isst sie oftmals mit Ratna und mir zu Mittag.

Mehr kann ich jetzt leider nicht schreiben. Aber ich lege dir einige Fotos vom Garten und vom Hooghly bei, die ich aufgenommen habe.

Mit Liebe und besten Grüßen,
dein aufrichtiger Deboo“

Putensen, 3. November 1955

„Mein lieber Deboo,

vor einigen Minuten erreichte mich dein Brief und ich setze mich sogleich hin, um dir zu antworten.

Ich bin sehr unglücklich, dass ich deinen langen Brief nicht erhalten habe. Täglich wartete ich auf Post von dir, aber es kam nichts an. Ich wollte dich nicht mit einem weiteren Brief von mir bedrängen, da ich ja wusste, dass du viel Arbeit hast. Aber jetzt realisiere ich, dass zuviel Geduld letztendlich auch nicht immer richtig ist. Nun, man kann nichts mehr daran ändern. Wenn du kannst, dann bitte ich dich, mir noch einmal etwas darüber zu schreiben, was du in diesem Brief erzählt hattest. Ich würde es so gerne wissen.

Du hast von Dussera erzählt. Wir haben hier auch eine Art von Dussera im privaten Rahmen mit indischen und deutschen Freunden veranstaltet. Für Diwali sind die Mitglieder der DIG bei den Indern eingeladen, die unsere Gastgeber sein werden, gerade so, wie wir es zu Weihnachten taten. Wir freuen uns bereits alle auf den 13.11., weil es wieder ein zauberhaftes Programm mit allerlei indischen Leckerbissen geben wird. Ich weiß nicht, was uns sonst noch für geheime Überraschungen an dem Tag erwarten. Du siehst, dass die Kooperation hier in Hamburg sehr gut funktioniert.

Letzten Sonntag kam der indische Konsul, Herr Sitaraman, mit seiner Familie und einigen seiner südindischen Freunde hierher zu uns. Es waren acht Besucher, davon drei Kinder. Wir verbrachten eine grandiose Zeit miteinander und die Kinder hatten ebenso ihren Spaß. Herr Sitaraman hat sich kürzlich ein Auto gekauft, so dass es nun keine Schwierigkeiten mehr gibt, uns zu besuchen, wann immer er es möchte. Sie wollen wieder kommen, sobald es geschneit hat. Dann wollen die Kinder gemeinsam Schlitten fahren, weil die Söhne von Herrn Sitaraman im vergangenen Jahr Schlitten bekommen haben. Am 4. Dezember haben wir wieder unsere Weihnachtsfeier in Hamburg, auf die sich bereits alle sehr freuen, vor allem natürlich die Kinder. Meine Töchter zählen bereits die Tage bis dahin.

Am 2. Oktober begingen wir eine Gandhi-Gedächtnisfeier in Hamburg. Herr Sitaraman überreichte mir anschließend ein großes Bukett mit roten und gelben Rosen für die viele Arbeit und Mühe, die ich mir mit dieser Feier gemacht hatte. Er war bei allen unseren Treffen dabei. Gleich nach dem Diwali-Fest kamen Beamte der

Indischen Botschaft aus Bonn nach Hamburg. Sie wollten unbedingt, dass auch ich an der Besprechung, die im Hamburger Generalkonsulat stattfand, teilnehme, was sich einrichten ließ.

Die Fotos, die du mir geschickt hast, sind wirklich wunderschön, sie gefallen mir sehr! Dein Haus sieht tatsächlich aus wie ein Schloss. Ich wünsche mir, dass ich alles im nächsten Jahr sehen kann. Lass' uns hoffen, dass es wahr wird.

Nächste Woche werde ich dir meinen Weihnachtsbrief schicken. Weil er so lang geworden ist, werde ich ihn nicht per Luftpost schicken können. Ich hoffe, dass er rechtzeitig bei dir ankommt. Ich habe den Brief während der letzten beiden Monate geschrieben, als ich auf Post von dir wartete. Bitte lasse mich nicht so lange auf eine Antwort warten und versuche, ob du nicht den verlorenen Brief etwas rekonstruieren kannst – ich möchte so gern wissen, was du geschrieben hattest.

Ich hoffe, du bist jetzt sehr glücklich mit deinen Eltern und deinen Freunden, die nun in deiner Nähe sind.

Mit besten Grüßen,
deine Liese"

Kalkutta, 25. November 1955

„Meine liebe Liese,

ich bin dir sehr dankbar für deinen Brief und es tut mir sehr Leid, dass mein langer Brief dich nicht erreicht hat. Es gibt in Kalkutta häufig Beschwerden, dass Briefe verschwinden; ich las etwas über derartige Beanstandungen in der Zeitung. Ich sollte in Zukunft meine Briefe eintragen lassen und auf eine Quittung der Post bestehen, um sicher zu gehen, dass der Brief sein Ziel erreicht. Es gibt hier bei uns im Botanischen Garten einen Mann, der dafür zuständig ist, den Postsack zur Post zu bringen. Dieser Sack ist verschlossen und nur das Postamt und ich haben einen Schlüssel dafür. So kann ich täglich den Postsack öffnen. Es gibt also kaum Möglichkeiten, dass die Post auf dem Weg vom Postamt bis zu uns verschwinden kann.

In den letzten fünfzehn bis zwanzig Tagen war ich besonders viel beschäftigt. Du hast vielleicht gehört, dass der russische Ministerpräsident Nicolaj Alexandrowitsch

Bulganin und Nikita Chrutschow gerade Indien besuchen. Am 29. November kommen sie nach Kalkutta und besuchen am 30. November den Botanischen Garten. Sie werden von über 250 Personen begleitet, die die Weltpresse, die Fotografen und andere Bereiche repräsentieren. Ich bereite nun zwei Fotoalben vor, die ich der russischen Delegation überreichen werde. Die Bilder habe ich selber im Botanischen Garten fotografiert. Außerdem habe ich veranlasst, dass ein Bild von dem berühmten Banyan-Baum gemalt wird, welches den russischen Führern ebenso als Präsent überreicht werden soll. Derzeit herrscht also große Aufregung hier im Garten und ich arbeite sehr viel, damit bis zum 30. November alles in Ordnung ist. Der Besuch der russischen Delegation ist offensichtlich die Erwiderung auf Nehrus Besuch in Russland im vergangenen Jahr.

Es ist im Moment sehr schwer, einige freie Zeit für einen Brief zu erübrigen. Deshalb kann ich dir nur kurz sagen, dass ich mich gut fühle und an dich denke. Gleichzeitig mit dieser Post habe ich dir eine Weihnachtskarte geschrieben. Sei mir bitte nicht böse, dass ich nicht mehr schreiben kann, aber es ist alles ziemlich schwierig. Ich habe es bis jetzt noch nicht geschafft, mir ein Auto zu kaufen. Allerdings muss ich jeden Tag in die Stadt zu einem anderen Büro fahren, um verschiedene Arbeiten zu erledigen. Ohne Fahrzeug ist das sehr umständlich und ermüdend. Ich habe dir ja schon geschrieben, dass die Innenstadt von Kalkutta etwa sechzehn Kilometer von hier entfernt liegt. Hoffentlich gelingt es mir, ein Auto zu kaufen, bevor du hier bist.

Ich hoffe, dass es euch allen gut geht. Es muss jetzt kalt bei euch in Putensen sein. Hier herrscht gegenwärtig ein angenehmes Klima. Ich habe übrigens einen Blumengarten vor meinem Haus und an einer anderen Seite des Hauses vor der Küche einen Kräutergarten mit Kohlpflanzen, Blumenkohl, Radieschen, Tomaten und Kartoffeln anlegen lassen. Nun wachsen und gedeihen die Blumen und Pflanzen prächtig.

Wie wünsche ich mir, dass du hier wärest, um es dir anzusehen!

Ich war übrigens sehr überrascht, ein Wort in Hindi in deinem letzten Brief zu sehen. So, du lernst also die interessantesten Worte zuerst!

Mit besten Grüßen und Liebe,
dein Deboo"

Putensen, 28. Dezember 1955

„Mein lieber Freund,

heute gibt es nur einen kurzen Brief, der dich darüber informieren soll, dass ich noch immer auf deine Weihnachtspostkarte warte. Sie hat mich noch nicht erreicht. Ich bin auch sehr gespannt darauf, ob mein Weihnachtsbrief rechtzeitig angekommen ist. Deinen Brief vom 25. habe ich bekommen. Ich hätte gern das Fotoalbum gesehen, bevor es der sowjetischen Führung übergeben wurde.

Du wirst dich sicher freuen, wenn ich dir sage, dass mir die Firma Franke & Heidecke sechs Kopien deines Bildes vom Taj Mahal geschickt hat. Sie kamen am Weihnachtstag. So hatte ich wenigstens etwas von dir in den Händen an diesem Tag. Oh, Deboo, wie gern hätte ich einen Brief von dir gehabt – bitte schreibe bald und erzähle alles, was sich im November bei dir ereignet hat.

Wir hatten eine wundervolle Diwali-Veranstaltung im Konsulat bei Sitaramans. Der indische Botschafter war auch dabei. Der Konsul hatte ein Curry-Reis-Essen organisiert. Einige Stunden vorher fand eine Cocktailparty statt, zu dem der Konsul alle seine Freunde eingeladen hatte, um den Botschafter zu treffen.

19. Weihnachten in Putensen
Obere Reihe v. l.: Sigrun, Lieselotte, Kamala und Hans
Untere Reihe v. l.: Rotraut, Uma, Heidi und Vishweshwaran mit Dieti

Unsere DIG-Weihnachtsfeier war wieder hervorragend. Über einhundert Gäste nahmen an dem Fest teil. Nächstes Jahr werden wir einen größeren Raum benötigen, denn dieser war völlig überfüllt. Ich hatte viel mit den Vorbereitungen zu tun, vor allem natürlich mit dem Backen, aber alles hat gut geklappt und jeder erfreute sich an der schönen Feier.

Dieses Jahr erhielt ich zu Weihnachten viele Dinge von meiner Familie, die ich für meine Reise nach Indien benötige. Du bist sicher überrascht, wenn ich dir sage, dass es mir gestattet ist, sechs Monate in Indien zu verbringen. Oder bist du eher erschrocken, das zu hören, Deboo? Es ist sehr freundlich von dir, einen Besuch in Südindien für mich zu organisieren. Ich bin eingeladen, nach Madurai zu einer Freundin von mir zu fahren. Sie lebt derzeit in Hamburg und wird wahrscheinlich Ende August wieder nach Indien zurückgehen. Vielleicht können wir sogar zusammen reisen. Sie, ihre neunjährige Tochter und ihr Bruder hatten auch an unserer Weihnachtsfeier in Putensen teilgenommen. Sie ist erst 27 Jahre alt, aber seit sieben Jahren bereits Witwe.

Erinnerst du dich noch an Ajoy Dutta, den indischen Freund, der das Tanpura-Konzert gegeben hatte? Er wird von Hamburg aus etwa im Januar wieder zurück nach Kalkutta gehen. Ich habe ihn gebeten, dich anzurufen, um dir persönlich meine herzlichen Grüße auszurichten. Ich hoffe, dass du nicht gerade in Agra bist, wenn die „Indian Endeavour" im Hafen von Kalkutta einläuft.

Ein glückliches Neues Jahr wünscht dir
deine Liese"

Nachdem ich den Brief aufgegeben hatte und mit Dieti wieder zu Hause war, zählte ich meine Barschaft, als würde sie sich während meiner Abwesenheit von allein vermehren. Ich sparte seit längerer Zeit für die Reise nach Indien, die ich unbedingt unternehmen wollte. Im vergangenen Jahr hatte ich so viele Puppen, wie nie zuvor repariert und deshalb rückte die Verwirklichung tatsächlich näher, da ich jeden Pfennig eisern dafür zurücklegte. Außerdem hatte mir meine Cousine Bertha ein sehr verlockendes Angebot gemacht, denn sie wollte mir den Betrag, der mir letztlich zu meiner Reise noch fehlen würde, finanzieren. Sie hätte selber zwar keine Ambitionen zu solchen Unternehmungen gehabt, war aber dennoch „auf den Geschmack" gekommen, da sie erlebte, wie erfolgreich die DIG geworden war.

An den Besuchen der Inder war sie stets interessiert und ich meinte sogar, dass sie etwas stolz auf mich war und insgeheim von all dieser Außergewöhnlichkeit profitierte, da sie keine gewöhnliche Bäuerin war, sondern eine gebildete Frau. Hinzu kam, dass sie mir angeboten hatte, sich während meiner Abwesenheit um Sigrun zu kümmern. Damit war ein Problem gelöst; allerdings hatte ich noch drei weitere Probleme dieser Art. Ich war jedoch sicher, es würde eine Lösung dafür geben. Ich hatte sogar bereits Vorstellungen, die ich in Angriff nehmen wollte. Vorher erreichte mich aber erst noch ein Brief Deboos.

Kalkutta, 1. Januar 1956

„Meine liebe Liese,

die Morgennebel steigen langsam auf, die Sonne lässt sich sehen und verkündet den ersten Tag des neuen Jahres. Das Jahr 1955 ist gerade vorüber, so, als würde man das Kapitel eines interessanten Buches gelesen haben und nun das Buch schließen. Ich denke, es wird ein unvergessliches Jahr für uns beide bleiben. Die Erde ist rund um die Sonne gewandert und dreht erneut ihren Kreis. Die Jahreszeiten kehren ganz wie gewohnt wieder, die jungen Blätter, die im letzten Frühling gewachsen waren, sind inzwischen von den Bäumen gefallen und haben wieder für neue Blätter Platz gemacht. Die Bäume sind ein Jahr weiter gewachsen, wie so viele andere Dinge auch. Das neue Jahr hat uns wieder ein Stück näher gebracht und wir verstehen uns noch besser.

Auch politisch wird unser Land immer mehr gewürdigt wegen unserer Ideale der friedvollen Koexistenz. Wir leben nach unseren eigenen Vorstellungen und mischen uns nicht in die Lebensweisen anderer Völker ein. Wir möchten Glück für alle. Für uns in Indien steht Gott sinnbildlich für die Vollendung von Wahrheit, Frieden und Schönheit.

An diesem Neujahrstag denke ich daran, was wohl das neue Jahr bringen wird. All das, was ein Mann sich wünscht oder vielleicht zumindest einige seiner Wünsche?

Dein schöner Weihnachtsbrief erreichte mich genau am 24.12.55. Was ist das für ein wundervoller Brief! Was für ein perfektes Bild vom Weihnachtsmann-Traumland! Ich bin überrascht, mit welcher Vorstellungskraft und welchem Talent du es jedes Mal wieder schaffst, so etwas Wunderbares zu schreiben – und dann noch in Englisch! Ich denke, du hast ein bedeutendes Talent und ich sollte gar nicht überrascht sein, wenn du über kurz oder lang eine bekannte Romanschriftstellerin werden würdest. Ich bin dir sehr dankbar für diesen Brief, den ich als einen beträchtlichen Schatz ansehe.

Weihnachten in Kalkutta wird auf vielfältige Art und Weise zelebriert. Natürlich gibt es einige, die diesen Tag traditionell begehen, in dem sie die Geschenke an den Weihnachtsbaum hängen. Ich habe für einen Schweizer Geschäftsmann, der ein Modegeschäft betreibt, einen Weihnachtsbaum besorgt und auch für Dr. Biswas, meinen Vorgänger, der ihn an seine europäischen Freunde verschenkt hat.

Über vierzigtausend Menschen kamen in den Botanischen Garten und haben dort Picknick gemacht – Klubs, Familien, kleine Festgesellschaften usw. – und die Zeitungen haben darüber berichtet. Heute, am Neujahrstag, kommt eine ähnlich große Menschenmenge in den Garten. Die vielen Menschen produzieren eine Menge Unrat und es ist sehr schwierig, alles sauber und ordentlich zu halten und die Blumen zu schützen.

Es ist fast einen Monat her, seit die russische Führungsspitze unseren Garten besucht hat. Sie war sehr beeindruckt von der gepflegten Anlage. Traditionell ist es bei uns in Indien üblich, Gäste mit Blumengirlanden zu ehren. Das durfte Ratna bei Marschall Bulganin und Herrn Chrutschow vornehmen.

Vor ein paar Tagen traf ich im Garten eine deutsche Familie, die für ein Jahr in Indien lebt. Herr Gieselback arbeitet in Indien für eine Autofabrik. Sie haben zwei kleine Töchter, ungefähr drei und vier Jahre alt. Sie kamen zu uns ins Haus und tranken mit uns Kaffee. Die Kinder waren ganz besonders nett. Sie freuten sich, dass ich einige Worte Deutsch mit ihnen sprach.

Die normale Verwaltungsarbeit des Gartens hat stark zugenommen und ich muss mich um sehr viele Dinge kümmern. Wir haben über 250 Arbeiter im Garten, das sind Männer, Frauen und Jungen. Die meisten von ihnen können weder schreiben noch lesen und sind nie in eine Schule gegangen. Viele von ihnen sind abergläubisch. Neulich ist ein Junge gestorben. Sein Vater, ein Straßenfeger, hatte die Mutter des toten Kindes verlassen und da die anderen Mitglieder der Kaste mit diesem Mann einen alten, nicht beigelegten Streit hatten, fand sich niemand, der das Kind in weiße Tücher wickeln und bestatten wollte.

Für die Hindus ist die Verbrennung der Toten aber eine wichtige Angelegenheit, denn nur so wird die Seele befreit und ist für die Wiedergeburt bereit. An der Zeremonie nehmen nur Männer teil. Die arme Mutter war in Tränen aufgelöst und völlig verzweifelt. Es tat mir sehr Leid, all das zu hören. Deshalb gab ich der Frau etwas Geld und drohte den anderen Arbeitern mit Entlassung aus dem Dienst des Gartens, falls sie den toten Jungen nicht zur Bestattung bringen würden. Erst daraufhin erklärten sie sich bereit, den Jungen zu bestatten.

Ich hatte geplant, den naturwissenschaftlichen Kongress, der jährlich stattfindet, in Agra zu besuchen. Leider konnte ich es nicht tun, weil ich eine starke Erkältung hatte. Erinnerst du dich? Letztes Jahr war ich in Baroda bei dem Kongress.

Meinen Eltern geht es gut. Sie sind alte Leute und ich möchte sie nicht tadeln, wenn sie mir immer wieder sagen, dass ich nicht so ein einsames Leben führen sollte. Es täte weder Ratna noch mir gut. Du weißt, dass die Lösung dieses Problems eine komplizierte Angelegenheit ist. Ich kenne niemanden, mit dem ich darüber reden könnte. In Indien ist es nicht üblich, dass gut erzogene junge Mädchen frei und offen mit jungen Männern gesellschaftlich verkehren. Daraus resultiert, dass oft die guten Mädchen mit vielleicht nutzlosen, aber reichen jungen Männern verheiratet werden, und umgekehrt. Schuld daran sind die arrangierten Heiraten. Ich habe stets eine offene Meinung zu dieser Frage gehabt, aber es ist auch schwer, dieses Thema brieflich zu besprechen, meinst du nicht auch? So bleibt uns das Problem erhalten.

Mit den wärmsten Grüßen für ein glückliches neues Jahr,
dein Deboo"

Putensen, 2. Januar 1956

„Mein lieber Deboo,
an diesem Tag habe ich eine Zeitung bekommen, in der viele Bilder deines Botanischen Gartens abgebildet waren. Die Fotos sind alle von dir aufgenommen. Dazu gab es einen interessanten Bericht, der sehr wohlwollend über deine Arbeit informierte.

Jetzt versuche ich, mich gedanklich dahin zu versetzen, dass du mich durch den Garten führst und mir all die herrlichen Blüten zeigst. In meiner Vorstellung gehen wir früh am Morgen das erste Mal und dann später, wenn die Besucher den Garten verlassen haben, noch einmal. Wir genießen die Einsamkeit. Es fällt mir etwas schwer, mir die stille Verschwiegenheit einer tropischen Nacht, mit den Geräuschen der Natur vorzustellen, weil ich es noch nie erlebt habe. Aber vielleicht rascheln die Palmblätter ein wenig, wenn wir auf den knirschenden Sandwegen entlang gehen. Hunderte von Zikaden zirpen und eventuell hört man irgendwo das Wasser des Hooghlys oder eines Brunnens plätschern. Du zeigst mir die Pracht und Schönheit des Gartens. Ich kann dir nicht sagen, wie gerne ich das jetzt täte!

Ich habe dir schon öfter gesagt, wie großartig du fotografieren kannst. Du hast eine Art, die Dinge mit der Kamera zu sehen und auf Bildern festzuhalten, wie andere es nicht einmal mit eigenen Augen können. Du siehst all die Geschöpfe Gottes mit liebendem Blick und verstehst es, sie so zu fotografieren, dass deine Liebe zu ihnen auf diejenigen übergeht, die sie betrachten. Das ist ein Geschenk Gottes und du kannst sehr stolz darauf sein!

Oh wie gerne würde ich Indien Seite an Seite mit dir erobern. Natürlich weiß ich, dass es ausgeschlossen ist, daran zu denken, denn du bist mehr denn je mit deinem neuen Posten ausgebucht, der den größten Teil deiner Zeit beansprucht. Trotzdem kannst du es eventuell möglich machen, dir ein paar freie Tage zu nehmen, so dass wir irgendwo allein etwas gemeinsam machen oder du wenigstens ab und an ein paar freie Stunden für mich hast, wenn ich in Indien bin. Ich denke nur noch daran, wie es sein wird. Manchmal schaue ich auf das Telefon und bin versucht, dich einfach anzurufen, um deine Stimme zu hören. Aber dann kommt die Vernunft durch und ich spare das Geld lieber für die Reise.

11. Januar 1956

Ich konnte den Brief wieder nicht zu Ende bringen, aber heute will ich es tun. In der Zwischenzeit hat mich deine Weihnachtskarte erreicht und auch dein lieber und langer Brief vom 1. Januar. Es ist schön, zu wissen, dass du das neue Jahr mit dem Schreiben eines Briefes an mich begonnen hast und ich bin dir sehr dankbar dafür.

Mein Neujahrstag war nicht sehr erfreulich und ich möchte ihn nicht noch einmal erleben müssen. Am Sylvestertag bekam ich plötzlich irrsinnige Zahnschmerzen, so dass ich am Neujahrstag gezwungen war, einen Zahnarzt zu konsultieren. Es mussten zwei Zähne gezogen werden. Daraufhin verging mir die Lust an jeglichen Neujahrs-Unternehmungen, was du dir sicher vorstellen kannst.

Ich hoffe, dass es dir wieder besser geht, du hattest geschrieben, dass du eine starke Erkältung hast. Bitte pass' gut auf dich auf, Deboo! Es hat mich sehr erfreut, dass mein Weihnachtsbrief genau am Heiligen Abend bei dir eingetroffen ist und dass er dich so glücklich gemacht hat. Selbst wenn er dich nur halb so glücklich gemacht hätte, wie mich beim Schreiben, hätte er schon seinen Sinn erfüllt.

Du schriebst, dass dich deine Eltern bedrängen, nicht mehr allein zu bleiben. Was antwortest du ihnen? Es ist unzweifelhaft eine sehr schwierige und pikante

Frage. Deboo, ich bin nicht sicher, ob deine Isolation ein Ende hätte, wenn du wieder verheiratet wärest. Ich weiß aus eigener Erfahrung, dass eine große Familie und eine Reihe sogenannter „guter Freunde" einen nicht aus dieser Abgeschiedenheit befreien kann. Ich erinnere mich noch sehr gut an Edinburgh; auch da war immer eine Sphäre der Einsamkeit um dich herum und manche Male habe ich diese Einsamkeit auch in deinen Briefen gespürt. Ich dachte oft, dass es ein Teil deiner Natur sei. Kannst du das nachvollziehen? Deine Zurückhaltung, Einblicke in deine Gefühle zu gewähren, macht es nicht einfach, das zu beurteilen. Aber ich weiß, eines Tages, wenn wir wieder beieinander sind, dann wirst du dich nicht mehr zurückhalten, mir von deinen Sorgen und Ängsten zu erzählen. Ich wünschte, ich könnte dir der Freund sein, mit dem du über alles reden kannst.

Der Zeitpunkt meiner Abreise nach Indien rückt Tag für Tag näher. Alles was ich dir heute sagen kann ist, dass du dich nicht beeilen musst, um deine Probleme jetzt sofort zu lösen.

Du hast deine Eltern derart lobend in deinen Briefen erwähnt, dass es mich ein wenig ängstigt. Wissen sie, dass ich dich besuchen werde? Manchmal wünschte ich, wir könnten vorher ein paar Stunden oder ein paar Tage für uns haben, damit du mich über alles, was ich wissen muss, informieren kannst. Das Leben in Indien ist so anders als das in Europa und ich möchte keine Fehler machen. Darüber sollten wir ganz frei reden, was meinst du?

Ich beabsichtige, von Genua nach Bombay zu reisen. Wie weit ist es von Bombay nach Kalkutta mit der Eisenbahn? Oder meinst du, es wäre besser, mit dem Dampfer der deutschen Hansa-Linie von Bremen nach Kalkutta zu fahren? Letzten Sonntag habe ich mir die farbige Dokumentation „Indische Rhapsodie" angesehen. Der Produzent dieses Filmes verließ Indien mit dieser deutschen Linie. Es war wahnsinnig interessant, den Film zu sehen. Es gab etliche Fotos von Assam und auf diese Weise sah ich Bilder von Gauhati, wo du längere Zeit gelebt hast.

Den Samstagabend verbrachte ich bei Sitaramans. Sie sind äußerst nette Leute und ich mag sie sehr. Herr Sitaraman hat mir vorgeschlagen, so schnell wie möglich mit den Vorbereitungen meiner Reise zu beginnen. Auf alle Fälle jedenfalls, sobald mein Entschluss definitiv ist. Auch hat er geraten, mir eine formale Einladung eines indischen Freundes schicken zu lassen, der mich in sein Haus einlädt, weil das die Formalitäten zur Erlangung des Visums wesentlich erleichtert. Wäre es dir möglich, so eine Einladung bald einmal zu senden?

Zur Zeit bin ich sehr damit beschäftigt, das Republic-Day-Programm zu organisieren. Glücklicherweise konnte ich eine ganz hervorragende indische Pianistin dazu gewinnen, an diesem Abend für uns zu spielen. Frau Vakil kommt aus Salzburg. Sie hat bereits vor Nehru gespielt, als er Österreich besuchte. Nun wird sie für uns einige Stücke von Mozart spielen. Ihre Studien konzentrieren sich auf Mozarts Musik. Ich freue mich schon sehr darauf, sie spielen zu hören.

Könntest du mir bitte einige Fotos vom Botanischen Garten schicken? Wir könnten sie hier dringend gebrauchen und ich wäre dir sehr dankbar dafür. Bitte vergiss' nicht, mir den offiziellen Brief zu schicken.

Mit Liebe und besten Grüßen,
deine Liese"

Kalkutta, 19. Januar 1956

Meine liebe Liese,

dein letzter Brief hat mich erreicht und ich danke dir sehr dafür. Hinsichtlich deines Besuches in Indien habe ich eine formelle Einladung beigefügt, die ausreichen müsste, um das Visum zu erlangen.

Die Lloyd Triestino Linie verkehrt normalerweise zwischen Genua und Bombay. Ich bin auch schon mit dieser Linie gefahren und war recht zufrieden. Die deutsche Linie, die von Bremen nach Kalkutta fährt, braucht annähernd einen Monat. Warum solltest du die Zeit für eine lange Fahrt verschwenden? Die Triestino Linie ist sehr schnell; sie benötigt nur zwölf Tage nach dem Verlassen Genuas. Von Bombay bis Kalkutta sind es ungefähr 2000 Kilometer mit der Eisenbahn; man braucht etwa 48 Stunden für diese Strecke. Der Fahrpreis beträgt etwa 120 Rupien für die 1. Klasse. Diese solltest du unbedingt wählen, vor allem dann, wenn du allein durch Indien reist.

Ich bin momentan wieder ziemlich stark beschäftigt. Wir haben zur Zeit eine usbekische Tanzgruppe hier im Botanischen Garten, für die ich den gesamten Aufenthalt, mit Übernachtung, Verköstigung usw., organisieren musste. Ein Minister der indischen Regierung aus Delhi war ebenfalls bei uns, weil er den Wunsch geäußert hatte, in meinem Haus zu wohnen. Wir haben für solche Besucher kein eigenes Gästehaus, müssen ihm aber einen Platz anbieten, wenn ein Minister darauf besteht, hier zu wohnen. Das ist zwar recht interessant, aber es gibt dadurch viel zusätzliche Arbeit.

Mit lieben Grüßen,
dein Deboo

P.S.: Ich muss später auf alles andere eingehen. Mir reicht die Zeit jetzt nicht aus."

Putensen, 27. Januar 1956

„Mein lieber Deboo,
ich war sehr erfreut, dass du mir so prompt auf meinen letzten Brief geantwortet hast und ich danke dir vielmals für die freundliche Einladung. Gleich morgen werde ich die erforderlichen Unterlagen ausfüllen, um das Visum zu beantragen.

Der Sekretär des Konsulates erzählte mir, dass es mehr als sechs Monate braucht, das Visum zu bekommen, wenn man länger als zwei Monate in Indien bleiben möchte. Es ist also noch genügend Zeit, alles für die Reise zu arrangieren und ich hoffe, dass ich es in der Zwischenzeit schaffe.

Die Zeit rennt unentwegt! Gestern war Republic-Day. Herr Sitaraman gab einen Empfang für das Diplomatische Korps. Als das beendet war, begann ein ganz hervorragendes Programm der DIG. An dieser Feier nahmen ungefähr 400 Personen teil. In der Mozart-Halle, wo unsere Feier stattfand, stehen jedenfalls 400 Plätze zur Verfügung und die waren alle besetzt. Frau Sitaraman hatte eine herrliche Kreidezeichnung an der Eingangstür angebracht und die Bühne war mit farbenfrohen, prächtigen Saris und natürlich der indischen Flagge dekoriert. Zunächst las ein Priester in Sanskrit aus den Upanishaden vor und ich übersetzte seine Worte für die deutschen Gäste und gab eine kurze Erklärung dazu.

Eigentlich mag ich ja nicht vor Publikum sprechen, aber ich habe mich inzwischen ein wenig daran gewöhnt. Dann trat die indische Pianistin, Frau Zenobia

Vakil, auf, die einige Stücke von Mozart spielte. Als nächster Programmpunkt sang Herr Roy zwei deutsche Versionen der Lieder von Tagore, die von einer Tabla begleitet wurden. Im Anschluss hielt Professor Schubring, der Indologe, eine wunderbare Rede, welcher ein Konzert mit Sarod-Musik folgte. Danach sprach Herr Sitaraman einige Minuten, vor allem fand er für die DIG sehr viele lobende Worte. Anschließend kamen Zugehörige aller indischen Provinzen in ihrer landestypischen Bekleidung auf die Bühne und erzählten ein paar Worte in ihrer jeweiligen Sprache.

Bevor der Abend mit dem Singen der Janaganamana, der indischen Nationalhymne, und auch der deutschen Nationalhymne beendet wurde, sang noch meine Freundin Kamala, die eine wunderschöne Stimme hat, ein Karnatik-Lied. Nach dem offiziellen Programm trafen sich noch viele von uns zu einem zwanglosen Miteinander nebenan im Restaurant. Um ein Uhr nachts verabschiedeten wir uns.

Ich weiß gar nicht, ob ich dir erzählt habe, dass ich eine wundervolle Elfenbeinschnitzerei der Ashoka-Säule mit den vier Löwen, im Namen der Mitglieder der DIG, zu Weihnachten bekommen habe. Es ist eine wunderschöne und kunstvoll hergestellte indische Handarbeit. Ich bin sehr stolz darauf, sie zu besitzen.

Heute hat es etwas bei uns geschneit. Wenn du kannst, dann erzähle mir doch etwas über die derzeitige Temperatur in Kalkutta. Es wäre sehr interessant für mich.

In diesem Augenblick höre ich wundervolle Musik von Mozart im Radio. Diese Musik bringt mich in Gedanken zu dir oder dich zu mir, das ist das Gleiche, stimmt's?

Mein Brief ist kurz, aber ich wollte, dass du so schnell wie möglich von dem hörst, was inzwischen geschehen ist.

Liebe Grüße von deiner Liese"

Je mehr Erfolg ich mit der DIG hatte und im sogenannten Rampenlicht stand, umso ungnädiger verhielt sich Hans mir gegenüber. Zwar managte er die Finanzen der Gesellschaft, nahm auch an vielen Veranstaltungen teil – wobei er zu allen immer sehr freundlich war –, aber er verstand es sehr gut, mir in recht subtiler Weise die Freude an dieser Arbeit zu nehmen. Es dauerte einige Zeit, bis ich begriff, dass er eifersüchtig war. Und zwar nicht auf Deboo, sondern viel eher auf besagtes Rampenlicht. Früher hatte er sich darin sonnen können, als er sich beruflich noch in einer leitenden Position befand, aber das war seit Kriegsende vorbei. Jetzt war er durchaus erfolgreich in seinem Beruf, aber es handelte sich lediglich um materielle Erfolge. Hans war es aber viel wichtiger, menschlich zu wirken, anzukommen und selber im Mittelpunkt zu stehen. Seine Position war jedoch, sofern es die DIG betraf, nicht mehr – wie vor dem Krieg – vor, sondern nur noch neben, manchmal sogar hinter mir. Das war gewiss bitter für ihn.

Als mir das klar wurde, wollte ich mit ihm darüber sprechen. Sein Stolz ließ aber kein Gespräch zu. Daraufhin versuchte er zwar kurzzeitig, sein Verhalten zu ändern, längerfristig gelang es ihm jedoch nicht. Deshalb gab es immer wieder Auseinandersetzungen zwischen uns, die absolut unnötig waren und sinnlos kostbare Energie verschwendeten, denn es lag mir fern, mich bewusst in den Vordergrund zu drängen. Es machte mich traurig, aber ich konnte es nicht verhindern.

Das einzige Gesprächsthema, bei dem wir nicht in Streitigkeiten verfielen, war die Planung der Indienreise. Jeden Pfennig sparte ich dafür, wenngleich Hans noch nichts davon wusste. Umso überraschter war ich, als er mich eines Tages danach fragte, ob ich es nicht an der Zeit fände, an eine Indienreise zu denken. Natürlich wusste er, dass ich in regem Briefwechsel mit Deboo stand, aber für ihn war weitaus ausschlaggebender, dass wir beide, Hans und ich, inzwischen sehr viele Inder kennen gelernt hatten und stets Einladungen nach Indien von ihnen erhielten. Zwar werden derlei Einladungen oft einfach nur so daher gesagt, aber diese waren wirklich ernst gemeint. Freundschaften hatten sich entwickelt und der Wunsch, uns ihr Indien zu zeigen. Diese Ernsthaftigkeit war auch Hans aufgefallen, deshalb drängte er mich geradezu, eine solche Reise in Erwägung zu ziehen. Viele Ideen kamen von ihm, wie die Reise für unseren schmalen Geldbeutel zu finanzieren wäre.

Zunächst glaubte ich nicht an eine Realisierung, und fragte mich immer, warum Hans so hartnäckig und beharrlich darauf zu bestehen schien. Warum tat er das? Einen Grund konnte ich nicht erkennen. Immerhin war es angenehm, ohne Streit mit ihm zu sprechen, jedes andere Thema, vor allem wenn es um die DIG ging, brachte ihn in Rage. Demzufolge sprachen wir oft über das Wenn und Aber einer Reise.

Ich sehnte mich nach Ruhe, nach schönen Gesprächen ohne Streit, es schien mit Hans nicht mehr möglich zu sein. Er verfolgte irgendeine Absicht, die für mich nicht erkennbar war. Immer mehr vergrub ich mich in meine Arbeit, um nicht fühlen zu müssen und freute ich mich jedes Mal umso mehr, wenn wieder ein Brief von Deboo für mich ankam und ich die Welt um mich herum eine Zeit lang vergessen konnte.

Kalkutta, 21. Februar 1956

„Meine liebe Liese,

vor zwei Tagen erhielt ich einen Anruf:

„Hier ist Chatterjee, wer spricht?“

„Sie werden mich nicht kennen, aber ich bin gerade aus Hamburg zurück gekommen und habe ein Paket von Frau Hachmann für Sie.“

„Können wir uns irgendwo treffen?“

„Ja, wann würde es bei Ihnen gehen?“

„Wie ist es mit heute?“

„Ja, das passt. Wenn es Ihnen recht ist, könnten wir uns um fünf Uhr unterhalb der Westend Watch Company treffen.“

„Das ist für mich in Ordnung. Sagen Sie mir doch bitte, woran ich Sie erkennen kann; wir haben uns ja noch nie gesehen?“

„Das ist nicht schwer, denn ich trage ja das Paket bei mir.“

„Oh ja, das ist richtig, also sehen wir uns um fünf Uhr.“

„Ich warte bis etwa fünf Minuten nach fünf Uhr auf Sie.“

Um vier Uhr verließ ich also mein Büro und legte auf meinem Fahrrad den Weg zur Bushaltestelle durch den Garten zurück. Ein Angestellter rannte, wie ein treues Haustier, hinter mir her, um das Fahrrad wieder zurück zu meinem Haus zu bringen. Der Bus fuhr los und ich betete in Gedanken, dass ich pünktlich zu dem Treffpunkt käme, denn ich musste an der Howrah-Station noch den Bus wechseln. Es war ungefähr fünf Uhr, als ich die West End Watch Company erreichte und einen jungen Mann mit einem Paket dort warten sah. Ist er ein Fremder? Ich betrachtete ihn gründlich, konnte aber nicht feststellen, dass er aussah wie ein Fremdling. Warum? Er hatte das Paket von Frau Hachmann bei sich! Obwohl ich ihn noch nie zuvor gesehen hatte, trat er sehr vertraut auf. So tauschten wir ein „Hallo" aus, er gab mir das Paket und wir fühlten uns beide sehr glücklich. Sein Glück beruhte darauf, dass er nach langer Zeit endlich seinen Auftrag zu einem guten Ende gebracht und mir das Paket übergeben hatte und mein Glück war es, ein von dir liebevoll und sorgfältig verpacktes Paket zu bekommen!

Dann sagte er mir, dass er Ajoy Dutta heiße und ob ich mit ihm in seine Wohnung kommen wolle. Ich stimmte zu, denn es war nur ein paar Yards von unserem Treffpunkt entfernt. Von seinem Fenster aus kann man das Regierungsgebäude mit seinen grünen Bäumen sehen. Aber ich war nicht an diesem großartigen Anblick interessiert.

Ich dachte, dass die Welt eigentlich sehr klein sein muss. Ich bin bei Ajoy Dutta, eigentlich ein Fremder, der in Hamburg lebt, und nun sitze ich mit ihm hier in einem kleinen Raum im Herzen von Kalkutta. Bald hatte ich herausgefunden, dass sein Onkel ein Kollege von mir im Indian Agricultural Research Institut in Delhi war. Dutta beeindruckte mich, denn er präsentierte sich als ein recht vielversprechender junger Mann, der Zielstrebigkeit, Mut und den festen Willen zeigt, anderen zu helfen. Außerdem hat er äußerst charmante Umgangsformen und ich war sehr glücklich, dass ich ihm begegnet war. Er sagte mir, dass er schon bald nach Hamburg zurückkehren würde. Ich fühlte mich überaus stolz, zu wissen, dass die indischen Studenten in Hamburg von Frau Hachmann mit größtem Respekt sprechen.

Dein Paket wird von uns mit großer Begeisterung beachtet. Ratna sagte, dass sie das Geschenkpapier mit der goldenen Schleife niemals irgendjemandem geben würde. Die Menge an verschiedenen Keksen und kleinen Kuchen in der Box überbietet jedes gute Bäckereigeschäft. Warum hast du so viele gemacht? Sie sind alle sehr lecker und haben die lange Reise gut überstanden. Ich habe das Gefühl, dass du sie alle selber gebacken hast. Ich gebe mich komplett geschlagen, denn ich wusste nicht, was du für eine Expertin bist!

Im März muss ich für etwa zehn Tage zu einer Tagung über Tropische Vegetation nach Ceylon, Colombo, fahren. Ich war noch nie dort, deshalb freue ich mich schon darauf. Die Kosten dieser Reise werden von der UNESCO getragen, die diese Tagung organisiert hat. Ich werde also vom 15. bis 30. März nicht in Kalkutta sein.

Das Programm von der Republic-Day-Feier in Hamburg war sehr interessant. Ich kann mir vorstellen, dass es allen viel Freude bereitet hat.

Jetzt muss ich mich eilen, um den Brief zu beenden, damit ich ihn noch heute aufgeben kann.

Ich hoffe, du machst Fortschritte bei den Vorbereitungen für deine Reise in unser Land. Mit beträchtlicher Besorgnis habe ich von der Kältewelle in Europa gehört. Bitte pass' gut auf dich und die Kinder auf. Schreibe mir bald, dass es euch allen gut geht!

Mit besten Grüßen und Liebe,
dein Deboo"

Putensen, 1. März 1956

„Mein lieber Deboo,

der Tag ist vorüber, die Nacht ist gekommen. Das Haus ist so still, alle schlafen. Im Radio spielt leise, süße Musik, nur von draußen hört man das tosende Geräusch des Windes, das die Stille der Nacht unterbricht.

Ich liebe es, für einige Zeit ganz ruhig dazusitzen und dir meine Gedanken zu schicken. Erinnerst du dich an mein Gedicht vom letzten Mai? Jede Nacht reist meine Seele durch den Ozean der Träume auf der Suche nach deiner Seele. Ich bin sicher, dass sie sich beide jede Nacht irgendwo im Universum treffen. Wie könnte es sonst sein, dass wir uns einander so nahe fühlen? Ich sinne oft über das seltsame Etwas nach, das zwischen uns existiert und wie es möglich ist, solche starken und echten Gefühle, trotz der weiten Entfernung, füreinander zu entwickeln.

Wenn ich mir verheiratete Paare anschaue – egal wo sie leben – dann fühle ich, dass nur wenige von ihnen eine solche mentale Verbundenheit erleben; entweder weil sie es nicht wollen oder weil sie es nicht brauchen. Ich bin jedenfalls der Ansicht, dass eine solche Harmonie zwischen zwei Geschöpfen etwas Wundervolles ist und als sehr bedeutsam für die Entwicklung zwischenmenschlicher Beziehungen angesehen werden muss, egal ob für eine Freundschaft oder eine Liebesbeziehung. Ich sehe es als eine von Gott gegebene Gnade an, dass wir so aufrichtige Freunde geworden sind. Ich weiß, dass du genauso denkst. Natürlich sind wir stolz über dieses göttliche Geschenk und sehr, sehr dankbar dafür. Jeden Abend, wenn die Zeit der Träume kommt, sehe ich dich vor mir. Dann sehe ich dich – in Gedanken – mit Schreibarbeiten beschäftigt, in deinem Haus am Tisch sitzen. Ich schaue dir über die Schulter und lege meine Wange an deine ...

Wie oft stehe ich am Fenster und schaue hoch zu den Sternen. Nacht für Nacht stelle ich mir die Minute vor, wenn wir uns bei meiner Ankunft in Indien wieder sehen. Wie wünsche ich mir, dass keine dritte Person dabei sein wird, wenn wir uns gegenüberstehen, weil ich nicht möchte, dass jemand Zeuge dieses aufregenden Momentes wird und meine Tränen sieht. Ich bin sicher, dass ich sie nicht zurückhalten kann, ob ich es will oder nicht.

Dieser Brief ist wieder ein Nocturno geworden; ich sollte nicht in der Nacht schreiben. Wenn ich könnte, würde ich mit dem Staub der Sterne meinen Brief schreiben, so dass du ihn nur in der Dunkelheit der Nacht lesen kannst. Hast du jemals das Nocturno von Chopin gehört? Das ist Musik, die solche nächtlichen Gedanken und Gefühle zum Ausdruck bringt, manchmal ausgelassen und lebhaft, dann wieder melancholisch und ruhig, voll von Liebe, Sehnsucht und Leidenschaft.

Noch sechs Monate und ich bin an Bord des Schiffes, das mich in dein Land bringen wird. Es scheint noch eine lange Zeit bis dahin zu sein und die Tage vergehen so langsam, wie eine Schnecke kriecht.

Ich möchte dir noch so viel sagen, aber ich weiß nicht, wie ich es in geschriebene Worte kleiden soll. In stillen Stunden geflüstert, hören sie sich wärmer und weicher an.

Gute Nacht, mein Lieber, ich wünsche dir liebliche Träume.

Deine Liese“

Peradeniya, 28. März 1956

„Meine liebe Liese,

ich bin jetzt im Gästehaus der Regierung in Peradeniya in Ceylon. Die letzten Tage war ich viel mit dem Kongress beschäftigt und natürlich damit, einige Plätze dieser fantastischen Gegend anzusehen. Deshalb fand ich keine Zeit dir zu schreiben, aber ich habe ständig an dich gedacht.

Wenn du in ein solch interessantes Land wie Ceylon kommst, kannst du nur an die Freunde denken, denen du ein besonderes Geschenk bereiten möchtest. Es ist ein wunderbares Land und ich würde es dir gerne zeigen, wenn du kommst! Ich habe das Gefühl, hier möchte ich mich eines Tages niederlassen.

Gestern war ich auf einem großen Berg, der „Adams Peak" genannt wird. Auf dem Gipfel dieses 2243 Meter hohen Berges soll sich, je nach Glaubensrichtung, der Fußabdruck Buddhas, bzw. Shivas oder Adams, im Stein befinden. Ich konnte ihn nicht besteigen, weil ich viele interessante Pflanzen gesammelt und alles dafür organisiert habe, sie per Luftfracht nach Kalkutta zu schicken.

Es gibt hier in Peradeniya einen herrlichen Botanischen Garten, der sich am südlichen Stadtrand von Kandy befindet und schon vor über 700 Jahren angelegt worden ist. Allerdings wandelten ihn die Engländer 1824 zu einem Lustgarten um und gaben ihm so sein heutiges Aussehen. Der Direktor dieses Gartens stellte sich als ein alter Freund von mir heraus, denn wir haben zusammen in Kew Gardens in London gearbeitet. Sein Haus innerhalb des Gartens ist klein, aber wunderschön. Es hat herrliche Blumen und Farnkraut, das vom Haus herabhängt. Ebenso gibt es einen Baum, der gerade in voller Blüte steht und viel Ähnlichkeit mit einem blühenden Kirschbaum im Frühjahr bei euch in Europa hat. Diese Pflanze stammt ursprünglich aus dem tropischen Südamerika und heißt „Tabebuia Rosea". Jetzt sitze ich hier auf der Veranda des Gästehauses, schaue auf die herrlichen rosa Blüten dieses Baumes und bewundere sie. Es sind schon viele Blüten hinuntergefallen und so wirkt es, als sei unter dem Baum ein weicher, rosa Teppich.

Ich habe viel fotografiert. Vorerst schicke ich dir eine hübsche Postkarte. Über Madras werde ich am 5. April wieder Kalkutta erreichen. Ich hoffe, dass ich dann wieder einen Brief von dir bekomme.

Ich sende dir viele liebe Grüße.

Dein Deboo"

In Gedanken war ich bereits oft in Indien, noch bevor ich auch nur einen Schritt in das Land gesetzt hatte. Fast alle Gespräche, die ich in dieser Zeit führte, gipfelten unwillkürlich in der Reise. Viele Ratschläge, viele Hinweise, viele Fragen, viele Ermahnungen. Jeder wollte etwas beitragen.

Inzwischen hatte ich bei Käthe, der Schwester von Hans, schriftlich angefragt, ob sie die beiden Kleinen, Rotraut und Dieti, während meiner Abwesenheit aufnehmen könnte. Käthe lebte mit ihrer Familie in einem kleinen Ort in der jetzigen „Ostzone", also dem sowjetisch besetzten Gebiet. Hans' Vater, der Großvater unserer Kinder, lebte ebenso bei ihr wie ihr Mann und ihre drei Kinder. Sie betrieben dort eine kleine Landwirtschaft, obwohl beide studiert hatten. Käthe und ihr Mann Arnold waren liebevolle Eltern, denen wir unsere Kinder anvertrauen konnten. Desgleichen wäre es gut, dachte ich, wenn sie ihren Großvater kennen lernen würden. Nun warteten wir täglich auf Antwort.

Für Heidi hatte ich bereits eine Lösung gefunden. Sie war noch immer eng mit Fredi befreundet, dem Sohn eines Landarbeiters, der bei Bertha arbeitete. Die Familie hatte unsere Wohnung bezogen, nachdem wir in das kleine Holzhaus umgezogen waren. Frau K. war damit einverstanden, dass Heidi bei ihnen blieb. Mir war es sehr recht, da Sigrun bei ihrer Patentante im selben Haus lebte. So wären die beiden Großen und die beiden Kleinen jeweils zusammen, während Hans allein im Haus leben konnte, denn er würde beruflich viel unterwegs sein.

Putensen, 24. April 1956

„Mein lieber Deboo,

Tag für Tag warte ich auf ein Zeichen von dir, weil ich noch keine Antwort auf meine letzten Briefe bekommen habe. Nun fürchte ich, dass du sie nicht bekommen hast.

Dein Brief und die Karte aus Ceylon sind angekommen und ich freue mich, dass es dir so gut gefällt. Ich kann deine Vorliebe für dieses Land gut verstehen und teile sie. Wenn ich so könnte, wie ich wollte, würde ich auch gerne dort leben. Ich habe schon viele Fotos von ganz wunderhübschen Plätzen in Ceylon gesehen. Von Adams Peak habe ich auch schon einiges gehört. Hast du beim Sonnenaufgang den dreieckigen Schatten des Berges fotografieren können, der nur einen Augenblick lang kilometerweit über den Morgennebeln zu sehen sein soll? Wie schade, dass wir die

Schönheit dieses Landes nicht gemeinsam erleben können. Meinst du, dass wir die Chance und die Gelegenheit haben werden, bei meinem Besuch ähnlich schöne Plätze zu sehen? Momentan bin ich mit vielen Dingen ausgefüllt. Es ist ein wenig mühevoll, manche Dinge zu klären, bevor ich meine Reise antreten kann. Ich hoffe, dass meine Bemühungen nicht plötzlich alle vergebens sind. Meine Konzentration ist auf nichts anderes gerichtet und ich fürchte, mein Herz würde brechen, wenn dieser Plan scheitert. Aber ich sollte gar nicht daran denken!

Meine DIG-Verpflichtungen sind insofern geregelt, als dass Prof. Dr. Ludwig Alsdorf mich während meiner Abwesenheit vertreten wird. Ich habe ihn am vergangenen Sonntag getroffen. Vor zehn Tagen war er aus Indien zurückgekehrt. Er ist ein sehr bekannter Indologe, wie ich dir bereits schrieb und ein Wissenschaftler mit großer Reputation. Ich bin glücklich, eine solche Errungenschaft für die DIG gemacht zu haben und glaube, mit ihm wird sie noch größer werden. Im Vergleich zu ihm bin ich nur ein kleiner „Niemand".

Unser Jahrestreffen wird im Mai stattfinden, aber bevor ich meine Geschäfte übergeben kann, habe ich noch einen „Indischen Tag" in Lüneburg zu organisieren. Die Stadt feiert ihr tausendjähriges Bestehen und der Oberbürgermeister hat uns gebeten, eine Zusammenkunft mit einem indisch-kulturellen Programm zu organisieren. Der Botschafter ist ebenso nach Lüneburg eingeladen worden wie viele andere hochrangige Gäste. Deshalb bin ich sehr beschäftigt. Ich werde dir später ausführlich davon berichten.

Professor Alsdorf, der jedes zweite Jahr für etwa vier Monate nach Indien geht, hat mir erzählt, dass der Indische Ozean durch die Monsunwinde ziemlich rau in der Zeit sein soll, in der ich unterwegs sein werde. Aber das nehme ich alles in Kauf, wenn ich nur endlich Indien sehen kann! Ich werde ein Schiff nehmen, das Indien im September erreicht. Professor Alsdorf war in diesem Jahr in Nepal und er hat mir vorgeschlagen, auch einmal dorthin zu gehen. Aber ich werde natürlich nicht alles in Indien sehen können. Allerdings würde ich gerne nach Assam fahren. Um auf deinen Vorschlag zurückzukommen, auch Ceylon zu besuchen: Das ginge, wenn ich nicht via Bombay sondern via Colombo fahren würde.

Ich habe dir einen Brief zum Geburtstag geschrieben, hast du ihn erhalten?

Mit besten Wünschen und vielen Grüßen,
deine Liese"

Kalkutta, 28. April 1956

„Meine liebe Liese,

ich fühle mich total schlecht, weil es mir nicht möglich war, dir früher zu schreiben. In den letzten zwei, drei Wochen hoffte ich immer wieder, ich hätte etwas Zeit, um dir in Ruhe einen schönen Brief zu schreiben. Aber es hat sich einfach nicht ergeben.

Wenigstens hoffe ich, dass du meine Post aus Ceylon erhalten hast. Ich denke noch oft an die grünen Felder und die Millionen von Kokosnusspalmen. Was für ein schönes Land und gar nicht weit von unserem entfernt. Ich wünschte, ich hätte Ceylon schon viel früher besucht.

Am 5. April war ich wieder in Kalkutta. In meinem Büro wartete eine Menge Arbeit auf mich, die erst nach ein paar Tagen erledigt war. Dann traf dein lieber Brief zu meinem Geburtstag mit den beiden schönen Bildern von den winterlichen Szenen eurer Landschaft bei mir ein, wofür ich mich sehr herzlich bei dir bedanke.

Dein Brief war wieder überwältigend! Außerdem in deiner Sprache, es war rührend und ich wünschte, ich könnte in deutscher Sprache antworten. So ein kurzer Dank reicht nicht aus, um dir zu sagen, wie sehr du mich mit deinen Wünschen glücklich gemacht hast. Ich finde nicht genug Worte!

Vor wenigen Tagen traten einige Herren von der Polizei wegen deines Visa-Antrages mit mir in Verbindung. Ich habe alles Notwendige veranlasst und hoffe, dass du es bald bekommst.

Ich habe mir Gedanken über deinen Besuch in Indien gemacht und schlage dir folgende Reiseroute vor:

BOMBAY – AJANTA – DELHI – AGRA – BENARES – KALKUTTA – DARJEELING – KALKUTTA – MADRAS – MADURAI – CEYLON – BOMBAY

In Bombay könntest du eine Sight-Seeing-Tour machen und natürlich die Deutsche Botschaft besuchen. Von Ajanta aus wäre eine Fahrt ins ungefähr 240 Kilometer entfernte Ellora mit seinen uralten Höhlentempeln sehr interessant und in Delhi, der Hauptstadt von Indien, die Regierungsgebäude und das India Gate, sowie in Old Delhi z.B. das Rote Fort und der Qutb Tower. In Agra möchtest du mit Sicher-

heit das Taj Mahal sehen und von Darjeeling aus ins Himalaya-Gebirge reisen. In Kalkutta bzw. von Kalkutta aus, werden wir gemeinsam Unternehmungen planen, wenn du hier bist.

Ich hoffe, du hast gute Arrangements während deiner Abwesenheit für die Kinder getroffen. Ich wünschte, du würdest ein Kind mitbringen. Das würde zwar die Kosten für die Reise erhöhen, aber ich bin sicher, dass sie dieses Erlebnis immer in guter Erinnerung behalten würden. Ich mag Kinder sehr gerne und deshalb würde es mir äußerst gut gefallen. Wahrscheinlich denkst du aber mehr an die praktischen Hintergründe und musst dich entsprechend entscheiden. Auf jeden Fall ist gewährleistet, dass du ein komfortables und behagliches Heim in Kalkutta vorfindest, in dem du so lange bleiben kannst, wie du es möchtest.

Die Bilder von Ceylon sende ich dir in einem späteren Brief, sie sind noch nicht alle fertig entwickelt.

Ganz liebe und herzliche Grüße von deinem Deboo"

Endlich bekam ich Post von Käthe! Ich war nervös, während ich den Umschlag öffnete und den Brief entnahm. Leider war sie nicht in der Form Feuer und Flamme, wie ich es erhofft und auch Hans gedacht hatte. Vielmehr meldete sie ihre Bedenken an. Immerhin hatten sich in der Zone vielerlei Dinge derart verändert, dass sie meinte, es den Kindern nicht zumuten zu können. Zumal Rotraut dort die Schule besuchen und sich den Gegebenheiten anpassen müsste, während Dieti in einen Kindergarten käme. Sie machte sich Sorgen um die Kinder, weil sie fürchtete, es sei nicht gut für sie, so lang von den Eltern getrennt zu werden. Als Letztes führte sie an, dass niemand von ihnen an die Grenze fahren könnte, um die Kinder in Empfang zu nehmen.

An all das hatten wir auch bereits gedacht und bedacht. Bevor die Angelegenheit zum Greifen nah war, hatte ich immer wieder und wieder darüber nachgedacht. Meine verschiedenen Überlegungen endeten aber jeweils mit demselben Resultat: Ich musste fahren und Hans bestärkte mich darin. Deshalb schrieb ich noch einmal an Käthe und versuchte zu erklären, wie ich mir die Zeit für die Kinder vorstellte. Des weiteren schrieb ich auch an meinen Bruder in Schönebeck, den ich darum bat, die Kinder von der Grenze abzuholen, um sie zu Käthe zu bringen. Während ich auf die jeweiligen Antworten wartete, traf mein Visum ein. Jetzt gab es kein Zurück mehr!

Putensen, 14. Mai 1956

„Mein lieber Deboo,

für deine Reisevorschläge in deinem letzten Brief möchte ich dir herzlich danken. Ja, allmählich wird die Tour Wirklichkeit – sie nimmt Gestalt an, denn auch mein Visum ist inzwischen eingetroffen. Mit der Unterbringung der Kinder gibt es noch Probleme, aber damit möchte ich dich nicht langweilen.

Vielmehr möchte ich dir vom Wochenende erzählen, denn am Sonntag fand die indische Veranstaltung, anlässlich der Tausendjahrfeier in Lüneburg statt. Die Zeitung hatte ausführlich über dieses Ereignis berichtet. So war es nicht verwunderlich, dass viele interessierte Lüneburger zur Begrüßung der für sie exotischen Gäste am Bahnhof waren, als kurz vor elf Uhr die meisten indischen und deutschen Besucher aus Hamburg mit dem Zug in Lüneburg eintrafen.

Uns wurden das ehemalige Hafenviertel „Am Stint", mit dem alten Kran, sowie einige historische Straßenzüge der Salzstadt Lüneburg, in denen die Folgen des Salzabbaus sichtbar sind, sowie die St. Nicolai-Kirche und die in Lüneburg reich erhaltene Backsteingotik gezeigt. Danach begrüßte uns Oberbürgermeister Gravenhorst und bevor die Gesellschaft zum Essen in den Ratskeller ging — wobei streng auf die verschiedenen religiösen Essens-Vorschriften der Inder geachtet worden war – führte man uns durch das beeindruckende Haus mit den wunderschönen Schnitzereien des alten deutschen Holzschnitzers Albert von Soest.

20. V. l.: Prof. Dr. L. Alsdorf, Oberbürgermeister Gravenhorst und Lieselotte Hachmann

Um 16.00 Uhr fand der offizielle Empfang in der Großen Ratsstube statt. Begrüßt wurde u.a. Seine Exzellenz, der Hamburger Generalkonsul von Indien, Herr B. Sitaraman, der Kulturattaché der Indischen Botschaft, Herr Dr. Majumdar, die Präsidentin der Deutsch-Indischen-Gesellschaft e.V., Frau Lieselotte Hachmann, Herr Prof. Dr. Ludwig Alsdorf ... und so weiter und so fort. So konnte man es heute in der Zeitung lesen.

Die Aula der Wilhelm-Raabe-Schule war voll besetzt, als um 18.00 Uhr der ‚Indische Kulturabend' mit indischer Instrumental- und Vokalmusik begann. Zur Begrüßung hielt ich eine Ansprache und erklärte dem Publikum, wie die Deutsch-Indische-Gesellschaft entstanden war, welche Aktivitäten inzwischen stattgefunden und ins Leben gerufen worden waren und wie sich die Gesellschaft in dieser kurzen Zeit vergrößert hatte. Mir war es wichtig, zu erläutern, dass es nicht nur die Handelsbeziehungen sind, die Brücken zwischen unseren Völkern schaffen, sondern dass es auch um eine zwischenmenschliche Annäherung und Zusammenführung der Menschen geht.

Auch Dr. Majumdar von der Botschaft in Bonn hielt eine Rede, in der er viele gute Worte für unsere Anstrengungen fand und u.a. feststellte, dass Deutschland die meisten berühmten Indologen besäße und dass es hier kaum eine Universität ohne indische Institute oder ohne indische Studenten gäbe.

Zu Beginn des Abends sang Sibabrata Roy bengalische Lieder und spielte dazu auf der hauseigenen Orgel und in Begleitung einer Tabla. Um die Verschiedenartigkeiten der Weisen zu demonstrieren, sang er auch Lieder aus dem Norden und Süden Indiens.

Einer der Studenten trug Prosa aus der Bhagavagita in Sanskrit mit deutscher Übersetzung vor, um es anschließend auch noch zu erklären, was für die deutschen Zuhörer besonders aufschlussreich war. Ich fand es bewundernswert, denn dieser Student lebte erst seit neun Monaten in Deutschland und konnte bei seinem Eintreffen kein Wort Deutsch und nun sprach er erstaunlich flüssig und formulierte sauber.

Es wurden zwei ausgezeichnete Kulturfilme, einer in schwarz-weiß und einer in Farbe, über Nord- und Südindien gezeigt, die weitere Kenntnisse über euer schönes Land vermittelten.

Dr. Majumdar hatte dem Oberstadtdirektor, Dr. Bötcher, zu Beginn des Abends für die Gastfreundschaft gedankt und ihm durch Uma, der kleinen Tochter meiner Freundin Kamala, die übrigens zusammen mit Tochter und Bruder bei uns das Weihnachtsfest verbracht hatten, eine herrlich bunte Blumenkette, als Zeichen seines Dankes, umhängen lassen. Dr. Bötcher trug diese den ganzen Abend würdevoll und trat zum Schluss mit ihr an das Podium, um seinerseits für den wundervollen Abend der Deutsch-Indischen-Gesellschaft zu danken. Er sprach von dem

Wunsch, dass sich die an diesem Tag geknüpften Beziehungen weiter vertiefen und fortsetzen mögen.

Es war ein rundum gelungener Abend und die Zeitungen sind heute voll mit Berichten und Bildern darüber. Ein langer Artikel war sogar der ausführlichen Erklärung indischer Instrumente gewidmet. Wie hoch die Beachtung des Besuches der Inder war, kannst du leicht daran feststellen, dass die Zeitung den Namen der Deutsch-Indischen-Gesellschaft als Überschrift in Hindi abgedruckt hat. Allerdings erkennt man daran auch, dass solche Besuche noch nicht zum Alltag gehören und welche Schwierigkeiten sich dadurch auftun. Die Zeitung hatte nämlich den Hindi-Namen falsch herum, auf dem Kopf stehend, gedruckt. Die deutschen Leser haben das allerdings nicht bemerkt, denn wer spricht bzw. schreibt hier schon Hindi?

Alle Speisen streng nach Vorschrift

Protokollsorgen im Rathaus: Am Wochenende kommen indische Gäste nach Lüneburg

Lüneburg. **Protokollsorgen gastronomischer Art gab es jetzt im Lüneburger Rathaus: Denn weder Fisch noch Fleisch und keine Eier dürfen am kommenden Sonntag im Ratskeller serviert werden. Dort wollen sich nämlich rund dreißig exotische Gäste zu Tisch setzen. Diese streng vegetarische Speisenfolge wurde für die Teilnehmer der Tagung der „Deutsch-Indischen Gesellschaft in Hamburg e. V." zusammengestellt, damit keine der verschiedenen religiösen Vorschriften aus dem Lande Mahatma Gandhis verletzt wird. Die „LZ" veröffentlicht** (oben) **den Namen dieser völkerverbindenden Gesellschaft in indischer Schrift.**

Mit den Indern kommt auch der finnische Kultusminister Kallekrampi sowie der Hamburger Konsul Indiens, Exzellenz B. Sitaraman, nach Lüneburg. Höhepunkt der Tagung dieser im Jahre 1954 gegründeten Gesellschaft, deren Vorsitzende Frau Lieselotte Hachmann-Putensen ist, wird ein offizieller Empfang durch Oberbürgermeister Gravenhorst in der Großen Ratsstube am Sonntag um 16 Uhr sein. In der Wilhelm-Raabe-Schule wird dann um 18 Uhr ein „Indischer Abend" mit indischer Instrumental- und Vokalmusik und Vorträgen veranstaltet.

Die Lüneburger Jahresmitgliederversammlung dient der Vertiefung des Verständnisses zwischen Deutschland und Indien, der Förderung der freundschaftlichen kulturellen und wirtschaftlichen Beziehungen. Zur Gründung der Gesellschaft kam es auf Grund der sich fast über zwei Jahrzehnte erstreckenden Beziehungen von Frau Hachmann-Putensen zu Indien, die sie während eines Studienaufenthaltes in Edinburg (Schottland) anknüpfen konnte. Ein umfangreiches kulturelles Programm konnte seitdem durchgeführt werden: Filmabende, Vorträge, gesellige Zusammenkünfte, die den menschlichen Kontakt zwischen Deutschen und Indern fördern halfen, standen dabei im Vordergrund der Arbeit der Gesellschaft. Inzwischen wurden auch Diskussionsgruppen eingerichtet unter dem Motto: „Inder fragen Deutsche" und „Deutsche fragen Inder".

Großer Wert wird darauf gelegt, den jungen Indern sofort nach ihrer Ankunft in Deutschland behilflich zu sein, Kontakt zu deutschen Familien zu finden, damit das Gefühl des Fremdseins, wie es besonders durch Sprachschwierigkeiten verursacht wird, genommen wird. Die „Deutsch-Indische Gesellschaft" will den exotischen Besuchern — und das nicht zuletzt auch in Lüneburg — ein Stück Heimat auf deutschem Boden bieten. -kd-

21. Hindi auf dem Kopf

Nun fühle ich mich etwas erleichtert, denn für die Durchführung dieses Empfanges war viel Zeit und noch mehr Arbeit nötig gewesen. Ich glaube, dass viele sich nicht vorstellen können, an wie viele Dinge man denken muss und wie viele Besprechungen notwendig sind, bevor alles geregelt ist. Ich hätte mehrere Personen damit beschäftigen können. Aber nun ist es geschafft und ich fühle mich sehr glücklich.

Ich hatte übrigens die Gelegenheit, mich dieser Tage in Hamburg mit Dr. Majumdar und dem Generalkonsul zu unterhalten. Dabei erfuhr ich, dass euer Ministerpräsident Nehru im Sommer diesen Jahres Deutschland besuchen wird. Aus diesem Grunde habe ich ihm mitteilen lassen, dass der Vorstand der DIG hoch erfreut wäre, ihn anlässlich seines Besuches in Hamburg kennen zu lernen.

Für heute beende ich meine Erzählung und sende dir herzliche Grüße.

Deine Liese"

Cooch Behar, 21. Mai 1956

„Meine liebe Liese,

es ist fast sechzehn Tage her, dass ich Kalkutta verlassen habe und ich konnte dich noch nicht einmal davon unterrichten, weil alles sehr plötzlich und überraschend kam. Mache dir also bitte keine Sorgen, denn es geht mir gut.

Zunächst musste ich nach Darjeeling und von da aus zu einer Forschungsreise in den Himalaya. Wir befanden uns 4000 Meter über dem Meeresspiegel, das ist höher als manche Berggipfel in Europa. Vier Forstbeamte begleiteten mich. Wir legten täglich ungefähr fünfzehn Kilometer zurück. Nachts schliefen wir in sogenannten Wald-Bungalows. Wir hatten achtzehn Gepäckträger und vier Pferde dabei. All unser Essen, die Kochutensilien, unser persönliches Gepäck usw. musste stets getragen werden. Einer der Beamten hatte einen Schlafsack dabei. Das ist etwas wirklich Gutes! Die schweizerischen, französischen und auch die deutschen Expeditionen, die hier im Himalaya arbeiten, benutzen solche Schlafsäcke. Sie sind gewichtsmässig recht leicht, aber trotzdem halten sie einen warm. Sie haben einen Reißverschluss, der schnell zu öffnen und zu schließen ist. Diese Schlafsäcke sind in Indien leider nicht verfügbar, aber sie sind sehr praktisch.

Als Botaniker muss ich in große Höhen, um seltene Pflanzen zu finden und zu sammeln. In diesen paar Tagen, die wir in den Bergen zubrachten, waren wir sozusagen von jeglicher Zivilisation abgeschnitten. Es gab keine Postbeamten, über die wir Briefe bekamen oder bei denen wir Post aufgeben konnten, wir sahen nicht den kleinsten Teil einer Zeitung und wir wussten auch nichts davon, was sich in der übrigen Welt in der Zwischenzeit ereignete. Um halb zehn morgens begannen wir unseren täglichen Marsch, der uns durch einige der wundervollsten Gebiete des Himalayas führte, wo die Natur sich selbst überlassen ist und sich dadurch am besten verschönert.

Oberhalb von 3000 Metern gibt es eine Vielzahl von Rhododendronbäumen. Da meint man, die gesamte Bergseite wäre übersät mit roten Blumen. Die Erde ist mit wunderschönen Anemonen bedeckt. Dieses Gebiet ist im September/Oktober bestimmt noch viel schöner und ich hoffe sehr, dass ich dir mit dieser Schilderung einen kleinen Eindruck von der Schönheit des Himalayas vermitteln kann.

In Sandakphu (3660 Meter hoch) hatten wir für etwa zwei Stunden eine klare und sonnige Sicht auf einige Berge des Himalaya, z.B. den Makalu, den Mount Everest und natürlich auf den alles überragenden Kanchenjungha, das ist der dritthöchste Berg der Welt. Ich habe ein paar Farbfotos von diesen überwältigenden Ansichten gemacht und hoffe, dass sie gut gelungen sind; noch konnte ich sie nicht entwickeln.

Es gibt hier ständig wechselnde Szenerien der Natur, die einfachen Bergbewohner und ihre Tiere, die Ponys, Rinder, Ziegen, Hunde usw. und natürlich die Pflanzen, die ihnen für viele Monate die Ernährung sichern.

Aber es gibt etwas, das wirklich sehr knapp ist und das sich die Bergbewohner kaufen müssen und vorsichtig über lange Distanzen nach Hause bringen, das ist das Salz. Auf unserem Weg trafen wir viele Dörfler, die mit Salzsäcken aus Darjeeling zurückkamen. Sie nehmen viele Dinge aus den Bergen mit nach Darjeeling und tauschen dort ihre Waren gegen Salz. Der Weg ist sehr beschwerlich und wenn jemand müde wird, dann benutzt er das Pony. Oberhalb der Schneegrenze ist der Aufstieg sehr hart und schwierig. Die Luft enthält fast keinen Sauerstoff mehr und man benötigt künstliche Hilfe zum Atmen.

Ach, ich vergaß von einem weiteren Problem in niedrigeren Höhen zu berichten. Es gibt überall Blutegel auf den Wegen, die wir gegangen sind. Man muss sich unbedingt vor ihnen schützen. Kennst du Blutegel? Weißt du, was das für Tiere sind? Sie sind eigenartige Wesen, die immer auf der Suche nach menschlichem Blut sind. Deshalb habe ich mir jeden Morgen, bevor wir loszogen, einige Tropfen einer

Medizin, die Dettol heißt, in meine Schuhe getan. Der strenge Geruch von Dettol hält die Blutegel fern.

Sonnenstrahlen, oder Reflexionen der Sonne, sind auf den verschneiten Gipfeln des Himalayas zu sehen, ist ein gewaltiges, großartiges Erlebnis! Das Wechseln der Farbe ist einfach faszinierend!

In Darjeeling gibt es einen kleinen Botanischen Garten. Er gehört mit zu meinem Gebiet und ich muss ihn von Kalkutta aus mit dem dort ansässigen Personal beaufsichtigen.

Im Moment verbringe ich noch ein paar Tage in Cooch Behar. Dieser Ort gehörte ursprünglich einem Maharadscha, aber nun steht er unter Regierungsverwaltung; daher kontrolliere ich die Arbeiten in den Anlagen. Auch hier habe ich Mitarbeiter, die unterwiesen werden müssen.

So, und jetzt berichte du mir bitte wieder etwas über dich. Ich habe soviel über die Berge und meine Reise erzählt, dass ich jetzt aufhören muss. Am 25. Mai werde ich übrigens wieder zurück von dieser Tour in Kalkutta sein. Hier hat es angefangen zu regnen, aber in Kalkutta ist er noch nicht angekommen. Die Hitze ist dort sehr groß und alle hoffen, dass der Regen bald kommt, damit die Temperaturen wieder etwas fallen.

Mit besten Grüßen und Liebe,

dein Deboo"

A trekking party admiring a fine and well-grown specimen of Buk tree (oak)

TREKKING IN SEARCH OF HIMALAYAN FLOWERS

By Dr. D. CHATTERJEE

IN 1848, the renowned British botanist Sir Joseph Dalton Hooker visited India and went to the Eastern Himalayas on a plant collecting expedition. In those days, there were no railways or motor cars and the journey from Calcutta to Darjeeling had to be done mostly by country boats up the river and through poor roads. This method was slow, difficult and full of danger. From Darjeeling, Hooker proceeded to Sikkim and was accompanied by Dr. Archibald Campbell, the then Superintendent of Darjeeling. Dr. Campbell was authorised by the British Government to establish a friendly relationship with the Sikkim Raj. They were perhaps the first two Britishers to visit Sikkim in those days but somehow, the Dewan of the Sikkim Durbar did not like their presence. After some initial difficulties, the two *sahibs* succeeded in having an audience with the Rajah but failed to complete the negotiation favourably owing to the difficulties of language and reluctance of the Dewan to grant a longer interview. However, as per prevalent custom, they exchanged presents and the Rajah was apparently pleased as he gave them Chinese silk, woollen clothes, bricks of tea, salt, and a few ponies and yaks. They were also allowed to move freely in Sikkim, collect plants and visit some monasteries.

COSTLY ARREST

Hooker then proceeded towards lake Cholamo (source of river Tista) and tried to climb two lofty peaks of Sikkim and later crossed the Donkia pass (16, 130 feet) and came to Lachung Valley. Here he joined Dr. Campbell and when both of them were planning to return to Darjeeling, they were suddenly and treacherously arrested and imprisoned at Tumlong. Dr. Campbell was further tortured by some Sikkim Bhoteas who were employees of the Sikkim Raj. The Dewan had evidently planned this arrest as the Rajah was too good and old. The *Sahibs* were later released on 24th December, 1849 after about two months' imprisonment. The Sikkim Raj had to pay dearly for this incident, as a large part of its Terai area which was very lucrative was confiscated and the annual subsidy paid by the British to the Rajah was withdrawn.

This brief account gives an idea of the conditions and risks of trekking in the Himalayas about a century

22. Artikel über Trekking von Deboo

Putensen, 28. Mai 1956

„Mein lieber Deboo,

ich danke dir für deinen langen und schönen Brief, den du mir von Cooch Behar aus geschickt hast.

Was musst du für eine herrliche Zeit im Himalaya verbracht haben! Ich denke, du hast die Zivilisation nicht vermisst. Es ist bestimmt sehr schön, an einem Ort zu leben, der weder die Hektik der Zeit kennt, noch irgendwelche Sensationsmitteilungen der Presse. In meiner Vorstellung kann ich all das sehen, was du mir beschrieben hast. Ich wünschte, ich wäre dabei gewesen. Du sagtest, im Oktober wäre es noch besser, dorthin zu fahren. Vielleicht kannst du es ja möglich machen, dass wir beide es sehen.

Was würdest du davon halten, wenn ich dir einen Schlafsack schenke? Du wirst ihn häufig genug gebrauchen können und ich wäre sehr glücklich, wenn ich dir eine Freude machen könnte.

Wir erleben gerade einmalige Frühjahrstage. Die Sonne scheint und es ist warm. Viele Blumen stehen in voller Blüte und der Kuckuck ruft von den Bäumen in der Nähe. Wirklich, der Frühling ist für mich die schönste Zeit des Jahres! Wir beten für warmes Wetter und Sonnenschein und ihr für Kühle und Regen.

An dem Tag, als du mir den Brief geschrieben hast, haben wir einen sehr angenehmen Tag in Hamburg mit Kamala, ihrer Tochter Uma und ihrem Bruder Vishweshwaran verbracht. Wir gingen alle in den Tierpark Hagenbeck. Die Kinder freuten sich, dass sie so viele verschiedene Tiere anschauen konnten. Außerdem erlebten sie einen sehr interessanten Ritt auf einem Elefanten. Ein großer Korb war auf seinem Rücken befestigt und es war recht abenteuerlich, in diesen Korb zu gelangen, in dem mehrere Personen Platz hatten. Vorsichtig wurde der Elefant anschließend von seinem Pfleger und mit den Kindern hoch oben im Korb durch den großen Park geführt. Sie freuten sich umso mehr, als dass es ein indischer Elefant war. Es war ein wundervoller Tag. Vielleicht weißt du, dass dieser ein Tierpark ist, in dem die Tiere größtenteils unter solchen Bedingungen leben können, wie sie sie auch in der Natur hätten. Stell' dir vor, ich habe einen tanzenden Pfau gesehen! Ich habe sowas nie zuvor erlebt und auch Kamala sagte, dass sie es bisher nur ein einziges Mal beobachten konnte. Wir waren darüber sehr glücklich. Viele Pfauen spazierten auf den Wegen im Park und wir waren hellauf begeistert. Es ist ein fantastisches Bild, wenn ein Pfau bewegungslos wie eine Statue im Blumenbeet steht und schaut, als wollte er sagen: Jetzt könnt ihr mich fotografieren, ich sehe märchenhaft aus!

Deboo, aus solchen herrlichen Tagen schöpfe ich die Kraft für die anstehenden Arbeiten der nächsten Zeit. Außerdem hoffe ich, dass ich bald wieder einen Brief von dir bekomme und dass die Zeit schnell vorüber geht, bis ich das Schiff nach Indien betrete.

In Liebe,
deine Liese"

Kalkutta, 1. Juni 1956

„Meine liebe Liese,

deinen Brief vom 14. Mai habe ich erhalten. Hoffentlich hast du meinen Brief, den ich dir von Darjeeling schickte, bekommen.

Ich habe mit Freuden gelesen, dass der Empfang in Lüneburg ein voller Erfolg war mit den vielen teilnehmenden Personen.

Allerdings bin ich sehr beunruhigt, was die Unterbringung deiner Kinder während deiner Abwesenheit angeht. Ich habe dich gebeten, die allerbesten Anordnungen zu treffen. Natürlich ist es erfreulich, dass deine älteste Tochter Sigrun in der Nähe eures Hauses bei ihrer Tante bleibt. Ich denke, dass die Anwesenheit von Frauen für sie sehr wichtig ist. Bitte triff bald weitere gute Arrangements.

Unser Premierminister reist bald nach Europa und er möchte vier Tage in Deutschland verbringen. Ich habe das Gefühl, dass er deine Einladung annimmt und die DIG in Hamburg besuchen wird. Bitte versuche unbedingt, ihn persönlich zu sprechen, um ihm von deiner Reise nach Indien zu erzählen.

Es ist geradezu unglaublich, wie du es erreicht hast, einen Fond für die Flutopfer in Indien zu beschaffen. Wenn du herkommst, dann kannst du die erhebliche Armut in einigen Teilen unseres Landes sehen und erleben.

Der Monsun hat begonnen. In den letzten zwei Tagen hat es kontinuierlich geregnet. Dieser Regen wurde von einem Sturm begleitet, der mit 100 bis 150 Stun-

denkilometern über das Land raste. Das geht, mit Unterbrechungen, in den nächsten zwei bis drei Monaten so weiter.

Mit ganz lieben Grüßen,
dein Deboo"

„Meine liebe Liese,
ich bin dir sehr dankbar für deinen Brief vom 28. Mai. Du schreibst mir, dass du im Tierpark Hagenbeck warst. Dann wirst du glücklich sein, zu hören, dass Herr und Frau Hagenbeck gerade in Indien sind, weil sie von der Indischen Regierung gebeten wurden, ihnen beim Bau eines Tierparks in Delhi zu helfen. Momentan machen sie einen Besuch bei uns im Botanischen Garten.

Bitte bringe mir keinen Schlafsack mit! Ich habe bereits einen Botaniker aus den Niederlanden darum gebeten. Er kommt am 27. Juni mit dem Flugzeug nach Indien, um einige Pflanzen zu sammeln. Es ist sehr wahrscheinlich, dass er mir einen Schlafsack mitbringt. Dieser Brief ist nur sehr kurz, aber ich wollte verhindern, dass du einen Schlafsack kaufst. Ich hoffe, du bist bei guter Gesundheit und alles läuft gut mit deinen Reisevorbereitungen!

Mit Liebe,
dein Deboo"

Kurz bevor dieser Brief bei mir eintraf, antwortete mein Bruder Hansi, dass er die Kinder in Helmstedt übernehmen könnte, um sie danach zu ihrer Tante Käthe nach Latdorf bei Bernburg zu bringen. Das teilte ich sofort Käthe mit. Die Zeit drängte und ich brauchte ihre Entscheidung; sie hatte sich noch nicht wieder gemeldet.

Viele Sorgen hatte ich mir wegen meiner Garderobe gemacht. Für die Schiffspassage brauchte ich u.a. auch Abendgarderobe, die ich aber nicht mehr besaß und unendlich viele andere Kleidungsstücke, auf die ich bisher nicht besonders viel Wert gelegt hatte. In Hamburg gab es gute Möglichkeiten, schönen Stoff zu kaufen, was ich immer dann tat, wenn ich etwas Zeit dafür erübrigen konnte.

Über den Transfer im Interzonenverkehr von Schönebeck nach Berlin und dann zu uns, hatte ich bereits vor Jahren meine alte Nähmaschine bekommen. Sie war für mich von jeher außerordentlich wertvoll, da ich die Kleidung für alle Kinder und mich selber schneiderte. In dieser Zeit nähte ich aber besonders viel. Bertha hatte mir schließlich ihre Abendkleider geliehen, an denen nur wenig geändert werden musste, um sie ganz passabel aussehen zu lassen. Damit war mir sehr geholfen.

Putensen, 20. Juni 1956

„Mein lieber Deboo,

hier überschlagen sich zur Zeit die Ereignisse und ich habe fast überhaupt keine Zeit mehr. Ich bedauere sehr, dass ich dir keinen Schlafsack schenken durfte; aber es wird sich etwas anderes finden. Vor einigen Tagen habe ich dir meine Reiseplanung geschickt, wobei ich dich noch genauer informieren werde, wann ich von Bombay nach Kalkutta abfahren werde.

Wir erwarten Nehru! Dein Gefühl war richtig: Er hat zugesagt, Hamburg zu besuchen. Nun gibt es also viel zu organisieren. Gleichzeitig bin ich natürlich vor allem mit meinen Reisevorbereitungen beschäftigt, die besonders viel Zeit verschlingen. Die Einzelheiten erspare ich dir und mir. Aber meine Gedanken sind bei dir und ich kann es kaum erwarten. Bitte sei mir nicht böse, dass ich dir nicht mehr schreiben kann. Ich verspreche dir, dass wir bald genug Zeit haben werden und ich dir dann alles persönlich erzählen kann.

Ich sende dir die besten Grüße,
deine Liese“

Am 30. Juni empfing ich zum letzten Mal einige indische Gäste sowie meine beiden Freundinnen Odilia K. und Emmi E. bei uns zu Hause. Zwei Themen beherrschten diesen Nachmittag: Meine Reise und der bevorstehende Besuch Nehrus.

Da bereits feststand, dass ich die Ehre haben würde, in Hamburg mit Nehru ein Gespräch zu führen, kreiste mein Interesse vor allem um dieses Ereignis.

Meine Gäste waren ebenso stolz darauf wie ich. Gern hätte ich von ihnen noch mehr über Nehru erfahren, um nicht unvorbereitet in dieses Gespräch zu gehen, aber das Wichtigste war mir bereits bekannt.

Ich wusste, dass Nehru, gemeinsam mit seinem Vater, Motilal Nehru, der zu der Zeit offizieller Vertreter des Indischen Nationalkongresses und Führer der indischen Freiheitspartei war, bereits 1927 Deutschland besucht hatte. Sie hatten in Brüssel den Kongress der unterdrückten Völker besucht und in Berlin einen Zwischenstop gemacht, um im Berliner Auswärtigen Amt die deutsche Regierung um Hilfe für ein freies Indien zu bitten. Die Folge davon war, dass daraufhin das erste Informationsbüro Indiens außerhalb des indischen Subkontinentes unter der Leitung von A.C.N. Nambiar in Berlin eröffnet wurde.

Nambiar übernahm während des zweiten Weltkrieges unter Nataji Subhas Chandra Bose, der ebenso wie Gandhi und Nehru an der Befreiung Indiens von den Briten interessiert war, jedoch nicht an die Gewaltlosigkeit glaubte und der 1942 die Gründung der ersten Deutsch-Indischen Gesellschaft in Hamburg e.V. – meiner Vorgängergesellschaft – angeregt und an den Gründungsfeierlichkeiten im Hotel Atlantik teilgenommen hatte, die diplomatische Vertretung der Nationalen Unabhängigkeitsbewegung Indiens.

Die Republik Indien war das erste Land, das 1951 nach den Westmächten, die Bundesrepublik Deutschland diplomatisch anerkannte. A.C.N. Nambiar wurde der erste Botschafter der Republik Indien in Bonn, den ich am 1. Juni 1955 in Bonn kennen gelernt hatte.

Es erfüllte mich mit Stolz und Freude, dass ich diesen Mann kennen lernen durfte und ich glaube, dass mich meine Besucher sogar ein wenig darum beneideten.

Zum Abschied umarmten wir uns und wünschten uns alles Gute, denn wir würden uns vor meiner Abreise nach Indien nicht mehr sehen. Odilia wäre am liebsten mit mir gefahren, aber natürlich war das nicht möglich.

Kalkutta, 2. Juli 1956

„Meine liebe Liese,

ich war inzwischen noch einmal auf einer Reise nach Assam. Wir hatten derart viel Regen, dass es Probleme gab. Das ist auch der Grund, warum ich dir nicht früher schreiben konnte. Shillong und Cherrapunji sind bekannt für die stärksten

Regenfälle der Welt. Hier regnet es täglich ungefähr 94 Zentimeter und viele sagen deshalb, es sei das Schottland Indiens.

Ich hatte eine Vielzahl von Orchideen gesammelt, kaufte einige Zitronenpflanzen und befand mich auf dem Rückweg nach Kalkutta. Eine Dame mit zwei Kindern, Sohn und Tochter, fuhr mit mir im selben Wagenabteil. Ihr Mann ist Arzt auf einer Teeplantage in Assam. Am 26. Juni abends hielt unser Zug plötzlich mitten auf der Strecke an. Man informierte uns, dass ein Teil der Schienen auf einer kleinen Brücke von dem starken Regen weggespült worden war. Es herrschte allgemeine Panik und die Dame hatte besonders große Furcht.

Nach einigen Stunden fuhr der Zug langsam weiter und wir erreichten die Brücke. Der Zug hielt wieder an und die Passagiere mussten aussteigen. Meine mitreisende Begleiterin übergab mir ihre beiden Kinder und überquerte dann zu Fuß und mit allergrößter Vorsicht in der abendlichen Dunkelheit die Brücke. Dann nahm ich das Gepäck und die beiden Kinder und folgte ihr, zusammen mit den anderen Reisenden. Nach fast einem Kilometer stiegen wir in einen anderen Zug, der zu Hilfe gekommen war und auf uns wartete. Schließlich erreichten wir Kalkutta mit 14 Stunden Verspätung. Ich besorgte der Dame mit ihren Kindern ein eigenes Taxi, denn sie wohnt in der genau entgegengesetzten Richtung des Botanischen Gartens, sonst hätte ich sie mitnehmen können.

Weil ich in Assam tagelang durch den andauernden Regen gewandert bin und mir dann auch noch das Unglück mit der Eisenbahn geschah, habe ich deinen Geburtstag völlig vergessen. Jetzt schäme ich mich sehr dafür, dass ich dir keinen Brief mit meinen besten Wünschen für diesen bedeutungsvollen Tag schickte. Als ich jedoch in dem schweren Regen über die Eisenbahnbrücke ging, war das eine sehr gefährliche Aktion. Sie drohte jeden Moment unter dem Gewicht der vielen Passagiere zusammenzubrechen, bzw. das, was von ihr übrig geblieben war.

In diesem gefahrvollen Moment, mit zwei unbekannten Kindern an der Hand, in der Dunkelheit über die Brücke stolpernd, da dachte ich an dich. Ich weiß nicht, warum ich an dich dachte. Vielleicht, weil ich im Angesicht totaler Gefahr war. Jetzt bin ich Gott absolut dankbar, dass alles gut gegangen ist und dass ich jetzt wieder in Ruhe an meinem Schreibtisch sitze und dir diesen Brief schreiben kann. Ich kann mir natürlich denken, dass du mir böse bist, weil ich nicht rechtzeitig geschrieben habe. Es tut mir daher wirklich sehr Leid und ich bitte dich, mir zu vergeben.

Der Holländer, von dem ich dir schrieb und dem ich die Reiseroute für seine Bergtour zusammengestellt hatte, kam am 28. Juni. Ich freute mich sehr über den großartigen Schlafsack, den er für mich mitgebracht hatte. Er hat ungefähr 114 holländische Gulden gekostet, das entspricht etwa zehn englischen Pfund. Ich habe ihm 130 indische Rupien dafür gegeben.

Leider wurde der Holländer hier in Kalkutta, wahrscheinlich wegen des heißen Klimas, krank. Er beschloss, trotz Fieber, nach Darjeeling zu fahren. Vorsichtshalber gab ich ihm zwei meiner Assistenten mit, um ihn in die Berge zu begleiten. Ich hoffe nur, dass es ihm bald besser geht und er am 22. Juli Kalkutta wieder bei guter Gesundheit erreicht, weil er dann seine Fahrt nach Indonesien fortsetzen möchte.

Du bist jetzt bestimmt sehr mit deiner Reise beschäftigt. Gelingt alles gut? Brauchst du noch etwas, wobei ich dir helfen kann? Ich freue mich sehr. Für die Überfahrt wünsche ich dir alles Gute. Sobald du in Bombay bist, nehmen wir Kontakt zueinander auf.

Ganz liebe Grüße und Liebe,
dein Deboo."

Diesen schönen und ausführlichen Brief von ihm konnte ich beim Lesen nur überfliegen, denn zwischenzeitlich war auch die Antwort von Käthe eingetroffen. Sie war einverstanden, sie würde die Kinder nehmen! Das Warten auf diese Entscheidung hatte uns viel Nerven gekostet, aber jetzt konnten wir weiter planen und vorbereiten. Käthe wollte alles organisieren, damit Rotraut dort die Schule und Dieti den Kindergarten, den es bei uns gar nicht gab, besuchen konnten. Mit den Lehrern der zwei Großen hatten wir bereits gesprochen, damit sie über die Arrangements informiert waren und auch wussten, wer eventuelle Ansprechpartner, außer Hans, waren.

Nun konnte ich auch endlich die Schiffspassage buchen, denn meine Reiseroute stand fest, jedenfalls insoweit, wie ich sie selber planen konnte. Die Kinder hatte ich mit meinem Reisefieber längst angesteckt. Mutti wollte auf eine lange Reise gehen! Was das bedeutete, konnten sie sich allerdings nicht so recht vorstellen. Hans wechselte ständig seine Launen. Mal war er lieb, nett und voller Verständnis, unterstützte mich, dann wieder war er übellaunig, herrschte die Kinder und mich an, freute sich, dass nun die Arbeit für die DIG ein Ende hatte, konnte gar nicht begreifen, warum ich mich auf den Besuch Nehrus freute und ohnehin würde ich zuviel Aufhebens um alles machen, nur nicht um ihn. Er war ziemlich durcheinander. Ich war aber so sehr mit den Vorbereitungen für das Bevorstehende beschäftigt, dass ich keine Zeit hatte, ihn zu beruhigen.

Schließlich kam der große Tag: Nehru wurde in Hamburg erwartet. Nachdem er am Wochenende bereits in Bonn Gast des Bundespräsidenten Theodor Heuss und des Bundeskanzlers Konrad Adenauer war, traf der Sonderzug aus Bonn pünktlich um neun Uhr am Montag, den 16. Juli 1956, auf dem Fernbahnsteig des Dammtorbahnhofes in Hamburg ein.

Nehru stand am Fenster des offenen Salonwagens und grüßte schon von weitem. Würdig entstieg er dem Sonderzug und schritt langsam auf das Empfangskomitee der Stadt zu. In seiner Begleitung befanden sich auch seine Tochter Indira Gandhi mit dem elfjährigen Rajeev und dem neunjährigen Sanjaya, ihren Söhnen. Sie wurden vom Hamburger Bürgermeister Dr. Sieveking mit Gattin, die Nehru und seiner Tochter große Sträuße mit roten und weißen Nelken, den Farben Hamburgs, überreichte, vom indischen Konsul in Hamburg, Herrn Sitaraman mit Gattin, dem englischen Generalkonsul, Dr. K. Dunlop, sowie einer kleinen Abordnung der DIG, unter der auch ich mich befand, einigen Herren des Senats und der Bürgerschaft begrüßt.

Das Bahnhofsgebäude war über und über mit herrlichen Sommerblumen geschmückt. Die in Hamburg lebenden Inder hatten es sich nicht nehmen lassen, ihren Ministerpräsidenten, den sie sehr verehrten und liebten, mit traditionellen Blumengirlanden – bunte Asternkränze, die mit Goldfäden verziert waren – willkommen zu heißen. Den Weg vom Bahnsteig bis hinaus vor den Bahnhof hatten sie mit Rosenblättern bestreut. Draußen bot sich ein weiteres wundervolles Bild, denn viele Inder standen traditionell gekleidet, wobei die Damen in ihren Saris besonders anmutig wirkten, in erster Reihe und begrüßten, zusammen mit einer riesigen Menschenmenge, jubelnd die Gäste.

23. Nehru in Hamburg

Anschließend wurde Nehru, im offenen Senatsfahrzeug zumeist stehend, durch das Spalier der beglückten Hamburger Bevölkerung zum

Hotel „Vier Jahreszeiten“ gefahren, wo er mit seiner Begleitung während des Aufenthaltes wohnen würde.

Hamburg hatte sich herausgeputzt, wie ich es noch nie gesehen hatte! Überall flatterten die Fahnen und überall applaudierten Tausende von Menschen und riefen Nehrus Namen.

Nach kurzem Aufenthalt fand ein weiterer Empfang im Rathaus statt. Auch hier hatte sich eine begeisterte Menge eingefunden, um ihm zuzujubeln. Rathausdiener standen an beiden Seiten der Treppe Spalier, als Nehru diese hochstieg und dann vom Bürgermeister in den Phönixsaal des Rathauses geleitet wurde. Der große Schreibtisch im Bürgermeistersaal war ebenfalls mit roten und weißen Nelken geschmückt. Hier lagen die Büttenblätter des Goldenen Buches der Stadt Hamburg, in das Nehru sich eintrug, während die vielen Blitzlichter der Pressefotografen aufflammten und auch die Wochenschau dieses großartige Ereignis festhielt. Als Gastgeschenk wurde ihm danach durch Bürgermeister Dr. Sieveking eine Urkunde überreicht, die zehn indischen Studenten ein Stipendium der Stadt Hamburg für ein dreijähriges Studium gewährte, da „der Senat der Freien und Hansestadt Hamburg der Überzeugung ist, dass die geistige Verbundenheit zwischen den Angehörigen verschiedener Nationen das beste Fundament für die Ausbreitung einer den Frieden tragenden Gesinnung in der Welt ist.“

Nehru bedankte sich herzlich beim Bürgermeister und konnte gleich darauf ein weiteres Geschenk, und zwar von der Wirtschaft, entgegennehmen, denn der Präsident der Handelskammer überreichte eine in Leder gebundene Urkunde, in der einhundert Indern Ausbildungsplätze im Elektro- und Maschinenbau, in der chemischen und der Bauindustrie zur Verfügung gestellt wurden. Ein Berichterstatter der „Press Trust India“ erklärte anschließend, dass es das beste Geschenk gewesen sei, das Deutschland Indien hätte machen können.

Das Protokoll des Nehru-Besuches war zeitlich eng geschnürt, so dass diese Zeremonie nicht lange dauerte. Nach dem Verlassen des Rathauses kehrte die Kolonne mit dem Ministerpräsidenten über die Mönckebergstraße

24. Nehru und v.l. Prof. Dr. Alsdorf, Lieselotte Hachmann, Dr. Preyer

zurück über die Lombardsbrücke zum Hotel „Vier Jahreszeiten". Dort war unter anderem ein Gespräch mit Nehru, Professor Alsdorf, Dr. Preyer und mir vorgesehen, in dessen Verlauf ich ihm nicht nur von der DIG und ihren selbst gestellten Aufgaben berichtete, sondern ihm auch Professor Alsdorf, den ich als meine Vertretung gewonnen hatte, vorstellen konnte. Da Nehru mich fragte, warum ich das Amt nicht mehr ausüben konnte, erzählte ich ihm von meinen Reisevorbereitungen, an denen er sehr interessiert schien, denn er erkundigte sich nach Einzelheiten. Schließlich mussten wir das Gespräch abbrechen, da der nächste Programmpunkt auf ihn wartete. Er verabschiedete sich freundlich von mir mit den Worten:

„Ich denke, wir sehen uns in Indien."

Was auch geschehen sollte.

Inzwischen war der Rektor der Universität, Professor Kolb, im Hotel eingetroffen, denn der eigentliche Anlass des Besuches von Nehru in Hamburg war die Verleihung zweier Ehrendoktorwürden, die in der Musikhalle stattfinden sollte. Sie begaben sich dorthin und wieder jubelten die Menschen an den Straßen.

Die Halle war bis auf den letzten Platz besetzt, selbst zum Stehen gab es keine Möglichkeit mehr. In Begleitung von Professor Kolb und der, in ihre schwarzroten Roben gekleideten Dekane, zog Nehru feierlich in die Musikhalle ein und nahm auf der blumengeschmückten Bühne, auf seinem Ehrensessel Platz. Bei seinem Eintritt in die Musikhalle erhoben sich ehrfürchtig die Ehrengäste von ihren Plätzen, darunter befanden sich auch eintausend Studenten.

Die Ehrung begann musikalisch mit den ersten beiden Sätzen der Sinfonie in g-moll von Wolfgang Amadeus Mozart, der Nehru andächtig lauschte. Danach ergriff Dr. Kolb das Wort und würdigte die staatspolitischen und soziologischen Verdienste des indischen Ministerpräsidenten im Kampf um die Einheit Indiens. Anschließend ergriff Professor Schultze-Lasaulx das Wort und erklärte, dass die Fakultäten Nehru die höchste Ehre für seine Verdienste um Gerechtigkeit und Humanität verliehen, die sie besäßen. Der Text der Ehrenurkunde wurde daraufhin von Professor Schubert in lateinischer Sprache vorgetragen.

Nach dem Verleihungsspruch rollte Professor Schubert die Urkunde zusammen und übergab sie Nehru mit den würdevollen Worten: „Mit dem Vollzug dieser Urkunde nehmen wir Sie, Exzellenz, in den Kreis des akademischen Lebens auf und huldigen zugleich den großen weisen Menschen Jawarharlal Nehru."

Dieser schritt bedächtig an das Mikrofon. Er war sichtlich beeindruckt und sagte leise, aber sehr eindringlich: „Ich fühle mich durch die vielen weisen

Worte, die man hier gesagt hat, sehr überrascht. Und ich weiß nicht, wie ich dafür danken soll.“

Nehru sprach englisch in freier Rede. Er fuhr fort: „Ich bin zum ersten Mal in dieser Stadt und ich nehme diese große Ehrung, die man mir hier zuteil werden lässt, nicht für mich allein, sondern ich nehme sie für das ganze indische Volk. Ich bin nicht als Individuum hier, sondern als Symbol meines Volkes. Auch Ihre Stadt ist ein uraltes Symbol der Freiheit und der weltweiten Kontakte.“

Er richtete in seiner Ansprache einen ernsten Appell an die Vernunft und den Friedenswillen der Welt, verurteilte das Wettrüsten, da dieses nur eine Konsequenz haben könnte, nämlich weltweite Konflikte in absehbarer Zukunft. Die könnten nur durch allmähliches Abrüsten und im Vertrauen zu Gott vermieden werden. Abschließend bedankte er sich im Namen seines Volkes bei der Bundesrepublik für die Hilfe, die Deutschland beim Wiederaufbau Indiens tatkräftig geleistet hatte. Seine Rede wurde immer wieder von Beifall unterbrochen. Die Zuhörer waren begeistert!

Am Nachmittag stattete der Ministerpräsident dem Hafen einen Besuch ab und wurde mit der Senatsbarkasse auch zu den Howaldtswerken gefahren, wo er nach einer kurzen Werftbesichtigung von Direktor Schecker ein Modell des Turbinenschiffes „Indian Resource“ überreicht bekam. Die Howaldtswerke hatten ab 1954 vier Schiffe für Indien gebaut, die „Indian Reliance“, die „Indian Renown“, die „Indian Resolve“ und letztlich die „Indian Resource“, die Nehru nun auch besichtigen konnte.

Zum offiziellen Abschluss des Besuches gab der Hamburger Senat für Nehru und seine Begleitung im Rathaus ein Essen. Bereits um 8 Uhr am anderen Morgen wurde er von Bürgermeister Dr. Sieveking und dem indischen Konsul auf dem Flugplatz Fuhlsbüttel verabschiedet. Mit einem Sonderflugzeug ging es weiter nach Paris, wo Nehru seinen Europabesuch fortsetzte.

Ganz nebenbei habe ich auch den deutschen Botschafter in Indien, Professor Meyer aus Delhi kennengelernt. Wir sprachen viel über meine bevorstehende Reise.

Ich stand noch tagelang unter dem Eindruck dieses Ereignisses und konnte mich nur langsam wieder an den Alltag gewöhnen, während Hans, der beim persönlichen Empfang Nehrus nicht dabei sein konnte, so tat, als sei nichts Besonderes geschehen. Allerdings drängte er immer öfter darauf, dass ich meine Präsidentschaft der DIG während meiner Abwesenheit niederlegen sollte. Professor Alsdorf könnte als Präsident mehr für die DIG tun als ich in Indien und vieles mehr. Allmählich begriff ich, dass es ihm nur darum ging, meinem Aufstieg auf der Erfolgsleiter ein Ende zu setzen. Es war mir bei der Gründung der DIG nie um meinen persönlichen Erfolg gegangen, weshalb mir diese Feststellung nicht so weh tat. Viel schlimmer traf mich die Erkenntnis, dass Hans mich manipuliert hatte, vielleicht sogar belogen? Mein Kopf schwirrte durch all diese Überlegungen und da ich kaum zu einem klaren Gedanken fähig war, beschloss ich, vor allem um meine Ruhe vor Hans zu haben, tatsächlich die Präsidentschaft niederzulegen. Jetzt wollte ich nur noch an die Reise nach Indien denken, über alles andere konnte ich später noch nachdenken. Schließlich gingen diese Arbeiten jetzt vor. So saß ich jede freie Minute an der Nähmaschine, um auch für die Kinder, die in den Monaten meiner Abwesenheit wachsen würden, entsprechend große Kleidung vorzubereiten.

Trotz dieser vielen Arbeit und dem Kummer, der mich sehr traurig machte, schaffte ich es, Deboo einen detaillierten Bericht über Nehrus Besuch und meinen persönlichen Eindruck von ihm zu schicken. Denn abgesehen davon, dass wir uns in einem angenehmen, zwanglosen, ja sogar heiteren Plauderton unterhalten hatten, wirkte Nehru dennoch ein wenig müde und abgespannt, was gewiss nicht nur an dem vollen Programm in Hamburg lag. Ich hörte später, dass Nehru sogar in der Nacht bis zwei Uhr früh gearbeitet hatte und trotzdem pünktlich um acht Uhr am Flughafen war. Dies wäre sein ständiges Arbeitspensum, wurde mir gesagt. Es fiel mir schwer zu glauben, dass es gut für die Gesundheit eines Menschen war, stets derart viel zu arbeiten.

In diesem letzten Brief vor meiner Abreise an Deboo schrieb ich ihm die endgültigen Daten meiner Reise, damit er mir unterwegs schreiben konnte. Seine Antwort ließ nicht lange auf sich warten.

Kalkutta, 26.07.1956

„Meine liebe Liese,

ich bin dir sehr dankbar für deinen ausführlichen Brief und sehr glücklich darüber, dass du tatsächlich das unglaubliche Vergnügen hattest, unseren Premierminister zu treffen.

Abgesehen von seiner offiziellen Position als Premierminister von Indien gibt es keinen Zweifel daran, dass er einer der wenigen Männer dieser Welt ist, der aufrichtig versucht, uns allen Frieden zu bringen. Die Lehre von Gewaltlosigkeit und Frieden wurde von Gandhi gepredigt und auch von Nehru übernommen.

Es ist natürlich richtig, dass er völlig überarbeitet ist. Wir wünschten alle, er würde etwas weniger arbeiten, aber wie du weißt, hat er sein Leben praktisch der Arbeit geweiht. An einem einzigen Tag erhält er durchschnittlich ungefähr 1500 Briefe in allen Sprachen und 150 Telegramme. Die meisten liest er selber und ordnet entsprechende Anweisungen an. Zugegebenermaßen ist er ein großartiger Mensch der Weltgeschichte und wir sind sehr froh, ihn als Premier zu haben. Übrigens mag er ganz besonders Kinder gerne und ist immer sehr freundlich zu ihnen.

Dieser Brief wird dich bei deinen letzten Vorbereitungen für deine historische Reise nach Indien erreichen. Ich hoffe, du hast gute Arrangements für deine Kinder und ebenso für deinen Ehemann getroffen. Beiliegend übersende ich dir noch einige Ideen und gute Ratschläge für unterwegs, was du dir alles anschauen solltest. Wenn du in Port Said an Land gehst, bitte tue es nie allein, nimm' dir ein paar Bekannte und bleibt stets zusammen!

Ich wünsche dir ganz viel Glück und eine sichere Reise.

Mit herzlichen Grüßen und ganz viel guten Wünschen erwartet dich
dein Deboo"

Es war der letzte Brief von ihm, der mich in Deutschland erreichte – die Aufregung wuchs.

Abfahrt nach Indien – 1956

Aus Lieselottes Tagebuch

Montag, 27. August 1956

Ich habe mich entschlossen, von nun an auch ein Tagebuch zu führen. Es wird vieles geben, was ich auf dieser Reise erleben werde und ich will nichts davon vergessen – sofern es jedenfalls möglich ist. Hans hatte mich zwar gebeten, ihm jedes Detail in Briefen zu berichten, aber das vermag ich mir momentan noch nicht gut vorzustellen. Viel lieber werde ich dieses Tagebuch benutzen, um meine Erinnerungen festzuhalten. Es soll *meine* Reise werden!

Nun rast der Zug bereits durch die Landschaft und allmählich weicht die Anspannung des Abschieds einer prickelnden Neugierde. Nachdem wir Rotraut und Dieti in Helmstedt meinem Bruder übergeben hatten, fühlte ich mich traurig und erleichtert zugleich. Es lagen noch ein paar Tage, angefüllt mit viel Arbeit, vor mir. Da die Kinder jedoch Schulferien hatten, wichen sie alle kaum einen Schritt von mir, so dass ich wenig vorankam. Nun waren die beiden Kleinen fort und ich konnte meine Gedanken bei den letzten Vorbereitungen lassen. So war der Tag der Abreise überraschend schnell da.

Es war mir nicht leichtgefallen Hans und die Kinder winkend auf dem Bahnsteig zurückzulassen. Um nicht sentimental zu werden, wandte ich mich rasch ab, ging zu meinem Platz im Zug, winkte solange wie es möglich war und verfiel dann in eine Art Tagträumerei, von der ich erst kurz vor Hannover wieder aufschreckte. Dort stieg eine Dame zu, die den Platz neben mir am Fenster reserviert hatte und die bis Stuttgart fast unaufhörlich schwatzte. Danach setzte ich mich sogleich auf den freigewordenen Platz und genoss nun nicht nur die Ruhe, sondern konnte auch viel besser sehen.

In der Ferne entdeckte ich soeben die Ruine Hohenkrähen, die mir durch Bilder und durch eine Sage bekannt ist. Es heißt, ein Geist würde auf ihr umhergehen. Dieser sollte der ehemalige Burgherr sein, ein Leuteschinder, Rauf- und

Trunkenbold, der von einem Abt verflucht worden war und nun noch immer sein Unwesen in der Gegend treiben würde.

Den Rheinfall von Schaffhausen hätte ich gerne länger betrachtet, aber der Zug fuhr unaufhaltsam weiter. Dagegen war es zunächst recht langweilig durch die Schweiz zu fahren. Erst hinter Zürich begann es, hübscher und interessanter zu werden. Leider wurde das Wetter trübe, so dass die Bergspitzen selten zu sehen waren. Am Vierwaldstätter See würde ich gerne einmal einen Urlaub verbringen, ging es mir durch den Kopf, denn das Wasser war unwahrscheinlich grün und der See sehr groß. Überall entdeckte ich Wasserfälle. Allerdings wurde es immer regnerischer. Im Tessin gab es dann grauenvolle Überschwemmungen. Autos konnten stellenweise überhaupt nicht mehr vorankommen, da die Straßen weggeschwemmt waren. Bei Airola gab es einen Wolkenbruch, der geradezu unheimlich war. Vom Zug aus ließ sich das alles gut beobachten. Eine mitreisende Schweizerin meinte, es wäre ein Drittel eines richtigen Tropenregens. Aber das vermochte ich mir nicht vorzustellen. In Lugano regnete es schließlich nicht mehr und ab Chiasso hatten wir plötzlich sogar italienische Wärme, allerdings ohne Sonne.

Die Zollkontrolle war äußerst streng. Sie klopften sogar die Wagenpolster ab und die italienischen Grenzer krochen überall auf dem Fußboden herum. Das Gepäck wurde jedoch nicht durchsucht. Ich war froh, als in Mailand wieder ein Deutscher zu mir ins Abteil stieg, denn die Italiener sind mir recht unheimlich und ich mag sie nicht sonderlich gern. Der neu zugestiegene Herr war über den Brenner gekommen, wo einige Gleise durch den starken Regen weggespült worden waren und es auch sonst noch allerlei Unannehmlichkeiten gab.

Genua, Mittwoch, 29. August 1956

Gestern traf ich, mit zehn Minuten Verspätung, in Genua ein. Welch ein Glück, dass ich mein Gepäck in Hamburg aufgegeben hatte, denn es war beim Umsteigen mit dem Handgepäck schon beschwerlich genug.

Gleich nach der Ankunft in Genua ging ich ins Büro meiner Schifffahrtsgesellschaft Lloyd Triestino, um für 1400 Lire mein Gepäck versorgen zu lassen, dass ich weder allein am Bahnhof lassen, noch mit ins Hotel nehmen wollte. Auf dem Weg dorthin begegneten mir sehr viele Inder und Inderinnen.

Mein Hotel fand ich anschließend ohne Schwierigkeiten. Das Zimmer hatte ich reserviert. Für ein bis zwei Nächte konnte ich es akzeptieren, aber der Preis war viel zu hoch für den miserablen Komfort. Es gab zwar fließend warmes und kaltes Wasser, aber das Schloss der Zimmertür funktionierte nicht. Von innen konnte ich es verriegeln, von außen aber nicht. Ich war sehr müde und ging bald zu Bett. Zunächst glaubte ich zwar, im Maschinenraum eines Schiffes zu sein, denn der Verkehr auf der Straße war entsprechend laut, aber trotz alledem schlief ich herrlich.

Am nächsten Morgen verspürte ich merkwürdigerweise fast keine Reiselust mehr. Es war sehr ungewohnt, plötzlich auf mich allein gestellt zu sein. Seit Jahren kannte ich dieses Gefühl nicht mehr und ich begann, meine Familie zu vermissen. Ich wünschte mir etliche Male, sie wären auch hier. Ziemlich deprimiert verließ ich das Hotel, nachdem ich meine Tasche im Schrank versperrt hatte, ebenso wie mein Geld und den Fotoapparat; den Schrankschlüssel trug ich bei mir. Am Bahnhof suchte ich zunächst ein Cafe auf. In einiger Entfernung saßen vier Inder, die mich aber nicht weiter interessierten. Der Lärm auf dem Platz war grässlich, aber in Hamburg wäre es sicher auch nicht leiser gewesen. Dann ging ich zum Hafen, um mein Schiff, die „Victoria“, zu sehen und blieb viele Stunden dort.

Dabei entdeckte ich einen Mitreisenden. Einen katholischen Priester, der mit sieben großen Koffern voller Geschenke, für Hospitäler und andere Einrichtungen, nach Indien reiste. Wir schauten uns gemeinsam die „Victoria“ von außen an. Sie war klein aber fein, ein schmuckes, weißes Schiff.

25. Die Victoria

Während der Priester zum Mittagessen einkehrte, blieb ich an der „Stazione Marittime“. Hier kam ich in ein kauderwelsches Gespräch mit einem Zollbeamten, der zum Schluss der Unterhaltung, heute Abend um acht Uhr, mit mir nach Nervi, einer der ältesten Kurorte an dieser felsigen Küste, fahren wollte. Spazieren gehen wollte er dort mit mir. Nervi ist zwar eine wundervolle Stadt – ich habe schon Bilder davon gesehen – aber ein Italiener bei Nacht? Nein danke! Es gelang mir nur mit dem Versprechen, am Abend beim Treffpunkt zu sein, den Don Juan wieder abzuschütteln.

Zwischen fünf und sieben Uhr abends ruhte ich mich in meinem Zimmer aus, um dann noch einmal durch die romantischen engen Gassen von Genua zu strolchen. Nachmittags war ich schon einmal dort. Es war unglaublich interessant. Alle kleinen Läden waren geöffnet und das köstlichste Obst lag in den Ständen aus. Petticoats hingen zum Verkauf aus und es roch nach Muscheln, Fisch und Käse. Bis in die höchsten Stockwerke der hohen Häuser flatterte die Wäsche über den Straßen. Manche Gassen waren so eng, dass kaum zwei Personen nebeneinander gehen konnten. In all dem Gewühl, zwischen Fleischerladen und Fischbratküche, entdeckte ich eine Kirche, die unaufhaltsam von Einheimischen aufgesucht wurde. Es ging hinein und hinaus, wie im Bahnhof.

Ein Essen gönnte ich mir nicht, nachdem ich von dem Priester gehört hatte, dass er für ein ganz normales Essen, ohne irgendwelche Extravaganzen, 800 Lire bezahlt hatte. Zwischendurch trank ich aber zwei Kannen Tee und kaufte auf dem Markt zwei Pfund Weintrauben. Das machte mich so satt, dass ich leider keinen Appetit mehr auf die herrlichen und riesengroßen Pfirsiche hatte.

Ganz allmählich stellte sich dann doch ein wenig Spaß beim ‚Weltreisen' ein. Es machte mich jedoch auch sehr müde. Deshalb bezahlte ich noch am Abend meine Hotelrechnung und verbrachte die zweite Nacht in der Ferne meines Zuhauses.

Neapel, 31.8.1956

Die Einschiffung war gut vor sich gegangen. Um neun Uhr versammelten sich alle Passagiere in der großen Halle der Stazione Marittime; auf der einen Seite die Touristenklasse, auf der anderen Seite die 1. Klasse. Pässe und Fahrscheine wurden geprüft, und dann ging es in die Gepäckhalle, wo unter dem Buchstaben „H" alles liegen sollte. Es war aber zunächst nur ein Koffer von mir da. Das andere Gepäck war noch nicht einsortiert; Gott sei Dank fand ich es aber bald. Ein Gepäckträger beförderte alles in die Kabine. An Bord wurden nochmals die Pässe und Fahrscheine kontrolliert, dann wies mich ein Steward in die Kabine ein. Jedes Mal musste ich Trinkgeld zahlen, so dass ich für das Porto der Postkarte an Heidi nochmals deutsches Geld in Lire tauschen musste. Pünktlich um zwei Uhr verließ das Schiff den Hafen. Es war einfach wundervoll, ein wohl einmaliges Erlebnis!

Meine Kabine war geräumig und recht gemütlich. Ab Genua reiste eine ältere amerikanische Dame mit mir. Während ich in meiner Kabine saß und diese Eintragungen machte, erhielt ich einen ersten Brief von Deboo, der mir seine Freude darüber mitteilte, dass ich nun unterwegs war und er wünschte mir nochmals eine gute Reise.

Ich hatte nette Tischnachbarn, einen Schweizer Journalisten, der bis Hongkong fuhr und erzählte, dass er vor etlichen Jahren Indien mit dem Auto bereist hatte. Ferner war da noch eine deutsche Dame mit ihrem neunjährigen Sohn. Ihr Mann arbeitete seit zwei Jahren in Bengalen bei Daimler Benz und sie fährt nun für eineinhalb Jahre zu ihm. So lange läuft der Vertrag ihres Mannes noch. Auch waren viele Inder und Inderinnen an Bord.

Überraschenderweise traf ich die Cousine von Frau Ratra; wir waren daraufhin häufiger zusammen. Außerdem lernte ich noch zwei ältere Inderinnen kennen, 60 und 55 Jahre alt, mit denen ich auch viel zusammen unternahm. Die Ältere ist Parsi, sehr nett und interessant. Sie gehört dem indischen Frauenverein „All India Womens Conference“ an und ist irgendwie als „social worker“ aktiv. Von ihr sollte ich noch eine Reihe von Adressen wichtiger Frauen bekommen, mit denen ich mich unbedingt verabreden wollte. Vorerst erzählte ich ihr von mir noch nichts, aber sie meinte, dass ich sehr interessant wäre. Mit vielen der Inder konnte ich mich schnell bekannt machen, es fiel mir nicht schwer, mit ihnen in Kontakt zu kommen.

Eines Morgens hatte ich die Gelegenheit, mit einem von ihnen für zwei Stunden durch die Hitze Neapels zu streifen. Diese Gelegenheit nahm ich wahr, um meine Post, die ich inzwischen geschrieben hatte, aufzugeben. Dabei erzählte er mir, dass er drei Jahre in Aachen am Universitätsklinikum gearbeitet hatte. Die meisten Inder waren ziemlich überrascht, dass ich soviel über ihr Land wusste.

Die Nacht hatte ich gut verbracht; das Essen war etwas merkwürdig, aber gut und reichlich gewesen. Frühstückszeit war von sieben bis neun Uhr, Mittagessen um zwölf, die Teezeit um halb fünf und Abendessen gab es ab halb acht Uhr. Programme würden erst veranstaltet werden, nachdem wir Neapel verlassen haben.

Der Vesuv war vom Nebel verdeckt, aber die Aussicht vom Schiff auf Neapel war schön. Viele hatten sich einer Tour nach Pompeji angeschlossen. Ich hatte dazu keine Lust. Es hätte zehn Mark gekostet und ich wollte das Geld zu dem Zeitpunkt nicht dafür ausgeben. Vielleicht wäre es auch noch auf der Rückfahrt möglich.

Während ich diese Eintragungen mache, sitze ich im Schreibraum der „Victoria“, denn innerhalb des Schiffes war es kühl, während draußen die Sonne brennt. Ich fühle mich sehr träge und habe wenig Lust, irgendetwas zu tun. Nach dem Essen werde ich mich auf mein Bett legen; wahrscheinlich brauche ich den Schlaf.

Jedenfalls rühre ich vorläufig keine Nadeln an, obwohl viele der Damen sitzen und stricken. Ich müsste mir eigentlich einen Knopf annähen, aber selbst dazu bin ich zu faul.

Ich hoffe, dass die See ruhig bleiben wird, damit wir die Fahrt genießen können. Viele Familien mit Kindern sind an Bord und ich wünschte, wir reisten auch irgendwann einmal alle sechs zusammen.

Unter anderem ist eine sehr interessante, „internationale" Familie dabei: der Vater ist Inder, die Mutter Belgierin. Sie haben zwei bildschöne Töchter, die in Mexiko geboren und aufgewachsen sind.

1.9.1956

Wie ich bereits vermutete, bekamen wir in Neapel zwei neue Kabinengenossinnen. Eine davon war eine winzige, kleine Japanerin, die in den USA und an der Sorbonne in Paris studiert hatte. Japaner sind doch wirklich merkwürdige Leute. Sie fiel mir nämlich bald um den Hals und lachte immerzu: „Oh, I'm so happy, I'm so happy!"

Es hörte sich tatsächlich wie Vogelgezwitscher an. Grund ihrer Aufregung war der Brief ihres Freundes, der sie total aus dem Häuschen brachte.

Die Abfahrt von Neapel war ein grandioses Ereignis, denn draußen war es dunkel und die vielen Lichter der Stadt und im Hafen gaben dem Ganzen einen sehnsuchtsvollen Aspekt von Fernweh.

Gegen fünf Uhr heute morgen passierten wir den Stromboli. Die Fahrt durch die Meerenge von Kalabrien und Sizilien, der Straße von Messina, die nur zwischen drei und acht Kilometern breit ist und das Tyrrhenische mit dem Ionischen Meer verbindet, war aufregend.

Bedauerlicherweise war der Ätna nicht klar zu erkennen; er war von Nebel umhüllt. Die italienische Küste war jedoch sehr gut zu sehen, sogar die Weinberge an der Küste. Viele Stunden fuhren wir bei klarblauem Himmel und ohne eine Wolke im offenen Meer, das geradezu unwahrscheinlich blau war. Ich hätte stundenlang in die Wellen schauen können. Das Schiff vibrierte und ging auf und ab, so dass ich schlecht schreiben konnte.

Irgendwann wurde der Swimmingpool mit Wasser gefüllt, so dass wir baden konnten. Ich hatte mir vorgenommen, mindestens drei Mal täglich zu schwimmen, vor allem, wenn hoher Seegang ist, denn dann merkt man davon nichts, außer, dass es schöne Wellen gibt und das macht mir besonderen Spaß. Bei meinem ersten Bad habe ich fast eine Stunde im Wasser ausgehalten, es war salzig und gut warm, aber viele wagten sich noch nicht hinein.

Bis Genua hatte ich kaum Hunger gehabt, aber seitdem ich auf dem Schiff war, hätte ich ständig essen können. Beim Tee ging es immer sehr gemütlich zu. Meine Tischnachbarn glossierten Themen, Ereignisse und Personen, so dass ich nebenher über allerlei informiert wurde. Zum Beispiel würden in der 1. Klasse Teilnehmer einer UNESCO-Konferenz reisen, die in Delhi stattfinden würde. Natürlich sprach man auch über die Invasion von mitreisenden Priestern, Mönchen und Nonnen. Man erklärte sich die Menge damit, dass die Kirche nur die halben Preise zu zahlen brauchte.

2.9.1956

Gestern Abend war ich in der Bar. Die Kapelle spielte, sie ist recht gut. Ich beobachtete, dass die indischen Damen aus Bombay sehr gut tanzen können.
An diesem Abend lernte ich einen indischen Professor der Botanik kennen, der in Allahabad lebt. Er befand sich mit seiner Frau auf der Rückreise von einem Botanikertreffen in Ostdeutschland, zu dem ihn ein deutscher Professor eingeladen hatte. Er hatte die Gegend um Aschersleben, Quedlinburg, Thale usw. bereist und war im Harz auf der Jagd. Wir sprachen ausgiebig miteinander.

Heute früh hatten wir wieder eine lange, eingehende Unterhaltung über Ost- und Westdeutschland. Er erzählte mir, dass er sich kürzlich mit Nehru, den er anscheinend sehr gut kennt, lange über alle diese Dinge unterhalten hatte. Der Professor will mir ein Empfehlungsschreiben für den Gouverneur von Madras mitgeben. Dieser Gouverneur ist sein Bruder oder sein Schwager, das habe ich mir nicht genau gemerkt, und ist außerdem ein ehemaliger Klassenkamerad von Nehru. Er legte mir nahe, mich unbedingt mit ihm zu unterhalten, da er ein bemerkenswerter Mann sei. Da wir uns so angeregt unterhielten, zeigte ich ihm das Bild von Nehru und mir in Hamburg. Seitdem ist der Professor besonders darauf bedacht, mir zu helfen, soviel er kann.

Die ältere Dame der „All India Womens Conference" ist übrigens Kassenverwalterin. Sie gab mir die Adressen von Ministerinnen, die ich unbedingt treffen soll. Es ist alles hochinteressant.

Vor kurzem haben wir Kreta passiert. Die Umrisse der Berge waren gut zu erkennen. Danach ging ich wieder ins Schwimmbassin. Am Abend gab es einen Film unter freiem Himmel. Er war schlecht. Trotzdem ist es unbeschreiblich schön, an der Reling zu stehen, die Wellen und den Sternenhimmel zu sehen. Die Luft ist weich und lau. Tagsüber ist es angenehm, im Schreibsaal zu sitzen oder irgendwo in den Räumen, die klimatisiert sind, anstatt an Deck zu sein, wo es sehr heiß ist. Über Mittag ging ich in die Kabine und schlief bis zum Tee.

Zum Frühstück gibt es entweder Spiegelei, Omelett mit Schinken oder Speck, gekochte Eier usw., jede Menge Brötchen, Butter, Marmelade. Man konnte es sich praktisch so zusammenstellen, wie man Lust und Laune verspürte. Die Amerikaner verschlangen riesige Mengen. Ich mochte allerdings nicht jeden Morgen Eier essen, deshalb blieb ich bei Brötchen. Zuerst hatte ich keine rechte Ahnung, was man von der Speisekarte essen sollte, weil ich nicht wusste, was es ist, da die Namen mir völlig unbekannt waren. Aber allmählich ging auch das besser.

Wir vier aus der Kabine Nr. 121 verstehen uns gut. Die kleine Japanerin ist drollig. Wie oft hat sie uns schon erzählt, wie sehr sie ihren Boyfriend liebt, den sie in Amerika zurückgelassen hat. Sie geht in den Regierungsdienst nach Tokio. Ich habe mit ihr vereinbart, dass sie in Japan einen Brief an meinen japanischen Freund „Kondo" abschickt, den ich demnächst schreiben werde. Das wird eine Überraschung für ihn geben!

Die Tage an Bord verfliegen schneller als zu Hause; sie könnten doppelt so lang sein. Für mich habe ich noch überhaupt nichts gekauft und trotzdem habe ich schon viel Geld für Trinkgelder und Briefmarken ausgegeben. Für den 3. September kann man sich einer Ein- bis Drei-Tages-Tour nach Kairo anschließen. Ich ginge schrecklich gern mit, aber der erste Tag kostet schon neun Pfund. So werde ich wahrscheinlich nur mal in Port Said von Bord gehen, um mich etwas umzusehen.

3.9.1956

26. An Bord der Victoria

Seit einigen Stunden begleiten Möwen unser Schiff und verkünden die nahe Küste. Es ist sehr heiß. Zur Abkühlung gehe ich in den Swimmingpool. In dieser Zeit kommt der Lotse an Bord und etwas später können wir das Land sehen. Vor einer halben Stunde hat das Schiff im Hafen festgemacht. Seither kommen von allen Seiten Boote und kleine Kähne mit Händlern, die ihre Waren verkaufen wollen; meistens sind es Ledersachen. Es wird gefeilscht und gehandelt, gerade so, wie ich es mir immer vorgestellt hatte. Ich bin begeistert!

Der botanische Professor, Frau Ratras Cousine und ich werden nach dem Tee von Bord gehen und ein wenig Port Said ansehen.

4.9.1956

Unser gestriger Rundgang durch Port Said war interessanter, als ich angenommen hatte. Vom Schiff aus sah der Ort ziemlich trist aus, aber es war, besonders für uns Europäer, die zum ersten Mal mit dem Orient in Berührung kommen, doch sehr attraktiv.

Die in ganz anderem Stil gebauten Häuser mit Säulengängen und Veranden rings ums Haus fand ich besonders schön. Alles erschien zwar fremd, aber faszinierend: Die Ägypter in Fez und Burnus, die schwarz vermummten Frauen, die zerlumpten Einheimischen und mittendrin elegante Europäerinnen. Die Straßen, die wir entlanggingen, waren sauber und hübsch. Amerikanische Straßenkreuzer brausten auf ihnen entlang. Wir betraten fast jedes Geschäft, nur um zu sehen, was es dort zu kaufen gibt. Die Händler forderten einen ständig dazu auf und kramten alles Mögliche und Unmögliche aus den letzten Schubladen, damit man etwas kauft. Professor Ranjan handelte mit außerordentlich viel Freude, deshalb hatten wir großen Spaß.

Als die schön zurechtgeschnittenen hohen Palmen und Lorbeerbäume im Schein der Lichter gegen den dunkel werdenden Himmel aufragten, war das besonders faszinierend anzusehen. In einem kleinen Park mit Eukalyptusbäumen zwischen den Häusern spielten kleine Kinder. Es war angenehm warm, als wir gegen Abend in den Straßen herumwanderten. Als Nicht-Einheimischer könnte man das allein wohl kaum machen. Die indischen Damen in ihren Saris wurden genauso angestarrt wie in Deutschland.

Um ein Uhr nachts waren wir wieder an Bord, denn die Abfahrt des Schiffes war für ungefähr diese Zeit festgesetzt. Es war beeindruckend, die Lichter der wenigen Meter entfernten Stadt, die der anderen Schiffe und der kleinen Boote zu beobachten. In der Nähe ist ein Leuchtturm, den wir schon lange vor Erreichen Port Saids hatten sehen können. Ich musste an den Abend im Hamburger Hafen denken, als wir auf der „Indian Resource“ bei Ajoy Dutta waren. Das Bild war ähnlich, wenngleich die Temperatur hier unvergleichlich viel angenehmer war. Vor sieben Tagen sah ich die Lichter von Hamburg, nun die von Port Said und in weiteren sieben Tagen werde ich die von Karachi sehen. Manchmal kann ich es kaum glauben.

Es ist ein denkwürdiger Tag, da wir den umstrittenen Suezkanal durchfahren. Die ägyptische Seite ist weit abwechslungsreicher als die arabische. Hier ist nur Wüste, Sandhügel auf und ab, manchmal ein paar Gräser und in regelmäßigen Abständen Masten für die Eisenbahn oder wofür sonst, ich weiß es nicht. An der ägyptischen Seite stehen Baumreihen neben der am Kanal entlangführenden Straße, wahrscheinlich sind es Eukalyptusbäume. Viele Autos fahren dort, auch Omnibusse, die an den hin- und wieder auftauchenden Siedlungen aus primitiven Hütten und bunten Baracken anhalten, um Fahrgäste mitzunehmen. Zwischen den Bäumen entdecke ich Schafe und anscheinend Kühe. Auch hier wieder die schwarzen Frauen im „Purdah". Manchmal erscheint ein hübsches Gebäude, viereckig mit kleinen Fenstern und Kuppel auf einem Hügel, das sehr bezaubernd aussieht.

Der Kanal öffnet sich jetzt zum zweiten Mal zu einem größeren See. Die Küste ist weit entfernt. Auf der arabischen Seite sind wir in der Nähe des Berges Sinai, der dort irgendwo liegt. Wir halten an und in der Entfernung ist der ganze Konvoi zu sehen. Es werden immer eine Anzahl von Schiffen gleichzeitig durch den Kanal gelassen. Vier größere Schiffe kann ich hinter uns entdecken, ich weiß allerdings nicht, wie viele vor uns sind. Gegen Abend sollen wir Suez erreichen; dort kommen die Kairo-Ausflügler wieder an Bord.

Der Kanal nähert sich seinem Ende. Auf der linken Seite ändert sich nichts am Aussehen, Sand und nochmals Sand. Einige Bagger arbeiten, um die Rinne frei zu halten. Auf der gegenüberliegenden Seite befinden sich ab und an kleine Ansiedlungen und zwischendurch auch dort Sandstrecken. Von weitem können wir die ersten Häuser von Suez sehen, es wird immer hübscher, je näher wir kommen. Palmen wachsen an den Straßenrändern, es sieht alles sehr gepflegt aus. Berge erheben sich in einiger Entfernung am Rande des Roten Meeres, in das unser Schiff langsam einfährt. Eine ganze Reihe von Schiffen liegen vor Anker. Sehr viele Tanker sind dabei. Zwei Konvois gehen täglich nach Süden und drei nach

Norden. In den Bitterseen ist jeweils die Ausweichmöglichkeit gegeben. Der Kanal selbst kann nur in einer Richtung passiert werden.

Nach dem Sonnenuntergang wird es immer schnell dunkel. Es ist jedes Mal ein reizvoller Anblick: Die Lichterketten der Stadt und die beleuchteten Schiffe mit den Bergen im Hintergrund. Die Feuer der sich hinter Suez ausdehnenden Raffinerien leuchten weit, aber leider verpesten sie die Luft, zumal der Wind in unsere Richtung steht.

Die Ausflügler werden innerhalb der Kanaleinfahrt wieder an Bord genommen; es gibt keinen Aufenthalt in Suez. Die Nächte sind unglaublich schön und herrlich warm.

6.9.1956

Gestern war ich tagsüber wenig an Deck. Ich habe viel geschrieben und außerdem war es sehr heiß, bestimmt über 100° Fahrenheit. Selbst nach Sonnenuntergang war es noch immer heiß und nur die kleine Brise an der Reling brachte ein wenig Kühle.

Das abendlich stattfindende Programm, das heute von Passagieren gestaltet werden sollte, fiel leider aus, da ganz plötzlich zehn der Mitspieler an Dysenterie erkrankt waren. Die Krankheit kam innerhalb einer Stunde und manche hat es hart getroffen. Niemand wusste, woran es lag, ob am Essen, am Wasser oder an der Hitze. Soweit es mir bekannt wurde, traf es hauptsächlich Inder und vier Amerikaner. Ich bemerkte bei mir nichts.

Nach dem Dinner hatte ich mich gestern wieder mit dem Botaniker unterhalten, während sich seine Frau in der Kabine ausruhte. Wir lagen an Deck auf den Liegestühlen. Es sind wirklich reizende Leute. Sie haben mich nach Allahabad eingeladen.

Der Herr, den ich in Genua traf und für einen katholischen Priester hielt, ist Arzt und Direktor einer medizinischen Anstalt, der Leute für die Tropen ausbildet. Er besucht einige dieser Einrichtungen in Indien und Afrika. Auch mit ihm habe ich heute eine längere Unterhaltung gehabt, die recht interessant war.

7.9.1956

Gestern Abend fand ein Maskenball statt, der sehr nett war. Wie die meisten Passagiere nahm ich daran nur als Zuschauer teil. Allerdings haben wir bis Mitternacht getanzt.

Inzwischen mussten wir drei Mal unsere Uhren um eine halbe Stunde vorstellen. Bisher war die Reise ruhig, wenig Seegang. Allerdings war es auf der Fahrt durch das Rote Meer grauenhaft heiß, sogar des Nachts. Die Kabinen, die sonst recht kühl sind, hatten sich sogar erwärmt. Gestern habe ich zwar gebadet, aber das Wasser im Pool ist so warm wie Wasser in der Wanne, zudem sehr salzig.

Bei mir am Tisch sitzt eine deutsche Dame, die ihre Hausarbeit sehr vermisst. Sie versteht kein Wort englisch und ist recht naiv. Da es hier nur wenige Deutsch sprechende Leute an Bord gibt, ist es kein Wunder, dass sie sich ziemlich oft langweilt, weil sie nichts versteht.

Ich habe mich mit Frau Sood, der Cousine von Frau Ratra, für Januar in Delhi verabredet. Sie wohnt dort mit ihrer Schwester in einem Junggesellinnenheim, das sind Wohnblöcke, die der Regierung gehören. Sie ist sehr modern eingestellt, da sie ein Jahr in den USA verbrachte. Sie ist „Supervisor of schools“ und die einzige nicht verheiratete Inderin an Bord.

8.9.1956

Das Anlegemanöver in Aden hat ungefähr zwei Stunden gedauert. Es war sechs Uhr abends, als sich die ersten Passagiere mit der Fähre übersetzen lassen konnten. Frau Sood und ich hatten inzwischen beschlossen, nicht an Land zu gehen, da die Zeit zu kurz und die Gebühr mit drei Shilling und zwei Pence zu teuer war. Beim Dinner wurden wir dann zwar doch überredet, aber weil das Fährboot zu lange auf sich warten ließ, blieben wir schließlich an Bord.

Das Land, das wir vom Roten Meer aus sehen konnten, bevor wir Aden erreichten, war sehr interessant. Die Küste zwar nackt und felsig, aber sehr malerisch. Aden selbst ist ebenfalls von sehr hohen Felsen umgeben, es muss dort unwahrscheinlich heiß sein. Nur um einzelne Häuser herum sieht man etwas grünes Gebüsch, sonst ist alles kahl. Trotzdem bietet Aden eine schöne Ansicht durch die Berge, auf die sich Straßen in Serpentinen, an denen hin und wieder auch einige Häuser zu sehen sind, hinaufschlängeln. Bei Sonnenuntergang bietet uns eine felsige Inselgruppe, die gegen die Sonne wie eine zackige Scherenschnittsilhouette aussieht, ein fantastisches Bild.

Nach dem Dinner erhielt ich einen Brief von Hans. Der machte mir derart viel Spaß, dass ich Tränen lachen musste. Davon wurde meine Nachbarschaft schließlich angesteckt, so dass sie ebenfalls lachen mussten, ohne zu wissen, warum.

Inzwischen habe ich hier sechs ganz gute Freunde, darunter zwei Inderinnen. Einer meiner Freunde ist aus Madras. Auch er hat mich eingeladen, ihn und seine Frau zu besuchen. Manchmal sehen wir uns den ganzen Tag nicht, aber stets beim Sonnenuntergang, den wir zusammen beobachten. Er schwärmt immer sehr von seiner Frau und wir haben uns viel von unseren Familien erzählt. Sie bekommt von ihm zwei Geschenke aus Europa: eine Schweizer Uhr und eine Nähmaschine.

Seit gestern Abend schwimmen wir nun in der Arabischen See. Es ist zur Zeit immer noch ruhig und wir hoffen alle, dass es so bleibt.

10.9.1956

Im Laufe des Sonnabends wurde die See immer unruhiger und bis heute, es ist Montag, war es wirklich sehr unruhig! Alle stolperten und torkelten wie betrunken durcheinander. Manch einer fiel sogar vom Stuhl. Ich hatte Angst, nachts aus dem Bett zu rollen. Seekrank war ich, Gott sei Dank, nicht. Es klafften allerdings etliche Lücken in der Tischrunde. Meine deutsche Nachbarin ließ sich seit Sonnabend überhaupt nicht mehr blicken. Unsere Kabinengenossin aus Borneo war auch seekrank. Die See wird jetzt allmählich wieder ruhiger.

Am Sonnabend fand nun das Programm der Passagiere statt; es war sehr nett. Besonders die „Dress-Parade“, eine Schau der vertretenen Nationen in typischer Kleidung, darunter Saris in allen Ausführungen und Aufmachungen, war sehr interessant und wunderschön anzusehen.

Gestern war die See wieder so unruhig, dass viele Fahrgäste in den Kabinen blieben. Ich ging an Deck und beobachtete die Wellen. Eine Fahrt mit der Berg- und Talbahn ist nichts dagegen! Es war sehr kühl und ich habe gefroren. Allerdings konnten wir fliegende Fische, die wie Vögel über das Wasser fliegen, um dann wieder darin zu verschwinden, Delfine und unendlich viele Quallen beobachten.

Alle sind müde, obgleich niemand etwas Anstrengendes tut, mit Ausnahme einiger indischer Damen, die von früh bis spät stricken. Meinen Knopf habe ich noch immer nicht angenäht, so faul bin ich. Schreiben ist die einzige Tätigkeit, die ich hier verrichte.

11.9.1956

Seit Stunden können wir die Küste Pakistans sehen und allmählich nähern wir uns dem Hafen. Ein paar Felsenklippen liegen vor der Hafeneinfahrt. Der Lotse ist schon lange an Bord. Wie oft haben wir nun schon die Ankunft eines Lotsenbootes erlebt. Im Augenblick fahren wir an der „Asia“ vorbei, die im Hafen von Karachi liegt und auf dem Heimweg ist. Heute Nachmittag wollen wir Karachi besuchen.

Gestern Abend war das Essen mal besonders gut. Wir feierten Abschied. Es gab Truthahn und Sekt. Der Kapitän und die Offiziere waren zugegen. Bei dem darauf folgenden Tanzabend habe ich mich prächtig amüsiert. Bis halb ein Uhr nachts habe ich getanzt. Heute bin ich entsprechend müde, denn wir haben anhaltend herumgetollt. Ich hatte meine zwei Kavaliere – aus Delhi und Madras – bei mir. Zum ersten Mal trug ich mein Abendkleid; anscheinend sind aber lange Abendkleider aus der Mode, denn ich war die Einzige.

Gegen Abend, vor dem Essen, traf ich zufällig ‚meinen' botanischen Professor an der Reling. Im Laufe der Unterhaltung erzählte er mir von einem Gedicht, dass er vor vielen Jahren gedichtet hat, es ist ein Liebesgedicht und recht gut. Ähnliche Worte standen in dem Brief, den ich von Hans in Aden bekommen hatte.

Unser Schiff hat angelegt und eine Menge Menschen, Europäer und Muslime sind da, die Freunde erwarten oder wegbringen. Manche halten in große, grüne Blätter gewickelte Pakete in der Hand, die die Blumenketten enthalten. Die Pakistani haben zum Teil rote Kappen oder Pelzkäppchen auf. Die Frauen tragen das Ende ihrer Sari um den Kopf. Manche sind in der „Burka" gekleidet, ein schwarzer oder brauner Umhang, der den gesamten Körper, ja, selbst das Gesicht verhüllt.

Wir warten jetzt darauf, die Landungskarte für die Erlaubnis von Bord gehen zu dürfen, zu bekommen. Eine lange Schlange wartet auf die Abfertigung.

Mit Frau Sood, dem Mädchen aus Borneo und einem Mann aus Südindien mietete ich mir gemeinsam eine Kutsche mit Pferd, um in die Stadt zu fahren. Die Kutsche sah zwar nicht sehr vertrauenerweckend aus, aber sie kostete auch nur sechs Rupien für alle. Unterwegs stiegen noch zwei weitere Inder zu.

Der Kutscher fuhr zunächst durch ein Stadtviertel, das man sich armseliger und schrecklicher kaum noch vorstellen kann. Das waren die Slums von Karachi. Buden, die aus Brettern und allem möglichen Abfall zusammengezimmert waren; in der Art hatten sich unsere Kinder Spielbuden im Wald gebaut. Diese Hütten waren nur etwas größer und dienten einer ganzen Familie als Wohnung. Dicht an dicht hausen diese Ärmsten der Armen; selbst an einem größeren Mietshaus waren solche windschiefen Unterkünfte angelehnt. Es war alles unvorstellbar primitiv und sehr schmutzig. Überall wimmelte es von Kindern, schieläugigen Bettlern und humpelnden, hungrigen Kranken. Hin und wieder sah man eine

Tischlerwerkstatt, Handwebereien oder Eisenwarenhandlungen, die allerdings eher nach Schrotthandlungen aussahen. Zwischen all dem Durcheinander liefen eine Kuh und grün gefärbte Hühner und Schafe oder Ziegen, von denen letztere mit blauen und orangefarbenen Sternen bemalt waren, herum. Überall waren getrocknete Kuhfladen aufgestapelt oder zum Trocknen an die Bretterwände geklebt worden. Ich habe mich schrecklich gefürchtet, denn es war grässlich.

Etwas später wurde es besser, als die richtigen Häuser kamen, obgleich alles sehr schmuddelig aussah: Die Straßen und Häuser, die Wäsche, die zum Trocknen auf den Veranden aufgehängt war, ebenso wie die ganze Bevölkerung. Wir kamen zu einem recht netten Park mit Palmen und anderen Bäumen. Auf den Grasflächen tummelten sich Kinder und Erwachsene. Außer der Hauptstraße habe ich keine gepflegte Straße gesehen, aber es soll zwei davon geben. Schöne, amerikanische Autos fuhren auch hier. Das Europäerviertel muss weiter außerhalb liegen, wir waren nicht dort. In einem anderen Park fand eine Volksversammlung statt, es war Feiertag, der 8. Todestag des Gründers von Pakistan, Quaid-i-Azam Muhammad Ali Jinnah.

Frau Sood hatte große Furcht vor den Pakistani, denn es bestehen immense Ressentiments zwischen Hindus und den Muslims; keiner lässt am anderen etwas Gutes. Karachi soll vor der Teilung eine freundliche und saubere Stadt gewesen sein. Nach 1947 ist sie das Gegenteil geworden. Den wenigen verbliebenen Hindus soll es nicht gut gehen. Ich dachte, dass Gandhi so eine Entwicklung befürchtet hatte, denn er wollte diese Teilung auf gar keinen Fall.

Ich habe die Straße nur einmal betreten, um eine Postkarte an Sigrun in den Briefkasten zu stecken; allerdings war ich froh, wieder in der Kutsche zu sitzen und nicht auf den Straßen herumlaufen zu müssen, die voller Menschen waren. Oft haben wir andere Passagiere unseres Schiffes entdeckt, die in den Läden einkauften und – wie wir – in Kutschen umherfuhren. Einige ließen sich auch mit der Fahrradrikscha, die hübsch bunt angemalt waren, herumfahren. Die Straßenbahnen oder den Omnibus hätte ich nicht benutzen mögen.

Es muss ein merkwürdiger Anblick gewesen sein, wie sich unser wackliges Gefährt zwischen den Autos, den von Kamelen gezogenen Lastfuhrwerken und

Eselkarren einen Weg bahnte. Man konnte in jeden Laden hineinsehen: die Männer saßen beim Barbier oder in einem sogenannten Tea-Room, und beim chinesischen Doktor wartete eine Patientin. Straßenverkäufer boten Obst, Gebäck, künstliche Schnurrbärte, irgendwelche indischen Gerichte, Hemden und Seidenstoffe an. In einer Veranda wurde ein Schaf eingesperrt gehalten, in anderen saßen viele Frauen.

Kinder, jünger als Dieti, schleppten sich mit ihren jüngeren Geschwistern ab. Karachi war trostlos und für die hier wohnenden Europäer gibt es keine Abwechslung, da die Umgebung nur aus Sandwüste besteht. Um nichts in der Welt möchte ich hier leben müssen!

Zurück auf dem Schiff habe ich mich erst einmal ausgiebig geduscht, da sich alles klebrig und schmutzig anfühlte; es mag Einbildung gewesen sein, die durch den Dreck hervorgerufen wurde, den wir gesehen hatten. Nach dem Essen regnete es ein paar Tropfen. Aber der Monsun ist hier vorüber, es gab lediglich noch ein paar Pfützen, durch die wir mit der Kutsche gefahren waren.

12.9.1956

Seit Stunden geht es nun Bombay entgegen. Das Schiff schaukelt recht heftig. Für die in Karachi an Land gegangene Amerikanerin war ein Muslimmädchen zugestiegen, die das Frühstück, Mittagessen usw. stets im Bett einnahm.

13.9.1956

Gegen fünf Uhr erreichten wir den Hafen von Bombay; aus dem Bullauge sah ich es kurz. Nach dem Duschen zog ich mich rasch an und frühstückte. Eine Stewardess brachte mir einen Brief von Deboo, der mich brieflich willkommen hieß und mir Einzelheiten über meine Weiterreise nach Kalkutta mitteilte, auch, dass er mich am Bahnhof abholen wolle. Er schrieb zwar, dass ich mir alles in

Ruhe anschauen sollte, was sich mir ab jetzt anbietet, trotzdem machte er den Eindruck, als könnte er es kaum erwarten, mich in Kalkutta zu begrüßen.

Eigentlich hatte ich dann mit dem Eintreffen des Lotsen gerechnet, der uns ans Dock bringen würde, aber zu meiner Überraschung lagen wir bereits fest.

Eine unendliche Menschenmenge wartete am Schiff mit Girlanden und Blumensträußen. Zufällig war ich fast die Erste, die bei der Passkontrolle abgefertigt wurde. Während ich wartete, bemerkte ich, dass sich eine Dame alle Pässe besonders genau ansah und als ich an der Reihe war, begrüßte sie mich: „Herzlich Willkommen in Bombay, Frau Dr. Hachmann!" So kommt man zu Titeln.

Sie war vom Deutschen Generalkonsulat und teilte mir mit, was man für mich vorbereitet hatte. Wir verabredeten, dass ich in meiner Kabine darauf warten würde, bis meine Gepäckangelegenheiten geklärt waren. Es erschienen dann auch zwei Herren, von denen der eine Dr. Vyas war, der mich mit einer Blumenkette begrüßte. Er brachte zwei weitere Briefe mit, einen von Hans und einen vom deutschen Generalkonsul, Herrn Prof. Dr. Wilhelm von Pochhammer, der mich für heute zum Mittagessen einlud.

Während der langwierigen Einreiseformalitäten, die größtenteils von dem indischen Mitarbeiter des Generalkonsulates, den Dr. Vyas mitgebracht hatte, erledigt wurden, kam ein Zeitungsreporter, machte von mir ein Foto und interviewte mich. Danach brachte mich Dr. Vyas in meine Herberge.

27. Marine Drive, Bombay

Von einem Kunstseidenfabrikanten, der am „Schaukasten" Bombays, der „Marine Drive", eine riesige Wohnung besaß, kam die Einladung an mich. Ich war fantastisch untergebracht!

„My house is yours“ scheint in Indien tatsächlich nicht nur eine Redensart zu sein. Er ist Foto- und Filmamateur und wendet für sein Hobby sehr, sehr viel Geld auf, was überall in der Wohnung zu erkennen ist. Die Bilder sind bezaubernd schön und fast unbeschreiblich gut. Es sind unglaublich nette Leute. Den Hausherren und seine alte Mutter lernte ich bei meinem Eintreffen kennen, seine Frau machte währenddessen einen Besuch im Krankenhaus.

Am Abend sollte ein großes Dinner, mir zu Ehren, hier im Haus stattfinden, zu dem ich alle meine Freunde einladen sollte. Allerdings sind meine neuen Freunde selbst alle sehr beschäftigt und die alten sind nicht hier. Am Himmel sind ein paar Monsunwolken zu sehen und es ist recht warm. Was ich bis jetzt von Bombay gesehen habe, war sehr schön.

Ich bin überglücklich im Land meiner Träume gelandet, in das ich mit beiden Beinen gesprungen bin!

Briefe von Hans – 1956

Putensen, 2.9.1956

Mein liebes Dott!

Du musst das Schiff verlassen und auf dem schnellsten Wege nach Hause zurückkehren, wenn deine Reiselust nicht bedeutend besser geworden ist, als ich aus deinem lieben, langen Brief entnehmen kann, der soeben bei mir eingetroffen ist!

Ich danke dir für deine ausführlichen Schilderungen. Natürlich war ich im Geiste in jeder Stunde bei dir und habe jeweils gefühlt, was du gerade erlebtest.

Ich bin noch nicht zum Aufräumen des Schreibtisches gekommen und daher noch nicht auf die Liste gestoßen, die du anfertigen wolltest, mit all den Hinweisen auf Dinge, die ich sonst vergessen würde. So weiß ich also auch nicht, wann die „Victoria" in Aden eintrifft, aber ich hoffe, dass dich mein Brief dort erreicht.

Ich bin sehr erstaunt, was du inzwischen für ein „Vamp" geworden bist! Von dem Zöllner schreibst du: „Ob er wohl immer noch an der Bushaltestelle steht und auf mich wartet?" Also hast du dich doch sicherheitshalber mit ihm verabredet gehabt. So was macht man doch nicht, noch dazu mit einem Zollbeamten, noch dazu in Italien, noch dazu im Mondschein, noch dazu in Nervi! Also entweder geht man hin oder man sagt gleich: „Ich bin ein anständiges Mädchen."

Ich hätte mir Nervi nicht entgehen lassen, aber nun ist es zu spät und du wirst es sicher lebenslang bereuen. In Italien gewesen und Nervi nicht gesehen zu haben! Sowas.

Spaß beiseite!
Ich hoffe sehr, dass dir die Schiffsreise Freude macht, dass du gesund und fröhlich bist, und dass dich keine Seekrankheit plagt. Ich male mir immer aus, wie herrlich es für dich sein muss, so frei und ungebunden und arbeitslos bei schönem Wetter durch das Mittelmeer zu gleiten, den lieben Gott einen guten Mann sein zu lassen und von kommenden, glücklichen Tagen zu träumen.

Als wir am Montag Abschied nahmen, war ich – glaube ich – glücklicher als du, weil ich das Gefühl hatte, dich in ein sehr freudiges Erlebnis zu entlassen. Hier wird immer von dem großen Opfer gesprochen, das ich damit bringe, aber ich will das gar nicht hören, obschon ein Körnchen Wahrheit darin liegt. Ich freue mich, dir helfen zu können, etwas zu erleben, was du nie erschauen würdest, wenn du einen sturen und egoistischen Mann hättest. Ich bin jedenfalls – wie gesagt – genau so glücklich, wie ich hoffe, dass du es bist. Nutze deine Tage, Wochen und Monate wie du nur irgend kannst. Wenn dies die letzte große Reise deines Lebens gewesen sein sollte, dann sollst du wenigstens alles davon genießen, was nur irgend erreichbar ist.

Hoffentlich hast du nette Gesellschaft auf dem Schiff gefunden. Bitte schreibe mir weiterhin so liebe Berichte über dein Erleben. Ich bin so schrecklich interessiert, ob es dir gut geht und ob du dich wohl fühlst. Ich bin auch neugierig, ob dir dein Deboo nach Port Said geschrieben hat.

Gestern wurde im Hamburger Abendblatt berichtet, dass ein ägyptischer Vertreter der Kanal-Gesellschaft in Holtenau war, um Lotsen anzuwerben. Viele sind sehr geneigt. Der Ägypter scheint Schwierigkeiten zu haben, und man sagt, dass Schiffe, die in London oder Paris bezahlt haben, liegen müssen, bis man ihnen einen Lotsen gibt. Der Kanaleingang sei verstopft. Nur der Verkehr von Schiffen, die in Port Said bezahlen, wickelt sich reibungslos ab. Bitte berichte mir, wie es war.

Die erste Nacht im Solo-Bett war schrecklich. Ich habe bis halb drei nicht einschlafen können. Es ist wirklich zu ungewohnt, so ein Trappistendasein zu führen. Allerdings hatte ich viel zu tun und kam erst spätabends nach Hause, so dass ich hundemüde war. Aber ohne Kuss und so einschlafen zu müssen, ist nicht ideal. Es ist freilich nicht so, dass ich die Tage zähle, bis du wiederkommst. Du bist ja kaum erst fort. Aber ich stelle mir – weit vorausschauend – bereits vor, wie schön es sein wird, wenn du nächstes Jahr wieder da sein wirst. Ich wünsche dir nur von ganzem Herzen, dass du nichts, aber auch gar nichts berichten musst, was dir deine Freude, deinen Frohsinn und dein Glück auch nur im Geringsten getrübt hätte. Je weiter du dich von mir entfernst, umso näher kommst du mir.

In diesem Gedanken sende ich dir tausend Küsse und erwarte von dir, dass du dich amüsierst und dir nichts entgehen lässt von alledem, was dir geboten wird!

Lass' dich umarmen von
deinem Hanne

Putensen, 4.9.1956

Mein liebes kleines Dott,

diesen Brief beabsichtige ich, dir nach Bombay zu senden. Dazu ist es noch eine ganze Weile Zeit, aber ich will schon heute damit beginnen, sonst wird es auf einmal zu viel. Einen langen Brief zu schreiben, dauert mehrere Stunden, daher werde ich in Etappen schreiben, wie du es von Genua aus getan hast.

Ich habe deinen Brief immer wieder gelesen. Es ist seltsam; aber mir sind schon verschiedene Schuppen von den Augen gefallen. Was ich früher nicht verstanden habe – auch gar nicht in die Lage gekommen bin zu versuchen, es zu verstehen –, dass du einen Brief von deinem Freund Deboo tagelang mit dir herumschlepptest und ihn immer wieder lesen musstest, und dass du oft ungeduldig auf einen neuen Brief gewartet hast. Das ist mir jetzt ganz, ganz klar geworden. Die Zeilen von einem lieben Menschen muss *man öfter lesen! Das Warten auf einen solchen Brief macht ungeduldig!*

Ich habe immer darüber gelächelt und meine Witzchen gemacht. Es kommt mir nachträglich zum Bewusstsein, dass ich dich damit verletzt habe und deshalb muss ich dich um Vergebung bitten. Jetzt verstehe ich es! Es ist schier unerträglich, den Briefkasten leer zu finden, und jeden Abend hoffe ich auf einen Brief von dir; wenn es auch lächerlich ist, denn es kann ja noch gar keiner wieder da sein.

Ich hoffe sehr, dass dir die Seereise viel, viel Freude und Spaß gemacht hat, dass du stets eine gute Unterhaltung hattest und glücklich warst. Mein Brief vom 2.9. hat dich hoffentlich pünktlich in Aden erreicht. Wenn du diesen erhältst, wirst du deinen „großen Bahnhof" in Bombay schon hinter dir haben. Im Voraus aber wünsche ich dir, dass dich alles glücklich macht.

Ich habe einen langen Brief an Käthe geschrieben. Vielleicht antwortest du noch, bevor dieser Brief abgeht. Hier ist es gnadenlos langweilig. Ich will dir das Herz nicht schwer machen, aber diese erste Woche ohne dich war herz- und seelenlos. Freilich klage ich nicht, denn ich bin nur mit dir glücklich. Und wenn ich die Gewissheit habe, dass du es jetzt bist, dann freue ich mich darüber, und deine Freude ist viel stärker als mein Wunsch, dich hier zu wissen. Du bist ja eben erst fort, und ich werde mich allmählich daran gewöhnen. Aber je glücklicher du bist, umso leichter lässt sich das Alleinsein für mich ertragen.

Gute Nacht, mein Dott!

Putensen, 5.9.1956

Ich habe mir eben noch einmal durchgelesen, was ich geschrieben habe und möchte eigentlich einiges wieder ausstreichen. Aber es ist wohl besser, du kennst meine wahren Gefühle, als dass ich dich im Dunkeln tappen lasse. Es ist schon richtig: Wenn ich abends zu Bett gehe, ist es unwahrscheinlich grausam, dass du nicht bei mir liegst. Wie gern würde ich jetzt den Duft deiner Haare spüren und sie streicheln, wie gern würde ich jetzt deinen vertrauten, weichen Körper an meinem fühlen. Ach, wie gern würde ich dich jetzt zärtlich küssen.

Es kann nicht sein und ich resigniere ein wenig. Es ist ein hartes Los und ich halte es nur deshalb aus, weil ich das Gefühl habe, dass du glücklich bist. Du wirst sicher ahnen, dass sich bei mir der Complexus eroticus meldet, sobald ich nur an dich denke. Und ich denke doch den ganzen Tag an dich! Du wirst lächeln, aber so ist er doch, dein Hanne.

Nun bist du erst neun Tage fort und schon erheben sich die geisterhaften Meister unseres Lebens, die rätselhaften Naturgefühle, und martern mich. Ich habe gestern Schlafpillen nehmen müssen, weil es mich so quälte und ich deshalb nicht einschlafen konnte. Ich war heute früh wie gerädert und will gleich zu Bett, um – hoffentlich – tüchtig auszuschlafen. Doch du geisterst immer um mich herum und ich fühle dein Streicheln wie leibhaftig. Doch reden wir nicht von mir: Du bist in dieser Zeit das Wichtigste.

Heute war noch kein Brief von dir da, obwohl ich doch so begierig bin zu erfahren, ob meine tausend guten Wünsche, die ich in den Himmel sandte, auch Erfüllung fanden. Hoffentlich, hoffentlich, hoffentlich! Ich hatte allerdings sehr darauf gehofft. Wenn du von Port Said aus geschrieben hast, könnte morgen einer kommen.

‚Meine Gedanken sind Tag und Nacht bei dir!' Das sind ganz wunderbare Worte – und du hast sie erfunden, für einen anderen freilich, aber ich weiß nun, wie das ist. Ich bin so glücklich, dass ich an dich denken kann und ich bin so unglücklich, dass dich meine Gedanken nicht für eine winzige Stunde nach hier verzaubern können. Du sollst nicht viel an mich denken, du sollst an dich *denken, ich will nur in deinen Gedanken sein, wenn du mir schreibst oder wenn du einen Brief von mir liest. Sonst sollst du an dich denken! Aber ich möchte in deinen Gedanken lesen.*

Nicht wahr, du benützt doch die Trennung nicht, um Geheimnisse vor mir zu haben? Ich möchte alles kennen, was dich bewegt.

Unsere Großen sind rührend; sie kommen und fragen nach mir, wenn ich früh nach Hause gekommen bin, wie heute. Besonders Heidi, die sich sehr über deine Karte aus Neapel gefreut hat, worüber sie sehr stolz ist. Die Kinder bewegen sich so, als ob sie sich verpflichtet fühlten, sich um den einsamen Vati etwas zu kümmern. Ich bin sehr glücklich darüber.

Der Sandmann ist da, gute Nacht, mein Dott!

Putensen, 6.9.1956

Zu ganz später Nachtstunde noch diese wenigen Zeilen. Sie sollen dich vorbereiten auf das, was ich morgen – getrennt von diesem Brief – beschreiben und beilegen werde. Du musst es dann an dieser Stelle lesen. Jetzt bin ich furchtbar müde (und durcheinander!).

Leider war immer noch kein Brief von dir da. Schreibst du nicht von Port Said? Vielleicht erst aus Suez?

Gute Nacht, mein Dott!

Putensen, 7.9.1956

Wieder ist kein Brief da. Ich habe das Gefühl und die feste Hoffnung, dass es dir sehr gut geht, dass du dich köstlich amüsierst und viel, viel extra Unterhaltung und Zerstreuung hast, vielleicht auch einen Flirt, so dass du abends müde und matt in deine Koje kriechst. Recht so! Du kannst mir glauben, wenn das der Grund ist, dass du mir nicht schreibst, dann bin ich viel, viel glücklicher, als wenn jeden Tag ein Brief käme, im dem du Trübsal bläst.

Dott, mein Dott, ich bin einsam, aber glücklich. Der Unterschied zwischen uns ist aber der, dass ich dich entbehren, aber auch einsam im alten Trott dahin vegetieren muss. Du aber hast nette Gesellschaft, daran zweifle ich nicht, bei dir nicht. Für dich ist es viel leichter, nicht so viel an mich zu denken. Mich aber erinnert alles hier an dich, alle fragen nach dir. Es geht einfach nicht, ohne dass ich in Gedanken immer bei dir sein muss. Du ahnst nicht, wie schwer das ist.

Ich suchte etwas und stieß auf ein paar Kleidungsstücke von dir. Ich hätte sie küssen mögen! Ich kam mir vor wie ein Fetischist. Wenn ich es so überlege, ist es erstaunlich, dass Du nach fünfzehnjähriger Ehe noch solch eine Zauberkraft auf mich ausübst. Ich bin täglich in einer Stimmung wie vor sechzehn, siebzehn Jahren. Damals habe ich mich auch so unbeschreiblich nach dir gesehnt und musste meinem Sehnen Paroli bieten. Heute ist es ebenso.

Odilia hatte einen netten kleinen Brief an mich geschrieben. Sie erkundigt sich sehr freundlich nach meinem Befinden. Es ist so wohltuend, wenn das ein Mensch tut, von dem man weiß, dass er es gut meint.

Im Kalender hast du vermerkt: 19.9. – DIG – Shell-Haus. Ich habe Odilia gefragt, ob dann ein Filmabend ist. Ich würde wohl rüber fahren, denn ich muss mal wieder unter diesen netten Menschen sein, mit denen du auch so gern zusammen warst.

Aber, worüber wir noch am Tag deiner Abreise mit Emmy und ihrem Mann sprachen, das ist nun Wirklichkeit geworden: Am 29.9. um 20.00 Uhr tanzt Shrimati Leela Raman in der Schule am Mittelweg in einem abendfüllendem Programm der DIG in Zusammenarbeit mit der Bharat Majlis den klassischen Tanz Bharatnatyam. Ich freue mich schon sehr darauf und habe Odilia gebeten, mir eine Karte zu bestel-

len. Bertha will ich nicht mitnehmen. Ich sage ihr nichts davon. Später kann sie mal mitfahren. An diesem Abend möchte ich in meiner Andacht nicht von ihr gestört werden. Ich werde ganz besonders an dich denken müssen, denn dann bist du schon mittendrin in all dem, was wir nur kurz und stückweise schauen dürfen.

Odilia fragte nach der indischen Fahne, aber ich fand die unsrige nicht, wo hast du sie hingelegt? Ich erinnere mich, dass du die gesellschaftseigene an Professor Alsdorf übergeben hast.

22.00 Uhr

Ich muss noch weiter mit dir Zwiesprache halten, aber ich habe vorher noch dein Bild geküsst. Vielleicht hast du in diesem Augenblick für eine kurze Sekunde an mich denken müssen. Denn was du einst zu deinem Freund geschrieben hast, das trifft nun alles Stück um Stück für uns beide zu. Nämlich, ob es wohl im großen Weltenraum eine Stelle gibt, wo sich heimlich unsere Gedanken treffen. Man kann es nicht prüfen, aber es wird wohl so sein, dass unsere Seelen rastlos wandern und suchen, bis sie es gefunden haben.

Nun, wenn du diesen Brief in Händen hältst, wird es nicht mehr lange währen, bis du bei ihm bist. Und je näher diese Stunde rückt, umso mehr wirst du beträchtlich aufgeregt sein. Du kleine, liebenswürdige, geliebte Frau, du! Jetzt, da ich dir diese Zeilen schreibe, weiß ich noch nicht, mit welchen Gefühlen du diesem Tag entgegentrittst. Noch kam deine Nachricht nicht, ob er dir nach Port Said oder Suez geschrieben hat, und welchen Eindruck sein Brief auf dich machte. Hat sein Brief dich gar enttäuscht und du hast allen Mut verloren? Ich würde ehrlich mit dir betrübt sein, wenn es so wäre, denn ich weiß lange genug, dass du im Grunde nur ihn liebst. Plagen dich wieder deine Minderwertigkeitskomplexe? Wirf' sie über Bord und denke daran, was dir dein bester Freund aus langjähriger Erfahrung sagt: Du bist eine charmante, entzückende, liebenswerte und warme Frau, der die Gabe in die Wiege gelegt wurde (eine natürliche Gabe also und keine angelernte, eine echte – Falschheit fühlt man!) Männerherzen zu begeistern und für sich zu gewinnen.

Ich wünsche es dir so heiß, dass alle deine Wünsche in Erfüllung gehen mögen. Liebe ihn. Du weißt, dass du mir keinen Gram antust. Es müsste für dich ein ganz besonderes Gefühl sein, von zwei Männern geliebt zu werden. Rechne nicht nach, wer von uns beiden es mehr tut, er oder ich. Ich weiß heute genau, dass mein Leben ohne dich sinnlos ist. Er muss damit rechnen, dass du ihn wieder verlässt, das ist der Unterschied. Ich glaube, ihn als Menschen zu kennen und richtig zu beurteilen. Meine Achtung vor ihm ist unbezweifelbar. Dir wird es ebenso gehen, denn du kennst ihn persönlich. Wenn es dir auch körperlich gefällt (seine Bilder sehen nicht so aus, als müsste man sich vor ihm ekeln), dann zweifle ich keine Sekunde, dass du entflammt sein wirst, wie es in deinem Wesen liegt.

Wenn ich dich nicht ganz unbändig liebte, wärest du nie nach Indien gekommen. Da ich dich liebe, wie man es mit Worten nicht genügend bekräftigen kann, wünsche ich dir das höchste Glück, das es gibt auf dieser Erde: die Freiheit des Gedankens, wenn es dich überkommt, deinen tief inneren Gefühlen Ausdruck zu geben. Bitte habe aber den Mut, immer ehrlich zu mir zu sein, dann bist du meine beste Freundin, wie ich dein bester Freund sein will.

Ich schmachte nach einem Brief von dir. Wie wird er wohl sein? Lang? Kurz? Zärtlich? Sachlich? Er ist schon unterwegs, du kannst nichts mehr ändern. Ich kann nicht aufhören, zu schreiben. Es ist schon Mitternacht. Im Augenblick müsstest du wohl in Aden sein oder aber soeben abgefahren sein. Ich möchte stundenlang mit dir weiter plaudern. Es ist so unsäglich traurig. Schimpf' nicht mit mir, dass ich dir soviel deiner Zeit raube. Ich kann nicht anders glücklich sein, als wenn ich mit dir rede.

Diesen Brief habe ich an Herrn von Pochhammer in Bombay gerichtet, er wird dich dort erreichen. Lass´ dich küssen, meine Lieselotte. Ich gehe jetzt zu Bett.

Mit herzlichem Gruß und einem innigen Kuss
dein Hanne

Putensen, 8.9.56

Mein liebes Dott!

Eine Riesenportion Aal in Gelee mit saftigen Bratkartoffeln, die mir Bertha soeben durch Sigrun herüberschickte, hat mir gut gemundet und so hat der volle Magen das leere Herz wieder ein wenig wettgemacht.

Heute Mittag, nachdem ich die Post abgeholt hatte, habe ich den Brief nach Bombay aufgegeben. Traurigen Sinnes, denn ich hatte mir fest eingeredet, es müsste heute ein Brief von dir ankommen. Ein altes Wort sagt: Wer nicht schreibt, dem geht es gut. Aber ich fiebere darauf, es von dir bestätigt zu sehen. So fange ich denn gleich wieder einen neuen Brief für dich an und ich weiß noch nicht, ob ich ihn noch mal nach Bombay schicke oder gleich nach Kalkutta. Allerdings möchte ich nicht, dass er vor dir selbst in Kalkutta eintrifft, damit du dort mit deinen Gefühlen erst einmal zur Ruhe kommen kannst. Jetzt muss ich ja immer etwa fünf Tage Laufzeit kalkulieren und das ist ein bisschen komisch, weil du erst nach zehn oder vierzehn Tagen liest, was ich heute schreibe. Das klingt dann durch die Ereignisse überholt. Aber ich muss doch mit dir reden, sonst bin ich nicht glücklich. Viel lieber würde ich dir ins Ohr sagen, wie lieb ich dich habe, aber das hätte ja auch nicht viel Zweck, weil ich ja kein Echo hören würde.

Wenn ich diesen Brief absende, und es wäre immer noch keiner von dir da, wäre es sehr grausam. Doch ich hoffe weiter von Tag zu Tag!

Mir geht es – den Umständen nach, wie es so schön heißt – sehr gut. Ich habe viel zu tun, aber ich finde trotzdem unheimlich viel Zeit, an dich zu denken. Das wirkt sich freilich gar nicht besonders angenehm aus, und heute Nachmittag bin ich von Bötersheim bis Ramelsloh in einem Zustand am Steuer gesessen, als wenn wir beide in zärtlicher Umarmung den Feierabend genießen. Du darfst mich deswegen nicht auslachen.

9.9.1956

Ich bin gegen achtzehn Uhr nach Hause gekommen, habe etwas Schreibtischarbeit erledigt und um neunzehn Uhr Abendbrot gegessen. Dann habe ich die Sonnabendzeitung gelesen (gestern bin ich nicht dazu gekommen).

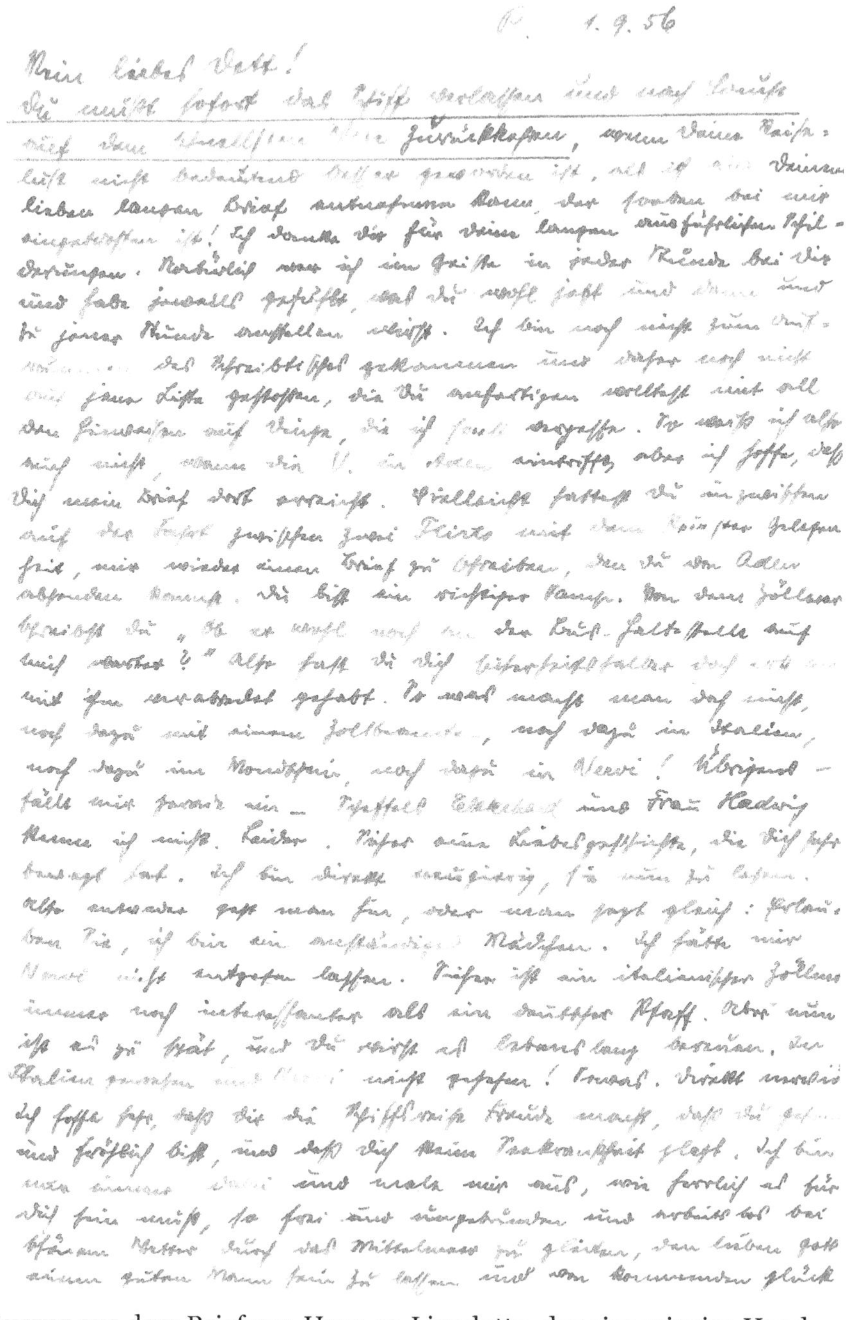

P. 1.9.56

Mein liebes Dett!
Du mußt sofort das Schiff verlassen und nach Hause auf dem schnellsten Wege zurückkehren, wenn Deine Reiselust nicht bedeutend besser geworden ist, als ich aus Deinem lieben langen Brief entnehmen kann, der soeben bei mir eingetroffen ist! Ich danke Dir für Deine langen ausführlichen Schilderungen.

28. Auszug aus dem Brief von Hans an Lieselotte, der eine winzige Handschrift hatte und meist Sütterlin schrieb

Gegen zwanzig Uhr klingelte es. Sigrun stand in der Tür und brachte mir zwei herrliche Äpfel.

„Du bekommst aber noch etwas", sagte sie. Da tauchte Bertha aus der Dunkelheit auf, die mich überraschen wollte. Sie brachte eine Riesenplatte belegter Brote: Fliegenpilze aus Eiern und Tomaten, Mettwurstbrote dick belegt usw.; so hatte ich für Montag Frühstück und Abendessen. Beide waren über eine Stunde bei mir. Bertha war natürlich neugierig, ob du schon geschrieben hast. Ich habe ihr daher deinen Brief aus Genua vorgelesen.

Wir haben uns gut unterhalten, aber dann war ich doch froh, als sie wieder gingen, denn nun kann ich noch ein paar Worte zu dir sagen. Dein Bild liegt immer neben mir, wenn ich schreibe, denn ich schreibe nicht eigentlich, sondern rede mit dir. Dabei will ich dich auch ansehen können, wie sonst auch, wenn ich mit dir rede!

Morgen früh will ich zeitig fort, und daher werden es heute nur ein paar Zeilen sein. Liebste Dott, wenn dir meine Handschrift Mühe macht und viel Zeit fortnimmt, dann schreibe es mir. Ich will dann gerne mit der Maschine schreiben, obgleich ich es aus bestimmtem Grunde nur tun werde, wenn du es willst.

Bertha, Sigrun und ich haben gerätselt, wo du jetzt wohl stecken magst. Seit zwei Tagen im Ozean oder gar noch – verspätet – in Aden? Ich warte wirklich sehr ungeduldig auf einen Brief von dir. Es ist ungezogen von mir, ich weiß es, wo du jetzt doch wohl so viel Zeit gar nicht frei hast. Aber ich kann es nicht ändern. Ich wünsche immer nur, dass es dir auch wirklich, wirklich gut geht und dass du glücklich bist! Glücklich, gesund und strahlend.

Meine Geschäfte gehen nicht ganz so gut wie ich hoffte. Heute habe ich zwölf Besuche, aber keinen einzigen Abschluss gemacht. Bis heute sind es erst 105.000. Ich muss unbedingt auf 300.000 und darüber kommen.

Immer größer wird von Tag zu Tag die Entfernung zwischen uns. Wirst du pünktlich am Dreizehnten drüben sein? Oder verschiebt sich alles wegen der verdammten Krise im Suezkanal? Wir bekommen hier keine authentischen Nachrichten.

Hoffentlich ist morgen ein Brief von dir hier. Gute Nacht, mein Dott! Denke nicht zuviel an mich, ich tue es dafür doppelt!

10.09.1956

Es ist kein Brief von dir im Kasten. Wenn du pünktlich in Aden warst und von dort geschrieben hast, müsste er jetzt hier sein. Oder du warst nicht pünktlich da. Es ist so schrecklich einsam. Ich suche aber keine Gesellschaft. Ich bin am liebsten mit dir allein. In der letzten Nacht warst du im Traum bei mir. Es war ein alberner Traum.

11.09.1956

Ich habe die „Liebesehe“ von Pearl S. Buck gelesen und muss dir leider sagen, dass mir das Buch nicht gefallen hat. Ich nehme an, du kennst es. Was ich mir unter einer Liebesehe vorstelle, ist meilenweit davon entfernt. Dieser Maler ist sexuell hörig, weiter nichts, er hat keine geistige Bindung zu seiner Frau. Für mich ist eine Liebesehe diejenige, in der der körperliche Kontakt in völligem Ineinanderaufgehen eine Vollendung und Bestätigung (und natürlich Folge) des geistigen Kontaktes ist. Der Maler will seine Frau endgültig verlassen, aber er bringt es nicht fertig, weil sie eine Meisterin der Erotik ist. Zugegeben, das ist in vielen Ehen überhaupt der Kitt! Ich könnte nie glücklich sein, wenn ich stets das Gefühl haben müsste, dass meine Ehe nur deshalb hält, weil wir beide sexuell unheimlich kongruent sind.

Am Anfang einer wirklichen, wahren, ernsten und tiefen Liebe, die sich im Akt der körperlichen Vereinigung, der „Vermählung“ beweist, muss immer die Zeit stehen, in der das Paar Zuneigung und Harmonie durch die geistige Übereinstimmung findet. Aus der festen Überzeugung heraus, dass beide geistig harmonieren, soll der sexuelle Kontakt seinen Grund finden. Ist das nicht der Fall, hat nur der Geschlechtstrieb gesprochen. Hierin unterscheidet sich der Mensch am deutlichsten vom Tier. Nur Menschen, die das nicht empfinden und glauben, die geistige Bindung oder Verbindung eines Liebespaares sei Nebensache, sind primitiv. Umgekehrt gibt es vergeistigte Kreaturen, die der Meinung sind, das Sexuelle sei obszön an sich und nur wegen des Naturgesetzes über die Fortpflanzung duldbar und angebracht.

Meine völlige Übereinstimmung mit dir nenne ich „Liebe“ (Zwei Professoren oder auch zwei alte Tanten oder Betschwestern, die geistig harmonieren, „lieben“ sich natürlich nicht in diesem Sinne). Ich aber liebte dich bereits, als ich noch gar nicht ahnen konnte, welche ungeheuren sinnlichen Kräfte du in dir hattest und später in natürlichster Weise entwickeltest.

Ich will dich nicht verletzen, aber in den letzten Jahren hat es mir daher oft wehgetan, das Gefühl zu haben, dass du im Begriff warst, dich geistig mehr und mehr zu entfernen. Du hast auch keinen bündigen Gegenbeweis anbringen können, wenn ich dir dies vorhielt. Sehr schmerzlich hat es mich in diesem Zusammenhang auch berührt, wenn du – als ich unsere Ehe für sehr glücklich hielt – dies nicht bestätigtest, sondern – ohne Hervorbringung eines Gegenbeweises – nur eine zweifelnde Geste oder Gebärde anbrachtest. Kein striktes „Nein", aber auch kein glückliches „Ja".

Auch, dass du es nicht oder nur ganz, ganz selten fertig bringst, zu mir zu sagen: „Ich liebe dich, Hanne!", ist für mich ein wehes Gefühl, gerade weil ich unter Liebe eben nicht oder nicht nur die unsagbar wonnigen Dinge des Geschlechtslebens verstehe, sondern vielmehr – und viel mehr! – die geistige Vermählung! Du hast mir einmal gesagt: „Würde ich denn sonst tun, was ich tue, wenn ich dich nicht liebte?"

Zweifellos hat diese rhetorische Frage einen Wahrheitskern: Natürlich würdest du nicht tun, was du tust, wenn du mich nicht liebtest, aber hat sich nicht der Begriff „Liebe" bei dir in siebzehnjährigem Sexualleben verwirrt, so dass du – im Gegensatz zu mir – nur noch das Körperliche siehst?

Du musst nun nicht denken, ich glaubte nach alledem und zufolge meiner Auffassung, du liebtest mich nicht. Das wäre ja absurd! Natürlich glaube ich an deine Liebe, ich bin besessen von ihr. Wollen wir uns streiten, wer wen mehr liebt? Ich liebe dich, Lieselotte! Ich habe es dir tausendmal gesagt. Und wie eine Frau ein Kompliment oder ein liebes Wort gern hört, hat auch ein Mann ein beseligendes Gefühl dafür, von einer Frau dergleichen zu hören. Ich schäme mich nicht, dir zu sagen „Ich liebe dich, Lieselotte!", denn erstens weiß ich, dass du es gern hörst und zweitens – das ist viel wichtiger – ist es wahr! Diese, meine Meinung aber, dass du den geistigen Kontakt von früher zu mir nicht mehr hast, ist ein Thema, über das wir uns unterhalten könnten. Du wirst jetzt keine Zeit dazu haben, es kann ja auch später von Mund zu Mund geschehen. In dieser Vorausschau habe ich die Hoffnung, du mögest in achtmonatiger Trennung von mir erkennen, wie stark du geistig mit mir harmonierst. Jetzt könnte ich sagen: „Würde ich sonst tun, was ich tue?"

Meine kleine Philosophie ist richtig; du magst in Kalkutta feststellen, ob sie sich auch in Indien beweist!

Aus dieser Sicht gesehen, ist „Die Liebesehe" von Pearl S. Buck kein wertvolles Buch, sondern erotischer Kitsch. Deshalb geht meine Philosophie im Hinblick auf deinen Besuch in Kalkutta so: Findest du einen ausgesprochenen, geistigen Kontakt zu dem Menschen und Mann D. Chatterjee, so kann der körperliche Kontakt nur eine Frage der Zeit oder der Gelegenheit, muss aber sonst eine logische und natürliche Folge sein. Ergäbe sich der körperliche Kontakt nicht, dann bestünde mit sehr hoher Wahrscheinlichkeit auch kein geistiger Kontakt! Wäre aber sehr deutlich ein geistiger Kontakt nicht vorhanden und zu spüren, und erfolgte daraufhin ein körperlicher Kontakt, dann handelt es sich nicht um Liebe, sondern um simplen Geschlechtstrieb, gleichgültig, von wem er ausgeht. Meine Ansicht kennst du noch von der Unterhaltung her: Ich glaube fest, dein Zusammenleben mit „ihm" wird man – nach meiner Philosophie – Liebe nennen müssen. Ich hoffe nicht, dass du dich je schämen würdest, es mir zu gestehen. Ich wünschte dir nur, es würde eine ganz große, eine unendlich große Liebe.

Ich habe im Hintergrund den schönen Gedanken, wenn du zu mir zurückkehrst, eine Lieselotte in meine Arme nehmen zu können, die tausendmal glücklicher ist, als sie je war!! Denn ich liebe dich, Lieselotte!

Gute Nacht, mein Dott!

12.09.1956

Um dreiundzwanzig Uhr noch schnell in aller Eile ein paar Zeilen.

Kein Brief von Dir. Ich bin darüber recht traurig, doch tröste ich mich immer wieder damit, dass du nur vermeiden willst, mir zu berichten, wie hässlich das Schiff ist, wie sehr du dich langweilst, wie wenig nett die Mitpassagiere sind, wie eintönig das ganze Leben auf dem Planeten ist – keine Unterhaltung, kein frohes Plätschern im Schwimmbad, nicht der kleinste Flirt, keine leiseste Hoffnung auf Besserung, und du verbringst die langweiligen Tage und Nächte griesgrämig in deiner Koje!

Sag' mal, wenn du so viel Zeit hast, warum schreibst du nicht? Böses Dott, ich liebe dich nicht mehr, ich liebe jetzt eine andere!

Ich will mich von dir bis zum nächsten Mal verabschieden. Ich beginne morgen schon mit dem nächsten Brief. Bitte schreibe mir, wohin und zu welchen Zeiten ich dir in der Folgezeit schreiben kann.

Bleibe gesund und fröhlich, meine Lieselotte, verliebe dich schnell und innig, Lieselotte, meine geliebte Lieselotte, beide Daumen drücke ich dir!

Mit tausend Grüßen und Küssen
dein Hanne

Putensen, 13.09.1956

Mein liebes Dott!

Ich bin heute zu Hause geblieben, weil erstens heute ein unheimliches Wetter herrscht – mit Gewittern, Wolkenbrüchen (Gott sei Dank war es gestern nicht so) – und ich zweitens, nachdem der Schreibtisch tadellos in Ordnung ist, auch mal darinnen aufräumen musste. Ich war also nur zur Post und habe noch einen letzten Kuss auf die Heideblume gedrückt, die ich dir überbringen wollte.

Diese stammt übrigens aus meinem Wagen, wo am rechten Fenster ein Sträußchen steht. Dieser wiederum stammt vom Wagenboden. Auf- und zusammengelesen von dem großen Strauß, den du am 27.8. nach Hamburg mitnahmst. Du hattest ein paar Stängel verstreut und diese erinnern mich nun täglich an unsere letzte gemeinsame Fahrt.

Ich war also auf der Post und habe deinen Brief abgegeben. Es war gerade elf Uhr und so bin ich denn zu Poppe gefahren, in der heimlichen Hoffnung, es läge ein Brief von dir dort. Aber meine Hoffnung trog. Es soll kein Vorwurf sein, Liebste, aber ich warte so bitter sehnsüchtig auf deine Zeilen. Ich weiß ja, dass du jetzt wenig Zeit hast, lange Briefe zu schreiben, aber ich wäre über eine kleine Postkarte sehr, sehr glücklich gewesen, damit ich wenigstens erführe, dass es dir gut geht und du froh bist.

Beim Schreibtischaufräumen habe ich den Packen Briefe gefunden, die ich gelegentlich an dich geschrieben habe. Ich musste sie erstmal alle lesen, und ich muss sagen, bis auf einige Kleinigkeiten könnte ich sie dir heute allesamt der Reihe nach zuschicken. Es war sogar einer von dir dabei. Auch diesen würde ich jederzeit akzeptieren. Er war sogar in Englisch geschrieben, eine Gepflogenheit, die du sonst – trotz meiner inständigen und wiederholten Bitte mit fadenscheinigen Gründen abgelehnt hast. Ich habe die große Hoffnung, dass du im Laufe der langen, langen Zeit, in der dein Hirn und Herz und Mund auf Englisch eingestellt ist, so viel gutes und einwandfreies Englisch lernst, (das du bisher ja – wie dir wiederholt von allen Leuten bestätigt worden ist – nur in äußerst mangelhafter, um nicht zu sagen stümperhafter Weise beherrschst), dass du mir, wie ich es seit langem wünsche, eine vorteilhafte Lehrerin sein kannst.

Ich habe mir Odilias Lorbeerkranz für uneigennützige Opferbereitschaft verdient. Dafür möchte ich deinen besonderen Dank, indem du mir einmal einen großen Herzenswunsch erfüllst. Wenn du dermaleinst wieder zurück sein wirst, würdest du wohl als Erfolg dafür, dass es dir immer fürchterlich schwer fällt „Ich liebe dich" zu mir zu sagen, künftig viel Englisch mit mir sprechen, damit ich an dieser Bereitschaft erkennen kann, dass du mich liebst, ohne es zu sagen? Aber bis dahin vergeht ja noch so lange Zeit, dass du es wieder vergisst. Im Grunde bist du mir so ein raffiniertes Frauenzimmerchen, dass man dich schon deshalb lieb haben muss.

Jetzt ist es eine halbe Stunde später, denn ich konnte es hier nicht mehr aushalten. Das Thermometer zeigt im Zimmer 13 Grad. Man bekommt eine Gänsehaut. Die Wärme des Briefes musste darunter leiden. Kurzum – ich habe erst einmal Feuer gemacht, denn es roch bereits alles ein wenig muffig. Nun lodern die Flammen und bald werde ich, bei angenehmerer Temperatur, meinem Gefühl wärmeren Lauf lassen können.

Wenn ich durch deinen Garten gehe, freue ich mich jedes Mal. Der Blumengarten ist so wundervoll! Ich weiß zwar nicht, wie die Blumen heißen, das ist schade, aber dafür halte ich mir ja eine kleine, süße Botanikerin, die ich zur Zeit, um ihr umfangreiches Wissen noch bedeutend auszuweiten, zum Studium in einen bedeutenden Botanischen Garten geschickt habe. Dort soll sie die Wunderwelt exotischer

Blütenpracht genießen und die bezaubernden Düfte tropischer Gewächse in sich aufnehmen.

Wenn ich jetzt eine Million im Lotto gewinnen würde, würde ich dir durch einen spezialisierten Gärtner einen Blütengarten anlegen lassen, der dir täglich aufs Neue ein fröhliches Gesicht entlockte. Ich selbst würde es wohl nicht mehr können, da du dann täglich von indischen Freunden umgeben wärest, die mich völlig aus deinem Gesichtskreis verbannten.

In unseren Briefen können wir mal so richtig Zwiesprache miteinander halten, und da ich erst einen bekam, bin ich neugierig auf die weiteren. Solange ich deine Briefe unseren Bekannten noch vorlesen kann, entbehren sie der Sachlichkeit noch nicht so sehr. Wenn das aber nicht mehr der Fall sein wird, werden sie mir wohl kleine Heiligtümer werden. Damit aber beides möglich sein wird, wäre es zweckmäßig, wenn du es anders machst als ich, und nicht alles durcheinander schreibst. Das Sachliche in einem Brief und das Persönliche auf einem Extrablatt. Sofern du überhaupt noch fähig bist, einen Liebesbrief von Indien nach Deutschland zu schicken. In umgekehrter Richtung hast du es recht meisterlich geschafft, so dass ich eigentlich keine allzu großen Befürchtungen habe.

So kannst du dir vielleicht meine innere Spannung und Vorfreude gar nicht recht deutlich genug vorstellen, denn der Unterschied bleibt ja immer der gleiche: Während mich die Einsamkeit laufend umschweigt, steckst du mittendrin im täglichen Getriebe des Neuen, Schönen, dich kurzweilig Beschäftigenden; du hast Unterhaltung in Fülle, bist stets in Gesprächen, in wunderbarer Gesellschaft, die stetig neuen und vielfältigen Eindrücke überwältigen dich, du langweilst dich nicht, du bist aufgeschlossen und sprühst nur so von Anmut und Lebensfreude, für dich ist die Zeit ein köstliches Erlebnis. Vielleicht – und hoffentlich! – bist du von Liebe umgeben und hast, um zurückzugeben, gar nicht mehr so viel übrig, dass deine Briefe an mich zum Abglanz werden könnten von all der Glückseligkeit deiner Tage.

Wenn dich dieser Brief erreicht, möchte es sein, dass du mir inzwischen hoffentlich zwei Mal geschrieben hast. Ich bin also begierig zu lesen, was mir dein – hoffentlich bald eintreffender erster Brief nach dem Genueser – bringt.

Heute, am 13.09., müsstest du in Bombay eintreffen und du wirst in einen Trubel von liebenswürdigen Ereignissen kommen. Allerdings weiß ich nicht, ob ich dir zur rechten Zeit die Daumen drücken kann für deine große Rede. Doch da meine Gedanken immer bei dir sind, werde ich wohl auch in dieser bedeutsamen Stunde um dich sein! Ich weiß allerdings ohne deine Briefe, dass du ein charmantes und liebenswürdiges Bild sein wirst, und dass dir die Herzen deiner Zuhörer zufliegen. Du wirst großen Beifall erleben und man wird dich feiern. Du brauchst nicht zu glauben, dass ich auch nur eine Sekunde um dich Sorge habe.

Darin unterscheiden wir uns ja so stark, dass du voller Hemmungen steckst und du es jedes Mal erlebt hast, dass dir alles elegantest gelungen ist, was du zelebriertest, während ich ohne jedes Herzklopfen Zeuge sein konnte, wie du von Mal zu Mal sicherer und selbstbewusster deine Obliegenheiten wahrnahmst und meistertest. Sage jetzt bitte nicht, mir gäbe das die Stimmung ein oder mein allgemeines Verhältnis zu dir. In dieser Beziehung lüge ich dir und mir nichts vor. Du hast dich – weiß Gott – zu einer Persönlichkeit entwickelt! Ich bin ein wenig stolz darauf, dass ich dir dabei ein klein bisschen helfen konnte. Du bist eine Persönlichkeit, die nicht alltäglich ist, weil du von ganz besonderem Genre bist: Fraulich anziehend und gewinnend, freundlichst, charmant und natürlich, ungekünstelt und frisch, dabei aber überzeugend souverän.

Es ist jetzt, nachdem du in Indien eingetroffen bist, für mich etwas sonderbar, denn während ich jetzt schreibe, bist du in Bombay. Wenn der Brief dich aber erreicht, bist du bereits in Kalkutta. Meine Gedanken müssen also immer wandern.

Eben denke ich daran, was du jetzt in dieser Minute treiben magst, da meine Tinte noch feucht ist. Ich bin entsprechend gedanklich vorausgeeilt und befinde mich in diesen Tagen bereits in Kalkutta neben dir. Wie wird es sein, wenn du deinen Freund wiedersiehst? Du sollst wissen, dass ich immer bei dir bin und jedes Glück mit dir erleben möchte. Ich werde aber untröstlich sein, wenn du nicht Glück, sondern Unglück erlebst. Bis gegen Ende dieses Monats werde ich also in einer Spannung leben, die dir vielleicht unvorstellbar ist. Wenn dann aber dein Brief ein einziger Jubelruf ist, dann musst du wissen, dass hier – so paradox es klingt – ein Zweiter überglücklich ist.

Vielleicht bist du in einem Zustand, der dich den Kopf schütteln lässt über so viel Hemmungslosigkeit der Gefühle eines Mannes, der vorgibt, dich über alles zu lieben und der doch handelt, als sei er gar nicht an dir und seinem bevorrechteten Alleinbesitz interessiert. Ich muss dich aber herzlich bitten, dir vorzustellen, dass hier ein Mann einen Brief an dich schreibt, der so grenzenlos verliebt ist in dich, dass er sich lieber töten würde, als dich unglücklich zu sehen. Es hat schon viele hunderttausend Männer gegeben, die ihrem Leben aus Liebeskummer oder wegen unglücklicher Liebe ein gewaltsames Ende gesetzt haben. Liebe ist eine so unergründlich gewaltige Macht, dass es aller uneingeschränkten Erkenntnis und alles auf gründlicher Erfahrung berufenden Verständnisses bedarf, um ihre oft sinnverwirrenden und zuweilen unlogisch anmutenden Erscheinungen zu begreifen. Ich habe nur den Wunsch, dass deine Liebe zu mir so stark sein möge, dass du in den innersten Winkel meines Herzens zu schauen vermagst, von dem ich dir einst geschworen habe, dass es nur für dich schlägt.

Ich gehe jetzt zu Bett, morgen geht es früh auf. Aber ich werde noch ein wenig lesen, da du mir einige Bücher schenktest. Du bildetest dir ein, sie zu meiner Zerstreuung zu beschaffen. Nun ja, du hast es erreicht: Ich bin oft beim Lesen so zerstreut, dass meine Gedanken fortlaufen. Und wenn ich sie suche, um sie zum Weiterlesen zu ermahnen, muss ich feststellen, dass sie bei dir sind, du liebe Zauberin!!

Ich liebe dich, Lieselotte!

Gute Nacht, mein Dott!

Putensen, 14.9.1956

Kurz vor neun Uhr abends bin ich nach Hause gekommen und wollte eigentlich gleich zu Bett gehen. Aber jetzt ist es mir völlig gleichgültig, wann ich zum Schlafen komme. Im Briefkasten steckte ein Brief von Dir!! Ich habe heftig gezittert, als ich ihn öffnete.

Erst mal vorweg: Der Brief, am 4.9. in Port Said abgestempelt, trägt im Vermerk „Nachgebühr“ und ich habe noch – laut beigefügtem Zettel von Poppe – DM 1,16 an ihn zu entrichten. Soviel kostet ja ein unfrankierter Brief nicht!

Morgen muss ich erst Klarheit schaffen. Aber das ist jetzt alles ganz egal: Lieselotte, du hast mir geschrieben, und mir ist ein Stein vom Herzen gefallen. Den Satz: „Es ist absolut nicht langweilig" habe ich gleich dick rot unterstrichen, denn ich freue mich so unbeschreiblich, dass es dir gut geht und dass du gesund bist und dich wohl und glücklich fühlst. Jetzt bin ich beruhigt, und ich kann dir nicht beschreiben, wie dankbar ich dir für deinen lieben langen Brief und den Bericht bin. Ich freue mich, dass du so viel Frohsinn beim Baden hast und dass du so nette Gefälligkeiten erfährst. Nochmal: tausend, tausend Dank!! Ich bin so glücklich, endlich wieder deine liebe Handschrift vor mir zu haben. Du kannst dir gar nicht vorstellen, wie fürchterlich es ist, wenn man so ungeduldig auf ein Lebenszeichen wartet.

Bertha, die ebenfalls dauernd fragt, ob du noch nicht wieder geschrieben hast, wird ihn bald vorgelesen bekommen. Er ist ja von der Art, die man vorlesen kann. Ich tröste mich mit dem langen Kuss am Ende und damit, dass wir ja sozusagen Leidensgenossen sind, denn auch du hast ja keinen zärtlichen Brief erhalten, dass du ihn vor Scham verstecken müsstest. Es ist aber trotzdem sehr, sehr lieb von dir, dass du mir doch schon von Port Said aus geschrieben hast.

Ich hatte mir doch gedacht, du würdest mich nicht so lange auf die Folter spannen und den Brief per Luftpost schicken. Dann hätte er bereits am 6.9. hier sein können, und ich hätte mir nicht so viele Sorgen zu machen brauchen. Nun ist aber alles gut. Mir sind die Tränen in die Augen gekommen, als ich den Brief las.

Du schreibst alles ganz nüchtern und sachlich, aber ich sehe doch, dass du glücklich bist, und das ist mein einziger Wunsch für dich! Lass' mich nicht alles wiederholend betrachten, was du berichtest. Ich nehme es dankbar in mir auf, denn deine Briefe lese ich immer wieder. Den Genueser Brief kenne ich schon bald auswendig. Dass du aber auf dem Schiff bereits wieder neue und interessante Verbindungen anknüpfst, das verwundert mich nicht. Da kann ich mir dich vorstellen! Liebste Lieselotte, lass' dich bitte, bitte auf keine Weise beeinträchtigen, wenn du aus meinen Briefen die Sehnsucht herausliest, die ich heute schon nach dir, nach nur wenigen Wochen, bereits habe!! Denke jetzt nur an dich!! Ich bin mit dem kleinsten unbedeutenden Lebenszeichen von dir zufrieden, nimm keine Rücksicht auf mich und meine Gefühle, ich will es so. Du sollst unbeschwert sein, ich will dich nicht in Anspruch nehmen. Wenn du wieder zurück bist, werde ich das zur Genüge tun.

Erlaube mir aber, mit dir zu reden: ich muss mein Herz ausschütten, ich bin allein, du nicht.

Deine Seereise ist vorüber, wenn du diesen Brief in Händen hältst. Hoffentlich war sie weiterhin schön und glücklich. Ich muss jetzt schlafen gehen, mir fallen die Augen zu. Du liegst jeden Abend bei mir, und ich einfältiger Tor küsse dein Kopfkissen. Vielleicht lachst du mich aus und bringst gar kein Verständnis mehr auf dafür.

Gute Nacht, mein Dott.
Ich habe Kopfschmerzen, so habe ich mich über deinen Brief gefreut!

15.9.1956

Ich habe also die DM 1,16 Nachgebühr bei Poppe bezahlt, der freilich keine Ahnung hat, wie das zusammenhängen könnte. Ich bin dann zum Zustellpostamt Amelinghausen gefahren, wo mir der Postfahrer Labahn freundlichst eine halbe Stunde lang Auskunft gab. Er hat alle Tabellen und Vorschriften studiert, kann mir aber nicht errechnen, wie der Betrag von DM 1,16 zustande kommt. Der Brief trägt ein „T“; das bedeutet im internationalen Postverkehr „Taxe“. Über dem „T“ steht „58 c“, dies bedeutet 58 Centimes, nicht französische Centimes, sondern eine internationale Postwährung. Der deutsche Umrechnungsfaktor für ein Centime ist zwei, also sind die einhundertsechzehn Pfennig zu erheben. D.h., das deutsche Bundespostministerium ist mit 58 c belastet und muss sie verrechnen. Wie diese 58 c aber zustande kommen, ist für mich nicht nachzuvollziehen. Es wäre nur eine Beschwerde beim ägyptischen Generalpostminister möglich. Herr Labahn aber riet mir, die 1,16 ans Bein zu binden, weil solche Beschwerden gebührenpflichtig seien und nur äußerst selten etwas dabei herauskommt.

16.9.1956

Ich war bis zum frühen Nachmittag unterwegs und will gegen Abend zu K.’s und zu Bertha, um deinen Brief vorzulesen. Noch weiß es keiner, denn ich hatte ja überall gesagt, dass selbst von Aden aus mit keinem Brief von Dir zu rechnen wäre.

Alle Leute spürten, dass ich in Unruhe bin, und haben mich mit den volkstümlichen Worten getröstet: Wer nicht schreibt, dem geht es gut. Ich habe mich mit keinem lange darüber unterhalten können, denn mir wären sofort die Tränen in die Augen geschossen, weil ich mich von dir so herzlos verlassen fühlte. Du hättest ja auch mit einer fürchterlichen Krankheit in einem Schiffslazarett liegen und unter entsetzlichen Qualen gar nicht fähig sein können, zu schreiben.

Ich habe die Buchholzer Puppen abgeliefert und fünf neue mitgebracht. Bis auf ein Paar Schlafaugen alles einfache Sachen. Auch eine Evendorfer brachte ich mit. Ich habe dort einen Abschluss gemacht und die Frau gab mir die Puppe mit. Sie ist schon wieder zurück. Das Geld kommt wie immer in die Sparbüchse. Jetzt brauchen wir zwar nicht mehr für Indien zu sparen, aber wir werden es für andere Dinge benötigen.

Heute – am Sonntag – wirst du wohl den Elefanten-Tempel besuchen. Ich freue mich mit dir, denn eine ganze Menge neuer und schöner Eindrücke liegen nun wohl schon hinter dir. Es wird dir nicht möglich sein, alles eingehend zu schildern. Quäle dich ja nicht mit langen Briefen, die dir deine Zeit stehlen, denn abends wirst du herzhaft müde sein. Fülle lieber dein Tagebuch täglich mit Stichworten aus, die du später auswerten kannst. Mir gib nur das Wesentliche bekannt. Ich kann mir schon ein Bild machen, denn wenn du mich auch nur annähernd genau informieren wolltest, müssten deine Briefe fünfmal so lang sein wie meine, und du brauchtest täglich ein paar Stunden dazu.

Viel, viel mehr interessiert mich der Mensch Lieselotte. Über dich musst du mir alles erzählen, wie du dich kleidest und was du isst, wie du schläfst, ob du dich wohl fühlst, deine täglichen Gewohnheiten, alle deine persönlichen Belange, wie man dich informiert und ob du glücklich bist.

Bis jetzt habe ich dir viermal geschrieben, so dass du alle sieben Tage einen Brief von mir hattest. So wollte ich dich bis Kalkutta begleiten. Nun bist du dort, und von nun an wird es ja anders werden müssen. Ich weiß nun keine Anschriften mehr, denn dein Programm baust du ja wohl erst jetzt sinnvoll auf. So werde ich nunmehr abwarten, bis du mir auf diesen vierten Brief geantwortet hast, und in Zukunft werde ich wohl noch täglich an dich schreiben, aber den Brief erst absenden, wenn du mir jeweils auf den vorhergehenden geantwortet hast, indem du mir jedes Mal die Adresse bekannt gibst, unter der dich schon elf bis vierzehn Tage später mein Brief erreichen kann. Auf diese Weise wird es möglich sein, dass du wenigstens zweimal im Monat Post von mir hast. Wenn du das aber für zuviel hältst, ist es sehr einfach: Du antwortest so viel später auf den zuletzt erhaltenen Brief, wie es dir angenehm ist. Wenn man täglich einige Zeilen zu Papier bringt, ist es gar nicht so schlimm, einen längeren zu schreiben. Dein Brief aus Port Said war zwölf Seiten lang und du hast immerhin vier Tage daran geschrieben. So ist es das Beste.

Die DIG hat geschrieben und am 17.9., im Anschluss an den Filmabend, zu einer Versammlung eingeladen. Ich fahre natürlich hin.

Der Tanzabend am 29.9. kostet Reihe eins bis drei fünf Mark, Reihe vier bis neun drei Mark und Reihe zehn bis neunzehn eine Mark fünfzig. Gestern schrieb mir Frau E. eine Karte: Odilia ist z. Zt. in England und hat ihr aufgetragen, für mich eine Karte mitzubesorgen. Sie nehmen Plätze für eine Mark fünfzig und ich habe auch einen solchen bestellt. Ich habe sie angerufen und zuerst einige Worte mit Frau Ratra gewechselt. Sie lässt dich grüßen, aber mit „best, best regards"! Wir freuen uns schon auf ein Wiedersehen und Frau E. lässt dich ganz besonders liebenswürdig grüßen. Ich werde deine beiden Briefe mitnehmen und ihnen vorlesen.

Botschafter Meyer hat an die DIG noch einmal geschrieben und gedankt. Er schreibt, dass Nehru besonders stark von Hamburg beeindruckt gewesen sei. Die DIG habe den deutsch-indischen Beziehungen einen wirklich wertvollen Dienst erwiesen.

Ich wünsche dir bei deinem Besuch in Delhi ein recht, recht freundliches Erlebnis! Dabei glaube ich heute, dass es für dich viel, viel besser ist, erst heute – als gereifte Frau und Persönlichkeit in Indien zu sein – als wenn du deinen Jugendtraum bereits in jungen Jahren erfüllt hättest. Deine Eindrücke werden so viel tiefer und nachhaltiger sein, und dein junges Leben ist noch lang genug, um lange Zeit hiervon zehren zu können.

Es ist kein leeres Wort vom Botschafter: Was du ganz allgemein für die deutsch-indischen Beziehungen getan hast, ist so ungeheuer beträchtlich, dass ich sehr stolz auf dich bin und darauf, dass ich dir in etwa – wo ich konnte, und hauptsächlich am Anfang – habe helfen können, das zu werden, was du heute bist: eine kleine Frau aus der Provinz, deren Wirken außerordentliche Beachtung findet! Eine charmante kleine Frau mit unheimlich vielseitigen Sympathien. Das beweist ja auch wieder dein Brief vom Schiff. Ich kann dir nur immer wieder den Rat des unsichtbaren Helfers geben: lege alle Minderwertigkeitskomplexe ab, in jeder Hinsicht und Lage, und bleibe selbstbewusst und ruhig. Du darfst wirklich stolz sein! Eingebildet bist du ja sowieso nicht, und kein Mensch wird bei deiner Natürlichkeit deinen Stolz für Einbildung halten. Du kannst aber mit deinem Auftreten in Indien einen weiteren großen Baustein auf das Werk setzen, das du begonnen hast. Ich wünsche dir, dass man dich überall gebührend feiert. Wenn es der Fall ist, will ich der Letzte in der Reihe sein, denn deine Indienreise schließt in dem Augenblick ab, in dem du mir wieder gegenüber trittst. Ich freue mich darauf, dir dann als Erster aus deinem Lebenskreis in Deutschland die Hand drücken zu können; der dir die Blüten übergeben wird, deren viel intensivere exotische Pracht du dann für lange Zeit wieder vermissen musst. Das Heidekraut in meinem Wagen ist noch sehr gut erhalten und ich bin gespannt, ob ich es fertig bringe, die Blümlein noch am Fenster zu haben, wenn du den Wagen wieder besteigst.

Der Brief hat jetzt schon zehn Gramm Gewicht, aber es kommt mir auf dreißig Pfennig nicht an und ich habe ja noch einige Tage zu schreiben. (Ich werde den Brief so absenden, dass er dich normalerweise am 25. bis 26.9. erreichen sollte, also am 20.9.) Dann bist du schon (schätzungsweise) zwei bis drei Tage in Kalkutta. Ich habe nur die leise Befürchtung, dass dir meine Briefe zu lang sind. Du musst mir offen und ehrlich schreiben, wenn das der Fall ist; ich bin dir nicht böse. Doch bin ich am glücklichsten, wenn ich auf diese Weise mit dir reden kann. Dein Bild lächelt mich zwar an: „Schreib' nur weiter!", aber man kann ja nie wissen, ob dir nicht selbst das Lesen von so langen Romanen Zeitmangel bereitet. Du brauchst dich deshalb nicht zu revanchieren, du weißt, ich lasse dir jede Freiheit!

Die Suezkanal-Krise hat mir viel Sorgen gemacht. Es scheint nun, als hätte man Nehrus Warnung doch nicht überhört. Das perfide Albion schafft immer Unruhe in der Welt. Es wäre ja schlimm, wenn der Kanal ausfallen würde. Aber im Frühjahr kommst du schon irgendwie nach Hause, wenn auch eventuell um das Kap der guten Hoffnung. Aber wenn Engländer und Franzosen es beschließen, ist der neue Weltkrieg da. Na, nun sollte man erst mal Ruhe bewahren!

Ich habe deine Briefe bei B.'s, R.'s und bei Bertha vorgelesen. Alle lassen dich herzlich grüßen. Tante Liese ist da, auch Hanna K. war gerade anwesend. Die haben natürlich alle Mund, Nase und Ohren aufgesperrt. Es ist ja auch rasend interessant. Deine Berichte sind ausgefeilt, enthalten alles Wesentliche, lassen das Belanglose weg und geben einen ausgezeichneten Einblick in dein Erleben.

Den Tanzabend auf dem Schiff hast du wohl für unwesentlich gehalten? Mir fehlte dein persönliches Erleben. Hast du das Abendkleid angehabt? Hast du viel getanzt? Oder warst du ein Mauerblümchen mit griesgrämigem Gesicht? Wie geht es so zu bei so einem Bordtanzfest?

Wenn du dich im Wasser tummelst, möchte ich dabei sein. Sicher machst du doch mit deinem schicken Badeanzug Furore. Im Rundfunk sagte ein Witzmacher: Bikini sei nur die Abkürzung für: Bi *tte* ki *tzele* ni *cht! Ich freue mich, dass du soviel Spaß am Schwimmen hast. Konntest du es denn noch? Nun ist ja das Schwimmen vorbei. Du fährst nach Kalkutta und ein neuer Abschnitt deiner Reise beginnt. Wir haben heute festgestellt, dass du schon drei Wochen fort bist. Ach ja, die Zeit vergeht doch schnell, und wie bald werden die acht Monate um sein. Langsam, ganz langsam gewöhne ich mich an den Zustand des Alleinseins.*

Bleib' gesund, meine Lieselotte, und gute Nacht, mein Dott!

17.9.1956

Wenn du mir geschrieben hättest, müsste der Brief längst da sein, selbst wenn er wieder mit lahmen Füßen gekommen wäre; wenn du unterwegs geschrieben hast, um den Brief bei deiner Ankunft in Bombay einzustecken, könnte er morgen kommen. So vergeht ein Tag nach dem anderen und es beginnt bereits wieder spannend zu werden.

Was treibst du heute am Montag? Ob mein dritter Brief dich in Bombay noch rechtzeitig erreicht hat? So viele Fragen und keine Antwort. Ob die Schiffsreise noch freundlich war, ob du viel Freude in und um Bombay gehabt hast? Wie mag deine Gemütsverfassung sein, heute – kurz vor der Abfahrt nach Kalkutta? Bist du sehr aufgeregt? Hast du „Lampenfieber"? Ach, ich möchte Mäuschen spielen und dich beobachten, wie du dich so gibst, ob du frohen Mutes bist oder niedergeschlagen, ob du zitterst vor Aufregung oder mäuschenstill bist. Ob dich die Hitze plagt, ob du gut schlafen kannst, ob dir das Essen bekommt, ob – ob – ob? Ich werde alles erfahren, wenn nicht in deinen Briefen, dann später.

Es ist 22.00 Uhr. Ich werde noch versuchen ein wenig zu lesen, um auf andere Gedanken zu kommen, denn sie sind bei dir. Du musst es doch spüren.

Gute Nacht, mein Dott!

18.9.1956

Wenn du mich auch bereits zartfühlend darauf aufmerksam gemacht hast, dass das Schreiben immer anstrengender wird, so hatte ich doch die leise Hoffnung, dass du einen dritten Brief aus Aden abgesandt haben könntest. Es wäre wohl heute der letzte Tag einer möglichen Ankunft, selbst wenn er wieder zu Fuß käme. Aber ich nehme an, dass du wenigstens gleich von Bombay aus schreiben wirst. Und zwar Air Mail, denn Briefe aus Indien per Surface Mail zu schicken, wäre ja sinnlos. Da könnte ich ja lieber abwarten, bis du wieder zurück bist, viel weniger aktuell wäre es dann auch nicht. Jedoch warst du am 13.9. in Bombay und ein Brief müsste eigentlich heute hier sein. Da der Briefkasten leer war, muss ich mich vertrösten.

Morgen fahre ich nach Hamburg und komme sicher spät nach Hause. Am 20.9. geht wieder ein Brief an dich ab.

Ich bin eben um 20.15 Uhr nach Hause gekommen, habe Abendbrot gegessen und zuvor leider einen großen Ärger gehabt. Ich hatte mir ein viertel Pfund Wurst gekauft und noch nichts davon verbraucht. Sie lag also im Schrank und als ich mich ans Essen machen wollte, fand ich nur noch einen kleinen Zipfel vor. Ich wunderte mich schon – es musste jemand in der Wohnung gewesen sein. Der Zuckerdosendeckel lag auf dem Küchenschrank, während er sonst auf der Dose sitzt, die ich aber nicht benutze, sondern nur zum Aufbewahren; denn ein Pfund Zucker verteilt sich immer genau auf die beiden Zuckerdosen. Wenn die von mir benutzte leer wird, schütte ich sie um.

Heidi, die an den Hausschlüssel kann, ist öfters hier, macht sich zwar irgendwie nützlich, aber hat mir wenigstens fünfundsiebzig Gramm Wurst weggegessen und wahrscheinlich auch vom Zucker genascht. Ich kann nicht immer in den Keller laufen und alles verschließen. Nun habe ich zunächst im Küchenschrank über der Wurst einen Zettel befestigt mit der Aufschrift: „Du solltest dich schämen, mir die Wurst wegzuessen. Ich habe nun nicht genug zum Abendbrot und kann mir kein Frühstück machen."

Zum Abendbrot habe ich eine Scheibe „ohne" essen müssen. Ich werde Frau K. sagen, dass sie den Schlüssel an sich nehmen soll, damit Heidi nicht in die Wohnung kann. Zwar kann sie dann auch keine Puppen reparieren, aber ich verzichte auf ihre Mitarbeit und mache das allein. Ich habe zwar weiß Gott genug um die Ohren, aber das werde ich dann auch noch schaffen.

Im Schreibtisch habe ich übrigens noch achteinhalb Pence gefunden. Ich wusste nicht, dass sie noch dort waren. Du hättest sie mitnehmen können. Ich muss sie gelegentlich mal umtauschen.

19.9.1956

Bevor ich nach Hamburg fahre, will ich auf die Post warten. Ich erfuhr heute, dass Sigrun eine Karte aus Karachi von dir erhalten hat. Bertha rief an und sagte, die Karte sei bereits vorgestern hier gewesen. Ich bin sofort hinübergefahren, um sie zu lesen. Sie ist nicht mit Luftpost gekommen und war nach sechs Tagen hier.

Was ist das für ein Spuk! Ich bin verzweifelt bei dem Gedanken, dass heute Mittag wieder kein Brief von dir bei mir ist. Ich warte seit Aden mit einer Spannung und Ungeduld, die du dir nicht vorstellen kannst.

Seit du weg bist, hängt an der Wand über deinem Bett dein Bild und lächelt mich an. Mit ihm halte ich Zwiesprache. Aber es antwortet mir nicht auf meine betrübten Fragen. Wann kommt ein Brief von dir? Dass alles gut ging, sehe ich aus Sigruns Karte und das hat mich etwas versöhnt, denn ich war vor allem beunruhigt, ob du die Seereise gut überstanden hast. Nun sitze ich und kann es nicht erwarten. Hast du in all deiner Lebensfreude und Kurzweil überhaupt noch eine Vorstellungskraft, wie schrecklich einsam ich mich fühle? Hättest du mir doch eine einzige kleine Postkarte geschrieben, wie glücklich wäre ich dann.

Bombay, Freitag, 14.9.1956

Mein lieber Hanne,

seit mehr als vierundzwanzig Stunden bin ich nun schon in Bombay und habe inzwischen allerhand erlebt.

Kurz nachdem ich deinen Brief beendet hatte, kam ein Anruf von der Indo-German-Cultural-Society, kurz: I.G.C.S., dass das Auto vom Generalkonsulat zwischen ein und halb zwei Uhr kommt. Ich bekäme aber von dort selbst noch Nachricht, sobald sie abfahren. Um halb zwei Uhr klingelte es dann auch und zu meinem großen Erstaunen erscheint Dr. Bruhn, der zufällig in Bombay ist und nun auch gleich miteingeladen worden war, um mich abzuholen.

Der Generalkonsul, Wilhelm von Pochhammer, wartete im Wagen und es war eine recht herzliche Begrüßung. Unterwegs erzählte er mir, dass er noch einige Gäste hätte, z.B. einen Pater von einem Institut aus Würzburg. Ich fiel ihm gleich ins Wort und sagte: „Nun sagen Sie nur, es ist Dr. Brucker?"

Und tatsächlich, er war es. Die Runde hat sich geschlossen: Der erste, den ich von meinen Mitreisenden getroffen hatte, war auch der letzte.

Ich glaube, er war recht überrascht, mich zu treffen, zumal man an Bord – wie ich von ‚meinem' Schweizer erfuhr – nur von zwei Mitreisenden nicht hatte erfahren können, was eigentlich die wahren Ziele und Absichten der Indienreise seien. Dabei handelte es sich um Dr. Brucker und mich. Meiner Angabe, dass ich alte Freunde besuchen wolle, wurde zwar geglaubt, aber man vermutete noch allerlei wichtigere Dinge. Ich sagte meinem Schweizer Tischpartner:

„Wenn Sie noch einmal gefragt werden, was der Grund meiner Indienreise sei, dann antworten Sie, dass ich für meine vier Töchter die passenden Schwiegersöhne aussuche."

Nun aber zurück zu Pochhammer. Er bewohnt in einem der am schönsten gelegenen Häuser auf Malahabar Hill ein Stockwerk, das mit allem Komfort eingerichtet ist. Er sagt, es funktioniere mal der Lift, das Licht oder das Wasser nicht, aber das wäre für Indien nicht unüblich, man gewöhne sich daran.

Das Essen verzögerte sich etwas, da der Koch plötzlich zu seiner Familie musste (dreihundert Meilen entfernt). Seine Schwester war überraschend verstorben und als ältester Bruder – anstelle des bereits verstorbenen Vaters – musste er die

Zeremonien verrichten. Da es in Indien Gesetz ist, dass die Verbrennung eines Verstorbenen spätestens zehn Stunden nach dem Tod zu erfolgen hat, wird die Leiche so lange in einem ‚frigidaire' auf Eis gelegt. Es erfordert natürlich Geld und eine Genehmigung, aber für die Familie wird alles getan. Interessant ist dabei, dass in einem solchen Fall der Ehemann nichts zu tun und zu sagen hat, sondern alles Notwendige von der Herkunftsfamilie veranlasst wird, so dass die Verstorbene – sozusagen zum Schluss – wieder in den Schoß ihrer Familie zurückkehrt.

Es gab noch einige andere interessante Unterhaltungen, da auch eine Ärztin zugegen war, die ein Hospital leitet. Es gibt hier eine Einrichtung für ‚familiy planning', die Verhütung von zu zahlreichem Nachwuchs. Im Augenblick gibt es einen jährlichen Überschuss von fünf Millionen Geburten! Da die orthodoxen Brahminen jedoch sehr gegen ‚familiy planning' sind, hat sich eine Stelle hier in der Nähe so geholfen: Im selben Raum stehen zwei Tische, an dem einen können die zur Beratung kommenden Frauen erfahren, wie sie zu Kindern kommen, am anderen Tisch, wie sie Nachwuchs verhüten können.

Gegen sechzehn Uhr brachte uns das Auto zurück. Wir kamen an den „Hängenden Gärten" vorbei und die Ausblicke auf die Bucht waren fantastisch. Ich werde mich dort noch einmal genauer umsehen, wenn die offiziellen Ereignisse vorüber sind.

Um sechs Uhr fuhr ich mit Frau Khanna und ihrer Nichte zum Einkaufen. Sie haben einen großen Wagen für sechs Personen mit Chauffeur. Es war für mich hochinteressant, dabei zu sein, als die verschiedensten Dinge in diversen Geschäften gekauft wurden. Türen in die Geschäfte gibt es von der Straße her nicht. Man tritt ein und kann von außen alles genau sehen, was es gibt und wer was kauft. Sobald wir aus dem Auto stiegen, umringten uns zahlreiche Bauchladenhändler, Kinder und ältere Personen, die versuchten, uns allen möglichen Krimskrams zu verkaufen. Ab und an kamen auch Bettler, die, mit Hinweis auf ihre Gebrechen, Geld haben wollten.

Auf der Straße sitzen und stehen Händler, die irgendwelche Speisen zubereiten und verkaufen. Die Nichte von Frau Khanna kaufte eine Portion, die sie in liniertes Papier eingewickelt bekam und die sie dann so nebenbei verzehrte; selbst in einem Stoffladen, der die allerfeinsten Stoffe hatte, verzehrte sie seelenruhig ihre Leckerei. Es wurde ihr sogar Wasser gebracht. Sie wusch ihre Finger und probierte dann die Stoffe aus.

Zum Schluss des Shoppings wurde der Hausherr aus seinem Büro abgeholt. Er neckte seine Nichte damit, dass sie Stoffe kaufe, die seine Firma in gleicher Weise herstellt. Aber sie mag nun mal gern im Laden kaufen und er gewährt es ihr.

Als wir nach acht Uhr zurückkamen, wartete Dr. Vyas mit seiner Frau auf uns, die übrigens aussieht wie ein fünfzehnjähriges niedliches Mädchen. Es kamen immer mehr und mehr Leute, und als ich nun dachte, es würde Essen aufgetragen werden, da ging es mit der ganzen Gesellschaft in Autos zu einem sehr hübschen und vornehmen Restaurant, in dem für uns fünfzehn Personen eine Tafel gedeckt war. Jeder konnte selber aussuchen, was er essen wollte. Auf Anraten meines Tischnachbarn nahm ich eine chinesische Suppe, die ausgezeichnet war. Das Spargelomelette hatte ich selbst ausgesucht. Dazu gab es herrlichen, schmackhaften Reis und allerlei andere indische Gerichte, die vorzüglich waren und hinterher Cassata-Eis mit Kuchen und Früchten, dann Mokka. Es war der erste gute Kaffee seit dem 28. August. Auf dem Schiff war er ungenießbar.

Die Unterhaltung war köstlich, sie haben sich über mich sehr amüsiert, da ich soviel witzige Bemerkungen gemacht habe. Es war aber auch wirklich zu nett, zumal mein Tischnachbar ein sehr humorvoller Mann war – ich bin diese Art seit siebzehn Jahren von dir gewöhnt – von daher konnte ich ihm stets parieren. Ich vermute, dass diese Art jedoch für die männlichen Inder eher ungewohnt war, da ihre Frauen sehr zurückhaltend sind.

Manchmal ging es aber auch ernsthafter zu. Man fragte mich über meine Hobbys aus und was ich besonders lieben würde. Ich nannte ihnen daraufhin einige Beispiele, darunter auch das Land Indien, ließ aber Personen außer Acht. Anscheinend war ihnen das nicht genug; sie warteten gespannt auf weitere Erläuterungen, weil ich auch bei der zweiten Aufforderung nichts sagen wollte.

Schließlich habe ich ihnen erklärt, dass, wenn diese Tischrunde aus Nicht-Indern bestünde, ich es längst gesagt hätte. Die ganz Schlauen wussten nun, was die Glocke geschlagen hat und den anderen habe ich offen gesagt, dass ich Indien besonders liebe. Es hat sie sehr gefreut – wie sollte es auch nicht?

Es gab dort eine Kapelle, die europäische Musik spielte; einige Gäste tanzten auch. Wir nicht, da uns die angeregte Unterhaltung keine Gelegenheit bot.

Dr. Vyas erzählte mir, dass mich auch gerne einige deutsche Familien aufgenommen hätten. Ich käme aber dann kaum außer Haus und träfe auch weniger

Leute. In indischen Häusern ginge alles sehr viel unproblematischer zu. Und so ist es auch.

Wir standen, wie wir es auch von Hamburg her kennen, noch mindestens dreißig Minuten vor dem Restaurant, ehe dann alles erzählt worden war, was zuvor vergessen wurde. Das Verabschieden brauchte nicht viel weniger Zeit. Schließlich und endlich waren wir aber zu Hause und nach einigem Hin und Her war alles im Bett.

Ich bewohne ein ziemlich großes Zimmer. Das Ehepaar Khanna hat ihr Bett in der Veranda; wahrscheinlich benutzen sie sonst dieses Zimmer, denn es hat – wie schon erwähnt – Ventilatoren und Klimaanlagen. Im Augenblick sind noch Onkel, Tanten, Neffen, Nichten und die Enkelkinder zu Besuch. Wie viel Diener es hier gibt, weiß ich noch nicht. Vier kann ich unterscheiden, darunter ein junges Ding für die Aufsicht der Kinder und eine ältere Ajah (= Kindermädchen).

Leider konnte ich nicht einschlafen, obwohl es schon nach Mitternacht war. Der Tag hatte zu viel Neues und Aufregendes gebracht, außerdem war es recht heiß.

Am frühen Morgen ging ein heftiger Regenschauer herunter. Dann begannen die Vögel auf den nahe gelegenen Kokospalmen zu singen, die ersten Autos hupten und Straßenhändler waren von Ferne her zu hören. Der Autoverkehr ist toll und die Fahrkunst der indischen Chauffeure erregend! Es wird viel gehupt. Gegen Morgen schlief ich dann endlich ein.

Der Durchgangsverkehr in meinem Zimmer störte mich nicht. Die Kinder kamen ab und zu näher geschlichen, um zu sehen, ob ich nicht bald wach würde. Gestern bemerkte ich, dass mich die Diener des Öfteren verstohlen hinter den Vorhängen betrachteten.

Nachdem ich erwachte, wurde mir eine Tasse Tee serviert und nach geraumer Zeit, als allmählich die ganze Familie versammelt war, gab es Frühstück. Natürlich ist es ganz anders als gewohnt. In der Art unserer Eierkuchen gab es Gebackenes aus ‚grampowder', dazu Quark, der aber ganz anders schmeckt als unserer. Weißbrot, Toast und Butter, die aber schneeweiß ist, da sie hier im Haus aus Büffelmilch hergestellt wird. Früh am Morgen wird dazu die Milch ins Haus gebracht.

Während ich hier nun seelenruhig im Wohnzimmer schreibe, flutet der Familienverkehr um mich herum. Niemand stört mich beim Schreiben. Ab und zu betrachte ich das Leben und Treiben. Seit längerem sitzt ein Herr auf dem mir gegenüberliegenden Sofa. Das Zimmer ist groß. Nach längerer Zeit kommt ein zweiter Herr, schneeweiß gekleidet, mit Käppchen und Dhoti. Der Dhoti ist ein langes Stück Stoff, das hosenartig um die Beine geschlungen wird.

Schließlich wird ein niedriges Tischchen gebracht und ein rotes Tuch darüber gespannt. Ich weiß noch immer nicht, was das zu bedeuten hat. Aber dann werden die Pretiosen herangeschafft. Perlenketten werden gereinigt und neu aufgezogen, goldene Armreifen, Ketten und Ohrringe geputzt. Der Grund hierfür besteht vermutlich darin, dass Frau Khanna morgen zurück nach Amritsar in die Berge geht. Auch die Nichten gehen mit. Dafür sind gestern bereits Kisten und Koffer gepackt worden. Die Damen rühren hierfür allerdings keinen Finger.

Wenn sie ausgehen, bringt die Dienerin zunächst eine Auswahl von Handtaschen, von denen dann die gewünschte genommen wird. Um die Kinder brauchen sie sich auch überhaupt nicht zu kümmern, eventuell spielen sie mal eine Minute mit ihnen. Die Großeltern bekümmern sich viel mehr um die Kleinen.

Mir gefällt die Nonchalance des Haushaltes, ich kann tun und lassen was ich will, am meisten schreibe ich jedoch an dich. Hoffentlich ist der Brief aus Port Said bei dir eingetroffen. Schreibe mir nur weiter so liebe Briefe. Meine fallen etwas anders aus, was dir aber keine Kopfschmerzen bereiten soll, obgleich ich dir nicht schreibe bzw. geschrieben habe, dass ich dich liebe, so tue ich es trotzdem, selbst wenn du es bezweifelst. Ich freue mich auch heute schon darauf, wenn wir wieder zusammen sind. Wenngleich es hier unbeschreiblich schön ist und ich mich wie zu Hause fühle, vermisse ich dich und auch die Kinder. Ich wünschte, ihr alle könntet hier sein.

Heute Nachmittag habe ich zunächst eine Weile fest geschlafen. Als ich erwachte, blieb ich noch eine Zeit lang liegen und habe überlegt, was ich heute Abend beim Empfang in der I.G.C.S. sagen soll.

Das Konsulats-Auto kam pünktlich um mich abzuholen und ins Yusuf-Building zu bringen. Bei meiner Ankunft waren bereits eine ganze Reihe von Mitgliedern versammelt. Mit den wichtigsten von ihnen wurde ich bekannt gemacht. Zur offiziellen Begrüßung hatte ich wiederum eine schöne Blumengirlande bekommen. Danach hielt Herr von Pochhammer eine sehr geistreiche und humorige Rede. Er sagte u. a., dass ich ja ganz zu ihnen gehöre und uns viele gemeinsame, geistige Dinge verbinden. Er erwähnte, dass ich mich seit achtzehn Jahren nach Indien sehne – „… es muss in ihrer allerjüngsten Jugend gewesen sein …“, sagte er wört-

lich. Später gebrauchte er dann noch die Redewendung von dem „Traum meines Lebens“ und wieder als launige Randbemerkung: „Wenn Frauen träumen, ist zweifellos ein Mann im Spiel!“

Selbstverständlich antwortete ich und gab ihm Kontra. Ob es allerdings in korrektem Englisch war, möchte ich stark bezweifeln. Jedenfalls hat es allen Spaß gemacht und anschließend wurde ich dann mit vielen Fragen bombardiert. Dazu hatte ich aufgefordert. Das ging alles soweit ganz gut, mir fehlten nur oft die englischen Worte. Pochhammer meinte, ich hätte mich jedoch glänzend aus der Affäre gezogen und mich tapfer gehalten. Hoffentlich!

Ich habe eine Menge Einladungen erhalten und bin ziemlich viel fotografiert worden. Die Presse war ebenfalls anwesend. Unter den Zuhörern war ein buddhistischer Mönch aus Köln und eine Dame, die sich als Schwester von Herrn Kochar (Weißt du noch? Das war der frühere Konsul in Hamburg) herausstellte. Sie hat mich gefragt, ob ich ihren Bruder in Delhi besuchen werde. Aber darüber habe ich noch keine Pläne. Es war jedenfalls ein sehr schöner Abend.

Morgen werde ich von einem ganz reizenden älteren Herrn abgeholt, der mir Bombay zeigen möchte. Er ist ein bekannter Philosoph und hat etliche Bücher veröffentlicht.

Das Programm für Sonntag wird von Herrn Dr. Vyas ausgearbeitet.

Nach dem Abendessen – es hat mir gut geschmeckt – hat mir Mr. Khanna einen selbst aufgenommenen sechzehn Millimeter-Farbfilm gezeigt. Fantastische Bilder von Amritsar bis Cape Comorin. Die wundervollsten Orte, die es in Indien gibt, darunter auch den Ferienort Kodaikanal in Südindien. Es müssen sehr reiche Leute sein, mit einem sehr herzlichen Familienleben.

Es ist fast Mitternacht; soeben ist noch Besuch gekommen. Ich sitze dabei und kann trotzdem an deinem Brief weiterschreiben. Es stört niemanden. Auch ich fühle mich überhaupt nicht durch ihre Unterhaltung gestört. Hätte ich nur eine Schreibmaschine. Ich werde bald wegen Muskelzerrung nicht mehr schreiben können.

Die Diener sind noch immer tätig, Freizeit scheinen sie nicht zu kennen. Außer an ihren religiösen Feiertagen – wie gestern – haben sie wohl kaum frei.

Ich muss jetzt Schluss machen, denn ich bin müde. Schlaf’ gut, mein Herz, und quäle dich nicht zu sehr. Denke nicht zuviel an mich, sonst verdienst du kein Geld und ich muss in Indien bleiben ...!

Heute früh klingelten die ersten Pressefotografen, um ihre Bilder von gestern Abend zu verkaufen. Für drei Fotos habe ich sieben Rupien bezahlt. In der „Bombay Chronicle“ erschien ein Bericht über den Empfang mit einem großen Bild, den ich dir demnächst schicken werde. Zunächst möchte ich ihn mit nach Kalkutta nehmen, worauf ich mich jetzt schon sehr freue, nachdem ich hier einen ersten Eindruck vom indischen Familienleben erhalten habe.

Es ist alles so wenig formell, so sorglos, dass ich mich gut anpassen kann. Mir liegt dieser „Schlendrian“ ja ohnehin im Blut, so dass ich mich gar nicht umstellen muss. Allerdings hat es den Nachteil, dass ich wohl noch hundertmal unordentlicher zurückkomme, als ich weggegangen bin. Das wird dir Leid tun, aber hier komme ich umso besser zurecht. Ein Glück, dass Bertha nicht hier ist, die würde bestimmt erst einmal anfangen, aufzuräumen. Es ist so, wie Odilia gesagt hat: Niemand hat ein Fleckchen für sich allein im Hause und jeder tut, wozu und wann er darauf Lust hat.

Ich schildere dir jetzt einmal, wie das hier so vor sich geht: Stelle dir einen sehr großen Raum vor. Ich sitze an einem großen Tisch und schreibe. Am anderen Ende sitzen ein ungefähr zwölf Jahre altes Mädchen und ein etwa zehnjähriger Junge und lesen Magazine. In einer anderen Ecke sitzt ein Juwelier auf dem Fußboden und ändert die Perlenketten der Damen, das geschieht bereits den zweiten Tag. Es ist interessant zuzusehen, wie er die Perlen aufzieht. Es sind fünfreihige Ketten mit Rubinstreifen dazwischen.

Auf dem großen Sofa sitzt eine Dame. Was sie ins Haus geführt hat, weiß ich noch nicht, wahrscheinlich hat sie Stoffmuster oder Ähnliches gebracht. Manchmal sitzt so ein Abgesandter eines Geschäftes stundenlang, bis die Angelegenheit erledigt ist. Dazwischen laufen die Kinder herum und vergnügen sich. Die Diener gehen hinaus und hinein, die Damen sitzen und schwatzen, gehen für kürzer oder länger fort, kommen wieder, alles ist in ständiger Bewegung. Wir drei vom großen Tisch haben uns gerade woanders hingesetzt, da die Diener beginnen, den Tisch zu decken.

Heute ist Sonntag, der 16.9.1956

Viele Stunden sind vergangen, seitdem ich aufhören musste zu schreiben und viel habe ich inzwischen gesehen. Der alte Herr mit dem langen Bart kam gestern sehr pünktlich, um mich abzuholen. Die Inder in Bombay sind auf die Minute pünktlich! Unten wartete das Auto, ein Vauxhall mit Chauffeur. Dann ging es los: Malabar Hills, ‚hanging gardens', am ‚Kamla-Nehru-Park' vorbei, durch einen großen Teil von Bombay zum ‚Juhu-beach'. Das ist ein wundervoller Strand, viele hübsche Villen – hier heißen sie natürlich Bungalows – mit hunderten von Kokospalmen.

Wir sind den Strand entlanggewandert. Am Sonnabendnachmittag war es hier recht ruhig. Aber sonntags würde man vor Menschen kein Meer mehr sehen, wurde mir erklärt. Kokosnussverkäufer laufen umher; die Leute trinken allerdings nur den Saft der Nüsse. Sie sehen ein wenig anders aus, als die, die wir kennen, aber die Kokosnüsse sind ja auch ganz frisch. Der Verkäufer schneidet ihre Schale, die sehr dick ist, mit einem großen Messer herunter, oben wird eine kleine Kappe abgeschnitten und dann hat man ein ganz normales Gefäß, aus dem der süße Saft getrunken werden kann.

Indo-German Society Recept

Mrs. Lieselotte Hachmann, founder and ex-president of the Deutsch-In chaft, Hamburg, speaking at a reception given her, by the Indo-German in Bombay, at the Society's premises on Friday. To the right of the s Pochhammer (Consul-General for W. Germany and Mrs. Kunisch and Friedlein.

Reception To Mrs. Hachmann

BOMBAY, Friday.

The Indo-German Cultural Society gave a reception this evening to Mrs. Lieselotte Hachmann, founder and ex-president of the Deutsch-Indische Gesellschaft, Hamburg (Indo-German Society).

Herr Von Pochhammer, Consul-General of the Federal Republic of Germany, welcomed Mrs. Hachmann.

Mrs. Hachmann will be in India for nearly eight months.

Herr Pochhammer said in his welcome speech that Mrs. Hachmann should really see the "New India in the making."

Dr. M. R. Vyas, Honorary Secretary of the Indo-German Cultural Society, proposed a vote of thanks.

29. Bericht in der „Bombay Chronicle"

Danach fuhren wir viele Meilen durch Vororte und dörfliche Siedlungen zur Aarey Milchkolonie. Über die indischen Dörfer schreibe ich später mehr, wenn ich sie besser kenne. Diese Milchkolonie ist eine ganz besondere und sehr moderne Anlage, mit wundervollen Parkanlagen. Im Hintergrund ist eine Bergkette, ähnlich dem Thüringer Wald, nur mit Palmen- und Mangobäumen bewachsen. Ein sehr friedlicher, wundervoller Distrikt. Wir sind umhergewandert und haben schließlich in dem zugehörigen Restaurant Tee und ein indisches Gebäck mit gewürztem Gemüse genommen. Anschließend gab es noch Eis, das aus Büffelmilch hergestellt wurde. Auf dem Gelände gibt es mehrere Kuh- bzw. Büffelställe. Alles sieht ungewöhnlich sauber aus und macht einen guten Eindruck. Der Sonnenuntergang war zauberhaft, zumal das kleine Restaurant recht hoch liegt und die Umgebung sehr hübsch ist.

Wir haben uns zwischenzeitlich über alles Mögliche unterhalten. Mehrere Male sagte mir Herr Mehra bereits, dass er bislang noch nie einer Einladung der I.G.C.S. (Indo-German-Cultural-Society) gefolgt sei, da er sehr beschäftigt ist. Als er jedoch von meinem bevorstehenden Besuch erfuhr, hat er sich entschlossen, auf jeden Fall hinzugehen. Ich glaube zwar, dass für ihn lediglich das Wort „Hamburg" entscheidend war, jedoch macht er mir dauernd Komplimente und hat mir sein von ihm veröffentlichtes und in seinen Druckereien hergestelltes Buch verehrt: ‚Die Bhagavadgita in Bildern'.

Um acht Uhr abends kamen wir an seinem Haus an. Er stellte mir seine große Familie vor: Zehn Kinder! Er ist zwar erst 56, sieht aber wie 70 aus. Seine Enkelkinder sind ganz zauberhaft! Die zweite Schwiegertochter pries er in den höchsten Tönen. Es ist ein indisches Mädchen, die so zu sein scheint, wie wir uns die typische Inderin vorstellen: schüchtern, verschämt und aufs Wort parierend. Kamla, seine achtzehn- bis neunzehnjährige Tochter, gerade mit der Schule fertig, fährt Auto, kann Kurzschrift und Schreibmaschine. Sie ist Malerin. Die Schwiegertochter bereitete das Abendessen. Gekocht wird ausschließlich von Familienmitgliedern: Frau, Töchtern und Schwiegertöchtern.

Nach dem Essen fuhren wir mit dem Auto zum ‚Opera House', um uns einen Film mit Überlänge anzusehen, der seit 75 Wochen im Kino läuft. Es war ein ganz vorzüglicher Farbfilm – der beste, der bisher überhaupt produziert wurde – und in der Hauptsache indische Tänze zeigt. Die Handlung ist nur Beiwerk, die ich eher als störend empfand. Die Farben waren ganz natürlich und die Tänzer trugen die herrlichsten Kostüme, die du dir vorstellen kannst. Es war einfach bezaubernd!

Zunächst hatte ich vor, noch eine weitere Seite zu beginnen, aber es ist wohl doch besser, diesen Brief zu beenden und ihn dir zu senden, damit du nicht so lange auf einen neuen warten musst.

Lass' es dir so gut wie möglich gehen und gräme dich nicht allzu sehr.

Einen ganz langen Kuss von deinem Dott

Putensen, 19.9.1956

Meine über alles geliebte Frau, meine liebste, liebste Lieselotte!

Es ist zwölf Uhr und ich bin so langsam wieder in der Lage, zu schreiben. Ich war bei der Post und dein Brief war da!!! Ich bin nach Hause gefahren und konnte den Brief noch eben öffnen, dann aber hat sich die ganze zusammengeballte Spannung der letzten Tage mit aller Gewalt entladen. Es war wohl ein kleiner Nervenzusammenbruch. Ich konnte nicht mehr lesen, denn mir liefen die Tränen aus den Augen. Ich habe mich aufs Bett geworfen und geheult wie ein kleiner Schulbub.

Ich habe dein Bild von der Wand genommen und an mich gedrückt. Du solltest ganz dicht bei mir sein und meine grenzenlose Freude miterleben. Und immer lächelst du mich an und machst mich rasend vor Glück. Du brauchst keine Sorgen zu haben: Ich bin gesund und jetzt wieder obenauf. Vorhin aber hat es mich überwältigt. Ich konnte einfach nicht anders. Es waren Freudentränen, aber es hat mich geschüttelt vor Glück und ich habe mich nicht halten können. Ein Brief von dir! Du weißt ja gar nicht, was das für mich bedeutet!

Nun habe ich ihn gelesen. Lieselotte, meine kleine herrliche glückliche Lieselotte, ich bin erschüttert. Deine Briefe zu lesen ist ein ganz großes Glück. Du hast eine ganz wunderbare Art, zu schildern, und wenn ich auch keinen Zweifel darüber hatte, dass du alles genau so erlebst, wie du es schilderst, so bin ich doch allerstärkstens beeindruckt und stolz und glücklich mit dir, dass es so war. Ich komme auf manches noch zurück. Heute kann ich es nicht mehr; mit tränenden Augen zu schreiben, ist so mühevoll, und es ist immer noch nicht ganz vorbei. Deine ausführliche Schilderung, dieser lange, lange Brief, ist eine unerhörte Arbeit, die du aber nicht umsonst getan hast: Hier sitzt jetzt ein Mann, der dich nicht nur unbändig lieb hat, sondern der genauso glücklich ist wie du!! Liebste du, ich danke dir tausendmal!

Mir drängt sich eine bange Frage auf: Wie sollte ich dich je im Leben so glücklich machen können, wie du es jetzt erlebst? Von allen Seiten stürmt die Begeisterung der Menschen auf dich ein, man liebt dich, wo du auch hinkommst. Wie könnte ich als Einzelner dir soviel glückliches Erleben bieten? Deinen Brief beantworte ich noch. Ich habe viel dazu zu sagen. Nur wie die Tatsache des Briefes mich geschüttelt hat, das solltest du wissen. Und dass ich immer, immer bei dir bin! Wenn dir im

Hause deines Deboo so viel Liebe entgegenschlägt, wie ich sie dir in jeder Minute in das Weltall sende, dann musst du die allerglücklichste Frau auf Erden sein! Kehrst du dereinst zu mir zurück, um mir zu sagen: Ich <u>bin</u> die allerglücklichste Frau auf Erden, dann weiß ich mich bestimmt nicht mehr zu fassen! Im Augenblick bleibt mir nichts, als dein liebes Bild zu küssen und immer wieder zu sagen: Liebste, Liebste, Liebste! Es gibt keine anderen Worte, um dir zu sagen, wie glücklich du mich mit diesem Brief gemacht hast!!

Mitternacht: Ich komme soeben aus Hamburg zurück. Es war an sich ein Irrtum, denn die Versammlung ist ja erst im Oktober! Aber ich habe einen sehr schönen Film gesehen, bedeutungsvoll vor allem: Santiniketan, wo du ja auch hinkommst. Alle beneiden dich! Die wärmsten und von Professor Alsdorf daher am herzlichsten vorgetragenen Grüße und Wünsche für dich kommen von seiner Frau, die ihn schon oft gefragt hat, ob er von dir nichts gehört hat. Emmy, Frau Baguhn, Roy, Frl. Conrad, Shukla, dem ich deine Adresse geben musste, alle sind begeistert und beeindruckt von deinem Empfang in Bombay. Alle senden dir beste und liebste Grüße. Odilia ist noch in England. Du siehst, deine DIG denkt an dich.

Nun beende ich diesen Brief, der morgen früh weg soll, damit er Freitag mitfliegt. Einen neuen beginne ich bald; über mein Dasein gibt es ja nicht viel zu sagen, aber ich habe vieles noch mit dir zu reden. Also schreibe mir, wohin der nächste Brief gehen soll.

Tausend innige Grüße, alle meine guten Wünsche und einen langen Kuss von deinem Hanne.

Bombay, Sonntag, 16.9.1956

Mein liebes Hannele,

einen Brief habe ich soeben zugeklebt und nun beginne ich schon den nächsten.

In einer guten Stunde fahren wir mit einer großen Gesellschaft an einen See in der Nähe Bombays. Dr. Vyas hat diesen Ausflug organisiert. Gerade eben habe ich mit Herrn Khanna mein Bombay-Programm für die kommende Woche durchge-

sprochen. Am Montag und Mittwoch bekomme ich sein Auto mit Chauffeur, der mich überall dort hinbringen wird, was ich sehen möchte. Es ist fast nicht zu glauben, aber alles, was ich mir wünsche, wird gemacht. Beinahe ist es zu schön! Was ich jemals in meinem Leben für Inder getan habe, ist in diesen wenigen Tagen in Bombay wettgemacht. Es ist unglaublich.

Bitte hebe die Marke dieses Briefes gut auf, Herr Khanna hat sie mir geschenkt, sie wird nicht mehr gedruckt.

17.9.1956

Die Fahrt zum ‚Powai Lake' war herrlich. Er liegt am Außenrande von Bombay und wir hatten eine Reihe von Vorstädten zu passieren, ehe die Gegend erreicht wurde, wo viele Bombayer ihre Wochenendbungalows haben. Ähnlich wie das Gelände, in dem die Milchkolonie liegt, ist es hier sehr hügelig und mittendrin ist der See eingebettet. Am Rande verstecken sich einzelne Bungalows und Clubhäuser, deren Boote am Seeufer warten. Wir gelangten über einen kleinen Rasenplatz auf die Terrasse eines Bungalows, der eingezäunt war. Die Bezeichnung ‚Terrasse' ist eigentlich nicht ganz richtig, vielmehr möchte ich es als einen nach drei Seiten offenen Wohnraum beschreiben, der herrlich mit hängenden Topfpflanzen, einer riesigen Kakteensammlung und vielen anderen Gewächsen geschmückt war. Es sah wunderhübsch aus.

Auch der Blick in den Garten, der zwar nicht groß ist, in dem aber alles üppig wächst und durch dessen hohe Bäume man das tiefer liegende Seeufer kaum sieht. Es ist kaum vorstellbar, dass hier vor acht Jahren noch Dschungel war. Über diesem offenen Wohnraum ist ein geschlossener großer Raum, der wohl als Schlafzimmer benutzt wird. In einem dazugehörigen Anbau befindet sich die Küche.

Der Hausherr ist Liebhaber von Aquarien. Zwanzig Glasbehälter – oder mehr – von den verschiedensten Süßwasserfischen bewohnt, sind auf der rückwärtigen Hausseite aufgestellt. Da dieses Hobby in Indien, bzw. Bombay bisher von nur Wenigen geteilt wird, hat sich der Hausherr die Fische zum größten Teil aus Hamburg mitgebracht oder auch per Luftfracht schicken lassen.

30. Bootsfahrt

Wir sind eine Stunde lang mit seinem Boot auf dem See gerudert. Während wir anschließend auf der Terrasse standen und uns unterhielten, wurde uns vorbereiteter Tee, Kuchen, Obstsalat und vieles mehr serviert. Zum Schluss überreichte mir der Hausherr einen Blumenstrauß für die Ehre, meinen Besuch gehabt zu haben.

Auf dem Hinweg war ich in Khannas Auto gefahren, auf dem Rückweg saß ich in Dr. Vyas' Wagen. Es erinnert mich an unseren alten DKW. Die kleine Frau Vyas fährt verteufelt gut Auto! Das Ehepaar hat übrigens schon drei Kinder, denen das gleiche Los beschieden ist, wie den unseren. Sie sind auch viel allein und müssen immer zu Hause bleiben, wenn es schön ist.

Unsere Unterhaltung wurde unterbrochen, da wir auf das Fabrikgelände von Herrn Khanna fuhren, um es zu besichtigen. Hier werden die Stoffe, die in seinen Fabriken in Amritsar hergestellt werden, gefärbt und bedruckt. Da Sonntag war, arbeiteten nur wenige Angestellte. Einer seiner Neffen leitet diesen Betrieb.

Es lohnt sich, mehr über diese Familie zu berichten, die aus drei Brüdern und einer Schwester besteht. Die Brüder besitzen gemeinsam die Werke, teilen sich jedoch ihre Aufgabengebiete. Es ist allerdings so, dass alles allen gehört. In jedem der drei Häuser ist jeder zu Hause. Die Kinder der drei Brüder, insgesamt sind es elf, sind mal hier und mal dort. Wenn sie das entsprechende Alter haben, bekommen sie einen Posten in einem der neun Werke.

Hier im Haus lebt die alte Mutter und es ist rührend, wie sich alle bei ihr einfinden und ihr alles berichten. Wie man mir schon auf dem Schiff sagte: Die Mütter sind die Seelen der Familien. Ihren Platz nimmt später die Frau des ältesten Sohnes ein.

Da die alte Dame nicht englisch spricht, kann ich mich leider nicht mit ihr unterhalten. Wir lächeln uns immer recht freundlich an, wenn sie mir ihre besondere

Zuneigung – oder wie will ich es sonst sagen – ausdrücken will, dann tätschelt sie mir den Rücken, freut sich und lacht. Sie hat einen bequemen Stuhl, auf dem sie zu sitzen pflegt; den will sie immer mir anbieten, aber ich nehme es nicht an.

Im Anschluss an die Fabrikbesichtigung, inzwischen war es dunkel, fuhren wir direkt zum W.I.A.C. (West India Automobil Club) auf Malabar Hill. Hier wurden von einer Kulturgruppe Gesangs- und Instrumentalmusik und Volkstänze vorgeführt. Den ersten Volkstanz, den ich in Indien sah, war der „Garba-Tanz" – erinnerst du dich? Meine indische Bluse ist das Resultat einer solchen Tanzvorführung.

Hier trugen die Mädchen lange, weite Röcke mit Spiegelstickerei. Sie tanzten den ‚Tanz der Milchmädchen' und einen Stocktanz, ‚Ras' genannt. Mir gefiel es sehr gut. Da wir recht spät kamen, saßen wir ziemlich weit hinten. Herr Khanna sorgte allerdings dafür, dass ich ganz vorne einen sehr guten Platz bekam. Der Herr („... er mache in Stahl und sei ein sehr bekannter Mann in Bombay", sagte mir Herr Khanna später) und die Dame neben mir erklärten alles. Man könnte meinen, ich sei die Königin von England! So ähnlich kommt es mir jedenfalls oft vor, denn überall lässt man mir den Vortritt und sorgt dafür, dass ich gut sehen kann und alles zu meiner Zufriedenheit ist.

Am nächsten Morgen fuhr ich mit zwei Söhnen und einer Tochter des älteren Bruders von Herrn Khanna in die Stadt zum ‚Lakshmi-Narain-Tempel', der auch oft von Herrn Khannas Mutter besucht wird. Das Auto fuhr bis in den Tempelbezirk. Die Schuhe ließen wir im Auto. Eine Menge Menschen waren dort, so dass ich von dem eigentlichen Standbild des Gottes (eines in rot und das andere in schwarz) nichts sehen konnte, zumal ich, da ich den richtigen Tempel, zu dem Stufen empor führen und dessen Dach von Säulen getragen wird, ja nicht betreten durfte. Unter dem Dach des eigentlichen Tempels beteten sehr viele Menschen.

Ich sah einen Mann, der von einem Gebäude gegenüber an einer Leine zog und damit einen Fächer in Bewegung setzte, der der Gottheit Kühlung verschaffen sollte.

Ganz in der Nähe sind die heiligen Kühe untergebracht. Sie sehen wunderschön aus, da sie gut zu fressen kriegen. Die Kinder kaufen Gras und bringen es den Kühen. Ich sah, wie eine Frau ihren Kopf an den einer Kuh legte und andere Frauen taten wieder etwas anderes Geheimnisvolles, was mir nicht verständlich war. Ich werde wohl noch mehr Tempel sehen und hinter die Absicht dieses oder jenen Tuns kommen. Für heute – es war ein erster, kurzer Besuch – war es jedenfalls hochinteressant.

Anschließend wurde ich in die I.G.C.S. (Indo-German-Cultural-Society) gefahren, um noch einige Dinge zu erledigen, die ich gestern mit Dr. Vyas besprochen hatte. Bei meiner Ankunft dort wurde mir sogleich mitgeteilt, dass eine Journalistin nach mir gefragt habe und ob ich sie wohl jetzt treffen könne. Ich hatte noch genügend Zeit und so bestellte man die Dame in die Gesellschaft. Nachdem sie mir mitteilte, dass sie bereits seit Stunden versuchte, mich zu erreichen, stellte sie ausgiebig Fragen und nahm auch ein Foto von mir mit.

Mit Dr. Vyas vereinbarte ich eine Änderung meines Programms, nachdem ich von allen Seiten bedrängt worden war, meine Rückreise nach Deutschland nicht von Colombo, sondern von Bombay aus anzutreten. Man halte es für ‚unfair!', dass ich drei Monate in Kalkutta, aber nur acht Tage in Bombay verbringen wolle. Sie seien alle sehr gespannt darauf, was ich am Ende meiner Reise zu berichten habe und lockten mich schon jetzt mit vielen Farewell-Partys! Ich konnte nicht Nein sagen. Demzufolge bleibe ich nun also bis Donnerstagabend in Bombay und fahre dann direkt nach Kalkutta.

In Bombay kannte ich nur einen einzigen Menschen persönlich und nun habe ich so viele Einladungen! Wie wird es wohl in Kalkutta werden?

Jetzt ist es fast sieben Uhr abends und ich bin wieder zurück im Hause Khanna. Soeben fährt die Familie des älteren Bruders zurück nach Amritsar – das Haus wird jetzt leer, nachdem es heute so voll wie noch nie war. Das hatte seinen Grund.

Im November heiratet der älteste Sohn des ältesten Khanna-Bruders. In einem der Räume dieser Wohnung waren die Sachen ausgestellt, die die Eltern ihrer Schwiegertochter als Geschenk zukommen lassen. Es ist fast unglaubbar, was alles an Kostbarkeiten zu sehen war: Bestimmt waren es einhundert Saris, darunter etliche von ganz besonders teurer Qualität, mit den phantastischsten Perlen- und Handstickereien; zwei Morgenröcke, einer aus Brokat und einer in japanischer Lochstickerei, beide zauberhaft schön; passende Blusen zu den Saris, Handtaschen, Schmuck. So etwas habe ich noch nicht gesehen! Drei Brilliantringe, ein Diamant-Collier mit Rubinen in orientalischem Muster, passende Ohrringe und Armbänder. Ungefähr 36 goldene Armreifen für den täglichen Gebrauch. Zwei oder drei andere

Halsketten – ungefähr drei Zentimeter breit – aus Gold und zum Teil mit anderen Edelsteinen besetzt und jeweils mit passenden Ohrringen und Armreifen. Ein breites Perlenhalsband, zwei passende Perlenarmbänder, fünffach, jeweils mit einem Medaillon, das Bild des Bräutigams enthaltend, und ein Schmuckstück aus Perlen für den Kopf. Deshalb saß der Juwelier tagelang hier, denn die Perlenketten wurden nach eigenem Wunsche angefertigt. In einem Nebenraum ist seit Wochen ein Schneider mit seinen Gehilfen tätig, der alles für diesen Zweck näht.

Nun waren heute viele Anverwandte gekommen, um die Geschenke zu besichtigen, ehe die Familie des älteren Khanna-Bruders nach Amritsar abreist. Nebenher wurden sie mit Obst, Gebäck und vielen anderen indischen Gerichten bewirtet. Jedes Stück wurde begutachtet. Eine wundervolle Kette mit ebenso passenden Ohrringen und Armreifen aus Silber war nicht ausgestellt; sie zeigten es mir später. Wahrscheinlich war sie es nicht wert, zwischen all dem Gold und den anderen Juwelen zu liegen.

Zuletzt zeigten sie mir noch eine andere Kostbarkeit: Eine aus Silber handgearbeitete Hülle, zirka fünfundzwanzig Zentimeter lang, mit einem Durchmesser von fünf Zentimetern, die für die Aufnahme der Horoskope bestimmt ist. In Indien wird viel Wert auf das Horoskop gelegt. Mehr oder weniger ist es für die Hochzeit eines Paares entscheidend. Es umfasst das Leben der Menschen und wird von einem Gelehrten erstellt und in Codewörtern aufgezeichnet. Das Horoskop des jungen Mannes wird nun der Familie der Braut zugeleitet, deren Gelehrter es liest und wieder an die Familie des Bräutigams zurücksendet. Dort bleibt es in Gewahrsam.

Mein Gastgeber, Ramchand Khanna, erzählte mir, dass der Gelehrte seiner Familie ihm beim Vorlesen seines Horoskopes gesagt habe, dass sein Leben glänzend verlaufen würde; nur wenige Worte habe er gesagt. Diese aber hatten ihm genügt, um voller Selbstvertrauen in die Zukunft zu gehen. Zweifellos ist dieses Selbstvertrauen der Grund seines Erfolges.

18.09.1956

Um halb acht Uhr wurde ich gestern Abend von Herrn Bhandare, den ich auf dem Schiff kennengelernt hatte, mit seinem Wagen abgeholt. Ich hatte ihm dort bereits versprechen müssen, seiner Einladung zu folgen. Als er wegen des Termins anrief, stellte sich übrigens heraus, dass er mit der Familie Khanna gut bekannt ist.

Seine Wohnung liegt im zweiten Stock eines Hauses, das in einem sehr ruhigen Viertel von Bombay steht. Von außen sehen die Häuser meist nicht so gut aus, besonders wohl deshalb, weil der Monsunregen so stark ist. Die Treppenhäuser sind ziemlich ungepflegt, die Wohnungen aber alle bisher gut gepflegt und sauber. Diese Wohnung war besonders hübsch und aufgeräumt. Das Essen gab es auf ganz großen silbernen Platten. Von jedem Gericht nimmt man zunächst ein wenig und dann von allem, was man haben möchte. Wasser fehlt niemals bei Tisch. Hier gab es große silberne Becher, die zugedeckt auf dem Tisch standen.

Nach dem Essen setzten wir uns in die Veranda und Reka – das ist der Vorname von Frau Bhandare – gab mir einen kleinen Blumenkranz aus Jasminblüten, der im Haar befestigt wird. Bei mir war es ein wenig schwierig, denn mir fehlt der Haarknoten, um den eigentlich das Kränzchen gelegt wird. Es ist Vollmondzeit und so war es richtig romantisch, zumal wir kein Licht machten, um den Zauber einer indischen Vollmondnacht einzufangen.

Gegen Mitternacht war ich wieder zu Hause und wachte heute Morgen trotzdem recht früh auf. Das war gut so, denn es kam ein Student aus dem ‚Ruparel College', um mich abzuholen. Ich hatte ihnen zugesagt, ihr College zu besuchen. Ganz beiläufig erzählte er mir nun, dass man eine kleine Rede von mir erwarte, alle Vorbereitungen wären dafür getroffen. Ich war gar nicht davon entzückt und gab zu Bedenken, dass mein Englisch zu ungenügend wäre, um vor Professoren und Studenten zu sprechen. Außerdem war ich bis dato der Meinung, es handele sich nur um eine Besichtigung, die ich aber fast vergessen hätte.

Nun, die Sache ging schließlich besser, als ich dachte. Völlig unvorbereitet begann ich am Vormittag vor den versammelten Gästen – in Englisch – zu sprechen. Ich war nicht einmal sehr aufgeregt. Zum Schluss bekam ich einen wunderschönen Blumenstrauß. Eigentlich sollten die Studenten Fragen stellen, aber die meisten waren zu schüchtern. Erst im Anschluss an die offizielle Zusammenkunft fragten mich einige der Studenten auf dem Rückweg zum Hauptraum einige Dinge. Ich habe bemerkt, dass sie sehr aufgeregt waren und regelrecht Lampenfieber hatten; sogar Autogramme musste ich geben.

Im Raum, der dem Principal (Direktor) C.B. Joshi gehört, war eine Tafel gedeckt. Es gab Tee, Kuchen, Kekse, Bananen. Da ich ohne Frühstück aus dem Hause gegangen war – bei uns war, außer den Dienern, noch niemand aufgestanden – hatte ich natürlich Hunger. Allerdings kam ich kaum zum Essen, da viel erzählt wurde. Ein Professor der Universität Poona war auch zu Gast, um eine Vorlesung zu halten. Er lud mich ein, unbedingt nach Poona zu kommen, um auch dort Studenten zu treffen und zu ihnen zu sprechen. Ich wurde viel fotografiert: während meiner Rede, im Haus, vor dem Haus und im Kreise des Komitees der United Nations Students Association.

Sie haben mich gebeten, ihren Verein mit einer Studentenorganisation in Deutschland in Verbindung zu bringen, da sie noch keinen Kontakt mit deutschen Studenten haben. Frage doch bitte mal Professor Alsdorf, wie die genaue Anschrift einer solchen in Hamburg ist. Der Principal bat mich ferner, meinen Einfluss im deutschen Konsulat geltend zu machen, damit ein Mal in der Woche Deutsch-Unterricht im College gegeben wird für solche Studenten, die das Interesse daran haben, ihre Kenntnisse zu erweitern.

In Indien ist es Pflicht, um in der Universität zu einem speziellen Examen zugelassen zu werden, eine klassische Sprache zu erlernen, d.h. sie müssen entweder Sanskrit oder Deutsch lernen. Dadurch lernen viele zwangsläufig ein wenig Deutsch, nur um den Nachweis für die Uni zu erbringen. Aber es gibt einige, die es gern besser lernen möchten. Im Übrigen ist das College sehr modern eingerichtet: große Klassenräume, Laboratorien, Kantine, Aufenthaltsraum, eine umfangreiche Bibliothek, die auch mit deutschen Büchern bestückt ist.

Soeben wurde ich durch einen Boten vom Konsulat unterbrochen, der mir zwei Briefe brachte: einen von dir und einen von Pochhammer. Ich möchte jetzt erst einmal in Ruhe lesen.

Noch immer 18.09.1956, abends halb elf Uhr

Soeben habe ich deinen Brief zu Ende gelesen, da mich die Diener vorhin zum Essen holten, das ich zusammen mit Herrn Khanna einnahm. Er lud mich ein, vor meiner Rückreise wieder bei ihm zu wohnen. Wir hatten eine sehr angenehme Unterhaltung.

Zum Lesen oder Schreiben kam ich danach nicht mehr, da wir am frühen Abend eine Verabredung im Klub hatten. Dabei handelte es sich um ein außerordentlich feudales, großes Haus, airconditioned, was im Augenblick sehr gut tat, da es oft sehr heiß und drückend schwül ist. Wir saßen in Korbmöbeln auf dem großen Rasenplatz. Ab und zu gingen wir in den großen Saal zum Tanzen. Indische Musiker machten europäische Tanzmusik, sie spielten die allerneuesten Melodien. Es gibt Tennis- und Reitanlagen, einen Swimming-Pool mit allen Schikanen. Alles in allem etwas für Snobs. Trotzdem war es nett, besonders, weil ich dort ein Ehepaar traf, das ich auf der ‚Victoria' kennengelernt hatte.

Nun lese ich deinen Brief und bin ein wenig besorgt, da du meinen langen Brief aus Suez bisher nicht erhalten hast. Aber ich habe die Hoffnung, dass er dich noch erreicht, fehlte uns doch sonst der Beginn meiner Reise, den ich dir in dem Brief geschildert hatte.

Ich umarme dich herzlich und werde wohl gleich morgen früh den nächsten Brief für dich beginnen,
dein Dott

Bombay, Mittwoch, 19.09.1956

Mein liebes Hannele,

bevor hier die große Dinnerparty beginnt, schnell den fälligen Tagesbericht, allerdings dieses Mal in Kurzform:

Morgens habe ich den Brief an Dich abgesandt, den dritten aus Bombay. Dabei machte ich einen kleinen Spaziergang am Seeufer. Um elf Uhr dreißig Uhr holte mich Mrs. Rao, mit der ich auf dem Schiff auch viel zusammen war, von meinem Haus ab. Wir haben in der Stadt geluncht. Ihr kleiner Sohn war auch dabei. Das Essen hat weit über zwanzig Rupien gekostet: Spargelsuppe, Reiscurry, Erbsen, Käse und ladies-finger (Gemüse), hinterher Eis. Anschließend fuhren wir in ihre Wohnung, die wunderhübsch und elegant eingerichtet ist. Bis zum Tee konnte ich mich ausruhen, es ist sehr heiß im Augenblick. Nach dem Tee fuhr mich der Fahrer zurück.

Ich nahm ein Bad, zog mich rasch um und wurde zum Tanzabend in die Räume der I.G.C.S. (Indo-German-Cultural-Society) gefahren. Herr von Pochhammer saß neben mir. Habe heute den Prinzen und die Prinzessin von Devas (die Namen habe ich nicht genau verstanden) kennen gelernt. Bin mit Journalisten, die eine monatlich erscheinende Zeitschrift herausgeben, für ein Interview im März, wenn ich wieder in Bombay bin, verabredet. Der Tänzerin musste ich, als Ehrengast, ein Geschenk der I.G.C.S. überreichen. Sie war bezaubernd schön – ich lege dir darüber einen Zeitungsartikel mit Bild in den Brief.

31. Tänzerin

32. Tänzerin mit Lieselotte

Morgen früh werde ich zu einer kleinen Rundfahrt durch die Stadt abgeholt, dabei sind zwei Verabredungen vorgesehen. Nachmittags muss ich packen, um sechs Uhr fünfzehn abends fährt mein Zug nach Kalkutta, 99 Rupien und fünf Annas habe ich dafür gezahlt. Es werden viele an die Bahn kommen, wie ich gehört habe, die mich verabschieden wollen.

Es verbleibt mir nur noch ein wenig Zeit und ich will dir nun noch den letzten Tag in Bombay, Donnerstag, den 20. September beschreiben. Frühmorgens, das heißt um neun Uhr, habe ich gemeinsam mit Mr. Khanna gefrühstückt, der mir bis elf Uhr seinen Wagen zur Verfügung stellte. Ich habe noch eine ganze Reihe von Sehenswürdigkeiten bei dieser Gelegenheit kennengelernt.

Zuerst aber war ich im deutschen Konsulat, wo man für mich noch einen Zeitungsausschnitt aufbewahrt hatte. Ich habe mich mit Frl. Redwitz, die mich auch am ersten Tag auf dem Schiff abgeholt hatte, eine ganze Weile über alle möglichen Dinge, z.B. über die Arbeit mit Indern, unterhalten. Sie hat übrigens die deutsche Übersetzung für den Film ‚Pamposh', der im Winter in Hamburg lief, gemacht. Und jetzt arbeitet sie wieder für einen anderen Film an der Übersetzung und Synchronisation.

Ich sah den ‚Gateway of India', am Meer, in der Nähe des Hafens gelegen, gegenüber vom Taj Mahal-Hotel. Von dort aus fuhren wir zum Khadi-and Village-Emporium, in dem es die phantastischsten Dinge, zum größten Teil in Handarbeit hergestellt, zu sehen und zu kaufen gibt. Ich konnte mich nur sehr schwer vom Anblick dieser wunderschönen Dinge trennen. Als Erinnerung an Bombay habe ich mir ein paar silberne Filigran-Ohrringe für drei Rupien gekauft.

Es gab dort einen Stoff zu sehen – man könnte ihn als Vorhang verwenden –, der mit allen markanten Bauwerken Bombays in bunten Farben bedruckt ist. Wenn irgend möglich, werde ich auf dem Rückweg etliche Yards davon kaufen. Wir könnten später – hinter einem solchen Vorhang – von Indien träumen. Das wäre doch schön, findest du nicht auch?

Nach kurzer Rückkehr zum Kapur Mahal (Botschaftsgebäude), fuhren wir nochmals zurück in die Stadt und ich kaufte einen Bezug für meine Bettrolle. Anschließend tauschte ich in einem Reisebüro, unter der Hand und mit etwas Verlust, Geld. Sonst hatte ich für ein Pfund dreizehn Rupien und zehn Annas erhalten, jetzt nur dreizehn Rupien.

Vor dem Lunch ließ ich mich noch einmal zum ‚Kamla-Nehru-Park' (er ist zum Andenken an Nehrus Frau nach ihr benannt) fahren, von dem man den besten Blick auf Bombay hat.

Als ich nach Hause kam, war wieder ein Reporter da, der ein Interview wollte.

Danach wollte ich mich ausruhen, aber es kam ein Telefongespräch.

„Ein Mr. Sahni möchte mit Ihnen sprechen", sagte Khanna. „Kennen Sie jemanden mit Namen ‚Sahni' aus Hamburg?", fragte er.

Ja, natürlich kenne ich ihn! Nun, die Freude war groß und es wurde sofort eine Verabredung getroffen. Er kam umgehend und brachte auch seinen Vetter mit. Wir haben viel von Hamburger Zeiten gesprochen und von allen gemeinsamen Bekannten. Am Sonnabend hatte Sahni in der Zeitung von meiner Ankunft gelesen und wollte sofort im Konsulat nach meiner Adresse forschen. Es war aber bereits geschlossen. Montags bekam er sie dann und hatte daraufhin fünf Mal im Kapur Mahal angerufen, ohne mich zu erreichen. Jetzt endlich, zwei Stunden vor meiner Abfahrt traf er mich nun endlich und versuchte mich zu überreden, noch in Bombay zu bleiben. Ich hätte es auch wirklich gern getan, wenn es nicht zu umständlich gewesen wäre, alle Freunde zu informieren und die Fahrkarte umzutauschen. Wir haben es beide sehr bedauert. Er hat mir einen Riesenkorb Obst für die Bahnfahrt gekauft. Der Abschied fiel mir wirklich sehr schwer.

Auch der alte Herr Mehra kam mit seiner Tochter Kamla, und viele andere. Ehe der Zug abfuhr, kam im letzten Moment auch Herr Khanna, der es sich – trotz seiner vielen Termine – nicht hatte nehmen lassen, mir eine gute Reise zu wünschen.

Meine Zeit in Bombay war nicht lang, aber ich mag die Stadt sehr und ich lasse viele Freunde dort zurück.

Während ich dir diese letzten Zeilen von Bombay schreibe, denke ich noch wehmütig an die schöne Zeit dort. Aber die Reise geht weiter – Kalkutta wartet.

Gute Nacht, mein Lieber, träume süß von vielen Küssen,
von deinem Dott

Putensen, 20.9.1956

Mein geliebtes Dott!

Heute ist ein Brief an dich abgegangen und es drängt mich, sofort einen neuen zu beginnen, denn noch immer erlebe ich eine herzklopfende Freude über deinen Brief aus Bombay. Du hast eine so wunderbare Art, zu schildern, was du erlebst, dass ich jedes Mal das Gefühl habe, ich stehe neben dir und wir erleben alles gemeinsam. Danke, danke und nochmals danke. Ich bin begeistert – genau wie du, das weiß ich.

Ich will meine Briefe anders einteilen. Ich will nicht jeden Tag daran schreiben, denn was geschieht hier schon, was täglich Erwähnung finden müsste. Deine Briefe aber müssen sich chronologisch fortsetzen, während meine zeitlos sind. Ich habe nur Probleme mit dir zu besprechen, die nicht an den Tag gebunden sind. Was du aber gesehen, beobachtet, studiert, beziehungsweise bewundert hast, ist so schön, dass ich es nicht schöner machen könnte, wollte ich es noch einmal rekapitulieren. Du hast es meisterlich getan. Was mich interessieren würde, sind die Gespräche, die du hattest.

Der indische Priester, der so aussah wie Ajoy, hat es dir angetan, stimmt es? Das ist kein Wunder, denn Ajoy magst du doch gern, du wirst ihn wohl auch treffen? Der botanische Professor ist ja mit dir in recht sinnige Gespräche gekommen; und wenn du schreibst, du träfest ihn nicht so oft, damit seine junge Frau nicht eifersüchtig wird, so wird das wohl seinen Grund haben; nämlich den, dass du gespürt hast, dass er recht gern in deiner Nähe ist. Wer wäre das nicht? Doch noch etwas zu dem Schweizer Journalisten. Merkwürdig, dass ihr sonst nicht beieinander wart, aber im Speisesaal solche Gespräche hattet. Schließlich der Arzt, der Junggeselle ist, aber die Ehe gut beurteilen kann. Er sagte, ein Mensch sei so lange jung, solange er noch den Wunsch habe, zu lernen, ganz gleich, was es auch sei. Ich nehme an, dass du ihm Recht gibst – ich tue es jedenfalls.

Unter dieser Voraussetzung musst du dich nämlich ein wenig schämen, da du doch weißt und sicher daran hast denken müssen, dass ich *zwar alt, aber doch jung bin, da ich ganz zweifellos den Wunsch hatte und habe, zu lernen, und zwar von dir. Du weißt, was ich meine, ich schrieb bereits ausführlich davon, bevor dein Brief kam. Du hast mich aber geflissentlich daran gehindert und somit hast du daran mitgewirkt, dass ich doch alt sein soll. Ich* will *aber nicht alt sein, solange du, mit deinem betörenden Charme der reifen weiblichen Jugend, den gleichen Weg mit mir gehst. Sonst wird die Distanz zwischen uns größer, als wir uns vielleicht beide zugeben, und sie könnte zu einer ernsten Gefahr für unsere Ehe werden.*

Ich schrieb dir bereits in einem vorhergehenden Brief, du habest in einer zärtlichen aber ernsten Aussprache einmal meine Frage, ob du unsere Ehe für glücklich hältst, mit einem Achselzucken beantwortet. Das hat meinen Gefühlen sehr weh getan und es ist ganz logisch, dass ich als Fazit aus unserer Unterhaltung ziehen musste, dass du unsere Ehe nicht für gut hältst. Ich habe deshalb in Zukunft nicht mehr davon geredet, auch anderen Menschen gegenüber nicht.

Dann aber habe ich deine Einstellung durchdacht und bin zu der Erkenntnis gelangt, du habest wohl Recht. Wir sind eben so lange und so fest zusammen, dass keiner von uns Lust hätte, sich vom anderen zu trennen. Diese Erkenntnis habe ich zudem immer wieder gewonnen, wenn es galt, mich für nur kurze Zeit von dir zu trennen. Jedes Mal bin ich zu der erschreckend deutlich gewordenen Einsicht gelangt, dass mir das Leben ohne dich nichts mehr bedeutet. Diese Erkenntnis hat sich jetzt mit mikroskopischer Vergrößerung verstärkt. Es ist ein unvorstellbarer Jammer, ohne dich leben zu müssen. Und wenn du kein Wort mit mir redetest, ich sehnte mich danach, dich in meiner Nähe zu haben. Dein Bild kann dich nicht ersetzen, es muss der ganze geliebte Mensch Lieselotte sein.

Aber ich frage mich dann, wie ist das nur möglich, wenn ich doch sonst die felsenfeste Ansicht vertrete, dass eine Ehe besser gelöst würde, als schlecht zu sein und weiter zu bestehen. Alles Kranke muss sterben. Das ist ein eisernes Naturgesetz. Ist unsere Ehe nicht gut? Du sagst nein – ich weiß es nun nicht mehr. Es kommt darauf an, wie deine Meinung ist, die freilich einer gediegenen und überzeugenden Argumentation nicht entbehren darf. Einfach die Achseln zucken, damit ist es nicht getan.

Da ist seit Jahren in mir die betrübliche, ja schmerzliche Erkenntnis, dass unsere Ehe einen Riss hat, und wenn ich mich bemüht habe, diesen Riss zu kitten, dann hast du ihn weiter aufgerissen. Mein innigster Wunsch an das Schicksal ist der, unsere lange Trennung möge uns beiden die Einsicht bringen, dass wir uns geirrt haben, dass wir Gespenster gesehen haben, wo keine sind. Ich habe dazu nicht viel mehr zu sagen. Vielleicht wirst du fragen: „Ja, mein Gott, ich weiß ja gar nicht, was in dir vorgeht! Du täuschst dich gewiss.“ Indem du das sagst, widerlegst du dich selbst, denn wissen, was in dem anderen vorgeht, das ist die geistige Harmonie zu einem wesentlichen Teil. So trampelt auch der Elefant durch den Porzellanladen und ist sich gar nicht bewusst, welche kostbaren Werte er zerstört. Du wirst vielleicht sagen, es ist alles nur trübsinnige Einbildung. Aber hundert winzige Mosaiksteinchen formen sich zu einem klaren Bild. Wir haben schon über manches Mosaiksteinchen gesprochen, und du hast – zugegeben – vieles daraus beherzigt. Es sind kleine dümmerliche Begebenheiten, die eigentlich nicht der Beachtung und der Erwähnung wert wären, aber doch zu Indizien werden, wenn sie immer wiederkehren.

Jetzt muss ich erst noch einmal einflechten: Ich will den Riss kitten, bitte, bitte nimm mir den Kitt nicht aus der Hand, indem du jetzt böse und ärgerlich wirst und einschnappst, wie schon des öfteren. Wir müssen beide jetzt einmal unsere Herzen in die Hand nehmen und wägen. Es ist nicht meine Absicht, dir Vorwürfe zu machen und ich weiß genauso gut wie du, dass ich einen halben Scheffel mitschuldig bin. Was ich dir sage dient zum Verständnis des Ganzen und zur inneren Einkehr. Du sollst mir auch stets sagen, was dir nicht gefällt, und sicher erfahre ich dann auch, wo ich gefehlt habe.

Ich habe einen winzigen Schlüssel gefunden, etwas, was dir wahrscheinlich noch gar nicht zum Bewusstsein gekommen ist: Ich stehe heute wirklich in deinem Schatten. Du hast dich in den letzten Jahren über dich hinausentwickelt, du bist nicht mehr die kleine Lieselotte, die einst in großer Ehrfurcht zu ihrem Idol und Geliebten aufgeblickt hat. Du bist heute eine selbstbewusste und selbstsichere, von allen Seiten bewunderte und beachtete Frau geworden, die mit allem berechtigtem Stolz sagen kann: Was ich bin, bin ich durch mich selbst. Du hast deine Kräfte wachsen gefühlt und hast sie gebraucht, du hast nach der Sonne gestrebt und bist in ihre Wärme gelangt, du bist vorwärts gekommen und überragst nun mich um ein bedeutendes Stück. Ich konnte nicht mehr mit dir wachsen. Du hast alle Möglichkeiten und Chancen, noch weiter zu wachsen. In meinem Herzen bist du meine geliebte kleine Lieselotte geblieben, aber in meinen Augen bist du zu einer Frau geworden, zu der nun ich emporschauen muss. Bitte rede dir nicht etwa das Gegenteil ein.

Ich stehe heute in deinem Schatten. Aber ich bin unbändig stolz auf dich, nicht neidisch, oh nein, ganz im Gegenteil. Es ist ja mein heißer Wunsch, dich so zu sehen, so strahlend und glücklich und groß. Du hast mich bei weitem überflügelt – im Können, im Wissen, im Lernen, kurz in allen geistigen Zusammenhängen.

Wenn dir einmal bewusst geworden wäre – zur rechten Zeit und nicht, nachdem ich dich darauf aufmerksam machte –, wie du oft den Anschein in mir erweckt hast, als bedeute ich dir nicht mehr viel, wenn andere dich feiern. Wenn ich Präsident der DIG gewesen wäre, und ich hätte nicht den Platz neben mir an der Kaffeetafel ganz selbstverständlich und völlig mühelos für dich freigehalten, du hättest allen Grund gehabt, verärgert nach Hause zu fahren.

So kommt eins zum anderen. Es sind viele Begebnisse mehr, die du kennst und ich will nicht ein Register aufstellen. Aber es ist dir nie so zum Bewusstsein gekommen, dass ich daran Anstoß nehmen könnte. Dieses flache Handeln im Unterbewusstsein ist der Anlass für meine Bitternis, die es mir nicht zur Freude machte, in deinem Schatten stehen zu müssen. Du sollst kein Mitleid mit mir haben, beileibe nicht, doch müsstest du wissen, dass ein Mann (wie tausende) im Schatten seiner Frau nur dann wirklich froh und glücklich sein kann, wenn er weiß, dass er sie nachher nach Hause führt, wo sie ihm alles, und er ihr alles ist. So aber hat sich mein Missgefühl allmählich gesteigert, der Riss wurde immer größer.

Du hast oft mein Missbehagen gefühlt, aber nicht gedeutet. Du bist deinen Weg gegangen und hast mich nicht bei der Hand genommen. Ich habe mich im Herzen einsam gefühlt, wenngleich du da warst. Mein Interesse an deinen Dingen war nur Interesse. Mit dem Herzen dabei zu sein, verwehrtest du mir unbewusst und ungewollt. Wir strebten auseinander. Also haben wir etwas verkehrt gemacht, sehen wir das ein.

Was mich betrifft, so weiß ich es nicht. Du müsstest es mir sagen. Was du verkehrt gemacht hast, weiß ich, habe teils mit dir darüber gesprochen und oft hast du mich mit einer lapidaren Beschwichtigung abgewiesen. So ist in mir die Vorstellung gereift, dein Gefühl für mich sei vermutlich erkaltet und wir lebten eben nur so aus Gewohnheit miteinander. Viele deiner Bemerkungen und Handlungen haben mich darin bestärkt. Ich bin sehr empfindsam, das weißt du beinahe besser als ich. Es ist spät, oder sollte ich besser sagen, früh geworden? Ich gehe erst einmal zu Bett.

24.9.1956

Heute Vormittag habe ich einen Abschluss gemacht und bin dann wieder nach Hause gefahren, um die Post fertig zu machen, die zum Stichtag täglich fort muss.

Nun habe ich noch ein wenig Zeit, bis die Sparkasse und die Post um zwei Uhr öffnet.

Dein Bruder Hansi hat geschrieben. Es klang ein leiser Vorwurf darin, dass ihm noch nichts über deine Reise mitgeteilt wurde. Schreibe ihm doch mal. Er will am Sonnabend mit dem Fahrrad nach Latdorf fahren, um mal nach Rotraut und Dietlinde zu sehen.

Mit Frau K. habe ich vereinbart, dass sie jeden Freitag fünfzehn Mark bekommt, wovon sie das Fahrgeld, das Taschengeld und das sonnabendliche Bad für Sigrun und Heidi bezahlt. Mehr will sie nicht haben.

Vorhin fand ich deine zwei Briefe aus Bombay im Briefkasten. Ich wollte diesen Brief erst in etwa einer Woche absenden, aber nun kann ich dich nicht warten lassen.

Was ich jetzt noch sagen soll, weiß ich nicht; ich bin so maßlos überwältigt, dass dumme und läppische Worte zu plump wären, meine Gefühle auszudrücken. Ich habe dir zwar alles, diesen wunderbar warmen Empfang in Bombay und deinen Erfolg dort, prophezeit, weil ich deine Anziehungskraft und deinen Charme und alles an dir noch viel höher einschätze als du selbst, aber nun ist es kein einfacher Stolz mehr und kein einfaches Glück, das ich heute mit dir empfinde, nun fehlen mir die zarten Worte, um dir aus tiefstem Herzen meine Glückwünsche zu sagen. Ich liebe dich und ich liebe deine Briefe, deine Erzählungen. Ich lese deine Briefe nicht, das wäre zu banal, ich schlürfe Zeile um Zeile, wie einen köstlichen Wein aus einem Becher.

Das Schönste von den persönlichen Aussagen deines Briefes ist nun nicht mehr eine Perle, sondern ein Smaragd, indem du schreibst: „… es ist so, als ob ich eine zeitlang tot bin für dich, nur, dass ich deine Gedanken, die du mir im Wirklichkeitsfall wohl auch widmen würdest, tatsächlich zu Gesicht bekomme." Dies hat mich mit großer Rührung erfüllt. Es ist ein Wort, wie ich es noch nie gehört habe. Eine philosophische Betrachtung meiner Gefühle.

Du hast geschrieben: ‚Schreibe mir weiter so liebe Briefe.' Ich finde gar nicht, dass sie so sehr lieb waren, nur war ich überglücklich. Aber die Deinigen haben ein anderes Gesicht. Es hat sicher der zunehmenden Tropentemperatur bedurft, dass auch dein Federhalter etwas wärmer schreiben konnte. Du bist immer sehr zurückhaltend und verschämt, im Sprechen wie im Schreiben. In meiner Brust schlägt doch ein warmes Herz, glaubst du denn, es täte mir nicht wohl, wenn du es ein wenig liebkost? Du hast doch so einen herrlichen Wortschatz. Ich müsste eigentlich sagen: ‚Schreibe du mir weiter so liebe Briefe.' Ich genieße jeden einzelnen!

Du bist nun bereits einige Tage bei deinem Deboo. Ich muss immerfort daran denken, wie es dir wohl dort bis jetzt ergangen ist. Bist du glücklich? Ist alles so, wie du es dir erträumt hast? Meine liebste Lieselotte, du vergisst doch dein Versprechen und unsere Abmachung nicht? Du brauchst keine Bedenken haben, du tust mir nicht weh! Ich weiß, dass ich nur die Liebe „danach" bin. Du darfst dir wirklich alle Freiheiten nehmen, die du brauchst – ohne ein schlechtes Gewissen zu haben – aber nur dann, wenn du dich an unsere Abmachung hältst und mir jedes Detail berichtest.

Ich pfeife auf die verlogene Moral der Welt; wir haben uns unseren eigenen Kodex geschaffen. Nur um eines bin ich verlegen. Was wir auch tun, nie darf deine, meine und die Ehre deines Deboo darunter leiden. Wir müssen makellos bleiben!

Meine Liebste, ich möchte dich an dein Versprechen, mir alles zu erzählen, erinnern. Es ist mir sehr wichtig.

Nun warte ich schon wieder ungeduldig auf deinen nächsten Brief und kann es kaum erwarten.

Ich liebe dich grenzenlos!
Dein Hanne

Wie geht es im 2. Teil von „Mein Wunscherbe – Im Land meiner Träume“ weiter?

Drei Tage ist Lieselotte von Bombay nach Kalkutta im Zug unterwegs zu ihrer großen Liebe. Sie bestaunt die ständig wechselnden Landschaften, nimmt die Veränderungen wahr, beobachtet das Verhalten der einheimischen Mitreisenden. Und während sie der Zug Kalkutta immer näher bringt, wächst allmählich die Nervosität. Wie wird er sein? Hat er sich stark verändert? Wie sieht er heute aus? War es richtig zu kommen? Ob er sie am Bahnhof erwartet? Mit einigen Stunden Verspätung trifft der Zug endlich in Kalkutta ein.

Aufregende Stunden, Tage und Wochen voller Heimlichkeit folgen. Um dem Druck der immerwährenden Beobachtung durch Familie und Dienstpersonal zu entkommen, wird eine ohnehin anstehende Inspektionsreise geplant, die die kleine Gruppe auf halsbrecherischen Wegen durch den Himalaya führt. Sie besuchen Darjeeling, Kalimpong, Gangtok, erleben die Ureinwohner Sikkims und sehen andere seltene Völkerstämme. Sie wohnen beim Sohn des Maharadschas von Audh und genießen die Vorzüge exklusiven Lebens bevor sie ihre abenteuerliche Reise zu verschiedenen Plantagen und Botanischen Gärten, in Kalkutta wieder beenden. Der Zeitpunkt des Abschieds rückt näher. Schweren Herzens setzt Lieselotte schließlich ihre Reise allein fort. Während Deboo anfangs nur selten und äußerst zurückhaltend schreibt, kämpft Hans mit ihren ständig wechselnden Adressen, worin er ein Ventil für seine nagende Angst findet.

Mit kurzem Aufenthalt in Madras fährt sie in den Süden Indiens, wo sie mit dankbaren Eltern „ihrer“ Studenten zusammentrifft. Doch die Gedanken an ihr Zuhause in Deutschland und ihren Freund in Kalkutta beeinträchtigen das intensive Erleben vieler interessanter Eindrücke. Dies legt sich erst in Delhi während der Feierlichkeiten zum Republic Day wieder, als sie erneut mit Nehru zusammentrifft und auch dem Indischen Präsidenten Dr. Prasad vorgestellt wird.

Das gibt neue Kraft, um Delhi in Richtung Punjab zu verlassen, und kurze Zeit später weiter in den Norden, nach Amritsar, zu fahren.

Schließlich, bewegt durch die ankommenden Briefe aus Kalkutta und Deutschland, entschließt sie sich, noch einmal zu Deboo zu reisen. Ist es die Müdigkeit der langen Reise oder Sehnsucht, die sie treibt? Eine Entscheidung, die sie nicht bereuen wird, denn sie wird Indien zwar viele Jahre später wieder besuchen, aber Deboo wird sie, wegen eines schrecklichen Verbrechens, nie wiedersehen.

Dietlinde Hachmann

Die französische Schriftstellerin und Philosophin Simone de Beauvoir sagt:
„Das Glück besteht darin, zu leben wie alle Welt und doch wie kein anderer zu sein."

Ich versuchte es, aber ich bin wie ich bin:
Fantasievoll, warmherzig, gewissenhaft, unauffällig, hilfsbereit, ausdauernd, gefühlsbetont, idealistisch, einfühlsam, harmoniebedürftig, verletzlich, teilnehmend, kompliziert, inspirierend, unaufdringlich, empfindlich, friedliebend, engagiert.

Wichtiger als das ist jedoch meine Liebe zum Erzählen, zum Schreiben, was ich seit meiner frühesten Kindheit gemacht habe und nicht missen möchte.

Außerdem:

1951 in Lüneburg geboren,
verheiratet, 4 bewundernswerte Kinder,
vielfach begabt,
in der Nähe von Stuttgart lebend.

Folgenden Personen und Firmen möchte ich meinen herzlichen Dank für kleinere und größere Hilfestellungen bzw. Unterstützung und Beratung sagen:

- meinem Mann
- meinen Kindern
- meinen Schwestern
- meinem Onkel
- meinen Freunden,
  besonders Rici, der genau weiß wofür, und dafür nicht besonders erwähnt werden wollte
- Amal C. Ray
- Firma ET communication, Hamburg, www.etcommunication.de
- Hamburger Abendblatt, Hamburg, www.abendblatt.de
- Royal Botanic Gardens, Kew, Großbritannien
- Botanical Garden, Kolkata, Indien

Unser gesamtes Verlagsprogramm
finden Sie unter:

www.fehnland-verlag.de

Fehnland-Verlag